P9-CCA-994

ИРОНИЧЕСКИЙ
ДЕТЕКТИВ

Дарья Донцова

Москва
ЭКСМО-ПРЕСС
2001

Иронический детектив

УДК 882
ББК 84(2Рос-Рус)6-4
Д 67

Разработка серийного оформления
художника *В. Щербакова*

Донцова Д.А.

Д 67 Обед у людоеда: Роман. — М.: Изд-во ЭКСМО-Пресс, 2001. — 416 с. (Серия «Иронический детектив»).

ISBN 5-04-006953-7

Мало того, что меня преследует глюк — кенгуру на балконе, — так и на работе случился облом. Я, Евлампия Романова, — агент бюро темных услуг «Алиби». Выполняя задание шефа, я под видом прислуги поселилась в семье клиентки и в два счета застукала мужа Ани с любовницей. С чувством выполненного долга я положила на стол шефа снимки. Но Аня предложила мне у нее остаться. На дне рождения хозяина умерла, выпив ликер с цианидом, их гостья, в которой я без труда узнала ту самую любовницу. И сразу неприятности посыпались как из рога изобилия — отравили моего шефа, арестовали Аню, я потеряла работу... Но я никогда не унываю, поэтому по просьбе Аниной дочери смело взялась за расследование...

УДК 882
ББК 84(2Рос-Рус)6-4

ISBN 5-04-006953-7

Глава 1

Будильник прозвенел, как всегда, в семь сорок. Я с трудом открыла глаза и закрыла их опять. Есть же на свете счастливые люди, вскакивающие с кровати в несусветную рань с бодрым, радостным настроением. Делают зарядку, обливаются ледяной водой, на завтрак поедают только полезные мюсли и убегают на работу в отличном расположении духа. Причем, как правило, эти люди не пользуются лифтом, используя лестницу в качестве бесплатного тренажера.

Я всегда черной завистью завидовала всем, кто ведет правильный образ жизни. У меня, к сожалению, никак не получается взять себя в руки. Утреннюю гимнастику я не делаю, честно говоря, обожаю поспать часиков до одиннадцати, и если бы не Лиза и Кирюша, которым нужно попасть в школу к первому уроку, то дрыхла бы до обеда. Ледяная вода вызывает у меня дрожь. Я ни за что не полезу в море при температуре воды меньше двадцати пяти по Цельсию. Хотя, кажется, ее меряют не по Цельсию. Не знаю, я отвратительно безграмотна во всем, что связано с математикой, физикой, химией, географией. Бег с сумками наперевес по лестнице тоже не является моим хобби. И вообще, вчера я заснула около часу ночи, потому что читала в кровати последний роман Марининой да еще, увлекшись сюжетом, слопала почти полную коробку шоколадных конфет. К слову сказать, мюсли кажутся мне отвратительным продуктом, не понимаю, кем нужно быть, чтобы заставить себя съесть ранним утром нечто похожее на недоваренную геркулесовую кашу с твердыми комьями лежалых сухофруктов!

Будильник затрезвонил вновь. У меня «хитрые» часы, которые будут взвизгивать через каждые десять минут, пока вы не стукнете их сверху кулаком. Я потянулась и сумела-таки открыть глаза. Делать нечего, вставать-то надо.

Постанывая и проклиная злую судьбу, я нашарила тапки и подошла к балконной двери. Сейчас распахнем занавески, и станет веселей...

Портьеры с легким шорохом разъехались в стороны, утренний свет хлынул в комнату. Чуть прищурившись, я лениво глянула в окно и обомлела.

На балконе, умильно сложив на мохнатой груди коротенькие лапки, стояла... кенгуру. Секунду я обалдело смотрела на животное, потом быстренько задернула шторы и побежала к кровати. Так, главное — спокойствие, только спокойствие, как любил говорить Карлсон, живший на крыше. Скорей всего я еще не проснулась, мне просто почудился звон будильника, это сон. Ну скажите, каким образом на балконе московской квартиры, расположенной на седьмом этаже, могла оказаться кенгуру? Бред! Я быстренько ущипнула себя за руку и ойкнула. Подождав пару минут, вновь распахнула занавески и уставилась на животное.

Славное сумчатое как ни в чем не бывало моргало карими глазами, большие уши подрагивали, нос смешно морщился. В полной прострации я вновь задвинула бархатные шторы и ринулась на кухню. Грохнув на плиту чайник, я кинулась будить Лизу и Кирюшу. Пусть дети зайдут ко мне в спальню и скажут, есть кенгуру или нет. Честно говоря, я до сих пор считала, что не подвержена глюкам, да и с чего бы у меня появились галлюцинации? Не пью, не употребляю наркотики и не ем мухоморы.

Тут мой взгляд упал на календарь, и я расхохоталась. Так, все понятно, сегодня первое апреля, вот Лиза с Кирюшей и решили разыграть меня. Небось купили плюшевую игрушку и, когда я наконец заснула, прокрались в комнату и установили ее на балконе. Надо сказать, их план удался полностью, мне на несколько секунд и впрямь показалось, что животное живое. Минуточку, а почему оно двигает ушами и моргает? А, все ясно, небось работает на батарейках. Ну погодите, хитрецы!

Когда Лиза и Кирюша, зевая, сели за стол, я спокойно сказала:

— Ну, и кто из вас додумался купить кенгуру?

— Кого? — удивился Кирюшка.

— Кенгуру.

— Какую?

— Ту, что стоит у меня на балконе.

Мальчик отложил вилку и озабоченно спросил:

— Ты не заболела?

— Абсолютно здорова.

— Наверное, опять читала на ночь детективы, — вздохнула Лиза. — Ну ничего, мы сейчас в школу уйдем, а ты отдохни как следует, поспи часок-другой.

— Да ладно вам, я все уже поняла, сегодня первое апреля, небось кучу денег потратили.

— Кто?

— Да вы, кенгуру ведь дорогая забава.

— Мы ничего не покупали, — тихо сказал Кирюшка.

— У тебя голова не болит? — полюбопытствовала Лиза. Мне шутка надоела, и я сказала:

— А ну пошли.

В спальне я подвела их к балкону и велела:

— Давайте втаскивайте игрушку в комнату.

Дети глянули на улицу.

— Но там никого нет, — сказали они в один голос.

Я прислонилась лбом к стеклу. И впрямь — пусто!

— Ну, Лампа, — восхитился мальчик, — здорово ты нас разыграла, просто тепленькими взяла, прямо из кровати. А мы-то тебя не обманули!

— Не расстраивайся, — пробормотала я, — день длинный, еще успеешь оттянуться.

— Да, — обиженно пробормотала Лиза, — нам такого вовек не придумать — кенгуру на балконе!

Толкаясь, они побежали в прихожую и затеяли спор о том, кто поведет собак на прогулку. Наконец перебранка стихла. Я закрыла дверь и пошла в спальню. Значит, все-таки глюки. Но как натурально выглядело животное, даже ворсинки коричнево-серого меха дрожали от ветра. На календаре первое апреля, но погода совершенно зимняя, снег валит, не переставая.

Дойдя до балкона, я глянула на него и онемела. Кенгуру вновь была там. От ужаса и недоумения я перекрестилась и громко произнесла:

— Сгинь, рассыпься.

Но симпатичная зверушка подняла лапки и совершенно по-человечески прикоснулась к стеклу.

Послышался легкий стук. Так, теперь к зрительной галлюцинации прибавилась еще и слуховая.

Раздался звонок — это дети привели с прогулки собак. Словно выпущенные из пращи, псы понеслись по длинному коридору в кухню, предвкушая вкусный завтрак.

— А она опять здесь, — глупо хихикнула я.

— Кто? — поинтересовался Кирка, подхватывая портфель.

— Кенгуру!

— Ой, Лампа, — погрозила пальцем Лиза, — второй раз не обманешь.

— Ей-богу, сидит и стучит лапой в окно!

Взвизгнув, дети понеслись в спальню, я за ними.

— Да, — проговорил Кирка, — ну и лохи мы с тобой, Лизка, опять попались.

— Ну, погоди, Лампуша, — вздохнула Лизавета, — обязательно отомстим.

Чувствуя, что сейчас рассудок меня окончательно покинет, я пролепетала:

— Честное благородное, она сидела там и лапкой...

— Била в барабан и пела «Ой мороз, мороз», — заржал Кирка. — Пошли, Лизавета, в школу опоздаем.

Они убежали, а я быстренько задернула шторы, ни за что больше не взгляну на улицу. И вообще, мне пора на работу, начальник терпеть не может опаздывающих.

Служу я в совершенно невероятном месте — агентстве «Алиби». В нашу задачу входит помогать всем, кто заплатил соответствующую сумму, кстати, очень и очень солидную. Ну, например, вам хочется слетать с любовницей в Испанию, но как объясниться с женой? Да очень просто: один визит в «Алиби» — и дело сделано. Смело рассказывайте супруге, что отправляетесь по делам службы в... Норильск или Магадан, словом, туда, куда она никогда не захочет с вами поехать. В нужный день и час с «работы» пришлют машину, симпатичный шофер подхватит чемодан, можно и даже нужно взять с собой в Домодедово законную супругу. На ее глазах вы, предъявив билет на рейс Москва—Воркута, пойдете в сторону посадки на самолет. Тот же любезный шофер доставит вашу жену домой и позвонит из вашей квартиры на работу с отчетом:

— Ивана Ивановича проводил.

Более того, вечером вы соединитесь с любимой женушкой и сообщите свой телефон в гостинице. Если она возжелает поболтать с вами, то приятная пожилая женщина, назвавшись дежурной по этажу, скажет:

— Иван Иванович пошел ужинать.

А через полчаса жена услышит голос любимого супруга, которому «дежурная» сообщила про звонок.

В назначенный день муженек явится домой и достанет из чемодана пакет с нехитрыми северными сувенирами — расшитыми варежками, фигуркой из кости, пимами...

Впрочем, алиби частенько обеспечивают и женщинам. Еще агентство выполняет всевозможные деликатные поручения. Например, на днях одна актриса наняла двух молодых людей, чтобы те закидали гнилыми помидорами ее коллегу. Иногда приглашают на свадьбу к бывшему кавалеру или поручают вручить букет подгнивших хризантем надоевшей любовнице. Вообще, поле нашей деятельности очень широко. Единственное, с чем хозяин агентства Семен Гребнев не желает связываться, — это криминальные истории. Пока речь идет о безобидном обмане мужей и жен или надувательстве какой-нибудь фирмы, сотруднику которой позарез нужно отсутствовать на работе, — пожалуйста. Вам помогут, с улыбкой и радостью предоставят самый настоящий бюллетень и даже проконсультируют в отношении симптомов того или иного заболевания. Но если Сема усмотрит в вашей истории нечто, напоминающее игры с законом, он моментально и безоговорочно укажет вам на дверь.

Во всяком случае, я так думаю. Честно говоря, в агентство в основном обращаются люди, желающие наставить рога своим супругам. Вот мне, например, сегодня предстоит изобразить подругу одной весьма удачливой бизнесвумен. Дама весьма успешно торговала рыбой, заработала капитал, открыла три магазина, словом, стремительно взлетела вверх к пику благополучия. А вот муженек ее, простой работяга, наоборот, проделывал обратный путь. Завод, где он трудился, накрылся медным тазом, пришлось мужику идти на биржу. Удачливая женушка предложила супругу стать директором одной из ее торговых точек, но самолюбивый муж не согласился, начал пить, словом, совершенно скатился к подножию социальной лестницы. Но, видно, бизнесменша все же любила неудачливого супруга, потому что не собиралась разводиться. От неумеренного потребления алкоголя у мужика образовалась такая импотенция, что его ничего, кроме бутылки, не интересовало. Но торгашка усиленно делала вид, что в семье полный порядок. Вот только любовника пришлось завести, как она бесхитростно объяснила Сене: «Для здоровья».

И мне теперь предстояло изобразить подругу, с которой прелестная рыботорговка отправится на уик-энд.

В конторе я быстренько переоделась. У нас целый гардероб на все случаи жизни — вечерние платья, спортивные костюмы, пиджаки и юбки, джинсы... Сегодня предстояло изображать богатую, но вульгарную тетку. Какая, скажите на милость, может быть подруга у дамы, которая заявила мне вчера:

— Ты только хорошо все сыграй, я тебе завсегда форель по оптовой цене положу. Будешь рыбку за медные копейки жракать.

Я натянула черные бриджи, ярко-красный пуловер и щедро обвесилась золотыми украшениями. Вообще-то перстни, кольца, цепочки и браслеты сделаны из «самоварного» золота, но издали смахивают на настоящие. Правда, для некоторых случаев Леня торжественно вынимает из сейфа великолепные ансамбли с изумрудами и сапфирами. Пару раз мне приходилось появляться на артистических тусовках, а там «кастрюльное» золото не пройдет. Но для мужа-алкоголика не стоит особо стараться, блестит и ладно!

В агентстве меня ценят, считают отличным работником и поручают самые щекотливые дела. Правда, служу я в «Алиби» не так давно, но успела подружиться со всеми. Зарплата тут отличная, начальник душка, коллеги, среди которых, кстати, несколько самых настоящих актеров, очень милые люди. Ну что еще человеку надо для счастья? К тому же я до безумия обожаю детективы и имею некоторое отношение к сцене. Дело в том, что я,

Евлампия Андреевна Романова, по образованию арфистка. Закончила Московскую консерваторию, несколько лет без всякого успеха концертировала, потом выскочила замуж. Но семейная жизнь не сложилась. Муж Михаил оказался преступником, самым настоящим убийцей и мошенником. И одной из его жертв должна была стать я. Но, к счастью, Михаила арестовали. Он осужден и отбывает срок в каком-то лагере. Честно говоря, не знаю, да и не хочу знать — где, мы в разводе.

Последнее время я живу вместе со своей ближайшей подругой Катей, Екатериной Андреевной Романовой. По стечению обстоятельств у нас одинаковые отчества и фамилии, но мы не родственницы, хотя узы, связывающие нас, наверное, крепче кровных. Катя великолепный хирург, оперирует щитовидную железу. Я веду домашнее хозяйство — стираю, убираю, готовлю. У Катюши двое сыновей — двадцатичетырехлетний Сережка и двенадцатилетний Кирюша. Сережа женат, его супруга Юлечка журналистка. Вместе с нами проживает куча животных: четыре собаки — два мопса, Муля и Ада, стаффордширская терьерица Рейчел, дворняга Рамик, три кошки — Клаус, Семирамида и Пингва, жаба Гертруда, хомячки Бонго и Донго, попугай Кеша и морская свинка Изабелла де Бурбон. Причем именовать последнюю следует только полным именем, на сокращенный вариант — Белла — она не реагирует.

В январе этого года Катюше предложили работу в Америке. Оклад пообещали такой, что подруга моментально собралась в путь. Вместе с ней за океан отправились и дети с животными. Я осталась одна. За месяц до отъезда мы с Катюшей провели несколько бессонных ночей на кухне, решая, куда устроить меня на работу. По большому счету, я не слишком многое умею делать. Собственно говоря, могу только весьма плохо играть на арфе да готовить.

В конце концов Катюша пристроила меня экономкой в богатый и шумный дом модного писателя Кондрата Разумова. Служба казалась на первый взгляд не слишком обременительной. Мне предстояло надзирать за домработницей, кухаркой и домашними учителями Лизы — дочери Кондрата от первого брака.

Но не успела я и недели проработать на новом месте, как Кондрата убили. Не буду рассказывать, что пережили мы с его дочерью Лизой. Родная мать давным-давно отказалась от девочки, а когда погиб отец, она и вовсе стала круглой сиротой.

Совместные испытания сблизили нас с Лизой, мы обзавелись котенком по кличке Пингвин и подобрали Рамика, щенка неизвестной породы. Не хочу утомлять вас бесконечными деталями, скажу только, что сейчас четырнадцатилетняя Лиза живет со мной, и я считаю ее своей дочерью.

В конце марта из Америки неожиданно вернулся Кирюшка вместе со всеми домашними животными.

— Знаешь, Лампочка, — жаловался он, разбирая чемоданы, — не по мне эта их заграница. Ну, прикинь, в школе одни придурки. В седьмом классе умножение в столбик проходят. По географии — только Америка, физики, химии просто нет. И вообще они идиоты! Знаешь, какая шутка у них самая прикольная?

— Ну?

— Кто-нибудь пукнет, а остальные ржут — не дети, а дебилы. Жирных полно, прямо слоны по улицам ходят, едят всякую дрянь из коробочек и все время друг с другом судятся. Нет, мне там не понравилось! Знаешь, что люди в Нью-Йорке в метро делают?

— Что?

— Едят! Сядут в вагон, супчик в картонном стаканчике вытащат или чипсы — и ну наворачивать, а пустую упаковку потом на пол швыряют. У них в подземке такая грязь! Стены все исписаны, скамейки измазаны — сесть противно. Одно хорошо — платят маме много, на ее месячную зарплату мы тут год жить можем!

Я погладила его по вихрастой голове. Кирюшка уткнулся в мое плечо, и я с изумлением поняла, что еще чуть-чуть, и он станет выше меня. Хотя, если подумать, это совсем неудивительно. Мой рост всего метр пятьдесят восемь, а вес сорок семь килограмм. Честно говоря, я побаивалась, как он воспримет Лизу, но дети моментально подружились. Еще у меня вызывала опасение первая встреча наших животных. Но мопсы и стаффордшириха, одуревшие от многочасового перелета, даже не моргнули глазом при виде Пингвы и Рамика. А кошки только фыркнули пару раз на наглого котенка. Вскоре мопсихи поняли, что голенастый и веселый Рамик — отличный товарищ по играм, а Клаус и Семирамида принялись обучать Пингву джентльменскому поведению. Кстати, Пингвин на самом деле кошка, просто, когда давали имя, не слишком разобрались в половой принадлежности котенка. Вот так мы и живем и ждем, когда из Америки вернутся Катя, Юля и Сережка.

День мой катился как всегда. Сначала, усиленно растопыривая пальцы веером, я изображала из себя подругу торгашки рыбой, потом вернулась в офис и пошла в кабинет к Сене.

— Молодчина, — похвалил начальник, — можешь быть свободна до завтра. Явишься к одиннадцати, будет новый заказ.

Я обрадованно закивала. Заказчик — это хорошо, просто отлично, каждый клиент — деньги.

— Устала? — поинтересовался Семен и повернулся к бару.

— Очень, — вздохнула я, — набегалась сначала с этой рыбницей, а потом пришлось три часа болтать с ее мужем, прямо караул!

— Ничего, ничего, — приободрил меня хозяин. — Хочешь коньячку?

— Ну разве что капельку! Ты же знаешь, я косею даже от запаха!

— Это хорошо, — засмеялся Сеня и наполнил пузатый фужер, — пьяная женщина согласна на все.

Он пригубил напиток и причмокнул губами.

— Хорош!

— Борзой щенок? — усмехнулась я, разглядывая бутылку.

— Именно так, — вновь засмеялся Сеня, — подарок благодарного клиента. Не все же такие, как госпожа Воробьева!

Я невольно поморщилась. Мадам Воробьева оказалась редким по зловредности экземпляром. Сеня, как правило, берет с заказчиков деньги и только потом принимается за работу. Когда он только начинал бизнес, его пару раз обманули, и теперь мужик твердо придерживается принципа:

утром деньги — вечером стулья. Прощаясь с клиентом, Сеня производит окончательный расчет — случаются у нас непредвиденные расходы, счета выдаются клиенту на руки. Люди, как правило, безропотно расстегивают кошельки, но Елена Павловна Воробьева оказалась не из таких. Сначала она с карандашом и калькулятором все проверила, потом стала возмущаться:

— Это что за сумма?

— Купили «единый» на январь для человека, который ездил по вашим делам, — кротко пояснил Сеня.

Елена Павловна нахмурилась.

— Единый?! На целый месяц? Но сегодня только двенадцатое число! Нет, так не пойдет, заплачу лишь половину.

Сами понимаете, ожидать от такой коньяк в подарок не приходится. А напиток, которым Сеня меня сейчас угостил, и впрямь был высшего класса, на языке остался маслянистый привкус, и цвет у него красно-коричневый, самого благородного тона.

— Лампа, — начал Сеня, — ты ведь знаешь, что я считаю тебя своей лучшей работницей.

Я кивнула.

— Так вот, именно поэтому хочу дать совершенно особое, эксклюзивное задание.

Я опять кивнула. Это очень хорошо, значит, и заплатят мне больше, чем обычно. Словно подслушав эти мысли, Сенечка продолжил:

— Естественно, и гонорар соответственный.

— Какой?

— Сто долларов в день.

Что ж, совсем неплохо, но вот что придется делать за эти деньги?

— Особых хлопот не потребуется. Некая Анна Ремешкова хочет, чтобы ты проследила за ее мужем, причем сделать это надо у них в доме. Госпожа Ремешкова занимается бизнесом, часто разъезжает по командировкам, а муж ее — человек творческий, художник, существо увлекающееся, натурщицы всякие ходят. Сама понимаешь.

«Алиби» официально оформлено как сыскное агентство, и к нам частенько обращаются люди с подобными просьбами, только, как правило, Сеня старается отвадить таких клиентов. И почему он назвал задание эксклюзивным? Самая обычная рутина, только зарплата, положенная мне, выше обычной, что довольно странно.

— Эта самая Анна — лучшая подруга Леки, — со вздохом сообщил Сеня.

Все сразу стало на свои места. Лека, Ольга Гаврилова, третьесортная артисточка из мало кому известного театра, — бывшая жена Сени. Развелись они года три тому назад, и Сенечка до сих пор шарахается от баб, как от чумы. Примерно раз в неделю Лека заявляется в контору и устраивает жуткий скандал, требуя у бывшего мужа деньги. Она пребывает в твердой уверенности, что он, несмотря на полный разрыв, обязан содержать ее до гроба. Гребнев — человек мягкий, любящий решать все конфликты миром, поэтому ему легче заплатить, чем ругаться с базарной бабой.

— Понятно, — улыбнулась я.

Сеня развел руками:

— Ну извини, Анна — еще та штучка. Боюсь, кроме тебя, ее никто не сумеет выдержать, а ты, с твоим умом и...

— Ладно, Сенечка, — прервала я хозяина, — под каким видом проникать в дом?

— Им нужна домработница, — ответил Сеня, — прежнюю Анна с треском выгнала, заявив, что она хамка.

Я аккуратно поставила бокал на стол. Домработница так домработница, мне, собственно говоря, все равно.

Глава 2

Утром, не успев проснуться, я подлетела к балконной двери и глянула на улицу. Шел крупный, просто новогодний снег, пейзаж больше напоминал январь, чем апрель. Но кенгуру на балконе не было. Убедившись в собственной нормальности, я быстро оделась, просто и неброско, и помчалась к госпоже Ремешковой.

Жила удачливая бизнесменша недалеко от метро «Киевская», в красивом доме из светлого кирпича. Нужная квартира располагалась на седьмом этаже. Не успела я позвонить, как на пороге возникла полная девица в весьма экзотическом наряде. Верхняя часть ее фигуры была обтянута ядовито-зеленой кофточкой с блестками, нижняя втиснута в розовые брючки-капри с вышитыми отворотами.

— Чего надо? — не очень вежливо поинтересовалась девушка и прищурилась.

— Анну Николаевну Ремешкову, — смиренно ответила я.

— Ма, — завопила отроковица, — к тебе какая-то нищенка явилась.

— Иду, — раздалось хрипловатое меццо, и в коридор вышла дама.

При виде ее я сначала испугалась, но потом постаралась взять себя в руки. Представьте, что на вас надвигается стог сена двухметровой высоты и такой же ширины. Сходство с пожухлой травой навевали волосы дамы-монстра. Кудри у нее были выкрашены самым невероятным образом — у корней светло-коричневые, посередине желтоватые, на концах почти белые. Так выглядит начинающая подгнивать солома. И одета она была «восхитительно». Тучный, похожий на арбуз зад обтягивали такие же, как у дочери, брючки, только не розовые, а ядовито-зеленые. Невероятный бюст, напоминающий все те же астраханские арбузы, только размером поменьше, угрожающе выпирал из ажурной кофточки. На шее сверкала цепь, в ушах блистали слитки золота, а пухлые запястья крепко обхватывали массивные, как наручники, браслеты.

— Ты, что ли, новая прислуга? — отрывисто поинтересовалась хозяйка и, не дождавшись ответа, приказала: — Ботинки сымай и иди на кухню.

Я покорно выполнила приказ. Ремешкова плюхнулась на диванчик, налила себе чай и рявкнула:

— Значит, слушай! Готовить что велю, убирать, стирать, гладить. Ежели сопрешь чего — найду и удавлю.

Я отметила, что «хозяйка» не предложила мне разделить с ней чаепитие, и, подвинув табуретку, тихо, но весьма категорично сказала:

— Надеюсь, вы понимаете, что я совершенно не собираюсь вести ваше домашнее хозяйство, насколько знаю, в мои обязанности входит проследить за вашим супругом.

— Да тише ты, — шикнула Анна, — готовить могешь?

— Ну, я, конечно, не шеф-повар «Арагви»...

— А нам такого и не надо, — заржала хозяйка, — люди мы простые, едим как все, лишь бы чисто да сытно. Не дрейфь, становись к плите, а на уборку я другую найму. Только имей в виду, ежели чего сопрешь, мало не покажется.

Я посмотрела в ее крохотные голубенькие глазки, похожие на две кнопки по обе стороны толстого картофелеобразного носа, и неожиданно спросила:

— Чем торгуете?

— Шмотками, — охотно пояснила Аня, — исключительного качества. Во, гляди.

И она вытянула вперед ногу, похожую на конечность бегемота.

— Видала, какие бриджики? Класс, фирма, на фабрике берем, чай, не гнилыми нитками шиты. Другие знаешь как делают? Говна накупят и людям продают, а сами в приличном месте прибарахляются. А у меня все честно — что покупателям везу, в том и сама хожу. Я вот тебя научу, — неожиданно улыбнулась она, — пойдешь брать шмотье на рынок — на торговца гляди. Ежели в своем сидит — порядок, а ежели в другом — проходи мимо. Брюки-то у тебя дешевле некуда, на Черкизовском брала?

Я кивнула.

— Дрянь, — резюмировала Аня, — им красная цена три бакса, а тебе небось за тысячу впарили.

Удивившись ее проницательности, я ответила:

— За девятьсот.

— Ага, — хмыкнула хозяйка, — имей в виду, поможешь мне, поймаешь муженька-козла на бабе, завалю тебя шмотками по оптовой цене. Будешь лучше всех одета за смешные копейки, усекла? Я тех, кто меня выручает, не забываю.

Подавив легкий смешок, я посмотрела в ее полное, по-крестьянски хитрое лицо. Что-то везет мне в последнее время на представителей российского торгового бизнеса. То форель обещают, то жуткие вещички.

Через неделю я стала в доме своим человеком и изучила всех членов семьи. Собственно говоря, было их всего трое — Аня, ее дочь от первого брака Ирина и супруг Борис Львович Лямин, заподозренный в неверности.

И если Аня и Ира были, так сказать, птицы из одной стаи (семнадцатилетняя Ирочка являлась просто копией матери), то Борис Львович принадлежал к иной категории. Образно говоря, Аня и Ира — перчатки, а Борис Львович — сапог. Что лучше, перчатка или сапог? Глупо сравнивать, каждая вещь нужна, но вместе они не пара.

Худой, даже тощий Борис Львович в основном пропадал в своей мастерской. Мне было строго-настрого запрещено трогать там даже обрывки валявшейся на полу бумаги.

Аня и Ирина обожали поесть, причем предпочитали жирные, тяжелые блюда — гороховый суп из копченых ребрышек, свиные отбивные, жаренную на сале картошку, шоколадное мороженое, взбитые сливки, бананы... Всю еду они щедро сдабривали сливочным маслом и топили в майонезе. Никаких переживаний по поводу фигуры мои хозяйки не испытывали и со спокойной душой ложились в кровать с коробкой конфет. Печень у них, очевидно, была из железа, а желудок — из оргстекла, потому что, поглотив невероятное количество жратвы, они никогда не жаловались на неприятные ощущения и не пили горстями но-шпу, мезим или фестал. Да и цвет лица у них был нежный, персиковый, свидетельствующий о великолепном пищеварении.

Борис Львович мучился гастритом, для него я заваривала скользкие кашки и готовила в термосе отвар из кукурузных рыльцев.

Аня и Ира с восхищением смотрели фильмы со стрельбой и погонями, впрочем, не брезговали они и порнушкой. Борис Львович наслаждался фильмами Бергмана и Люка Бессона.

Дамы с упоением поглощали любовные романы, обожали желтую прессу типа «Скандалов», «Мегаполиса», «Спид-Инфо». А Лямин держал на прикроватной тумбочке томик Чехова и газету «Коммерсантъ».

И так во всем. Женщины ложились спать в одиннадцать, а художник засиживался до двух, Аня могла три дня подряд носить одну и ту же кофточку, Борис Львович мылся по сто раз на дню... Оставалось лишь удивляться, как они вообще свели знакомство друг с другом и ухитрились прожить вместе почти пять лет.

Впрочем, думается, Борис Львович просто находился у Ани на содержании. Его непонятные картины в темно-серых тонах вызывали у меня чувство вселенской тоски. Несколько раз к художнику при мне приходили покупатели, но спустя полчаса они прощались, так ничего и не купив. Очевидно, произведения Бориса Львовича навевали меланхолию не только на меня.

У Ани же дела шли прекрасно. Надо сказать, что она при ближайшем знакомстве оказалась не такой уж противной, просто плохо воспитанная бабища, которой неожиданно попер фарт.

Ирина заканчивала школу. К слову сказать, отчима она на дух не переносила. Но он сам во многом был виноват. Например, на днях, когда Ирина вышла к завтраку в обтягивающем ярко-красном платье, синих колготах и нежно-зеленом жакете, Борис Львович робко проблеял:

— Мне кажется, детка, ты одета слегка не в тон.

— Ну и что теперь, в коричневом ходить, как разные придурки? — окрысилась Ирочка.

— Нет, — не успокаивался «папенька», — просто сними либо колготы, либо жакет, а то ты похожа на попугая.

— Теперь так носят, — буркнула Аня, набивая рот жирной сырковой массой.

— Ага, — хмыкнул муж, оглядывая прикид жены.

В тот день мадам Ремешкова нарядилась в ядовито-лазурное платье с розовым кантом и оранжевый пиджак, на лацкане которого белела искусственная орхидея.

— Не нравится? — ухмыльнулась Аня.

— Нет, — отрезал супруг, — выглядит отвратительно, и потом, с твоей фигурой просто нельзя носить ничего подобного. Пойми, женщины скрывают недостатки, а ты их выпячиваешь.

— У меня нет недостатков, — хихикнула Аня и навалила себе гору из яичницы с беконом и жареным луком.

— Ладно, — вздохнул художник, — пойду работать.

Легким, неслышным шагом он вышел в коридор. Ирина проводила скептическим взглядом его худую, слегка сутулую фигуру и по-детски бестактно спросила:

— Мам, а за каким чертом ты с ним живешь, ну какая от него, козла, польза?

Через четыре дня я доложила Сене, что задание выполнено. Собственно говоря, поймать Бориса Львовича оказалось проще простого, как конфетку у малыша отнять.

Утром Ирина уехала в школу, Аня отправилась инспектировать свои торговые точки. Я же подошла к художнику, потупив глазки, и заныла:

— Борис Львович, очень вас прошу...

Живописец оторвался от мольберта, отложил перемазанную серой краской кисть и спросил:

— Что случилось, голубушка?

— Да сын руку сломал, надо везти в больницу. Отпустите меня, пожалуйста. Обед готов, ужин тоже, а к семи я вернусь.

— Конечно, душечка, — воскликнул хозяин, — что за вопрос, естественно, езжайте. Ребенок прежде всего. Зачем вам вечером возвращаться, я предупрежу Аню.

— Пожалуйста, — тихо произнесла я, — не говорите Анне Николаевне ни слова, она у меня из зарплаты вычтет, а деньги знаете как нужны! Ну, пожалуйста, хозяйка не узнает, умоляю вас.

Борис Львович замахал руками:

— Только не плачьте. Конечно, бегите скорей, я буду нем, как могила.

— Вот только пол на кухне вымою, — пообещала я и понеслась по коридору.

Через пару минут на базе заморгала зеленая лампочка, и я поняла, что птичка попалась в западню. Художник явно звонил своей даме сердца, чтобы сообщить об удачно складывающихся обстоятельствах.

Спустя четверть часа я крикнула:

— Борис Львович, меня уже нет!..

— Давайте, душенька, — отозвался художник, — только помните, что Анюта в восемь явится.

Я демонстративно громко хлопнула дверью, вышла на лестничную клетку, но вместо того, чтобы спуститься на первый этаж, поднялась на один пролет и устроилась на подоконнике.

Время шло, наконец с шумом приехал лифт, раздалось бодрое цоканье каблуков, потом послышалась трель звонка, и приятный девичий голосок спросил:

— Боренька, а ты уверен, что мы будем одни?

— Конечно, лапочка, — отозвался художник, — жабы явятся только к ужину, а у прислуги, слава богу, ребенок руку сломал.

Дверь хлопнула, я усмехнулась и побежала вниз. Ну и чудесно все складывается! Пусть Борис Львович преспокойненько развлекается. Кажется, моя миссия подходит к концу. А где доказательства, спросите вы. За этим дело не станет. В мастерской художника на полках томится целая куча всяких предметов — глиняные вазы, гипсовые уши, керамические фигурки. Одна из чашек, стоящая среди десятка себе подобных, не простая. Это очень хитрый фотоаппарат. Рассчитан он на сутки работы. Один раз заводите механизм — и дело с концом. Один раз в установленное время крохотный затвор неслышно щелкает, и на пленке остается компрометирующий кадр. Впрочем, режим работы камеры можно предусмотреть любой. Сегодня после завтрака я установила его на шесть часов работы, а съемка будет проходить через каждые пятнадцать минут. Надеюсь, что Борис Львович не потащит любовницу в спальню, да и незачем ему это делать — в мастерской стоит такая удобная двуспальная тахта...

Радостно насвистывая, я добралась до метро. Отлично все складывается, использую образовавшийся в работе перерыв на всю катушку.

Прикупив на дешевом Киевском рынке кучу вкусностей, я помчалась домой, сейчас побалую своих славным обедом.

Кирюшка и Лиза гуляли с собаками. С нашей стаей непросто. Если выходить с псами по одному, то как установить очередь? Оставшиеся дома от злости и негодования обязательно набезобразничают. Поэтому прогулка превращается в целое представление. Кирюша, как самый сильный, берет семидесятикилограммовую Рейчел, Лиза прихватывает Рамика и Мулю, Ада гуляет без поводка, она послушная и довольно трусливая. При малейшем шорохе прижимается к земле и трясется. Ей и в голову не придет шмыгнуть в дырку под забором и улепетнуть от хозяев. Правда, Рейчел тоже послушна и спокойна, зато Рамик и Муля настоящие пройды. Стоит расстегнуть ошейник, как один моментально испаряется в неизвестном направлении, а вторая пулей летит к мусорным бачкам и быстро-быстро сжирает все, что вывалилось из них на землю. Только не подумайте, бога ради, будто мы морим ее голодом. Тучная Мулечка ест три раза в день, хотя собачек ее возраста принято кормить дважды.

— Лампуша пришла, — завопил увидевший меня Кирюша.

Рейчел медленно подняла морду, Ада тихонько взвизгнула, а Муля и Рамик яростно заскребли лапами, пытаясь кинуться мне на шею.

— Поставь сумки, — крикнул Кирка, — я донесу!

Он побежал мне навстречу, Рейчел лениво трусила рядом. Лиза тоже обрадованно улыбнулась и кинулась наперерез мальчику. Впереди, натянув поводки, галопировали Муля и Рамик, все они неумолимо приближались друг к другу.

— Эй, — попыталась я остановить их, — потише, сейчас упадете.

Но мое предупреждение прозвучало слишком поздно. Все произошло мгновенно и почти бесшумно, словно в немом кино. Внезапно Муля совершила настоящий хоккейный подкат под Кирюшку. Чтобы не наступить с размаха на жирненькое тельце мопсихи, мальчик перепрыгнул через нее и тут же споткнулся о поводок Рамика.

— Осторожно! — заорала я, но опоздала.

Кирюша шлепнулся на обледенелую землю, не добежав до меня двух шагов. Я кинулась его поднимать. Но сначала пришлось отпихнуть яростно радующихся Мулю, Аду и Рамика. Рейчел, если она не желает двигаться, стронуть с места невозможно, поэтому через нее я просто перепрыгнула.

Кирюшка сидел, как-то странно вытянув руку.

— Больно, — прошептал он.

Я взглянула в его побледневшее лицо и поняла, что, очевидно, больно ужасно, Кирюшка находился на грани обморока.

Дома мы с Лизой аккуратно стащили с него курточку и увидели, что рука от запястья до локтя угрожающе раздувается просто на глазах. Огромный синяк проявился тоже мгновенно. Только что кожа была чуть розоватой, через секунду покраснела, потом посинела.

— Немедленно в Филатовскую больницу, — скомандовала я.

Кирюшка покорно кивнул, а Лиза заревела.

— Не плачь, Лизавета, — бодрым тоном произнес Кирка, — и не больно совсем, зато теперь в школу не пойду, каникулы!

Я хмыкнула и понеслась в спальню, чтобы достать из шкафа деньги. Страховая медицина, конечно, хорошая штука, но, думается, приятно хрустящая бумажка обяжет доктора быть повнимательней.

В спешке роняя на пол постельное белье, я вытащила припасенную заначку и услышала легкий стук. На балконе вновь стояла кенгуру.

— Пошла прочь, — велела я, — не до тебя, ейбогу.

В Филатовской больнице нам незамедлительно поставили диагноз — перелом, по счастью, самый обычный, закрытый, без смещения. Толстая медсестра ловко наложила гипс и вручила мне «Памятку родителям по уходу за ребенком с травмированными конечностями».

— Дай сюда. — попросил Кирка и вырвал из моих рук желтоватый листочек. — Ой, Лизка, глянь, кайф! Щадящий режим, диета обычная, и никакой школы!

Я заглянула в «Памятку».

— Э, нет, дружок! Тут сказано — «дети с травмированными нижними конечностями занятий не посещают». У тебя пострадала верхняя.

— Ну, Лампуша, — заныл Кирка, — хоть один денечек завтра!

Не в силах отказать, я согласилась:

— Хорошо, но только завтра.

— Клево! — завопил Кирка и тут же, поскользнувшись, рухнул на асфальт прямо у будки охранника, стерегущего въезд в Филатовскую больницу.

— Давай, парень, — одобрил секьюрити, — теперь весь поломайся! Будет у тебя не только бриллиантовая рука, но и костяная нога.

— Кирюша! — в один голос закричали мы с Лизой.

— А чего, — забормотал он, — и ничего, подумаешь, упал!

— Проснулся, а там гипс, — радовался сторож.

— Держи его со здоровой стороны, — велела я Лизе и посмотрела на часы.

Полседьмого! Пора на работу. Нет. Больше никогда не буду врать ничего, что связано со здоровьем. Стоило придумать про перелом — и вот он, пожалуйста, в наличии.

Когда мы добежали до метро «Маяковская», я спросила:

— Сами домой доедете?

— Без проблем, — ответила Лиза.

Но Кирюша горестно вздохнул и проныл:

— Рука болит, жуть.

— Ничего, миленький, — попыталась я утешить неудачника, — выпей анальгин, скоро успокоится.

— Прикинь, какое горе, — стонал Кирка, — рука-то левая! И мне кажется, что боль пройдет, если мы с Лизаветой съедим по булочке вот отсюда!

Я проследила за его указательным пальцем с обгрызенным ногтем и увидела вывеску — «Кондитерская «Делифранс», вход через Зал Чайковского».

Надо же, как изменились времена! В начале 80-х я иногда приходила в этот зал, правда, со стороны улицы Горького, через актерский вход. Так вот, и музыканты, и зрители, явившиеся на концерт, были крайне недовольны. Тогдашний директор зала закрыл один-разъединственный буфет, где тихо торговали бутербродами с засохшим сыром и противной жирной копченой колбасой. Мотивировал свое решение он просто:

— Нечего цитадель искусства превращать в харчевню. Люди должны здесь наслаждаться музыкой, а не жрать хлеб и пить лимонад. Симфония и колбаса несовместимы.

Мы вошли в просторный вестибюль, и я невольно присвистнула. Да, похоже, с искусством в цитадели классической музыки покончено навсегда. В холле вольготно существовали целых три ресторана. В одном подавали мороженое, в другом — кофе, в третьем — сок.

Но Кирюшка и Лиза поволокли меня к булочкам. При взгляде на ценники у меня помутилось сознание. Корзиночка с фруктами — семьдесят рублей, булочка с клубникой тянула на полсотни, крохотный круассан стоил тридцать пять. Дети тоже слегка присмирели, но сзади уже набежал народ, и мы постеснялись расталкивать толпу.

— Возьми нам два «конвертика» с сыром по сорок рублей, — шепнула Лиза, — и бежим отсюда.

Я кивнула. Прямо перед нами стояла хорошо одетая пара. Дама неопределенных лет и девочка примерно Лизиного возраста в бархатной курточке и кожаных брючках.

— Вот это хочу, — капризно протянула девица, тыча наманикюренным пальцем в сторону дорогущих пирожных.

— Пять со взбитыми сливками, четыре с клубникой, шесть с вишней, — принялась перечислять мамаша.

Буфетчица начала аккуратно укладывать лакомства в фирменные коробочки. Внезапно Кирюшка вздохнул и с завистью произнес:

— Небось вкусные вон те, с желе!

— Да тише ты, — шикнула Лиза и дернула его за рукав, — нам такое не по карману.

Кирюша быстро глянул на меня и затарахтел:

— А и не хочется вовсе, потом живот заболит, крема очень много... Лучше вон те, с сыром!

Девочка в брючках повернулась, окинула взглядом Кирюшу и Лизу, презрительно хмыкнула и приказала:

— А еще с малиной, бананами, ежевикой и смородиной... Ну и с сыром, дешевеньких.

— Конечно, — согласилась мамаша.

— Что желаете? — обратилась ко мне другая продавщица.

Чувствуя, как тяжелая злоба начинает туманить мозги, я рявкнула:

— Шесть корзиночек со взбитыми сливками, пять пирожных с клубникой, семь с вишней...

— Эй, Лампа, ты чего, — прошептала Лиза, — лучше с сыром.

— И десять с сыром, — припечатала я, — впрочем, положите еще и эти с маком и вон те с ежевикой.

— Всех по десять? — поинтересовалась девушка.

— Да, именно по десять!

Когда счастливые дети, обвешанные коробочками и кульками, исчезли в поезде, я, вздохнув, перешла на другую сторону платформы и стала дожидаться своего поезда. Я категорически не хочу, чтобы Лиза и Кирюша выросли ущербными, с менталитетом нищего человека, у родителей которого не было денег, чтобы купить ребенку булочку. Правда, следует признать, что выпечка омерзительно дорогая, хорошо еще, что в моем кошельке лежала крупная сумма. Я носила с собой деньги на всякий случай, потому что хотела купить перчатки на меху, да все не попадались подходящие. И потом, эта девчонка в кожаных штанах так противно ухмылялась!

Сев в поезд, я раскрыла детектив и подумала: «Черт с ними, с перчатками, зима-то кончилась».

Глава 3

На следующий день, где-то около полудня, мы с Сеней в задумчивости разглядывали снимки. Голый Борис Львович выглядел не лучшим образом, руки и ноги тощие, кожа бледная, на спине какие-то то ли прыщи, то ли пятна. Зато дама просто красотка. Идеальная фигура с тонкой талией и высокой грудью, длинные ноги и никакой болезненной худобы профессиональных моделей. Не спорю, на вешалке платье выглядит лучше всего, но в обнаженном виде всякие Кейт Мосс просто отвратительны, больше всего они напоминают строительную арматуру, из бетонных кусков которой торчат железные прутья.

Но любовница моего хозяина смотрелась расчудесно: всего у нее было в меру — и округлостей, и стройности.

— Знаешь ее? — поинтересовался Сеня.

Я внимательно всмотрелась в личико красотки.

— Нет, ни разу не встречала.

— Хорошенькая, — оценил хозяин и бросил снимки на стол, — все при ней.

— Мне можно больше не ходить к Ремешковой? — обрадовалась я.

— Анька просила, чтобы ты еще поработала недельку.

— Зачем?

Сеня пожал плечами.

— Хочет убедиться, что краля у мужика одна.

Я с сомнением покосилась на изображение тощего Бориса Львовича. Нет, он мало смахивает на страстного донжуана, хотя кто его знает...

— Анька сегодня сюда явится, я ей фотки и покажу, — сообщил Сеня, — а ты ноги в руки — и вперед.

В субботу Борис Львович праздновал день рождения. По такому поводу были званы гости. Двое художников, Андрей Корчагин и Никита Малышев, с женами, очень томная дама неопределенного возраста, кокетливо закатывающая глаза и откликающаяся на кличку Зюка, и мужик с манерами генерала Лебедя, чье имя и отчество мне сразу узнать не удалось.

Сначала вручали подарки «новорожденному». Борис Львович получил от художников бутылку коньяка «Отар» и пятилитровую сувенирную упаковку виски «Ред Лебел». Зюка, присюсюкивая, преподнесла альбом «Лувр», а грубоватый мужик — одеколон неизвестной фирмы, зато редкой вонючести. Любопытная Ирочка моментально распечатала упаковку, и по комнате поплыл тяжелый аромат, которым отличаются от дорогого парфюма египетские подделки.

Дамы выглядели блестяще. Причем в настоящем смысле этого слова. Аня нацепила малиновое платье с люрексом. Оно было сшито «под горлышко», к тому же хозяйка обмотала шею золотыми цепями. Блеск украшений сливался с сиянием люрекса. Ирочка влезла в обтягивающий до неприличия светло-лазурный костюм-стрейч. Девочка явно тяготела к голубому цвету. На ее мощной груди переливалась всеми цветами радуги бриллиантовая брошь, а мочки ушей оттягивали дорогие серьги.

Но я не отрывала глаз от дамы, пришедшей с художниками, а точнее, от жены Никиты — Жанны. Не было никаких сомнений в том, что мой фотоаппарат запечатлел именно эту очаровательную блондиночку. Подавая на стол горячее, я думала: ну что заставило хорошенькую, молоденькую девочку выбрать себе в любовники Бориса Львовича? Ее муж Никита выглядел намного импозантнее — красивый, фигуристый парень чуть за тридцать. А моему хозяину сегодня стукнуло пятьдесят два. И еще очень удивляло поведение Ани. Насколько я заметила, она не привыкла сдерживать эмоции. Стоило ей чуть понервничать, как в доме начинали летать столы, стулья и биться посуда. Честно говоря, увидав, как хорошенькая Жанна, одетая в элегантный брючный костюм цвета топленого молока, входит в гостиную, я чуть-чуть струхнула, решив, что сейчас Анна завопит и опустит ей на голову поднос, где горой расположились экзотические фрукты — киви, манго и бананы.

Но Аня с улыбкой обняла Жанну и весело сказала:

— Отличный костюмчик, чай, не рыночный.

— Нет, — улыбнулась Жанна и быстро добавила: — Хотя и на рынках часто попадаются великолепные вещи.

Она явно не хотела обижать хозяйку. Словом, все были милы, приветливы и радостно-оживленны. За столом текла легкая беседа ни о чем. Жанна и Валерия, жена Андрея Корчагина, ели мало, в основном накладывали на тарелки салат из овощей. От запеченной свинины они отказались, не притронулась и к картошке.

К кофе подали коньяк и ликер. Жанна горестно вздохнула:

— «Айриш Крим», мой любимый!

— Так в чем же дело, выпей! — улыбнулся Борис Львович.

— Слишком калорийно, — протянула Жанна, — боюсь поправиться.

Никита усмехнулся:

— По-моему, у тебя самая настоящая мания похудания.

— Один разочек можно забыть о диете, — хмыкнул Борис Львович.

Аня же спокойно взяла со стола рюмку, стоявшую рядом с прибором Жанны, и, наполнив ее доверху светло-кофейной жидкостью, с милой улыбкой протянула ей:

— Давай за день рождения.

— Ну, только ради Бориса Львовича, — продолжала кривляться та.

— Да ладно тебе, — усмехнулась Аня, — и так за грабли спрятаться можешь, пей со спокойной душой. Между прочим, только для тебя и покупала, остальные эту сладкую липучку терпеть не могут.

— Точно, — хором отозвались мужчины, — коньяк лучше.

— А мне больше по вкусу виски, — сообщила Валерия. — «Айриш Крим» какой-то странный, вроде молока с водкой.

— Ничего вы не понимаете, — фыркнула Жанна, — коньяк, виски, еще скажите — самогон. Благороднейший напиток этот ликер, для людей с тонким вкусом.

— Можно мне попробовать? — попросила Ирочка.

— Нет, — неожиданно резко ответила мать, — он для тебя слишком крепкий.

Ирина, не привыкшая, что ей в чем-то отказывают, обиженно заморгала и собралась заныть, но тут Жанна понюхала рюмку и сообщила:

— Пахнет странновато, словно «Амаретто».

— Да ну? — изумилась Аня и поднесла бутылку к носу. — Нет, он всегда такой. Да ты попробуй, я в супермаркете брала.

Жанночка быстро опустошила рюмку и замерла со странно выпученными глазами и полуоткрытым ртом.

— Что, — ухмыльнулся Никита, — так вкусно? До остолбенения?

Борис Львович, Аня и Андрей засмеялись. Но Жанна как-то вульгарно икнула, изо рта у нее потекла блестящая струйка слюны. Через секунду она громко вскрикнула, странно дернулась, попыталась вздохнуть и рухнула на пол, неловко, тяжело, не сгибая колен, просто сверзлась с высоты собственного роста. Так валится человек, внезапно теряющий сознание. Падая, Жанночка ударилась о большую бронзовую фигуру, представлявшую собой то ли Купидона, то ли Амура, то ли просто ангелочка. Вмиг на дорогой синий ковер хлынула кровь. Красное пятно быстро расползлось под затылком несчастной.

— Жанна! — закричал Никита и бросился к жене. Он схватил ее за плечи и потребовал: — Немедленно отвечай, тебе плохо?

— Господи, какой ужас, — прошептала Валерия, — я сейчас в обморок упаду.

Белый, как лист писчей бумаги, Борис Львович тяжело опустился на стул и машинально ухватился за бутылку «Айриш Крим».

— Не трогайте ликер, — приказала я суровым тоном, моментально забыв про роль забитой домработницы.

— Почему? — спросил Андрей.

— До приезда специальной бригады не стоит ничего трогать, — ответила я.

— К-к-какой бригады? — заикаясь, спросила Валерия.

Никита, сидевший возле безжизненно лежащей Жанны, внезапно поднял растерянное лицо. Его рубашка была вся заляпана кровью жены, багровые пятна покрывали руки и брюки.

— Вызовите «Скорую помощь», — опомнилась Ира, — скорей, реанимацию!

Я посмотрела на неподвижно лежащую Жанну. Широко открытые глаза неподвижно смотрели в потолок, брезгливо искривившийся рот был открыт... Преодолевая ужас, я приблизилась и положила руку на шею тела, которое еще пять минут тому назад было веселой, кокетливой Жанной. Пульса на сонной артерии не было.

— Нет, — пробормотала я, — нужно сначала вызвать милицию.

Спустя час квартиру Ани невозможно было узнать. Повсюду расхаживали деловитые люди, равнодушно и споро делавшие свою работу. Труп не торопились двигать. Тело обвели жирной меловой чертой, всех присутствующих выгнали из гостиной в спальню хозяев, и мы сидели на широченной кровати, как стая вспугнутых птиц. Потом в комнату вошел молодой человек и приятным, хорошо поставленным голосом произнес:

— Я Сипелов Максим Иванович. Сейчас быстренько вас опрошу, а завтра прошу в отделение...

— Хочу сделать заявление, — неожиданно сказал Борис Львович.

— Слушаю, — моментально отреагировал Максим Иванович.

— Жанну убила моя жена, Анна Николаевна Ремешкова, — тихим, но безапелляционным тоном заявил художник.

— Ой, — проронила Валерия.

— О...ел совсем! — взвизгнула Аня. — Ума лишился!

— Нет, — протянул Борис Львович. — А вы, молодой человек, пишите, у вас ручка есть?

Максим Иванович вытащил из портфеля планшет с листом бумаги и спросил:

— Имя, фамилия, отчество?

— Это потом, — отмахнулся Борис Львович, — вы о деле послушайте. Анька совсем рехнулась от ревности и наняла вот эту даму следить за мной.

Все присутствующие разом повернули головы и уставились на меня.

— Так, — протянул милиционер, — продолжайте.

— Идиот! — завопила Аня.

— Потише, гражданочка, — велел Максим Иванович, — не мешайте исполнению.

— Да ты, мент позорный, — моментально отреагировала Ирочка, — не видишь, что ли, у мудака крыша съехала!

Максим Иванович уставился на девушку. Он был очень молод. Круглые детские щеки покрывал мягкий пух, скорей всего «Шерлок Холмс» не успел еще отпраздновать двадцатипятилетие, и звать его по отчеству не хотелось, не тянул он пока на Ивановича.

— Я полностью владею собой, — прошипел Борис Львович и резко спросил меня: — Ну что, скажете вру?

— Вы и в самом деле домработница?

Я растерянно покачала головой.

— Во блин, — выдохнул Андрей.

А Валерия, сидевшая возле меня на огромной кровати, брезгливо подобрав платье, отодвинулась подальше.

— Козел! — завопила Аня.

— Заткнись, убийца, — спокойно парировал Борис Львович.

— Не смей маме такое говорить, скунс вонючий! — взвизгнула Ирочка.

— Молчи, дрянь, — побагровел именинник.

— Сволочь, подонок! — визжала Аня.

Потом от «цивилизованных» ругательств она перешла к непечатным выражениям.

— Тише, граждане, тише, — попробовал навести порядок Максим Иванович, но тщетно, его никто не слушал.

Сильной рукой Аня подхватила крохотный, но тяжелый пуфик и со всего размаха метнула его в муженька. Пуф просвистел в полусантиметре от головы Бориса Львовича и с треском влетел в огромное трюмо. Раздался оглушительный звон, и на пол дождем хлынули зеркальные осколки.

— Прекратите немедленно! — вспылил Максим Иванович. — Граждане, ведите себя прилично.

— Пошел ты, козел сраный, — отпихнула его Ирочка и запулила в «папеньку» подушкой.

Она угодила Борису Львовичу прямо в лицо.

— Сука! — заверещал тот. — Ах ты, шалава подзаборная!

— Не трогай ребенка! — взвилась Аня и, подскочив к супругу, отвесила ему полновесную звонкую оплеуху.

Муж не остался в долгу и ухватил «любимую» жену за волосы. Началась драка.

— Немедленно остановитесь! — пытался командовать Максим Иванович.

Но никто из присутствующих не собирался его слушать. Валерия бросилась растаскивать дерущихся.

— Отстань, — велела Аня и толкнула ее.

Та с визгом шлепнулась на четвереньки.

— Не трогай мою жену! — заорал Андрей и стукнул Аню по спине.

Теперь дрались уже четверо.

— Сделайте что-нибудь, — стонала Зюка, — разнимите их.

— А ну молчать! — гаркнул мужик, похожий на генерала Лебедя.

Потом он вытащил откуда-то огромный черный пистолет и пальнул в потолок. На кровать хлынул поток мелких стекляшек, хрустальная люстра разом лишилась своих вульгарных висюлек.

Воцарилась тишина.

— Боже, мое лицо, — всхлипнула Зюка.

Потом повернулась ко мне и спросила:

— Посмотрите, нет ли ссадин?

Я окинула взглядом ее подозрительно ровную, лишенную морщин явно оперативным путем физиономию и заверила:

— Полный порядок.

— Слава богу, — промямлила Зюка, — я чуть с ума не сошла от ужаса! Не дай бог порезать кожу! Потом не восстановится, придется на шлифовку ложиться!

Дрожащими пальцами она принялась ощупывать лоб, щеки и подбородок. Остальные, тяжело дыша, не произносили ни слова. Я смотрела на вспотевшую Ирочку, рыдающую Валерию, растрепанную Аню, красного Бориса Львовича и обозленного Андрея... Да уж, поцарапанная морда — это не самое плохое, что приключилось за последние два часа. И что за придурок этот милиционер! Ну почему он молчит, когда наконец все заткнулись?

Внезапно Максим Иванович отмер, тряхнул волосами и, глядя на высыпающиеся из кудрей осколки стекла, спросил:

— У вас есть разрешение на оружие?

— Итить твою налево, парень, — вздохнул «Лебедь». — А там, среди тех, кто место происшествия осматривает, нет ли кого постарше?

Глава 4

На следующий день, где-то в районе полудня, я сидела в кабинете следователя Еремина Анатолия Сергеевича. Парень выглядел тоже молодо, но на лице его не было застывшей гримасы описавшегося щенка. Наверное, он всего на год-другой старше Максима Ивановича. Но именно этот год и сделал его опытным, хоть и молодым, профессионалом. Мне пришлось рассказать Анатолию про «Алиби». Я ничем не рисковала, агентство зарегистрировано было по всем правилам, а я оформлена на работу совершенно официально. Еремин отнесся ко мне великолепно, угостил отвратительным чаем «Пиквик» и почему-то был предельно откровенен.

Ситуация складывалась для Ани наихудшим образом.

— Она знала, кто любовница мужа? — поинтересовался Анатолий.

— До того, как получила фотографии, нет.

— Она видела снимки?

— Не могу утверждать, но хозяин агентства сказал, что ей покажет. Вы у него узнайте.

— Обязательно, — заверил следователь. — А «Айриш Крим» кто-нибудь еще пил?

— Нет. Гости все терпеть не могли этот ликер. Аня обронила фразу, что она специально для Жанны купила бутылку. А отчего погибла Малышева? Неужели от удара?

— В рюмке с ликером обнаружен цианистый калий, — спокойно пояснил милиционер, — причем в таком количестве, что хватит на полнаселения Китая. Понятно? Падала она уже мертвая, двух секунд хватило, чтобы «коньки» отбросить. А отравила напиток гражданка Ремешкова.

Он стал излагать свое видение событий, я молча слушала парня, крутя в руках связку ключей. Аргументы следователя выглядели очень логично. Хотя логика — такая странная вещь!

Неизвестно зачем, нам, студентам консерватории, преподавали логику. Стоит ли упоминать о том, что сдавать сей совершенно чуждый артистическим натурам предмет мы ходили по десять раз. Я переплюнула всех, ровно семнадцать дней пытаясь правильно ответить преподавателю, довела его почти до обморока, но ни разу так и не сумела получить даже «удовлетворительно». Сейчас я понимаю, что и педагог был, как говорится, с «левой» резьбой! Поставил бы бедной арфистке тройку, и дело с концом! Нет, он изо всех сил пытался привить мне упорядоченное мышление. Но наша восемнадцатая встреча оказалась роковой.

— Вот что, детка, — пробормотал мужик, — давайте составим силлогизм. Дано следущее: все птицы летают. Воробей летает, следовательно, он птица.

Мне это утверждение показалось глупым — летает еще бабочка, жук, самолет, ракета...

— Ну, — поторопил профессор, — теперь придумайте сами силлогизм, ну?

Однако мне ничего не приходило в голову.

— Ладно, — решил пойти мне навстречу экзаменатор. — Я помогу. Дано: все философы — ученые. Сократ — философ, следовательно, он...

Я молчала.

— Что же вы, голубушка, — горестно вздохнул логик, — напрягитесь. Сократ — философ...

— Следовательно, он птица, — радостно выпалила я, припомнив фразу, которую преподаватель приводил в пример.

Профессор как-то хрюкнул, схватил зачетку и быстро-быстро заполнил странички, потом сказал:

— Голубушка, вот вам «хорошо» за эту сессию, вот четверка за зимнюю, а здесь «зачет» за следующее лето. Только, пожалуйста, больше никогда не показывайтесь мне на глаза, честно говоря, при виде вас у меня энурез начинается.

Я обиженно сунула в карман зачетную книжку. Зачем он меня оскорбляет? Учил свою логику всю жизнь и теперь зазнается. Посмотрела бы я на него за арфой.

Но с логикой у меня и впрямь было плохо. Однако, даже на мой взгляд, выводы Еремина звучали крайне убедительно. Дело складывалось самым неприятным для Ани образом.

Посудите сами. Сначала она покупает ликер якобы для того, чтобы угостить Жанну. При этом Аня великолепно знает, что никто из гостей даже не прикоснется к «Айриш Крим»! Потом собственноручно наливает рюмку и подносит сопернице, а когда Ирочка решает попробовать разрекламированный Малышевой напиток, мать моментально отбирает у нее бутылку, заявляя:

— Для тебя слишком крепко!

Но Ирина только что, во время ужина, опрокинула две стопки водки, и матушка ничего не сказала дочурке. Только одно объясняло поведение Ани, и это было не слишком выгодно для нее.

— Но зачем бы ей травить Жанну при всех? Не легче ли киллера нанять, ну, машиной задавить, а то цианистый калий... Сразу понятно, что смерть неслучайная.

Еремин хмыкнул:

— Перемудрила немного, небось подумала, что на других свалят, в гостях много народа тусовалось.

Я удрученно молчала. Несмотря на непомерный аппетит, чудовищный вкус и распущенный язык, Аня мне нравилась. В ней чувствовалось какое-то здоровое начало, просто за все годы ей ни разу не пришлось задуматься о смысле жизни или прочитать умную книгу. Может, родись она в другой семье, стала бы иным человеком. И еще мне отчего-то казалось, что Аня не из тех людей, которые бросают друзей в беде.

— Вы ее арестовали?

— За этим дело не станет, — пообещал Анатолий.

Крайне расстроенная я поехала на работу. Открыла дверь в кабинет Семена и ахнула. По комнате словно Мамай прошел. С огромного письменного стола были сброшены все бумаги, из шкафов выкинуты папки, а монитор компьютера «радовал» глаз разбитым вдребезги экраном. Картину завершали сорванные жалюзи, опрокинутый цветочный горшок и расшвырянные по ковру ручки, ластики, линейки и скрепки.

— Ни фига себе! — присвистнула я. — Тут что, обыск был?

Сеня, сидевший на корточках возле поверженного телефонного аппарата, пробурчал:

— Хуже. С ментами хоть договориться можно, а здесь бушевала психопатка, патологическая личность Анька Ремешкова! И зачем я только Лельке пообещал, что помогу! Ну дернул черт! Знал ведь, с кем дело буду иметь! Ты только взгляни!

И он начал рассказывать. Если опустить весь мат, которым Сеня щедро пересыпал свою речь, получалась примерно такая картина.

Примерно за час до моего прихода в кабинет Сени влетела потерявшая человеческий облик Аня. Секретаршу Наденьку, тоненькую девушку лет двадцати, баба так шваркнула о стенку, что бедняжке пришлось потом прикладывать к голове лед, приготовленный для клиентов, уважающих виски.

— Гнида! — завопила Аня. — Ты зачем растрепал, что я видела снимки Жанны?

— Но что же мне следовало сказать? — удивился Сеня. — Я тебе их показал.

— Дрянь! — выпалила торговка. — Нет, какая ты дрянь! Немедленно отправляйся в милицию и скажи, что ничего подобного не было. Следователь — идиот, он решил, что я эту дуру отравила.

— Предлагаешь ввести в заблуждение органы дознания? — ухмыльнулся Сеня. — Ну уж нет, сама кашу заварила — сама и расхлебывай, мне с ментами ссориться нельзя.

И тут началось! Словно разъяренный бегемот, Аня принялась крушить кабинет. Сеня попытался урезонить озверелую бабищу, но удержать взбесившиеся сто двадцать килограммов живого веса оказалось ему не по плечу. Милая Анечка была на голову выше субтильного Гребнева, да к тому же и в плечах пошире. Пришлось звать охрану. Но до того как секьюрити вбежали в комнату, лучшая подруга бывшей жены ухитрилась устроить самый настоящий погром. Уже в самом конце, когда Аню тащили в коридор, она ухитрилась вывернуться из объятий крепких парней в форме и зафигачила в компьютер большой шар из яшмы, стоявший на подставке. Этот сувенир преподнес Сене один из благодарных клиентов.

— Она швырнула его, как метатель ядра, — сообщил Сеня. — Ей-богу, рядом с ней олимпийские чемпионы отдыхают. Каменюка-то тяжеленная, килограмма три будет. Ну Анька, ну сука, ровненько в монитор угодила; ты бы слышала, какой звук раздался! Надька как раз из сортира больную голову принесла. Так прикинь, дурында в приемной под стол залезла! Решила, что граната взорвалась!

Он встал и потянулся.

— Ну и денек! А еще насморк замучил, десять дней из носа льет. Давай коньячку хлопнем для успокоения нервной системы.

— Ладно, — согласилась я, — если тебе хочется.

— Мне это всегда помогает, — улыбнулся Сеня и вытащил бутылку, пузатый бокал и восьмигранную хрустальную рюмку.

Из горлышка полилась темно-коричневая струя.

— Ну, давай, — вздохнул Сеня и опрокинул рюмку.

Говорят, есть люди, предчувствующие несчастье. Они не садятся в самолеты и поезда, которым предстоит попасть в аварию, вовремя выходят из обреченных автомобилей и частенько предостерегают друзей и родственников. Но я не из их числа. Ни одна тревожная мысль не пришла мне в голову, пока хозяин делал хороший глоток, никаких дурных предположений не поселилось в душе, и я не стала кричать: «Не пей вина, Гертруда!»

Впрочем, насколько помню, королева из бессмертной пьесы В. Шекспира «Гамлет» не послушалась мужа и ответила: «Простите, но мне хочется, сударь».

За что и была наказана, отрава подействовала на нее мгновенно. Впрочем, и Сеня тут же изменился в лице. Глаза его угрожающе выкатились, и мужик, издав жуткий крик, свалился оземь. Сказать, что я испугалась, это ничего не сказать. Тело действовало быстрее разума. Ноги быстро подбежали к Сене, колени согнулись, руки схватили Гребнева за плечи. В ту же секунду я почуяла запах горького миндаля. Как же так!

— Звали меня? — всунулась в дверь растрепанная Наденька.

Правая щека девушки была заметно больше левой. Взгляд секретарши скользнул по мне, потом сфокусировался на лежащем хозяине, и она взвизгнула.

— Ой, чегой-то с ним? Инфаркт?

— Дай телефон, — устало сказала я, — Сеня умер.

Аню арестовали вечером. Скорей всего Еремин побоялся, что, оставаясь на свободе, она отравит еще кого-нибудь.

— Вы с ним пили коньяк? — хмуро поинтересовался серьезный Максим Иванович, осматривая место происшествия.

— Да.

— И ничего?

Я пожала плечами. Дурацкий вопрос, где бы, по мнению этого мальчишки, была я сейчас, окажись в моем фужере цианистый калий? Уж, наверное, не стояла бы перед ним в расстроенных чувствах, а лежала бы в черном пластиковом мешке, застегнутом на «молнию».

— Странно, однако, — пробормотал эксперт, спокойный пожилой мужчина, похожий на дедушку-пенсионера.

— Что? — спросила я.

— Да вот посуда, — пояснил дедок. — Вам погибший плеснул бренди в специальный коньячный бокал, пузатый, из тонкого стекла. Между прочим, он поступил абсолютно правильно. «Отар» следует пить мелкими глотками, тихонько взбалтывая и согревая в руках. От тепла настоящий коньяк начинает источать тонкий, ценимый истинными гурманами аромат. Зато себе почему-то он плеснул в рюмку диковинной формы, к тому же синего стекла, хотя вот они, бокалы, стоят на полочке как миленькие.

— Это просто объяснить, — тихо сказала я. — Сеня был очень сентиментален. Рюмка старинная, к ней имеется еще и графин. Пару подарила Гребневу мама, после ее смерти Сеня пил только из этой рюмки исключительно все — коньяк, виски, ликер...

— А пиво? — глупо поинтересовался Максим Иванович.

— Он его на дух не переносил, — пояснила я, — говорил, потом отрыжка мучает.

— Прими мотилиум, помоги своему желудку, — процитировал эксперт надоевшую до дрожи телерекламу.

— Кто знал, что он пользуется только этой стопкой? — спросил Максим Иванович.

— Все, — пожала плечами я. — Сеня рассказывает каждому историю рюмки, вернее, рассказывал.

— Ремешковой тоже? — уточнил он.

— Не знаю! Наверное, да. Гребнев обожал угощать всех, отказаться было практически невозможно. Клиентам наливал, сотрудникам...

— Понятно, — заявил Максим Иванович.

— Что вам понятно?

— Все, — загадочно фыркнул он. — Все.

Я дернула плечом. Тоже мне, Шерлок Холмс нашелся. Впрочем, поеду-ка я домой, делать мне здесь больше нечего.

На кухне мирно пили чай Кирюшка, Лиза и еще пара ребят.

— Лампушка! — обрадовалась девочка. — А тебе из милиции звонили.

Ну вот, теперь покоя не дадут, замучают допросами. Придется пойти в соседнюю квартиру, впрочем, идти не обязательно. Я схватила толкушку и пару раз стукнула в стенку. Если Володя дома, он тут же явится.

Володя Костин — наш добрый приятель, он служит майором в системе Министерства внутренних дел. Познакомились мы случайно, мимолетная встреча переросла в приятельские отношения, затем в нежную дружбу. Володя холост. Впрочем, когда-то он был женат, но о кратком браке рассказывает с неохотой, а мы и не особо расспрашиваем. Хотя надо сказать, что редкая женщина способна быть женой борца с преступностью. Володя живет по совершенно непредсказуемому графику. Может уйти из дома в понедельник около восьми утра и вернуться в среду глубоко за полночь. Праздник ли, будний день, ему все равно, ведь преступники не отдыхают в выходные дни. Конечно, не всякая супруга выдержит такой ритм жизни. Наверное, поэтому среди сотрудников МВД очень велик процент разведенных. Просидит тетка у молчащего телефона, прождет безрезультатно муженька на день рождения или другой какой семейный праздник, повздыхает в пустой двуспальной кровати, а потом найдет другого, такого, который возвращается каждый день в семь часов со службы, в субботу ездит к теще в деревню, а в воскресенье несется с приятелями на рыбалку, футбол или самозабвенно копается в машине. Кстати, у Костина есть ближайший приятель, Слава Самоненко. Так тот тоже в разводе, убежала жена и еще от одного сотрудника, также майора, Павла Митрофанова. Словом, весь отдел состоит из холостых мужиков в самом соку, только невесты отчего-то обходят их стороной.

Одно время я лелеяла надежду свести вместе Катю и Володю. Но после четырех неудачных замужеств подруга зареклась еще раз идти в загс. Хотя из них могла бы получиться идеальная пара — ни его, ни ее никогда нет дома. Общались бы по телефону и никогда не ругались. Но Костин как-то сразу стал нашим другом, а изменить подобный статус трудно. Так Катя и не превратилась из Романовой в Костину. Зато у нас есть надежный, как пистолет «ТТ», приятель. В прошлом году мы ухитрились обменять его новую жилплощадь в весьма отдаленном районе на соседнюю с нами квартиру. Теперь весь этаж принадлежит нам, в случае необходимости стучим в стенку, и Володя возникает на пороге, если, конечно, он дома.

Но сегодня никто не откликнулся. Я сунула колотушку в ящик и спросила:

— Ну, и кто мной интересовался — Анатолий или Максим?

— Нет, — пробормотал Кирюшка и взял со стола листок. — Дробов Петр Валерьевич, он и телефон оставил...

Недоумевая, что еще за новое лицо появилось на горизонте, я быстренько набрала номер.

— Дробов слушает, — раздалось в ответ.

— Моя фамилия Романова, вы звонили...

— Вот что, гражданочка, — сурово сказал милиционер, — извольте явиться и получить свой паспорт.

— Паспорт?

— Да, до пяти! — рявкнул Дробов. — Улица Планерная, дом 7.

Я изумилась до глубины души. Это же наше районное отделение!

— Но я не оформляла новый паспорт. — Я робко принялась отбиваться. — Мой в сумке лежит.

— Вы проверьте, — железным тоном отчеканил Дробов, — ежели не найдете, то бегом сюда. Впрочем, если обнаружите, тоже давайте к нам.

— Ладно, — растерянно пообещала я, — вот только посуду помою.

— Сумочка у вас какая? — немедленно поинтересовался мент.

— Черненькая, лаковая, на длинном ремешке, внутри два отделения, кармашек на «молнии»... — ответила я.

— Ага, — удовлетворенно вздохнул собеседник, — значит, жду!

Следующие полчаса я искала паспорт. Но он как сквозь землю провалился. Более того, пропала и сумка. У меня их всего две. Одна побольше, из черного материала, похожего на прорезиненную мешковину, сверху налеплен фирменный знак «Ле Монти». Сережка подарил мне эту торбу на

Новый год. Спору нет, сумка очень удобная и какая-то безразмерная, в нее вмещается абсолютно все: косметичка, щетка для волос, детектив, ключи, яблоки, бананы... Только раздувается в боках. Я ее обожаю, а вот маленькую, элегантную, так называемую дамскую, терпеть не могу. Ну какой прок в сумке, куда можно положить лишь носовой платок? Для всего остального приходится брать пакет, очень неудобно. Так вот крохотная сумочка исчезла.

Петр Валерьевич сидел на втором этаже в обшарпанном кабинете, стены которого были выкрашены темно-зеленой краской.

— Романова? — рявкнул он.

— Да, только я не понимаю...

— Ваша? — все так же сурово спросил Дробов и шлепнул на ободранный стол мою лаковую сумку.

— Надо же! — восхитилась я. — Нашли! А где?

— Прочитайте и подпишите, — железным тоном велел мент.

Я взяла протянутый лист бумаги и уставилась в него. Ничего не понимаю!

«Акт утилизации. Мясо, предположительно говядина, — 1 кг 700 гр; сыр твердый, производство Голландии, — 450 грамм, сосиски натуральные, отечественные — 1 упаковка, масло «Анкор» — 1 пачка, 250 грамм, кефир «Биомакс» — 1 пакет — 1 литр...»

— Это что такое?

— Гражданка Романова, — сурово сообщил Дробов, — вы помните, где сумку потеряли?

— Нет.

— Между прочим, вместе с ней еще и пакеты с едой были, все валялось во дворе дома восемь...

Зачем вы бросили там документы и продукты питания?

Легкий лучик понимания забрезжил в глазах. И как только я забыла! В тот день, когда Кирюшка сломал руку, я заехала на Киевский рынок и купила там вот это самое мясо, сыр, сосиски. А когда Кирик рухнул на асфальт, я отшвырнула вещи в сторону и бросилась к мальчику, потом мы поехали в Филатовскую больницу, сумки же преспокойненько остались во дворе, а кошелек я всегда ношу во внутреннем кармане куртки.

— Как они к вам попали?

Дробов поморщился:

— Народ у нас бдительный. Увидели брошенные авоськи и стали трезвонить: бомба, бомба!

Моментально приехали соответствующие службы. Специально обученный человек подошел к пакетам и обнаружил, что там нет ничего особенного, всего лишь упаковки со жратвой. Лаковая сумочка валялась под скамейкой, там обнаружился паспорт и носовой платок. Все вещи были отправлены в отделение, и Дробов стал названивать Маше-растеряше, но трубку никто не снимал, только сегодня отозвалась девочка, назвавшаяся Лизой. Продукты, естественно, испортились, и их пришлось уничтожить.

— Лучше бы домой унесли, — вздохнула я, — все ведь хорошее было.

— Не положено, — угрюмо буркнул Дробов. — Вот здесь подпишите и здесь, теперь тут.

Я весело засмеялась и принялась оставлять автографы.

— Чего смешного? — забубнил Петр Валерьевич. — Больше дел нет, как с вами возиться, а преступность растет...

— Извините, — начала я оправдываться, — сын руку на улице сломал, вот я и побросала вещи. Смеюсь, потому что думала, опять по делу об убийстве допрашивать будут...

Дробов крякнул, вытер лысину и вручил мне сумочку.

Глава 5

Следующий день начался с весьма неприметного известия. Не успела я перешагнуть через порог «Алиби», как Наденька кинулась мне навстречу.

— Слыхали новость?

— Нет, — осторожно ответила я. — А что, у нас еще кого-нибудь отравили?

— Сеня, оказывается, давным-давно продал агентство некоему Федорчуку, — затарахтела Надя. — Об этом никто из наших не знал, все считали Гребнева хозяином, а он на самом деле такой же наемный работник, как и мы! И сейчас Федорчук сидит в его кабинете и всех выгоняет. Идите, Евлампия Андреевна, сейчас и вам достанется, мало не покажется... Мне уже расчет дали! Вот так!

В самом мрачном расположении духа я толкнула дверь и оказалась в кабинете. Но вместо приветливо улыбающегося Сени, хватавшегося при виде любого посетителя за бутылку с коньяком, из-за стола поднялся крохотный, щуплый человечек с лицом цвета перезрелого лимона. Жиденькие темные сальные пряди падали ему на глаза, тонкий, сжатый в нитку рот брезгливо морщился.

— Вы кто? — отрывисто поинтересовался карлик.

— Евлампия Андреевна Романова.

Крошка Цахес шлепнулся назад в кресло, выдвинул ящик письменного стола и швырнул мне почти в лицо серо-голубой конверт.

— Агентство более не нуждается в ваших услугах, здесь зарплата за апрель.

Я заглянула внутрь. Три сиротливые бумажки по сто рублей и одна пятисотенная купюра.

— Но я получала намного больше!

— Ничего не знаю, — крякнул уродец, — по бухгалтерской ведомости после уплаты налогов вам вручали восемьсот рублей!

Я в растерянности смотрела на нового хозяина. Это правда, только потом Сеня с улыбкой протягивал фирменный конвертик, где и лежала основная зарплата. Естественно, что мерзкий Федорчук знает об этой традиции, просто не желает тратиться, понимает, что я не пойду жаловаться. Закон-то нарушали оба — Сеня, когда давал, и я, когда брала!

— Вы свободны, — процедил гномик и вытащил из кармана пиджака толстую коричневую сигару.

Я молча повернулась и вышла, забыв попрощаться. Наденька засовывала в большую сумку ручки, карандаши, скрепки... Увидев меня, она хихикнула:

— Ничего ему не оставлю, сейчас еще информацию в компьютере уничтожу и картотеку вышвырну. Пусть новый секретарь бумаги заводит. Прикиньте, он меня, как котенка, выбросил и дал пятьсот рублей. Говорит, такая официальная зарплата, ну не урод ли!

Я медленно побрела к троллейбусу. Конечно, урод. Только легче от этого никому не станет, работы нет, что делать, ума не приложу.

Дома я вошла к себе в комнату, вытащила из шкафа с бельем коробочку из-под датского печенья и пересчитала наличность. Вместе с жалкой подачкой, полученной от карлика Федорчука, выходило чуть больше шести тысяч рублей. Какое-то время мы, конечно, продержимся, но новое место следует искать незамедлительно. Правда, голодная смерть нам не грозит. В любой момент я могу позвонить Катюше в Майами, и она немедленно пришлет столько, сколько надо. Только, честно говоря, мне не слишком хочется попрошайничать. Надеюсь, что сумею выкрутиться сама. А пока попробуем урезать бюджет.

Тут до слуха долетел тихий стук. Я повернулась и увидела на балконе кенгуру. Животное осторожно било лапкой в стекло. Ну вот, пожалуйста!

— Лиза, Кирюша! — закричала я.

Через минуту дети вбежали в комнату.

— Смотрите, кенгуру!

— Где? — спросил Кирюшка.

— На балконе!

Мальчик и девочка переглянулись, потом Лиза тихо сказала:

— Лампа, хочешь поехать на неделю в санаторий? Отдохнешь, мы тут сами справимся!

Я глянула на балкон, потом подошла и прижалась лбом к стеклу — никого!

Дети участливо смотрели на меня. Может, и впрямь к психиатру обратиться? Внезапно прозвенел звонок в дверь.

— Интересно, кто это? — удивилась Лиза.

— Пошли откроем, — подпрыгнул Кирка.

— Спросите сначала, — велела я.

— Лампуша! — закричала через минуту Лиза. — К тебе женщина!

— Иду, — отозвалась я и поспешила на зов.

Но на пороге комнаты притормозила и осторожно посмотрела на балконную дверь. Конечно же, кенгуру была там. Большие глаза внимательно следили за мной, треугольные уши шевелились. Я вылетела в коридор. Нет, завтра же отправлюсь к доктору!

На кухне, у окна стояла... Ирочка. На этот раз девчонка нацепила на себя темно-синюю юбчонку из блестящей кожи, желтую блузку и невероятную розовую жилетку всю в цветочках, рюшах и пуговичках.

— Здрассти, — выпалила она.

— Добрый день, — отозвалась я.

— Поговорить надо, — вздохнула Ирина, потом окинула взглядом Лизу с Кирюшей и уточнила: — Наедине.

Я провела ее в гостиную. Ирина плюхнулась в кресло, расставила колени и бесцеремонно поинтересовалась:

— Вы ведь из легавки?

— Нет, из сыскного агентства.

— Один черт, — отозвалась девушка. — Знаете, что маму посадили?

— Да.

— Так вот, она не виновата!

— Может, и правда, но только все улики против нее.

Ирина нахмурилась:

— В ментовке тоже так говорят, но они ошибаются, мама не убивала Жанну.

— Откуда такая уверенность?

— Ну, она мне сама сказала!

— Вы ее видели?

— Следователь свидание дал.

— И что?

— Плачет, говорит: «Доча, я ни при чем!»

Естественно, все преступники сначала отрицают свою вину.

— Не она это! — почти кричала Ира. — Не она!

— Да вы успокойтесь, хотите чаю?

— Засунь свой чай знаешь куда! — взвилась девица. — Я по делу пришла, не воду хлебать!

Я тяжело вздохнула. Воспитание Ирины оставляло желать лучшего, но не мне это исправлять.

— Чего тебе надо? — спросила я, перейдя с наглой девчонкой на «ты».

— Следователь у мамы, молодой такой, сказал, что ее только одно от тюрьмы спасет.

— Что?

— Если настоящий преступник сыщется!

— Ну, — протянула я, — на это слишком не рассчитывай. Следователю дело Ремешковой кажется ясным, не станет он очень стараться. Да и потом, скорей всего это Аня отравила Жанну.

— Нет! — со слезами на глазах воскликнула девочка. — Нет! Мамуля бы никогда не стала яд в бутылку сыпать. Ну не в ее привычках такое!

Я уставилась на Иру. Хороший аргумент, а главное, он безотказно подействует на господина Еремина. Только он услышит, что Анна не имеет обыкновения травить любовниц своего мужа, как тараканов, и сразу отпустит ее на свободу!

— Мамонька бы ей сразу в волосы вцепилась, морду о камин разбила бы, ребра пересчитала, — продолжала Ира. — Нервная она у меня, невыдержанная. А в бутылку яду напихать да ждать спокойно, тут другой характер нужен!

Резон в ее словах был, Аня становилась абсолютно неуправляемой, если что-то получалось не так, как она хотела. Могла пошвырять на пол посуду или разодрать в клочья плохо отстиранную кофточку. На моих глазах она разбила три цветочных горшка только из-за того, что Борис Львович не дал ей телефон. Просто побросала керамические кашпо на пол. Потом на кухне, опрокинув рюмку коньяка, хозяйка пояснила:

— Гневливая я очень, ты уж не обижайся. Под горячую руку так вломлю, мало не покажется. Прямо удержать себя не могу, в глазах темнеет, в ушах звенит — просто беда. Вот посуду на черепки пущу, и полегчает, вроде камень с души. Да ты не боись, ежели я тебе наподдаю, то через час обязательно подарок сделаю, и дорогой.

Она не обманывала. Борису Львовичу, у которого с воплями и визгом отняла телефонную трубку, Аня преподнесла на следующий день золотые часы. Лифтерше, уронившей случайно на асфальт десяток яиц, которые Аня вытащила из багажника, она отвесила оплеуху. Но уже вечером того же дня бабулька щеголяла во дворе в новехонькой турецкой дубленке с капюшоном. Слушая завистливые вздохи дежурных из других подъездов, наша консьержка бесхитростно поясняла:

— Анна Николаевна на руку горячая. Дубленочка-то первый класс. Ежели она мне еще раз в морду засандалит, попрошу сапоги зимние, кожаные, на натуральном меху.

Так что Ирочка права, тихо поджидать смерти обидчика не в Аниных правилах. Ведь даже я, когда увидела в гостях Жанну, перепугалась, думала, что начнется вселенский скандал.

— И папа считает ее невиновной, — тихо продолжала Ира.

— Отец? — удивилась я. — Борис Львович? Но он же сам на нее милиционерам указал.

— Борька — козел, — взвилась Ирина, — я про родного отца говорю, про маминого первого мужа.

— Кто он? — спросила я.

Ирина слегка помялась, потом ответила:

— Родион Громов.

Мне эти имя и фамилия ничего не говорили, Ириша, очевидно, сообразила, что я не поняла, в чем дело, и пояснила:

— Про вихревских слышали?

— Про кого?

— Ну, группировки такие есть: солнцевская, казанская, люберецкая...

Я кивнула, читаю иногда «Криминальную хронику», да и передачу одноименную по телевизору показывают. Правда, не слишком люблю ее, меня привлекают лишь выдуманные детективные истории, а не реальные.

— Ну, а это вихревские, — пояснила Ира, — из Вихрева, под Москвой, главный у них Гвоздь.

— И что? — удивилась я. — При чем тут какой-то Гвоздь?

— Так он и есть мой папа, — пояснила спокойно Ира, — Родион Громов по кличке Гвоздь. Они с мамой со школы знакомы, любовь у них вышла, мама и забеременела в семнадцать лет, а папу посадили. Они пожениться не успели. Дали-то ему десять лет! Мама к нему на зону ездила и меня маленькую возила.

Я слушала разинув рот. Родион признал девочку, более того, он искренно любил дочку и заставил Анну выйти замуж за Сергея Хитрука.

— Ребенку нужен отец, ну сама посуди, какой из меня воспитатель, — увещевал он ее.

Аня послушалась, но госпожой Хитрук пробыла лишь два года. Потом был еще один брак, тоже неудачный, затем третий, а пять лет тому назад на пути попался Борис Львович, казавшийся положительным и надежным партнером. Родион же ушел в криминалитет. На зоне он набрался ума и больше под арест не попадал, но дела проворачивал явно незаконные. С Аней его связывали самые теплые отношения. Он очень помог бывшей любовнице, когда та занялась торговым бизнесом, а Ирочка была всегда желанной гостьей в его огромном доме.

Не понимая, к чему девушка сообщила мне эту информацию, я поинтересовалась:

— Ну и что? Пусть твой папа наймет хорошего адвоката. Сейчас классные специалисты есть, дорогие только.

Ирочка раскрыла сумку, вытащила из нее пачку зеленых купюр, перетянутую розовой резинкой, и сказала:

— Мы хотим нанять вас, тут десять тысяч.

— Меня?! Да зачем?

— Ищите убийцу, — спокойно пояснила Ира. — Папа сказал, если мамулю из-за решетки вытащите, вовек благодарен будет.

Она вновь полезла в сумочку, вытащила еще пачку купюр и спокойно пояснила:

— Десять тысяч — это аванс, как работу закончите, получите еще пятнадцать кусков, а это мелочовка на расходы: бензин, взятки небольшие, ну там, туда-сюда. Папа в агентстве «Пинкертон» консультировался, ему сказали, что цена нормальная.

— Пусть твой отец наймет настоящих профессионалов, — отбивалась я.

— Не-а, — протянула Ира, — мы вас хочим.

— Почему?

— Потому.

Чудесный аргумент, главное, совершенно объясняет суть дела.

— Честно говоря, боюсь, не потяну, — ответила я, отодвигая пачки лакомых бумажек.

Ирочка тихо засмеялась:

— Э нет, папе никто не отказывает, лучше соглашайтесь.

— Зачем?

— Дети у вас, — вздохнула Ира, — не ровен час чего случится.

Я похолодела: ну дела, только киднепинга мне не хватает для полного счастья.

— У твоего отца небось служба безопасности есть, охрана, вот пусть им и поручит!

— Долдоны и идиоты! — в сердцах воскликнула Ириша. — Вот ломом по башке зафигачить, в ухо стрельнуть или к батарее приковать, тут они молодцы, а мозгами пошевелить им невдомек, потому как нет их у них, мозгов-то.

— Ну пусть господин Гвоздь по своим каналам поспрашивает, может, чего и выяснит, — сопротивлялась я из последних сил.

Ира вздохнула:

— Соглашайтесь, деваться все равно некуда, из агентства вас выгнали, где деньги возьмете? Дети есть запросят, опять же одеться-обуться надо...

— Все же лучше господину Гвоздю обратиться к своим или к профессионалам, в тот же «Пинкертон», если его не пугают расходы.

Ирина хмыкнула:

— Мой папа теперь от всех дел отошел, он легальный бизнесмен, торгует продуктами питания в Вихреве. Хватит, настрелялся, умирать-то никому не охота! А насчет профессионалов... Знаете, есть такая штука — коридорное мышление. Это когда человек привык думать только в одном направлении. Ну, допустим инженер знает, что вечного двигателя нет, нет и все, а дилетант думает, будто есть, идет в гараж и делает. Вообще многие открытия совершали непрофессионалы. Так что иногда лучше обратиться к тому, кто будет работать, не думая о правилах. Сыщики-то пойдут по привычной дорожке. Знаете, кто в этих агентствах в основном сидит? Легаши бывшие, а они привыкли действовать по старинке. Вы же крошечки подберете, за ниточки потянете.

Я глядела на Ирину во все глаза. Не слишком обремененная знаниями девушка явно повторяла чужие слова, скорей всего то, что говорил ей отец. Интересный, должно быть, господин, этот легальный бизнесмен Гвоздь, книги по психологии читает. Может, и впрямь попробовать? К тому же деньги...

— А что будет, если я с абсолютной точностью докажу, что Жанну отравила Аня? Если твой папа хочет, чтобы я подтасовывала факты...

— Папа желает знать правду, — тихо ответила Ира.

Я взяла тяжелую пачку денег, повертела ее в руках.

— А если я не сумею найти убийцу?

Ирочка вздохнула:

— Ничего, только лучше бы вам изо всех сил постараться.

Затем, посчитав разговор оконченным, она встала, быстрым шагом пошла к выходу и вдруг спросила:

— Квартира у вас большая, комнат сколько?

— Шесть.

— Откуда же такие хоромы?

— Мой старший сын Сережа женился на Юле, — объяснила я, не слишком вдаваясь в подробности, — она жила в соседней квартире, вот после свадьбы мы и объединили жилплощадь. Сделали из двух квартир одну.

— Понятно, — протянула Ира. — Жильцов не берете?

— Нет, — засмеялась я, — а ты что, хочешь у нас комнатку снять?

— Да, — серьезно ответила Ирина. — Не могу на одной территории с Борькой, блевать тянет.

— Поезжай к отцу.

— Так он в Вихреве живет, полтора часа от Москвы, а я в мае школу заканчиваю, всего-то два месяца до выпускных экзаменов осталось. Вы не сомневайтесь, я хорошо заплачу, деньги есть. Папа к маминым магазинам толкового менеджера приставил, и весь доход идет ко мне.

— А квартира чья? — глупо спросила я. — Анина или Бориса Львовича?

— Мама покупала, — пояснила Ира, — только козел там прописан. Он вообще нищий был, когда пришел. Его прежняя жена вытолкала только с парой трусов. Ну ничего, мамуля скоро вернется и бортанет гада.

— Пусть папа тебе квартиру снимет или купит!

Ирочка глубоко вздохнула и по-детски призналась:

— Я одна никогда не жила, боюсь очень. Тут Борька два дня не ночевал, так я чуть с ума не сошла. Ночью страшно, прямо жуть. В коридоре шкафы скрипят, а я дергаюсь. А у вас места полно, да и вы тетка незлая. Всего-то и поживу, пока маму не освободят. Ведь ее скоро выпустят, правда?

Ее широко распахнутые детские глаза с надеждой уставились на меня. Господи, за толстым слоем косметики совершенно не видно ее настоящего возраста, а ведь девочка всего на три года старше Лизы. И потом, она очень любит Аню, никогда с ней не расставалась и, естественно, тоскует. Вот ведь бедолага. Сколько на нее всего свалилось, тут даже здоровый мужик мог с катушек съехать, а Ириша еще хорохорится.

— Можешь занимать комнату для гостей, только там нет телевизора.

— Свой привезу, — повеселела «жиличка», — и видак, и кассеты, и музыкальный центр. Сколько возьмете? Только с едой, я готовить не умею!

— Что же ты эти дни ела?

— В «Макдоналдс» ходила, надоело до жути.

— А Борис Львович где питается?

— Борька бабу нашел на хозяйство, она ему суп варит.

— Что же ты ее стряпню не ела, не вкусно, что ли?

— Да козел сказал, что у нас теперь коммунальное жилье, каждый за себя. Так сколько?

— Мы с гостей денег не берем, — ответила я.

Глава 6

Утром, выгнав увеличившееся количество детей в школу, я села у письменного стола и призадумалась, потом написала на бумажке вопросы. Кому это выгодно? За что убили Жанну? Кто пошел на преступление? И при чем тут Сеня?

В памяти начали всплывать события. Итак, день рождения Бориса Львовича. Утром Аня, отдав все указания по поводу праздничного стола, отбыла на работу. Борис Львович работал до четырех часов, потом мылся в ванной, а в семь к накрытому столу явилась первая гостья — Зюка. Аня прибежала за секунду до нее и выставила на сервировочный столик, где уже выстроилась шеренга графинов, бутылку «Айриш Крим». Она была пыльная, и я, взяв влажную тряпку, аккуратно вытерла ее. Так вот, пробка казалась нетронутой. Я отлично это помню, потому что хотела открыть ликер, неприлично ставить на стол запечатанную бутылку. Но силы свернуть золотистую пробку не хватило. Хотела сходить за ножом, но тут меня отвлекли, и я забыла про бутылку.

Потом началась суматоха, пришли остальные гости, пошли объятия, поцелуи, вручение подарков. За стол сели около восьми, а в девять Аня взяла злополучный «Айриш Крим» и легко, двумя пальцами, сняла пробку. Значит, кто-то успел открыть бутылку. Конечно, моя хозяйка — здоровая баба, силы у нее немерено, но даже ей скрутить легким движением плотно запаянный колпачок нелегко. Некто успел поколдовать с бутылкой, если отмести, конечно, предположение, что она сама нафаршировала ликер цианистым калием. Стоп. А где Анна взяла отраву? Довольно экзотический яд для нашей действительности. Интересно, он продается в аптеках?

Я почесала голову ручкой и посмотрела в окно. Ну надо же, в кабинете тоже есть балкон, и на нем стоит кенгуру.

— Пошла вон! — рявкнула я и стукнула кулаком в стекло.

Раздался звон, осколки дождем хлынули в пространство между дверьми. Проклиная собственную глупость, я принесла совок, веник и мокрую тряпку. Хорошо хоть разбилось только внутреннее стекло, наружное уцелело. Следующие полчаса я потратила на поиски стекольщика. Наконец в РЭУ пообещали прислать мастера, и я вновь уселась за стол.

Так где Анна раздобыла цианистый калий? В аптеке? Был только один способ это проверить. Схватив толстенный справочник, я быстро набрала номер.

— Фармакология, — прозвенел девичий голос.

— Скажите, сколько стоит цианистый калий?

Девушка помолчала секунду, потом весьма злобно сказала:

— Я вот сейчас запишу ваш номер и в милицию сообщу. Хулиганка.

— Так вы не торгуете цианистым калием?

В ухо понеслись гудки. Страшно нелюбезная особа, может, мне доктор прописал цианид! Ладно, попробуем счастья в другом месте.

На этот раз ответила пожилая женщина:

— Провизор Шестакова.

— Простите, у меня рецепт, можно узнать о наличии лекарства?

— Пожалуйста.

— Цианистый калий, десять таблеток, пять грамм.

Женщина отреагировала немедленно:

— Что?

— Цианистый калий, десять таблеток, пять грамм.

— Это невозможно, наверное, вы неправильно прочитали рецепт, лучше придите в аптеку.

— Но...

И опять раздались гудки. Да, похоже, в аптеке его не взять, так где же? Я влезла в Энциклопедический словарь, нашла статью «Цианиды» и стала внимательно изучать текст.

«Синильную кислоту и ее соли используют в химической и металлургической промышленности для извлечения благородных металлов, также применяют для борьбы с грызунами».

Так, значит, в Москве полно мест, где лежит в сейфах цианистый калий. Всякие лаборатории, научно-исследовательские центры, заводы, коих в столице немерено, а еще хозяйственные магазины, торгующие отравой для крыс. Жизни не хватит, чтобы обойти все точки.

Ладно, пойдем другим путем. Если я приму за аксиому, что Аня не виновна, тогда что? Значит, Жанну отравил кто-то из гостей, сыпанул потихоньку в бутылочку отраву — и привет. То-то бедняжка понюхала рюмку и сказала, что «Айриш Крим» странно пахнет, как «Амаретто». А Аня ей ответила:

— Да нет, как всегда, пей спокойно.

А это еще одно доказательство вины моей хозяйки. Ладно, все-таки решим, что она ни при чем. Кто тогда? Борис Львович? Ну и зачем мужику средних лет убивать молоденькую и хорошенькую женщину? Он пользовался ее расположением. Правда, иногда бывает, что любовница начинает качать права, выдвигает требование типа — «брось свою жену и распишись со мной». Но Жанна была замужем, причем, кажется, Никита любил ее, хотя чужая жизнь — потемки. Может, он узнал про Бориса Львовича и решил извести прелюбодейку? Во всяком случае, ясно одно: проверить надо всех, кто в тот вечер веселился за праздничным столом, — Никиту Малышева, Андрея и Валерию Корчагиных, Зюку, Бориса Львовича, Ирину и солдафона, которого присутствующие звали Леонидом. С кого начнем?

Мои раздумья прервал звонок в дверь. На пороге возвышался пожилой мужик с куском стекла и чемоданчиком в руках.

— Пятьдесят рублей, — произнес он вместо «здравствуйте».

— Что?

— Работа с материалом стоит полсотни, — пояснил мастер, — платите вперед, или ухожу.

Надо же, какой противный. Я протянула ему голубую бумажку и ехидно заметила:

— Вообще-то, люди сначала дело делают, а потом магарыч берут!

— Это когда с нормальными жильцами дело имеют, — парировал стекольщик, — вон вчера у бабки работал, все чин-чином, а она мне два рубля подает. Что это, по-вашему? Нет уж, деньги вперед.

Ругаясь и оставляя за собой грязные следы, мастер дотопал до комнаты и глянул на дверь.

— Чегой-то тут делали, — заворчал он, — дрались? Ладно бы лето, сквозняком хлопнуло, а зимой! Чистое хулиганство!

— Сейчас апрель, — тихо сказала я, наблюдая, как он яростно орудует стамеской.

Куски дерева так и летели в разные стороны.

— Так это по календарю, — не сдавался мастер, — а на дворе февраль февралем, пурга, холод. Мне бы в тепле сидеть, нет, иди, чини ваше стекло, надоело все, за копейки по квартирам таскайся!

Он в гневе сплюнул на пол, подналег на стамеску и моментально отодрал от двери довольно большой кусок дерева.

— Осторожней!

— Нечего меня учить, возьмешь банку краски да замажешь!

Отвратительный пролетарий начал раздражать меня до дрожи. Хотя какой он рабочий! Настоящий работяга любит свою профессию, гордится умением и никогда не позволит себе испохабить материал. Ну не станет истинный мастеровой халтурить, потому что не умеет. А этот — люмпен, кричащий при любом удобном случае: «Вы все лентяи, а я рабочий».

— Мух, что ли, били? — не успокаивался мужик.

— Нет, кенгуру прогоняла.

У стекольщика выпал из рук нехитрый инструмент.

— Кого?

— Кенгуру, знаете, есть такое животное, большое, с сумкой на животе? Оно иногда ко мне на балкон приходит, а я его гоню, вот неудача и вышла.

Собеседник замолчал, потом сказал:

— Уйди из комнаты!

— Почему?

— Не люблю, когда за спиной стоят.

Я покорно вышла на кухню. Спустя четверть часа стекольщик крикнул:

— Все, готово!

Я проводила его до лестницы. Он вышел, внезапно повернулся и сказал:

— На шестом этаже, в 37-й квартире, профессор живет, Качалов его фамилия, психами занимается. Хороший мужик и берет недорого. Когда у моей тещи глюки пошли, он ей какие-то таблетки выписал. Не поверишь, как новая стала. Готовит, убирает, в магазин ходит, а до этого не помнила, как зовут. Ты сходи к нему по-соседски, глядишь, и поможет чем.

Вне себя от негодования я хлопнула дверью. Спасибо за совет! Кенгуру существует на самом деле, не знаю, почему его никто, кроме меня, не видит!

Вечером с пятью чемоданами явилась Ира.

— Там в машине еще всего полно, — отдуваясь, сказала она.

Лиза и Кирюша полетели вниз. Пока они таскали телевизор, видик, музыкальный центр, кассеты и диски, я молчала. Но когда появились тостер, СВЧ-печка, утюг и кофеварка, я не выдержала:

— Ну зачем всю бытовую технику приволокла! У нас своей полно. Хорошо хоть стиральную машину с холодильником не привезла.

— Они встроенные, — вздохнула Ирина, — отдирать тяжело, а то бы точно прихватила, ничего козлу не оставила бы, пусть теперь без тостиков поживет, а то он жареный хлеб обожает.

— Подумаешь, новый тостер купит, в чем проблема.

Ирочка радостно засмеялась:

— Никогда, у паразита денег нет, ему мамонька даже на сигареты давала. За пять лет только одну картину и продал, идиот кретинский! Он святой, а мы с мамой тряпки половые!

И она поволокла агрегаты на кухню. Я в задумчивости пошла в ванную и начала вытаскивать из машины чистое белье. Однако странно. Ну кто же убивает курицу, несущую золотые яйца? Почему Борис Львович кинулся обвинять Аню? В его положении было бы логичней защитить супругу, отмести от нее всякие подозрения. И как он думает теперь жить? Будет искать новую кормилицу?

— О! — завопила Лиза. — Класс, у тебя все диски Земфиры есть!

— Ага, — отозвалась Ирина, — бери.

— Ой, какая кофточка, а жилетка!

— Нравится?

— Жуть.

— Меряй, — разрешила гостья.

Девчонки самозабвенно зашуршали пакетами. Я всунула голову в комнату. На кровати — гора шмоток, рядом Лиза с раскрасневшимся лицом, возбужденные Муля и Ада. Рамик тихо жует что-то в углу.

— Где мамина записная книжка? — поинтересовалась я.

— Туточки, — ответила Ирина и притащила очень дорогую вещичку.

Переплет из натуральной тисненой кожи и защелка из настоящего золота.

Никита Малышев отозвался чуть слышно:

— Да.

— Вас беспокоит Евлампия Романова. Помните меня?

— Нет.

— Ну, та женщина, которая работала у Ани Ремешковой якобы в прислугах... Сообразили?

— Да.

— Мне надо с вами побеседовать.

— Да.

Немногословность собеседника начала меня злить, и я на повышенных тонах поинтересовалась:

— Что — да?

— Помню.

— Мне надо с вами поговорить, немедленно!

— Приезжайте, — все так же коротко заявил Никита и моментально бросил трубку.

Нет, каков нахал! Даже адрес не сказал. Правда, все координаты записаны в телефонной книжке, но он-то об этом не знает!

Кипя от негодования, я оделась, подошла к комнате Иры и крикнула:

— Про уроки не забудьте, манекенщицы!

Девочки, самозабвенно потрошившие чемоданы, подняли растрепанные головы и с недоумением уставились на меня. Наконец отданный приказ дошел до их мозгов, и они разом отозвались:

— И ну их на фиг, уроки!

— На фиг, так на фиг, — согласилась я и добавила: — Вернусь к ужину.

— Можешь не торопиться, — радостно разрешила Лиза, — нам еще столько разобрать надо!

Я прикрыла дверь. Надо же, пока что девицы в восторге друг от друга. Интересно, через какое время Ирина начнет устраивать скандалы? Впрочем, очень доволен был и Кирюша. Я нашла его в гостиной возле роскошного видика. У нас, честно говоря, самая примитивная, устаревшая модель, так называемый видеоплеер. Он может только демонстрировать кассеты, а вот записать передачу, которая идет по телевизору в ваше отсутствие, не способен. Кирюшка постоянно убивался по этому поводу. Мультик про обожаемых им Симпсонов Ren-TV показывает отчего-то в полдень, когда все приличные дети тоскуют за школьными партами. Одноклассники потом преспокойненько просматривали записанное, а Кирюшка чуть не рыдал от зависти. Сейчас же он пребывал в крайней степени ажиотажа.

— Лампа! — заорал он, заметив в дверях мою фигуру. — Лампуша, глянь скорей, какой видак! Лазерные головки, будильник и записывает! Ну, кайф, теперь ничего не пропущу. Ирка сказала, он сам включится, сам заработает, только программу задать надо! А еще кассет сколько! Прикинь, у нее почти все есть, вон коробки стоят.

У окна и впрямь высились три огромные упаковки из-под сигарет «Пэл-Мэл».

— Еще она ноутбук дала, — потряс Кирюшка плоским черненьким портфельчиком, — сказала: «На, пользуйся, мне подарили, только я не хочу его даже трогать».

В вагоне метро я отыскала свободное место и втиснулась между двумя огромными тетками, закутанными в дешевые турецкие дубленки. «Одно хорошо — Ирина совсем нежадная. Разрешила Лизе рыться в своих нарядах и поставила видеомагнитофон не в своей комнате, а в гостиной», — подумала я.

Глава 7

Никита Малышев долго не открывал дверь. Потеряв всякое терпение, я забарабанила в нее ногой. Наконец где-то далеко послышалось шарканье, загрохотал замок, дверь распахнулась, и я ойкнула. На пороге стоял мужик, мало похожий на щеголеватого, импозантного Никиту. За те дни, что я проработала у Ани, Малышев пару раз забегал к Борису Львовичу. Выглядел он всегда безупречно — светлая рубашка, безукоризненно выбритое лицо и легкий аромат дорогого парфюма. Сейчас же передо мной предстал индивид, больше всего смахивающий на бомжа. Щеки парня покрывала трехдневная щетина, красные воспаленные глаза лихорадочно блестели, брюки, когда-то светло-песочного цвета, напоминали мятую тряпку кофейного оттенка, волосы сальные, несвежая рубашка. Похоже, за дни, прошедшие с момента смерти Жанны, он ни разу не умылся, не почистил зубы, не менял белье. Спал небось в одежде.

— Вы ко мне? — хриплым басом поинтересовался хозяин.

Удушливая волна перегара ударила мне в ноздри, и я чихнула. Так, понятно, беспробудно пил. Надеюсь, хоть сейчас протрезвел немного.

Мы прошли на кухню, которую явно обставляла женщина. На белом карнизе висели кокетливые розовые занавески с рюшами и ламбрекеном. На подоконнике — кружевные салфеточки, сверху вазочки, керамические гномики, пластмассовые свинки. По стенам развешана тьма полочек с баночками. Часы в виде сковородки, картина, изображающая набор фруктов, а холодильник украшен доброй сотней разноцветных магнитов. Наверное, при жизни Жанны помещение выглядело нарядно, сейчас же в мойке громоздилась гора тарелок, банок и чашек, на овальном столе, покрытом клеенкой, стояла куча предметов — бутылки, полные пепельницы, масленка с совершенно растекшимся содержимым, отвратительно воняющая безголовая селедка и пакет явно сгнившего кефира.

Я села за стол, положила руки на клеенку, и они моментально прилипли к ней. Похоже, тут давно не убирались. Никита устроился напротив и поинтересовался:

— Чего надо?

Меня чуть не стошнило от букета ароматов. Селедка смердела невыносимо, изо рта Никиты вырывалось зловоние, и особую пикантность придавала этому «коктейлю» резкая вонь из вскрытого пакета «Биомакса».

— Уберите со стола, — велела я.

Никита молча поднялся, вытащил почти доверху набитое помойное ведро, рукой затолкал мусор поглубже, сверху навалил селедку, пакет кефира, окурки и запихнул переполненную мусорницу под мойку.

— Нельзя так распускаться, — сказала я, — вы когда умывались последний раз?

Никита напрягся:

— Не помню.

— А переодевались?

— Не помню!

— Что, все время пили?

— Не помню.

— Да хоть что-нибудь ты помнишь? — обозлилась я.

Никита кивнул.

— Что? — продолжала я кипятиться.

— Как Жанна страшно закричала и упала, — тихо-тихо ответил парень и потянулся к бутылке.

Я моментально отобрала у него «Гжелку» и сказала:

— Хватит. Лучше скажи, хочешь, чтобы убийцу Жанны наказали?

Никита тихо пробормотал:

— Да.

— Тогда изволь ответить на несколько вопросов.

Малышев сморщился и начал тереть виски. В открытом шкафчике виднелась упаковка кофе. Я встала, включила электрочайник, приготовила крепкий сладкий кофе и поставила чашку перед вдовцом:

— Пей.

Художник покорно стал глотать ароматную жидкость. Я тем временем распахнула огромный холодильник и обнаружила там пяток кастрюль и несколько упаковок с продуктами. Прокисший суп, заплесневелые котлеты и колбаса, стухший творог и вполне нормальный на вид сыр.

— Ты что-нибудь ел?

Никита покачал головой:

— Не хочется.

— Ладно, уж извини за бестактный вопрос, но ты знал, что Жанна и Борис Львович состоят, как бы это помягче сказать, в интимной связи?

— Да, — спокойно ответил Никита, — мы долго колебались между ним и Сергеем Пашковым, но Сережка — хам, а Борис — интеллигентный человек, к тому же обеспеченный.

— Погоди, погоди, — пробормотала я, — как понять — колебались? Вы что, вместе решали, кого Жанне завести в качестве любовника? Ничего себе, однако!

Никита с тоской взглянул на меня, потом взял со стола бумажки и сообщил:

— Повестки прислали из милиции, только я не пошел, болел.

— Пил, — поправила я.

— Ну пил, — покорно отозвался Никита, — с горя. Только все равно придется небось пойти к следователю?

— Конечно.

— Ноги не идут, — вздохнул парень, — боюсь, заставят на тело смотреть.

— Зачем?

— Вроде так всегда делают, вон в кино родственников вызывают на опознание трупа.

— Это когда неизвестно, чей труп, — успокоила я его, — а тут все ясно.

— Вы ведь тоже из милиции? — тихо поинтересовался Никита.

Не желая вдаваться в подробности, я кивнула:

— Вроде того.

— Давайте я вам расскажу, а вы к следователю сами зайдите.

— Ладно, — обрадовалась я. — А что рассказывать станешь?

— Про нас с Жанной, — прошелестел Никита, — только ничего противозаконного мы не делали, все по обоюдному согласию.

— Давай, колись, — приказала я и, налив ему еще кофе, приготовилась слушать.

Жанна и Никита родом из Иркутска. Отца у них нет, а мама работала художником в Доме культуры железнодорожников.

— Погоди, погоди, — заволновалась я, — как это — папы нет, а мама — художница? У кого? У тебя или у Жанны?

— У двоих, — ответил Никита.

— Надо же, какое совпадение, — поразилась я.

Парень посмотрел на меня.

— Вы не поняли. Мы не муж и жена, мы брат с сестрой.

— Как? Зачем же вы тогда перед всеми супругами прикидывались?

— Это Жанна придумала. Она ведь была очень красивая и умная, — продолжил Никита.

Разница у них всего в один год, Никита старше, но на самом деле верховодила в тандеме Жанна. Апатичный Кит слушался сестру беспрекословно. Учились они в одном классе, вместе получили аттестаты и рука об руку отправились покорять Москву, хотели поступить в Строгановское училище, но срезались на рисунке. Жанна не растерялась и отнесла документы в архитектурный, а когда и там вышел облом, кинулась в полиграфический. Но им везде не везло, не добирали баллов.

Уезжать из шумной, яркой Москвы в сонный, провинциальный Иркутск страшно не хотелось. В столице все время что-то происходило — выставки, презентации, всякие культурные мероприятия. Жанночка и Никита — натуры артистические, мечтавшие стать художниками, просто зубами скрипели от злости, представляя свое возвращение домой. Да еще Никиту тут же бы забрали в армию. Честно говоря, после трех неудач парень приуныл, сложил лапки и покорился обстоятельствам. Но у Жанны был другой характер. Природа, наверное, ошиблась, наградив девочку мужскими качествами — невероятным честолюбием, завышенной самооценкой, патологическим усердием, желанием во что бы то ни стало пробиться в люди и вырваться из нищеты. Вся женская мягкость, нерешительность, слезливость, перепады настроения достались Никите.

Жанна отыскала в столице техникум, готовивший гримеров и художников сцены. Конкурс туда был небольшой, и ребятам удалось попасть на первый курс. Поселились они в общежитии и три года страшно бедствовали. Подрабатывали дворниками, лифтерами, делали за деньги чертежи для студентов МАДИ и даже преподавали рисование в школе. Но заработанные крохи уходили только «на унитаз». Громадными усилиями Жанна умудрялась сэкономить копейки, чтобы одеться. Зимой и летом ходила в одних джинсах и кофточках, связанных крючком из катушечных ниток. Но дешевая одежда не скрывала редкой красоты девушки. Индийские «техасы» подчеркивали изящество ее стройной фигурки.

Приближалась защита диплома, и Малышевы делались все мрачнее. Никакой возможности зацепиться в Москве у них не было. Шел 1985 год, чтобы получить в Белокаменной работу, нужна была столичная прописка. Конечно, можно было вступить в брак, но ни Жанна, ни Никита так и не нашли себе пару.

А потом им повезло. Проректор по учебе, толстенький, лысоватый мужичонка с маслено поблескивающими карими глазками стал зазывать к себе в кабинет Жанну. Поводы всякий раз были идиотские — плохо переплетена курсовая, неправильно оформлен доклад...

На пятый раз Константин Петрович нежно взял девушку за руку и... предложил провести с ним приятный вечер в субботу на даче. Жанночка, прекрасно понимая, что за вечером последует и ночь, согласилась. Константин Петрович, кстати, секретарь партийной организации техникума, обрадовался. Жанна, правда, поставила одно условие. Двадцать пятого марта, в субботу, им выдают стипендию, вот получит ее и приедет.

В назначенный день надушенный Константин Петрович ждал девушку в условленном месте. Жанночка пришла хорошенькая, в симпатичной курточке. Весна в этот год выдалась ранняя, жаркая. От нагретой солнцем земли поднимался одуряющий аромат, на грядках полезла первая травка, и у Константина Петровича тряслись руки, когда он отпирал заржавевший за зиму замок. Впрочем, мужик не собирался торопиться. Накрыл стол, поставил бутылку шампанского, налил бокалы, чокнулся с дамой, выпил, повторил и... больше ничего не помнил.

Пришел в себя он только на следующее утро. На даче все осталось в целости и сохранности, кошелек с выданной накануне зарплатой мирно лежал в кармане, исчез только партийный билет.

Походолев от ужаса, Константин Петрович вернулся домой и наорал на жену, некстати подвернувшуюся под руку. До понедельника он еле дожил, не понимая, что произошло. Ситуация разъяснилась после конца занятий. В три часа к нему в кабинет вошли Жанна и Никита. Парень быстро запер дверь, девушка выложила на стол кипу фотографий. Плохо слушающимися пальцами проректор перебирал компрометирующие снимки. Вот он с Жанной за столом, заставленным бутылками, а вот в постели. Самое интересное, что Константин Петрович не помнил ничего.

— Вы получите снимки и негативы, если выполните наши требования, — отрезал Никита, — отдадим и партбилет.

Константин Петрович похолодел. Аморальное поведение, конечно, очень плохо, но оно ничто по сравнению с потерей красной книжечки.

— Чего вы хотите? — проблеял мужик.

— Два места в аспирантуре и жилплощадь в Москве, можно комнату в коммуналке, — ответила Жанна. — Времени у вас ровно месяц, до следующей оплаты членских взносов.

— Ты специально назначила свидание на день зарплаты, — осенило проректора, — знала, что у меня обязательно будет с собой партбилет, дрянь!

— Спокойно, — ответил Никита.

— А если я не соглашусь?

Парень пожал плечами:

— Нашлепаем карточек и разошлем всем: вашей жене, ректору, в учебную часть, в партийную организацию.

— Между прочим, на них и Жанна есть, — пытался сопротивляться проректор.

— Ну и что, — удивилась студентка, — скажу, полюбила вас, а вы обманули, обещали развестись с женой, еще все жалеть начнут! Лучше подумайте, что вам за утерю партбилета будет, мало не покажется.

Константин Петрович только вздохнул. За пропажу партийного билета следовал в лучшем случае выговор, в худшем торжественное изгнание растеряхи из партийных рядов. Жизнь исключенного из КПСС человека, как правило, шла под откос, на карьерном росте и загранкомандировках можно было поставить жирный крест.

Пришлось проректору покрутиться, но возможности у него были, и Никита с Жанной получили крохотный, девятиметровый пенальчик, правда, в самом центре, на Кропоткинской улице, в аварийном доме. Комната их напоминала колодец — длина и высота помещения почти совпадали. Но брат с сестрой не унывали. Осенью их зачислили в аспирантуру, а в карманах лежали паспорта с вожделенной московской пропиской.

Началось восхождение к высотам благополучия. В Иркутск они больше никогда не ездили, и через пять лет стали обеспеченными людьми, даже приобрели кооперативную квартиру. Любопытствующим знакомым, с завистью оглядывавшим три просторные комнаты с чисто вымытыми окнами, Жанночка спокойно врала:

— Мужу повезло, получил заказ на мозаику в американском посольстве, заплатили отлично.

На самом деле источник благополучия был иной, и для удобной эксплуатации «денежной скважины» Жанна и объявила Кита своим мужем. А чтобы кто-то из бывших сокурсников, случайно встреченных на тусовках, не удивился, девушка ловко пустила сплетню. Живут они вместе давно, с четырнадцати лет, но, чтобы к ним в Москве не привязывались, выдавали себя за брата и сестру, а потом поженились. Но друзья юности встречались на их пути редко, а для всех остальных они превратились в молодую бездетную супружескую пару.

Механизм обогащения был прост, как валенок. Сначала подбиралась жертва — мужчина, обязательно семейный, при деньгах и положении. Потом Жанночка начинала кокетничать с объектом. Редкий представитель сильного пола оставался равнодушным к ее белозубой улыбке и стройным ножкам, призывно мелькавшим в разрезе длинной юбки. Как опытная обольстительница, Жанночка знала — возбуждает скрытое. Мини-юбочка, обнажающая конечности до самой «мадам Сижу», на самом деле не эротична. Вот обтягивающее, почти до полу платье, в разрезе которого вдруг показывается точеная ножка, дает полет фантазии. А уж мужчины горазды на выдумки. Словом, осечек не случалось. Рано или поздно начинался роман со всеми аксессуарами — поездками на природу, походами в театр и ресторан. На Жанночку сыпались подарки, как правило, дорогие. Наконец наступала завершающая стадия, отношения плавно перетекали в постельные. Затем следовала кульминация. В спальню влетал разъяренный Никита и с воплем набрасывался на «супругу» и ее любовника. Перепуганный Ромео обычно пытался уладить дело миром. Но успокоить Никиту могла только крупная сумма денег. Отвешивая рыдающей Жанночке сочные оплеухи, Кит орал:

— Убью заразу, а потом к твоей жене пойду!

Доведенные почти до обморока ловеласы моментально расстегивали кошельки. Никита и Жанночка были хитры, жертв выбирали из разряда стареющих донжуанов, интеллигентных и мягкотелых, неспособных на физический отпор. Так они и жили, занимаясь «любовным» бизнесом. Кстати, он приносил не только деньги. Один из мужиков пристроил Жанну в журнал «Вехи», другой помог Никите стать главным художником в рекламном объединении. Теперь они получали приличные зарплаты, но своего основного занятия не бросили. Денег ведь сколько ни дай, все мало.

— С Борисом Львовичем давно «роман» крутили?

— Полгода, — пояснил Никита.

— Так долго? — изумилась я. — Почему?

Никита со вздохом пояснил. Они всегда, прежде чем разыграть сцену бешеной ревности с пощечинами и выдиранием волос, как следует «вытряхивали» кавалера, заставляя того основательно раскошелиться. Жанночка охотно принимала всевозможные презенты — драгоценности или машину, шубу, произведения искусства. Тусовались они исключительно в художественно-писательско-артистических кругах. Просто удивительно, что никто из обобранных любовников никогда никому не рассказал о сделке с Никитой. Правда, по тусовкам ходили упорные слухи о бешеной ревности Малышева, но и только. Более того, иногда Жанночка сталкивалась в Доме кино или Доме литераторов нос к носу с бывшими обожателями. Девушка быстро шептала мужикам: «Лучше нам не разговаривать, вдруг Никита узнает», — и исчезала.

Словом, бизнес был удобным, денежным и необременительным. Они даже подумывали «запустить в дело» Никиту, жадных до красивого мужского тела стареющих, весьма обеспеченных дам в их кругу было полно. Но они не успели претворить задуманное в жизнь.

— Сколько времени, как правило, длились «романы»?

Никита насупился:

— Месяца три, не больше. Жанне начинало надоедать, она говорила, что в кровати с ними долго не выдерживает, раздражали очень, противные, потные. Она дома, когда возвращалась со свиданий, по часу в ванне сидела. Все лила в воду всякие пены, ароматы. Выйдет, так благоухает, как парфюмерная лавка. Я ее спросил: «Зачем так крепко душишься?» А она в ответ: «Запах чужого мужика забиваю».

Да уж. Впору пожалеть бедняжку, труд проститутки, даже элитной, отнюдь не веселое и не приятное занятие. Только в моей душе отчего-то не было сочувствия к Жанне.

— Почему же с Борисом Львовичем вы так затянули?

Никита развел руками:

— Жанка приказала. Он ей подарок сделал, сейчас покажу.

Вскоре на столе появилась синяя бархатная коробочка. Я откинула крышку и щелкнула языком от удивления. Внутри находилось кольцо, вернее, перстень, сделанный явно не современными ювелирами. Вещица выглядела богато и очень изысканно. Тонкая золотая оправа, в середине переплетенные буквы Е и В, по периметру шла окантовка из мелких темно-синих сапфиров, в четырех углах — довольно крупные бриллианты.

— Ничего себе, — присвистнула я, — вот это сувенирчик.

— Потом он ей дал вот это, — продолжал Никита и выложил длинный узкий замшевый футляр. Там находилось жемчужное ожерелье. И вновь было понятно, что его нанизывали в XIX веке. Довольно крупные жемчужинки чередовались с неизвестными мне самоцветами — розовыми, серыми и фиолетовыми. Посередине свисал квадратный медальон. На золотой крышке был выгравирован вензель Е.В., и опять шла окантовка из сапфиров с алмазами по углам. Это был явно комплект, и стоил он дорого. Вряд ли он принадлежал Ане. Во-первых, ее инициалы А.Р., а во-вторых, хозяйка с большой гордостью демонстрировала мне свои украшения, которые стала приобретать, достигнув благополучия.

— Вон смотри, красота какая, — радовалась она, тыча мне под нос уродливые куски золота с выступающими булыжниками. — В Египте брала, а эти в Тунисе...

Но пара, оказавшаяся у Жанны, явно сделана не трудолюбивыми арабскими ремесленниками. Интересно, как эти вещи попали к Борису Львовичу? Наверное, он очень любил девушку, если подарил ей эти штучки.

— Борька говорил: от матери остались, — пояснил Никита, — она у него вроде из княжеского рода, Евдокия Вяземская, а бабка была Екатериной. Эгрет и кольцо для бабки делали, а она уж потом дочь специально назвала на Е, чтобы вензель совпал, все-таки семейная реликвия. Вот мы и подумали, что у Борьки много чего еще запрятано...

Понятно, решили вытрясти мужика под завязку.

— Ну-ка, рассказывай быстро, какие отношения были у вас с остальными гостями?

Никита поморщился:

— Зюку эту терпеть не могу. Жанка ее тоже недолюбливала. Валерия в «Искусствфонде» работает, путевки там на отдых выдает. Еще всем всегда обещает: «Приходите ко мне, устрою на лето в Лутонино, будете с живыми классиками рядом гулять и обедать». Леня — владелец картинной галереи «Москва-арт».

Мужик, похожий на генерала Лебедя, хозяин художественного салона? Грубиян, таскающий в кармане вечернего костюма пистолет? Вот уж никогда бы не подумала!

Никита замолчал и начал размазывать пальцем по столу небольшую кофейную лужу.

— Ну, — поторопила я, — а Андрей Корчагин, муж Валерии?

«Информатор» нахмурился.

— Ну!

— Дюша-индюша, — пробормотал Никита.

— Что?

— Его Жанка так звала — Дюша-индюша.

— Вы его тоже «пощипали»?

Парень кивнул.

— Только он очень противный, Жанка рядом с ним всего две недели выдержала. Почему Лерка его терпит, удивляюсь. Жадный, злой, с деньгами, как с жизнью, расстается. А ведь есть копеечка, есть, и не маленькая! Валеркин папа знаете кто?

Я молча смотрела на Никиту.

— Очень богатый человек!

— И кто же?

— Не знаю, слышал только, что денег у мужика как тараканов, всех не перевести ни в жизнь. Жанка у них на даче была, вернулась потрясенная — три этажа, у входа колонны, в холле мраморный пол, внутри бассейн! А теперь угадайте, сколько нам с него содрать удалось?

— И сколько?

— Десять тысяч!

— Нормальная сумма, между прочим, вполне приличные «Жигули» две тысячи стоят.

— Так то долларов! А он дал российскими...

— Рублями?

— Ага, а потом заныл: режьте, бейте, ни копейки нет.

Я Жанке оплеухи раздаю, она рыдает: «Андрюшенька, заплати гаду, он меня убьет!» Да все мужики, как только я Жанне одну затрещину отвешивал, мигом к сейфам за заначками кидались, ни разу облома не вышло. А тут прямо руку отбил, Жанка потом дома две недели отсиживались — по всей морде синяки шли.

— Что же ты так здорово ее отходил?

— Так не в театре, — пояснил Никита, — все должно натурально выглядеть. Если руку придержу, сразу заметно, а так — на щеке пятна, Жанна плачет, у любовников сердце и разрывается, у всех. Вот только Дюша-индюша кремень оказался, выложил десять деревянных кусков, и все. Я ору: «Убью падлу!» А он: «Убивай, пожалуйста, только не в моем доме, а на улице, денег больше нет!»

И сигаретку закурил. Еще знаете что?

— Что?

— Ну, обычно после того, как мне мужики деньги швырнут, я Жанку для порядка еще раза два пну и уйду. А она остается с кавалером. Плачет, убивается... Ну, чтобы подозрений не было. Мужчины, как правило, утешают, кое-кто даже предлагал квартиру снять, чтобы от супруга-урода спрятать. Такси ловят, усаживают, интеллигентные люди. А Дюша! Ну прикиньте! Он ей при мне платье швырнул и велел: «Убирайтесь, оба!»

Жанка лепечет: «Дюшенька, он же меня сейчас на лестнице прибьет».

А тот так спокойненько в ответ: «Ваше дело, семейное. Между прочим, я бы Валерию тоже придавил».

Я засмеялась: ай да Дюша-индюша, молоток, а не парень.

Глава 8

Домой я шла в расстроенных чувствах. По дороге зарулила в ближайшую булочную, купила стаканчик кофе и уставилась в большое окно. По улице, подняв воротники и затянув потуже шарфы, скорым шагом неслись прохожие. Вот вам и апрель, да в декабре теплей было. Впрочем, чего уж тут удивляться. У нас всегда на Новый год сыплет дождь, а в мае ударяют морозы. Причем природа обладает каким-то иезуитским коварством. Сначала на майские праздники, кои растягиваются на целых десять дней, стоят великолепные теплые, солнечные деньки. Обрадованные дачники споро вскапывают грядки и быстренько сажают морковку, редиску, лучок, петрушку, кое-кто рискует побросать картошки, намереваясь в июле полакомиться молоденькой скороспелкой. Одиннадцатого числа, как по заказу, небо затягивают свинцовые тучи. Градусник, словно в обмороке, валится вниз, и к утру грядки покрываются ровной коркой льда. Да, не всегда в жизни получается так, как задумываешь. Вот и у Никиты случилось несчастье. Понятно теперь, отчего парень так убивается, потеряв Жанну. Наверное, он все же любил сестру, но главное, с ее смертью исчез прекрасный и необременительный для него источник финансирования. Всего и дел-то, что отхлестать сестричку по морде, да многие совершают подобную процедуру бесплатно, из любви к искусству, так сказать...

Напиток на вкус оказался отвратительным. Я посмотрела на пакетик — «Маккофе». Тот самый, столь широко разрекламированный по телевизору. Впрочем, мне никогда не нравился идиотский ролик. Сначала стая негров бежит за перепуганной коровой, потом стадо коров гонится за жилистым африканцем. Иногда посередине «фильма» показывают картинно трясущегося коренного жителя Замбии, на кудрявую голову которого падают хлопья ваты, якобы изображающие снег из сахара. Полная порнография! Хотя Лиза и Кирюша каждый раз радостно смеются, и даже мне в голову запал слоган — «В норме сливки, сахар, кофе, вот гармония «Маккофе». Так что свою роль реклама выполнила. Руки же схватили сейчас у кассы именно этот пакетик, хотя рядом лежали «Якобс» и «Чибо». Швырнув пакетик в урну, я побежала к метро.

В прихожей стояла звенящая тишина.

— Есть кто дома? — крикнула я.

Из ванной послышалось сдавленное хихиканье, потом два голоса ответили разом:

— Погоди, сейчас.

Я покорно стащила сапоги и, дивясь на отсутствие собак, вошла на кухню. На столе, раскинув в стороны все четыре лапы, спала Пингва.

— Это что еще такое! — возмутилась я и шлепнула наглую киску тряпкой.

Пингва лениво мяукнула и скатилась на пол. Нет, в первый раз встречаю такое хамское животное! Устроиться на ночлег на обеденном столе!

— Лампа, — раздалось за спиной.

Я повернулась и невольно разжала руки. Тряпка шлепнулась прямо на мирно посапывающую Пингву. Кошка в негодовании фыркнула и в один миг вновь взлетела на стол, где как ни в чем не бывало плюхнулась рядом с сахарницей. Но мне было не до плохо воспитанной киски.

В кухню, загадочно улыбаясь, вошла девочка. По голосу я поняла, что это Лиза, но внешний вид! Светло-русые волосы превратились в каштаново-рыжие. Совершенно прямые еще пару часов назад, сейчас они вились «мелким бесом». Во времена моего детства такая прическа носила название «Анджела Дэвис», по имени легендарной черной американки, боровшейся за права угнетенных народов. Правда, потом выяснилось, что она банальная уголовница, нападавшая на банки, но прическа ее от этого не изменилась — пружинообразные пряди, стоящие дыбом.

Впрочем, метаморфоза произошла не только с волосами. Лицо девочки покрывал ровный слой тональной пудры цвета загара, щеки пламенели климактерическим румянцем, губы в тон ланитам были бордово-свекольные. И вырядилась она как на карнавал в Рио-де-Жанейро. Ярко-зеленые, вернее, невероятно салатные, или нет, ядовито-изумрудные... словом, нет в моем словарном запасе эпитета, чтобы описать цвет брючек, красовавшихся на Лизе. Да и не брюки это были вовсе, а скорей бриджи. Хотя длинноваты, ниже середины икры, а заканчиваются бахромой из висюлек с бусами. Брючата сидят так плотно, словно вторая кожа, и также обтягивают попу — надо сказать, что она у Лизы не такая уж и маленькая. Сверху на ней был свитерок. Похоже, что Лизе пришлось предварительно намылиться, чтобы влезть в этот футляр розового цвета. Рукава, горловину и низ джемпера украшали цветочки.

— Ну как? — гордо спросила Лиза. — Красота? Завтра так в школу пойду, все умрут!

Это точно, первой скончается классная руководительница, милейшая, интеллигентнейшая Людмила Геннадьевна. Впрочем, учительница продленного дня, скромная и всегда со вкусом одетая Галина Алексеевна Криворучко, тоже скорей всего схватится за пузырек с валокордином. Хотя, может, это и впрямь модно? Ну носили же мы невероятно узкие джинсы «Ливайс»? Очень хорошо помню, что после каждой стирки драгоценные штаны, приобретенные за двести рублей в туалете возле магазина «Ванда», следовало натягивать на себя в мокром виде, лежа. И потом ходить в компрессе из джинсовки до полного высыхания прикида. Только таким образом можно было добиться идеального внешнего вида.

— Мне идет? — не успокаивалась Лиза, хлопая накрашенными ресницами.

— Очень, — покривила я душой.

Если мне не нравится одежда, это еще не значит, что Лизе следует ее снять. Ну не ходить же ей в деловых костюмах и элегантных шляпках. Стиль «английской королевы» не для тинейджеров. Да к тому же она давно останавливалась у витрин в нашем переходе к метро, разглядывая несусветные на вид тряпки. Правда, не просила, только смотрела. А теперь такое везение: в дом явилась щедрая Ирочка с десятью сундуками, забитыми под завязку барахлом.

— Еще ботинки есть, — счастливо взвизгнула Лиза и показала нечто, больше всего похожее на небольшие чемоданчики из красной лаковой кожи.

Произведение сапожного «от кутюр» украшали примерно пятнадцатисантиметровые платформы.

— Прикол! — радовалась Лиза. — Стебно!

— Отличная вещь, — похвалила я, — только смотри, ногу не сломай.

— Не, они удобные, — влезла Ирочка, — я в таких же хожу.

— А эти чьи?

— Тоже мои, — пояснила она. — Да вы не волнуйтесь, у меня бареток этих двадцать пар. Пусть Лизка носит. Лампа, а ты ничего не замечаешь?

Отметив, что она перешла со мной на «ты», я отрицательно покачала головой.

— Ну погляди внимательно, — настаивала Ира, — изучи Лизку строгим взглядом!

Я принялась разглядывать девочку. Вроде все нормально, кроме одежды и макияжа.

— Ага! — завопила Лиза. — Проспорила! Говорила тебе, не заметит!

— Да, — вздохнула Ира, — десять баксов твои.

— В чем дело? — спросила я.

Лиза ткнула себя пальцем в грудь.

— И теперь ничего не замечаешь?

Тут только я обратила внимание, что еще утром плоская, как доска, Лизавета обзавелась роскошным бюстом размера третьего, не меньше.

— Как ты этого достигла?

Девчонки захихикали и показали специальный лифчик, в чашечки которого были вложены силиконовые прокладки. Да, далеко зашел прогресс. Помнится, наши консерваторские девицы, стремясь поаппетитней выглядеть, напихивали в бюстгальтер вату.

— А где собаки?

— С Кирюшей гуляют.

— Он пошел один? С Рейчел, Мулей, Адой и Рамиком? Со сломанной рукой?

— Мы волосы красили, — обиделась Лиза, — я ему сказала: подожди, сейчас высушу и пойдем, а он убежал!

Странно, однако, обычно мальчик гуляет во дворе, но сегодня перед подъездом никого не было.

В задумчивости я вошла в спальню, влезла в халат и с опаской глянула на балкон — никого, надо бы попить чаю да лечь в кровать. Только куда подевался Кирюша? В этот момент прозвенел звонок. Обрадованная, я распахнула дверь, не поглядев в «глазок». Все собаки, отчаянно толкаясь, влетели в квартиру и, оставляя повсюду черные, грязные следы, понеслись на кухню, за ними, словно вожжи, волочились поводки. Я разозлилась. Мы никогда не разрешаем собакам врываться домой с грязными лапами. У входной двери специально приделаны крючки, на них привязываются поводки, и члены стаи покорно ждут, пока их по одному пригласят в ванную для обмывания животов и лап.

— Кирюша! Ну какого черта ты их спустил, — крикнула я и тут увидела, что паренек, пришедший с псами, на самом деле Сережа Боков из тридцать девятой квартиры.— Сережа? — удивилась я. — А где Кирка?

— У булочной лежит, — спокойно ответил подросток.

— Как лежит? Зачем?

— Похоже, ногу сломал!

Вне себя от гнева и страха, я выскользнула из халата, нацепила куртку и понеслась к булочной. За мной, еле-еле поспевая на уродских платформах, ковыляли плачущие Ира и Лиза.

Но возле кондитерской никого не было. Мы притормозили, я принялась оглядываться, девицы перестали рыдать. И то дело, зачем пускать сопли, когда еще не ясно, что к чему, может, Сережа так пошутил, хотя первое апреля уже позади...

— Эй-эй! — крикнула в приоткрытую дверь

толстая женщина лет шестидесяти. — Мальчика ищете? Он у нас, к директору в кабинет втащили.

Чуть не столкнувшись лбами, мы с девчонками ринулись внутрь. В маленькой комнатке на диване «Малютка» как-то не по-человечески отставив правую ногу, полулежал Кирюшка.

— Лампа, — сказал он, увидев мое перекошенное лицо, — только не бей меня, как всегда, палкой от швабры по голове.

От возмущения у меня пропал голос, и я просто открывала и закрывала рот, как гигантская рыба. В негодование пришла и заведующая хлебным магазином, простоватая тетка лет пятидесяти в чудовищной ярко-красной кофте с люрексом.

— Не волнуйся, детка, — утешила она Кирюшку и набросилась на меня, словно змея на жабу: — Как только не стыдно! Выгнать больного ребенка, со сломанной рукой, одного, в гололед гулять со сворой собак! Мы прямо онемели, когда он тут шлепнулся.

— Но меня даже дома не было...

— Бедный мальчик, — неслась дальше булочница, — нет на вас теперь отделов народного образования, вот бы на службу сообщили, как с сыном обращаетесь!

— Я не работаю...

— Понятно, — фыркнула тетка.

— Дома были девочки, они...

— Вот эти? — поинтересовалась баба и ткнула пальцем в Лизу и Иру. — Вот эти?

— Да.

— Как вам не стыдно, — завила директриса новый виток скандала, — размалевались, раскрасились, разоделись, а братишку на улицу выгнали больного...

— Он нам не брат, — хором возмутились девицы, — просто мы живем вместе.

— Значит, сироту обижаете, — резюмировала баба, — то-то гляжу, девки разодеты, а у паренька куртешка-обдергашка.

— Она мне никогда ничего не покупает, — фальшиво всхлипнул Кирюша и, закрыв лицо рукой, сделал вид, что рыдает.

— Прекрати, идиот, — обозлилась Лиза и треснула Кирку по затылку.

Как правило, после такого обращения Кирюша моментально дает Лизавете сдачи или ухитряется, повалив ее на пол, сесть сверху с громким воплем: «Ио-хо-хо, победа!»

Но сейчас он весь сжался и запищал:

— Лизонька, пожалуйста, не бей, теперь буду не только кровать за тобой убирать, но и всю комнату.

Заведующая побагровела, но тут в комнатенку вошел врач — оказывается, продавщицы вызвали «Скорую помощь».

В споро подпрыгивающем на ухабах «рафике» Кирка прижался ко мне и сказал:

— Ну, здорово всех разыграл?

— Здорово, — вздохнула я, — только нам теперь в эту булочную не зайти, придется на проспект бегать.

— Ты урод, — припечатала Лиза, — да я чуть со стыда не сгорела.

— Только не бей меня, — запищал Кирюшка и расхохотался. — Ну погоди, домой вернемся, я за оплеуху отомщу!

— Вовсе нет, — хмыкнула Лиза и с размаху треснула Кирку по шее.

— А, вот ты как! — завопил мальчик и пихнул Лизавету.

Та с грохотом свалилась между носилками и сиденьем.

— Прекратите немедленно, — зашипела я, — нас сейчас высадят. И потом, Кирюша, тебе что, совсем не больно?

— Нет, — веселился мальчик, — только идти не могу.

— Чего ты такой радостный? — не выдержала Ирина.

— Ха! — выкрикнул Кирка. — Прикинь, как повезло, нога-то правая.

Секунду мы обалдело молчали. Потом я поинтересовалась:

— Ну и что? Ты же не ногами пишешь?

Но Кирюшка в полном восторге от создавшегося положения вскрикивал:

— Мы в Филатовскую едем?

— Да.

— Там памятку по уходу за ребенком давали?

— Да.

— А что в ней написано?

— Что? — изумилась Ирина. — Чего в ней такого здоровского было?

— А то! — ликовал Кирюшка. — То! Школьник с травмированной нижней конечностью не посещает занятий!!!

— Какая же разница, правая нога или левая? — попробовала я чуть привести Кирку в чувство.

Но ошалевший от радости ребенок ответил:

— Правая лучше, она толчковая!

Однако в больнице его радость быстро завяла.

— Перелома нет, — поставила диагноз симпатичная женщина примерно моих лет, — у него вывих.

— В школу-то ходить можно? — с надеждой глянул на нее наш Ломоносов.

Хирург подавила улыбку.

— Сейчас наложат такую штуку, чтобы зафиксировать травмированное место, лангет называется.

— Мясо, что ли, привяжут? — бесхитростно поинтересовалась Ирина. — В ресторане дают: лангет с жареной картошкой.

— Нет, — покачала головой травматолог, — мясо тут ни при чем. Пусть мальчик идет в гипсовую, а вы, девочки, помогите брату.

Кирюшка попытался встать и застонал:

— Ой-ой-ой, как больно, сил нет терпеть.

— Освобождение от занятий в случае вывиха положено на две недели, — улыбнулась доктор, — иди к медсестре.

Кирюшка подскочил и бодро, едва прихрамывая, затрусил в указанном направлении.

— Он хорошо учится, — пробормотала я.

Хирург засмеялась:

— Все мальчишки хороши. У самой двое, так у них большего праздника, чем грипп, нет.

Домой мы вернулись поздно. Сначала у въезда в Филатовскую довольно долго ловили машину. К слову сказать, секьюрити, стоявший возле шлагбаума, обрадовался нам, как родным.

— Ну, парень, говорил же, что у тебя в придачу к бриллиантовой руке еще и костяная нога будет. Что там следующее?

— Типун тебе на язык! — в сердцах воскликнула я.

Но глупый охранник оказался не последней неприятностью в тот вечер. Не успели мы сесть в «Волгу» и добраться до «Маяковской», как автомобиль, чихнув пару раз, резко встал.

— Пошли в метро, — предложила Лиза.

Но и в подземке нас преследовало невезение. Состав замер на перегоне между «Соколом» и «Войковской», машинист погасил свет, и мы просидели в кромешной темноте, казалось, целый час. Впрочем, когда наконец двинулись дальше, выяснилось, что задержка составила всего десять минут.

Не слишком приятный сюрприз ожидал и дома. Одна из наших мопсих, а именно Муля, обладает редким для собаки умением — она запросто открывает холодильник. Усаживается возле «Стинола» и начинает скрести лапой по дверце, минут через пять она распахивается, и перед Мулей предстают вожделенные продукты. Прожорливая Мулечка способна есть весь день, без остановки, у нее, как у детей, больных болезнью Дауна, полностью отсутствует чувство насыщения.

Зная эти способности, мы всегда, если в квартире никого не остается, плотно закрываем дверь «пищеблока». Напротив вешалки, у самого выхода, висит плакат-памятка тому, кто покидает дом последним: «Возьми ключи, выключи газ и свет, запри кухню». Но сегодня в суматохе мы забыли притворить дверь, за что и были наказаны.

— Да, — пробормотала Лиза, — холодильниковое побоище!

— Битва за колбасу, — хихикнул Кирюша, — сражение за сосиски.

Я только вздохнула. Все полки, кроме самой верхней, были пусты. Интересно, как коротколапые мопсихи ухитрились добраться до второй и третьей полок? Хотя скорей всего они поразбойничали внизу, а вверху поработали Рейчел и Рамик. Съели они все — кусок буженины, заливную рыбу, сыр, пачку масла, глазированные сырки, опрокинули кастрюлю с супом и сожрали яблоки с бананами. Произведя разбойное нападение, «бандиты», очевидно, почувствовали угрызения совести, потому что никто из животных: ни мопсы, ни терьерица, ни Рамик, ни Клаус с Семирамидой — не вышли навстречу хозяевам. Притихла даже жаба Гертруда, хотя она-то была совершенно ни при чем, сидела в абсолютно закрытом аквариуме. Только наглая Пингва, с раздутым от слопанных вкусностей пузом, преспокойно дрыхла на столе, сунув хвост в сахарницу. Вот уж у кого нет совести, так это у Пингвы! Единственное, что животные не тронули, был любовно сделанный для них обед — геркулесовая каша, сваренная по всем правилам кинологической науки — на мясном бульоне, без соли и сахара.

— Лампа, небось жуткой гадостью их кормишь, — протянула Лиза, разглядывая уцелевшую кашку.

— Очень даже вкусно, — отрезала я, — вам понравится!

— Нам! — воскликнула Ирина. — Мы что, будем ЭТО есть?!

— Ну и что, — обозлилась я вконец, — другой еды все равно нет!

Глава 9

Следующее утро началось с небольшого скандала.

— Теперь с собаками гуляете вы, — сообщила я девочкам, — давайте бегом, а то в школу опоздаете.

— Но я не умею обращаться с животными, — попробовала сопротивляться Ирина.

— Ничего, не самолет водить, — успокоила я, — научишься!

— Между прочим, я не нанималась с собаками по улицам бегать, — бурчала Ира, натягивая шубу.

Не обращая внимания на ее крайне недовольный тон, я сунула в руки девицы поводок, на втором конце которого постанывала от нетерпения Рейчел.

— Держи!

— Эту крокодилицу! Лучше с ними пойду, — взвизгнула Ирина и указала на Аду и Мулю.

— Рейчел всегда выводит самый сильный, — спокойно ответила я, — Лиза не удержит стаффа.

— Черт-те что, — вздохнула Ирина и ушла.

Я забегала по квартире. Вчера поздно вечером я договорилась с Андреем Корчагиным о встрече. Причем хотелось поболтать с ним наедине, без Валерии, вот я и напросилась в гости к одиннадцати утра. Мадам Корчагина в это время уже на работе.

Открывший мне дверь художник был одет в испачканную красками клетчатую рубашку и рваные джинсы.

— Проходите, — буркнул он и пошел быстрым шагом по длинному, грязному коридору.

Я бежала за ним, удивляясь только тому, как плохо они живут. Стены обшарпаны, вместо люстры в прихожей болтается на шнуре лампочка, паркет черный от грязи... Но когда наконец попала в комнату, поняла — он пригласил меня не домой, а в свою мастерскую.

Большое, почти тридцатиметровое помещение было заставлено картинами и самыми разными предметами — вазами, гипсовыми шарами, подсвечниками... На окнах не было занавесок. Серенький апрельский день бесцеремонно заглядывал внутрь. В центре мастерской стоял мольберт, чуть поодаль, на небольшом возвышении, в кресле, обитом красным бархатом, сидела девушка в полупрозрачном халатике. Скромное одеяние не скрывало ее роскошных кустодиевских форм, длинные прямые волосы водопадом рушились на скульптурные плечи. Впрочем, лицо у «Венеры» было простоватым: маленькие голубые глаза, бесформенный нос и пухлые, какие-то жадные губы.

— Иди, — бесцеремонно приказал ей Андрей, — чаю выпей!

Девица покорно встала, и я увидела, что господь наградил ее гренадерским ростом — метр восемьдесят пять, никак не меньше!

— Ну, — отрывисто поинтересовался художник, усаживаясь в освободившееся кресло, — и о чем болтать будем? Между прочим, уже один раз я потерял кучу времени в милиции, объясняя самую простую вещь — с Жанной я практически не был знаком, встречался пару раз, и все.

Я огляделась вокруг в поисках, куда бы рухнуть. Ничего, кроме заляпанной краской табуретки, не попалось на глаза. Пришлось устроиться на ней. Развалившись в удобном кресле, хозяин нагло смотрел, как я аккуратно стряхиваю с сиденья белую пыль. Его поведение взбесило меня до крайности. Ну погоди, дружочек!

— Как интересно, — протянула я, — а вот кое-кто мне шепнул, что вы с Жанночкой были очень близки телесно, так сказать. Иными словами — состояли в любовной связи.

— Чушь! — фыркнул Андрей. — Зачем бы мне понадобилась эта крашеная кошка!

— На этот вопрос ответ вы лучше знаете!

— О боже, — вздохнул живописец, — ну начинается! Между прочим, я давно женат!

Вот тут я расхохоталась.

— Только не надо говорить, что вы никогда не изменяли Валерии.

— Ни разу в жизни, — не моргнув глазом, ответил нахал. — Знаете, я слишком брезглив для адюльтера. И потом, по большей части все бабы одинаковы.

— Точное наблюдение, — вздохнула я, — но наш информатор сообщил кое-какие интересные детали.

— Ну? — поинтересовался Андрей, вертя в руках тонкую кисть.

— Вас застал в постели разъяренный Никита, и вы были вынуждены заплатить ему десять тысяч за молчание. Правда, он хотел больше, но у вас не оказалось другой наличности или просто пожадничали.

Раздался сухой треск. Это сломалась кисть, которую держал собеседник. Отшвырнув обломки в сторону, Андрей внешне абсолютно спокойно поинтересовался:

— Ваш агент свечку держал?

— Да вы не дергайтесь, — улыбнулась я, — мне сам Никита рассказал!

Андрей побагровел. По тому, как сжались в кулаки его тонкие, артистичные пальцы, я поняла, что разозлила его.

— Почему так мало денег дали? Десять тысяч! Пожалели?

— А то вы не знаете, — прошипел мужик, — что нас с Леркой тесть кормит!

— Да ну? Он мафиози? Или олигарх?

— Сергей Валерьевич — бизнесмен, — пояснил художник.

— Что же ваши картины? — Я ткнула пальцем в холст с изображением дебелой девицы, призывно расставившей ноги. Из одежды на ней болталось только полотенце, отчего-то замотанное вокруг шеи.

— ЭТО не картина, — взвился Андрей, — листок, порнографическая открытка, пишу на заказ для одного кретина, хочет в бане повесить. А моя живопись, настоящее произведение искусства...

Он пошел к стене и начал поворачивать полотна лицом в комнату. Зажмуриваться показалось мне неприличным, поэтому я просто прикрыла левый глаз. У меня с детства дефект зрения. В правом глазу близорукость, примерно минус пять, в левом полный порядок. Поэтому, если я не хочу что-то видеть, просто закрываю здоровый глаз. Любоваться на жуткие полотна! Нет уж, увольте. Хватило самого первого, на которое я по неосторожности уставилась двумя очами. На холсте был изображен маслом темно-серый лес, на опушке установлена виселица, с которой свисал отвратительно натуральный труп мужчины со вспоротым животом. Совершенно неудивительно, что такое произведение никто не хочет приобретать в собственность. Где его потом повесить? В детской? В кабинете? В спальне? Ну разве что в туалете, тогда можно здорово сэкономить на слабительных таблетках. Впрочем, если ждешь прихода не слишком приятных людей, его хорошо бы вынести в гостиную... Все-таки интересное мышление у художников получается.

К нам, студенткам консерватории, частенько заглядывали ребята, учившиеся на живописцев и скульпторов, они традиционно ухаживали за скрипачками и пианистками. Так вот, будущие Репины делили все, что выходило из-под их кисти, на две части — нетленка и жопись. Нетленка — это великое произведение, дело жизни, которое должно остаться в веках бесценным полотном в какой-нибудь крупнейшей галерее мира. Создают его годами или даже десятилетиями, тщательно отрабатывая самую незначительную деталь... А чтобы не скончаться в голодных корчах, параллельно, левой ногой, выписывают жопись, нечто, не имеющее никакой художественной ценности, зато быстро и ловко находящее покупателей. Но странное дело, подчас именно эта жопись приносила известность, почет и деньги, а выставленная нетленка вызывала только хихиканье в кулак да недоумение. Вот и у Андрея картина с аппетитной девушкой, разомлевшей от банных процедур, выглядела куда более привлекательно, чем полотна, написанные для души.

Развернув последний подрамник, Андрей посмотрел на меня. Я закатила глаза, пытаясь вспомнить, какими же словами наши мальчики хвалили нетленку.

— Удивительно точно схвачен цвет, — бормотала я, старательно зажмурив здоровый глаз, — тонко передана игра полутонов, полотно просто «дышит», и совершенно нестандартная композиция, эта нарочито пустая середина при загруженных боковых пластах!

Ничто так умиротворяюще не действует на человека искусства, как хвала. Андрей отмяк, на его лице даже появилось подобие улыбки.

— Ну, вещи еще сыроваты, не закончены...

Да, нетленка всегда не завершена!

— Впрочем, — продолжал Корчагин, — может, выставлю осенью у Лени в салоне.

— Вы имеете в виду Дубовского? — спросила я. — Однако он больше похож на генерала Лебедя, чем на эстета!

Андрей расхохотался, придя в великолепное расположение духа.

— Верно подмечено! Знаете, какая у него кличка? «Настоящий полковник».

Я улыбнулась.

— Наверное, он не слишком подходящая фигура для владельца галереи.

Корчагин прищурился:

— Хотите всю правду про Леньку?

— Конечно!

— Ну так слушайте, я его как облупленного знаю. Начинал наш «Третьяков» в отделении милиции самым простым опером, из низов, так сказать. У него образования — чистый ноль, школа милиции, и все. Представляете этот уровень?

Вспомнив Володю Костина и Славу Самоненко, я возмутилась:

— Между прочим, в органах часто работают умные люди!

— Цеховая солидарность — страшная вещь, — заржал Корчагин и быстро прибавил: — Шучу, может, и впрямь случаются толковые, только к Леньке это никакого отношения не имеет. Он, по-моему, вел захватывающие дела типа кражи белья с чердака или выезжал на бытовуху.

Наверное, Леня Дубовский и впрямь был не слишком ценным сотрудником. Начальство его не отмечало, в звании не повышало, и он сидел с мелкими звездочками на плечах. Но не зря говорят, что судьба рано или поздно предоставляет любому человеку шанс, надо только не проворонить его. Лене удача улыбнулась в мае 93-го. В руки попало дело некого Федора Бодрова, богатого мужика лет пятидесяти пяти, проживавшего в ближайшем Подмосковье в скромном собственном трехэтажном кирпичном доме. Официально Федор числился живописцем, даже состоял в Союзе художников, кроме того, держал галерею, имел антикварный магазин, лавчонку, торгующую редкими книгами... Где Бодров на самом деле зарабатывал деньги, не знал никто, правоохранительные органы к нему не привязывались, но мимо факта убийства пройти не смогли. В мае 1993 года, аккурат в праздничный девятый день, у Бодрова в гостиной застрелили молоденькую девушку, двадцатилетнюю Оксану Шаповалову, учившуюся в Литературном институте. О чем Федор беседовал с Леонидом, какие блага обещал милиционеру — неизвестно, но дело спустили на тормозах: неосторожное обращение с оружием.

Студентка — кстати, находившаяся в состоянии сильного опьянения — вертела в руках пистолет, принадлежавший Бодрову. Вытащила сама из письменного стола опасную игрушку и принялась развлекаться. Якобы Федор попытался отнять «ТТ», но будущая поэтесса случайно задела курок. Тут же прозвучал роковой выстрел, снесший бедняжке полчерепа. Жаль, конечно, дурочку, но, очевидно, судьба у нее была такая. Между нами говоря, Федору крупно повезло. Оксана оказалась сиротой, приехавшей учиться в столицу из никому не известного местечка под названием Нарск. Бодров проявил широту души, похоронил Шаповалову за свой счет и даже поставил на могилке скромную плиту со словами о рано ушедшей девушке.

Спустя месяц Леня уволился из органов и устроился на работу... в галерею Бодрова простым охранником.

Никто не мог понять, как не отличавший Ван Гога от Гогена милиционер ухитрился сделать карьеру в таком непростом бизнесе, как торговля картинами. Но факт остается фактом — через год он стал директором престижного зала. Он вообще сильно изменился. Начал ходить в парикмахерскую, делать маникюр, одеваться в роскошные костюмы и повесил на запястье дорогие часы. За свои редкостные по глупости высказывания в богемных кругах Леонид приобрел кличку Птица-говорун. Но в конце концов живописцам и скульпторам, издевавшимся над косноязычным Леней, приходилось идти к мужику на поклон. По непонятной причине вещи, выставленные у Дубовского, уходили влет. А у Лени был только один критерий, по которому он отбирал произведения для экспозиции: нравится ему, директору, автор или нет. Вот почему, наклеив на рожу сладкие улыбки и сжимая в руках коробки с дорогим коньяком, мужики и бабы приходили к Дубовскому.

За глаза о нем говорили кучу гадостей. Многие были уверены, что бывший мент не директор, а самый настоящий владелец «Москва-арт», якобы Бодров давно передал ему в дар предприятие. Объясняли, за что. Вроде настоящий пистолет, злополучный «ТТ», из которого была выпущена пуля, убившая несчастную Оксану, хранится у Лени в сейфе. На рукоятке отпечатки пальцев Федора. Милиционер подменил во время следствия оружие... Правда это или нет, не знал никто. Еще шептались, что с «настоящим полковником» следует дружить, вон Костя Ремин назвал галерейщика прилюдно «ментом позорным», и что? Теперь никто не берет его работы, выгнали даже с рынка. Пересмеиваясь, обсуждают страсть Лени к бабочкам...

— К кому? — удивилась я.

— К бабочкам, — пояснил Андрей. — Ленька их собирает. Отвратительное занятие.

— Почему?

— Ему привозят несчастных насекомых со всего света, причем частенько живьем, — пояснил Корчагин. — А Ленечка их самолично убивает. Капнет в баночку цианистым калием — и готово!

Вот это новость!

— Он использует цианид?

Андрей пожал плечами.

— Вроде, точно не скажу. Мне, простите, такое хобби кажется мерзким, но он Лерке в подробностях объяснял: кажется, если бедняжку-бабочку умертвить цианидом, у нее сохраняется вся красота крылышек. Но, честно говоря, я не вслушивался в их беседу. Зато жена моя так увлеклась, что сама стала коллекционировать всяких махаонов, только, слава богу, покупает уже готовые экземпляры для коллекции. А то ведь убийство — страшный грех.

— Вы всерьез так полагаете?

— Да, — с достоинством ответил художник, — никому не дано право отнимать у живого существа жизнь.

— Тараканов на кухне кормите и не травите?

Корчагин хмыкнул.

— Туше[1]. Тараканов терпеть не могу, но бабочки! Такие красивые и беззащитные.

Я вздохнула и выпалила:

— Жанна тоже была красивой и беззащитной. За что вы ее так?

Андрей резко повернулся:

— Я?! Это я, по-вашему, убил Жанку? Да зачем?

— Никита пригрозил вам, что расскажет Валерии о вашем романе, покажет фото, потребовал денег, вы дали!

— А потом убил? Ну не глупо ли. Подумайте сами, какой смысл мне травить Жанку? Фото-то на руках у Никитки. Уж скорей его убрать надо!

Я в растерянности уставилась на гигантское гипсовое ухо. А и правда, зачем ему убивать несчастную? Но другой версии все равно нет, придется педалировать эту.

— Наверное, вы очень не хотели, чтобы до Валерии дошли слухи о романе с Малышевой.

---

[1] Термин в фехтовании. Означает — попал в точку.

— Роман! — фыркнул Андрей. — Это называется перепихон. Имейте в виду, я с этой, с позволения сказать, дамой всего две недели дело имел! Она ко мне в постель полезла, и чего, думаю, отказываться, если в руки падает. А уж наглая! То ей купи, это подари... Пару раз потрахалась и считает, будто ей по гроб жизни обязаны!

— Все равно, наверное, ваша жена могла устроить скандал, — не успокаивалась я. — Сами говорили, что живете на деньги тестя. Прибежит Валерия со слезами на глазах к папеньке, он вас и прогонит!

Андрей секунду смотрел в сторону, потом процедил:

— Ваши домысли абсурды. Впрочем, если обвинение строится лишь на догадках о ревности Леры, я могу легко опровергнуть все.

— И каким образом?

Андрей взял телефон.

— Софья Андреевна? Корчагин беспокоит. Тут у нас одна неприятность произошла, в общем, к вам сейчас спустится женщина, сотрудница правоохранительных органов, расскажите ей все о Лере. А то меня обвиняют в убийстве одной девушки, якобы я боялся, что жена узнает о моей любовнице.

Швырнув трубку, он велел:

— Спускайтесь на второй этаж, квартира находится под моей мастерской. Там живет госпожа Мелкумян, доктор наук, профессор, крупнейший гинеколог. Если после разговора с ней останутся вопросы — можете подняться, если все станет ясно — прошу отправляться восвояси.

Он даже не пошел провожать меня к двери. В полном одиночестве я натянула куртку и спустилась на один этаж вниз. Дверь нужной квартиры была нараспашку, внутри виднелась красиво отделанная прихожая.

— Можно? — крикнула я.

— Да-да, — отозвался бодрый голос, и в коридор выскочила полная, как большинство армянок, женщина. Софья Андреевна резким движением откинула со лба иссиня-черную прядь кудрявых волос и требовательно заявила: — Ну-ка быстро рассказывайте, в чем вы обвиняете бедного Андрюшеньку, имейте в виду, я была ближайшей подругой его покойной матери и знаю мальчика с первых дней! Он не способен на дурные поступки!

От пожилой женщины исходила такая волна энергии, что показалось, будто невидимая рука толкает меня в грудь.

— Прямо на пороге объяснять?

— Идите в кабинет, — приказала профессор и понесла крупное тело в комнату.

Полнота не мешала ей быстро и ловко двигаться.

Очевидно, для того, чтобы увеличить площадь мастерской, Корчагин снес стены, потому что у Мелкумян оказалось две комнаты. Мы пробежали мимо закрытой двери и влетели в квадратное помещение, сплошь заставленное книжными полками. Софья Андреевна села на диван, указала мне на кресло и громко потребовала:

— Начинайте!

Секунду поколебавшись, я рассказала о смерти Жанны.

— Чушь! — воскликнула гинеколог. — Андрей не мог отравить несчастную! Нонсенс! Мальчик не способен на преступление.

— Это эмоции, — спокойно пояснила я, старательно изображая из себя следователя. — Жанна была любовницей Корчагина, и он не хотел, чтобы о связи узнала жена.

Софья Андреевна уставилась на меня глазами цвета спелого чернослива и сказала:

— Слушайте внимательно. Лера в курсе всех любовных приключений Андрея, более того, они вместе обсуждают, с кем ему спать.

— Как? — оторопела я. — Что за дикость?

Мелкумян покачала головой:

— Нет, это необходимость, условие их брака.

— Да объясните наконец суть дела!

Софья Андреевна нахмурилась:

— Вообще, когда требуется нарушить врачебную тайну, обычно приносят специальную бумагу, запрос. Но раз Андрюша сам попросил...

Пять лет тому назад у Леры обнаружили кисту яичника. Пустяковая операция, отработанная и давно поставленная на поток, в ее случае дала осложнение. Если опустить все не слишком понятные медицинские термины, суть такова — Валерии удалили все, что можно, полностью поставив крест на ее мечтах о ребенке. Андрей вел себя изумительно. Софья Андреевна просто восторгалась им. Многие мужья в подобных случаях бросают жен, мотивируя свое поведение просто — женщина без матки и яичников уже не женщина. Корчагин же упорно делал вид, что ничего страшного не произошло, и таскал Лере в больницу охапками цветы и сумками фрукты. Но после выздоровления половая жизнь стала для нее тяжелой обязанностью. Никакого удовольствия в постели она не получала, избегая мужа под всеми благовидными предлогами: голова болит, устала, грипп начинается, спать хочется... Естественно, Андрею такое положение вещей не нравилось, и в семье начались скандалы.

Софья Андреевна, которая после смерти матери художника считала себя обязанной приглядывать за «молодыми», не выдержала и как-то раз зазвала их к себе домой и объяснила: ситуация, в которую они попали, не уникальна. Некоторым семейным парам приходится пройти через подобное испытание.

— У вас только два пути, — втолковывала она супругам. — Либо расходитесь, чтобы не мучить друг друга, либо становитесь друзьями.

Разводиться Корчагины не желали. Лера устраивала Андрея полностью — интересная, молодая, интеллигентная, отличная хозяйка да к тому же дочь богатого и щедрого человека. Был только один изъян — ее нежелание заниматься сексом. Впрочем, Лера тоже ценила Андрюшу — не пьет, не курит, каждую копейку тащит в дом, внимателен, аккуратен, не зануден и весьма неприхотлив в быту. Ее не устраивало только одно — его желание заниматься сексом. Оба хотели найти выход из этой ситуации. И супруги нашли решение.

Лерочка разрешила Андрюше иметь любовниц. Более того, они превратили все в забаву, приятную игру для двоих. Будущую даму сердца они подбирали вместе, обсуждая мельчайшие детали. Потом муж рассказывал жене, хороша ли оказалась любовница в постели. Он даже приобрел «шпионскую» видеокамеру и установил ее у себя в мастерской, где и проходили все свидания. Затем они с Лерой вместе просматривали сделанную запись. По договоренности с женой, Корчагин поддерживал отношения с каждой любовницей не больше трех недель. «Необработанного» материала хватало — журналистки, критикессы, натурщицы, просто обожательницы из околохудожественных кругов... Словом, непаханое поле... Лерочке же страшно нравилось конфузить женщин, получавших отставку. Она испытывала истинное удовольствие, приглашая любовниц мужа на чай. В течение вечера Валерия роняла фразы, заставлявшие несчастных баб дергаться, например:

— Андрей говорил, у тебя грудь такой совершенной формы, просто просится на полотно. Жаль, только шрам портит дело. У тебя же есть такой небольшой шрамик в виде звездочек?

Дамы терялись, не зная, что ответить. Довольная Валерия как ни в чем не бывало преспокойненько вкушала тортик. Бегающие глаза женщин, их внезапно покрасневшие лица и спешный уход доставляли ей истинное наслаждение. Словом, убивать Жанну не было никакого смысла, Лера великолепно знала, что к чему.

Глубоко разочарованная, я двигалась к метро. Еще один подозреваемый отпал. Но драгоценную мадам Корчагину все же придется побеспокоить. То, что она знала о шашнях муженька, еще не означает, что Лера с любовью относилась к своим заместительницам. Как раз наоборот, небось ненавидела их до зубовного скрежета и не удержалась, подсыпала в ликер отраву.

В метро было тепло, даже душно. Я расстегнула куртку, привалилась к двери и закрыла глаза. Тело покачивалось в такт движению поезда. Еще нужно побеседовать с этим Леней, любителем травить бабочек цианистым калием.

Зайдя по дороге в пару магазинов, я набрала штук десять угрожающе шуршащих пакетов и побежала к дому. И только когда я втащила поклажу в прихожую, в голову пришла мысль: а зачем Андрей платил Никите десять тысяч? Почему просто не выгнал его за дверь?

Глава 10

Не знаю, как у других людей, но у меня, стоит только войти в дом, из головы разом вылетают все дельные мысли. Домашние просто не дают подумать ни о чем, кроме как о семейных делах. Вот и сегодня Лиза, Кирюша и Ирина налетели на меня, словно лисы на куриные яйца.

— Нога болит, — ныл Кирюшка.

— Прими анальгин.

— Нет его, — стонал он, — всю аптечку перерыл.

— Не может быть, — изумилась я, — только вчера упаковку купила.

— Нету, — тянул мальчик, — съели!

— Кто?

— Не знаю, съели...

Я подошла к шкафчику, вытащила коробку из-под сапог «Саламандра», набитую доверху новинками фармакологии, и тут же увидела белую упаковку с красными буквами «Анальгин».

— Вот же он!

— Его там не было, — на полном серьезе заявил Кирюшка.

Я только вздохнула. Не успела отпасть одна проблема, как возникла следующая.

— По истории музыки нам задали тест, — заявила Лиза, протягивая тетрадь.

— Ну и что?

— Как это? — возмутилась девочка. — Ты же обещала сделать.

— Я?! Когда?

— Вчера! — отрезала Лизавета и, глядя на мое лицо, добавила: — Только не вздумай отказаться, я понадеялась на тебя и не пошла в библиотеку.

Я с тоской уставилась в тетрадь: семьдесят два вопроса! Один другого лучше. Что такое опера-буфф? Кого можно назвать братом оперы? Где впервые исполнили «Лунную сонату»? Хорошо хоть в моей голове сохранились остатки знаний, вбитые туда профессорами консерватории. Наверное, двух часов хватит, чтобы расправиться с вопросником. Значит, сериал про Эркюля Пуаро посмотреть не удастся, зато до «Ментов» я должна успеть. Они начнутся по НТВ в 20.50.

Ровно без пятнадцати девять я отложила ручку и удовлетворенно улыбнулась. Так, управилась, и еще есть пять минут в запасе. Как раз успею приготовить пару бутербродов и угнездиться в кресле. Быстро орудуя ножом, я накромсала куски сыра, шлепнула их на ржаные тостики, наполнила чашку свежим кефиром и, облизываясь, приготовилась усесться у экрана. Но не тут-то было. В гостиную вошла грустная Ирина.

— Вот, — пробормотала она, — сочинение задали.

— Да ну? — отмахнулась я, не отрываясь от телевизора.

Дукалис только что нашел труп невероятно красивой блондинки.

— Очень трудная тема, — бубнила Ириша, тихонько подсовывая мне под локоть тетрадь, — «Юные годы царя Петра I», по роману Алексея Толстого.

— Ага, — согласилась я, стараясь не упустить нить расследования.

Казанова и Ларин как раз начали допрос свидетеля.

— Кирюша сказал, что ты обязательно поможешь, — закончила Ира.

— Я?! Да я не умею и двух слов складно написать!

— Ты не пиши, только придумай, откуда можно содрать!

Понимая, что Ира не отстанет, я рысью понеслась в Катину комнату, вытащила первый том из собрания сочинений Алексея Толстого и сунула Ире:

— На.

— Отметь карандашом, — не успокаивалась девчонка.

Я быстренько подчеркнула нужные места, вернулась в гостиную и обнаружила, что кто-то съел с хлеба весь сыр и выхлебал мой кефир. Полная негодования, я поплотнее закрыла дверь и доела «голые» тостики. Нет, за «Эдамом» на кухню не пойду, а то весь фильм пропущу. И так уже непонятно, каким образом Дукалис оказался в этой квартире.

— Погладь мне на завтра брюки, — попросила Лизавета, всовывая голову в комнату.

— Хорошо, через полчаса.

— Можно съесть банку кукурузы? — поинтересовался через секунду Кирюшка.

— Да хоть весь холодильник! — рявкнула я. — Дайте кино посмотреть.

— Если у тебя голова болит, нечего на всех злиться, — ответил Кирка и исчез.

Зато опять появилась Лиза.

— Билетень или биллетень? — спросила она.

— Что? — с трудом оторвалась я от фильма.

— Ну как пишется правильно — билетень или биллетень?

— Не так и не так.

— А как?

— Возьми словарь.

— Лампуша, — завела Лизавета, — ну что, трудно ответить по-человечески?

— Бюллетень.

— А ты не путаешь?

— Нет!

— Точно знаешь?

— Да!!!

— Ну смотри, поставят «два», ты виновата будешь, — пригрозила она.

Я попыталась сообразить, зачем Казанова пришел в бассейн, но тут на балконе мелькнула тень. Вновь появилась кенгуру. Животное выглядело странно. Оно стало меньше, морда покруглела и куда-то пропали огромные вздрагивающие уши. К тому же кенгуру корчила зверские рожи и размахивала невероятно длинными руками. Я насторожилась. С чего бы это вдруг моя галлюцинация претерпела такие изменения? Пришлось встать и подойти к двери. На балконе радостно подпрыгивала... обезьяна.

От неожиданности я разинула рот. Надо же, это что-то новенькое! Нет, следует позвать детей.

— Лиза, Кирюша, Ира!

Они ворвались так быстро, словно поджидали приглашения за дверью. За ними высился Володя Костин.

— Володечка, — обрадовалась я, — ты дома! Почему ко мне не зашел?

— Кирюшка не пустил, — усмехнулся майор, — говорит, ты села смотреть телик и плюешься огнем.

Я машинально глянула на экран. Там бежали титры, потом появилась фраза: «Спонсор показа «Мост-банк». «Менты» закончились, а я даже не увидела, кого убили, и не поняла, за что. Ну всегда у нас так! Неужели нельзя оставить меня на час в покое?

— Погладишь брюки? — поинтересовалась Лиза. — А зачем нас позвала?

— Теперь на балконе сидит обезьяна!

Дети и Володя пошли смотреть.

— А почему она сказала «теперь»? — поинтересовался майор. — Раньше-то там кто обретался?

— Кенгуру, — пояснил со вздохом Кирюша, — раньше ей там мерещилась кенгуру.

— Почему мерещилась! — обозлилась я, повернулась и увидела пустой балкон.

Снег тихо падал крупными хлопьями.

— И часто с ней такое? — спросил майор.

— Последнее время постоянно, — ответила Лиза, — все твердит: кенгуру, кенгуру... Мы уже привыкли, а теперь вдруг — обезьяна! Странно это!

— У мамы стоит учебник по психиатрии, — встрял Кирюшка, — так там написано, что больной не меняет бред. Ну, если назвался Наполеоном, то никогда не переделается в Кутузова!

— Я не сумасшедшая!

— В книге написано, что все психи утверждают, будто они нормальные, — вздохнула Лиза.

— Мы сейчас тебе тест предложим, — с абсолютно серьезным лицом сказал Володя. — Представь, сидишь в ванне, полной воды, сливное отверстие заткнуто пробкой, на бортике стоят рюмка, чашка и большая кастрюля. За что ты возьмешься, чтобы слить воду из ванны?

— Каждый нормальный человек схватит кастрюлю!

— Извини, но нормальный человек вытащит пробку!

Секунду я моргала, потом Кирюша и Лиза захохотали.

— Может, чаю дашь? — поинтересовался майор.

— Идите на кухню, — процедила я сквозь зубы.

Домашние убежали, но спустя секунду Ирочка всунулась в гостиную и прошептала:

— Лампа, ты попробуй витамины попить, может, на тебя так весна действует!

На следующий день я в полном одиночестве сидела у кухонного стола. Что ж, круг подозреваемых уменьшается. Так к кому идти сначала? К Валерии, Зюке или Лене? Впрочем, к встрече с последним следует тщательно подготовиться. Мужик долго работал опером, хоть и не слишком удачливым, но все же, наверное, обладает кое-какими профессиональными навыками... Ладно, чтобы полностью отработать Корчагиных, сначала отправлюсь к Лере, тем более что она сейчас на работе, сидит себе в таинственной организации под названием «Искусствфонд». А находится это заведение в самом центре, на Старом Арбате.

На улице вновь мела пурга. Я подавила желание влезть в старые джинсы и натянула Катин брючный костюм из тяжелого твида. Во-первых, будет тепло, а во-вторых, вещь дорогая, а мне не хочется выглядеть перед Лерой оборванкой.

Но Валерия сама была облачена в просторный пуловер и джинсы. Сидела женщина в крохотном кабинетике, где чудом уместились не слишком большой стол и два стула.

— Садитесь, — ласково пропела она, — но только боюсь, что огорчу вас. Новый корпус в Мелихове уже весь забронирован, вы немного опоздали, остались лишь номера в старом. Он не такой комфортабельный, душ и туалет в конце коридора, зато в два раза дешевле...

— Извините, но я пришла не за путевкой...

Лера подняла прозрачные, слегка выпуклые голубые глаза и уточнила:

— Вы Ольга Евгеньевна Михалева? От Семена Петровича?

— Нет.

— Тогда кто?

— Не припоминаете?

Валерия прищурилась:

— Извините, нет.

— Знаете Анну Ремешкову и ее мужа Бориса Львовича?

— Да.

— В тот страшный день рождения я подавала на стол.

— Ах вот оно что, — протянула Лера и резко встала. — Вы из охранного агентства!

Нет, люди удивительным образом не способны запомнить никакой информации, которая не касается их лично. Ведь Борис Львович при всех громко и четко сообщил, что Аня наняла меня следить за ним. Так нет, Андрей абсолютно уверен, что я из милиции, а Лера считает, будто имеет дело с телохранительницей. Но это ведь совершенно разные ведомства.

— Зачем я вам понадобилась? — тоном, не предвещающим ничего хорошего, заявила Лера. — Если кто-то насвистел, что Жанна была любовницей моего мужа, то это вранье.

Я подавила ухмылку. Катюша рассказывала, что, когда проходила на третьем курсе практику в детском травмпункте, маленькие пациенты входили в кабинет с заявлением: «Нога совершенно не болит!» или «Рука абсолютно здорова».

Так и Лера — тут же выдала информацию о любовнице, надо же быть такой идиоткой! Впрочем, она нервничает, нужно усыпить, обмануть ее бдительность, заставить разговориться... И лучше всего предложить посплетничать.

— Андрей? — делано изумилась я. — При чем здесь он? Кстати, первый раз слышу сплетню о его любовных отношениях с Малышевой! Нет, меня интересует Зюка! Кстати, как ее зовут на самом деле?

— Зинаида Ивановна Иванова, — фыркнула Лера, усаживаясь на стул, — но только ей собственное имечко кажется простоватым, вот она и подписывает статейки свои отвратительные — З. Юконенова. Последние буквы сократили и превратили в Зюку. Омерзительная особа!

— Почему?

Валерия снисходительно глянула на меня.

— Дорогая, ну как можно заниматься расследованием в той среде, которую не знаешь?

Ну не дура ли! Разве телохранитель ищет преступников? Его дело беречь хозяина, но мне ее безграмотность только на руку. Если ей хочется ощущать свое превосходство надо мной — пожалуйста, я даже подыграю.

— Начальство меня не спрашивает, — прикинулась я идиоткой, — сует дело, и все. Вот почему я пришла. Поскольку вы с господином Корчагиным вне подозрений, то я подумала, что поможете немного, введете в курс дела...

Лера потрогала серьги. Украшения у нее были дорогие, но не вычурные, скорей всего антикварные вещи, да и стоят, наверное, бешеные деньги.

— Говорят, вы про всех знаете, — тянула я, — в таком месте работаете...

Валерия колебалась, но желание посплетничать, вытащить на свет тщательно спрятанные чужие секреты пересилило. Она достала пачку «Собрания» и предложила:

— Хотите?

— Спасибо, — сказала я и выудила сигарету.

— Про место вы верно заметили, — сообщила Лера, со вкусом выпуская дым, — не захочешь, а в курсе будешь. У нас ведь три Дома творчества. Штат прислуги огромный — горничные, повара, официанты, уборщицы. А язык за зубами никто держать не умеет. Придут ко мне и давай болтать — этот с любовницей приехал, тот в пьяном виде стекла побил. Вот ведь дряни! Им люди частенько деньги за молчание дают, так нет — возьмут и все равно растрепят. А про Зюку и ее любовниц с особым удовольствием сплетничают.

— Про кого?

— Зюка лесбиянка, — спокойно пояснила Лера, — специалистка по молоденьким девочкам.

— Да ну!

— Это все знают, — заверила меня Валерия, — она их в провинции находит, привозит в Москву, селит у себя, кормит, поит, а они потом убегают и гадости про Зинку болтают. Я уж ей советовала:

«Ты бы, Зюка, лучше в своем кругу любовниц брала. Чего с провинциалками связываешься». Так нет, подавай ей молоденьких и неотесанных. Вечно у нее неприятности приключаются.

— Расскажите подробнее, — попросила я.

Валерия не смогла сообщить, где Зюка берет партнерш. Просто она вдруг иногда появлялась на тусовках с новой пассией — девушкой лет восемнадцати, обязательно стройной шатенкой с карими глазами. Блондинок Зина Иванова терпеть не могла. Все ее любовницы выглядели одинаково и вели себя вначале скромно. Стеснялись шумного богемного общества, мало разговаривали, носили дешевую одежду и пластмассовые серьги. Но уже через месяц с ними происходила удивительная метаморфоза. Непрезентабельные платьишки и самошитые юбчонки сменяли дорогие шмотки, в ушах и на пальцах появлялись настоящие украшения... Заканчивались истории тоже до боли одинаково. Оперившись и пообтесавшись, девчонки наглели, начинали демонстративно грубить Зюке и... выскакивали замуж.

— Она их из грязи вытаскивала, — сплетничала Валерия, — отмывала, одевала, обувала, покупала цацки, учила есть с ножом — и вот благодарность. Мало того, что убегали к мужикам, так еще такое про Зюку рассказывали! Знаете, мне иногда даже было жаль ее. И ведь Зинка с упорством наступала на одни и те же грабли, просто удивительно.

— Значит, она обеспеченная женщина, раз так «ухаживала» за пассиями?

Лера хмыкнула:

— У Зюки водится тугая копеечка, только вот не знаю откуда. Впрочем, один источник дохода понятен, она ведь главный редактор газеты «Век искусства».

— И что? Там такая большая зарплата?

— Копейки! Зато гигантские возможности.

— Какие?

— Душенька, — снисходительно процедила Лера, — в нашем мире, среди людей искусства, очень ценятся положительные рецензии.

— Почему?

Валерия ухмыльнулась:

— Ну вы просто первый день творения! Люди-то идиоты, прочитают в газете, что картины или скульптуры выставляет гениальный мастер, и бегут сломя голову поглядеть. А галерейщики тащатся от успешных авторов. Опять же те, кто покупает произведения искусства, а в основном сейчас это люди из определенной среды, разбогатевшие на торговле или каких-либо других операциях, тоже млеют, когда им художник невзначай статью подсовывает, вот, мол, какой я известный. Нувориши в глубине души комплексуют. Вот в торговле окорочками или трусами они доки, а картины! Ну как не фраернуться и купить по-настоящему ценную вещь? Они ведь деньги вкладывают, вот тут-то «Век искусства» и приходит на помощь, советует. Не раз доходило до смешного. Есть такой, с позволения сказать, живописец Дудолев Олег. Анималист, животных малюет. Жуткие, надо сказать, картины — собачки с бантиками в корзиночках, кошечки на подушечках, лошадки на траве... Настоящий урод. Так Зюка его расхвалила! Гениальный примитивист, самородок, человек из глубинки с удивительным даром! Господи, да у мужика нет никаких понятий о композиции, цвете и перспективе. Собачки косорылые, кошечки кривомордые... И что бы вы подумали! Он теперь невероятно популярен, отдает свои мерзкие работы за бешеные тысячи и задирает нос до небес. Вчера приходил сюда за путевкой, так не поверите, сквозь зубы цедил: «Мне, милочка, в старый корпус нельзя, художник моего ранга должен иметь условия». Тьфу, а все Зюка. Может поднять на гребень, а может и растоптать, вон моего Андрея с землей сровняла, сука.

Очевидно, я своим вопросом про критикессу задела какое-то очень больное место.

— У Зюки нет художественного вкуса? — простодушно поинтересовалась я.

— Все у дряни есть, — пояснила Лера, — небось у себя в гостиной не Дудолева повесила, а Рокотова.

— Зачем же тогда она расхваливает плохие картины?

— Надо же где-то денежки брать, чтобы молоденьких девчонок содержать, — фыркнула Лера, — вот наша редакторша и торгует рецензиями. Все по таксе. Десять строчек — одна цена, упоминание в хронике — другая, подвал — дороже, ну а целая полоса с фотографиями совсем в копейку влетит.

— Да ну?!

— Об этом все знают, — отмахнулась Лера, — Жанка покойная рассказывала.

— Жанна?

— А что удивительного? Между прочим, она писала неплохие пейзажи, немного наивные, но приятные, с настроением. Выставку ее устроили, так, картин десять повесили. Позвали Зюку, вроде Никита с ней в неплохих отношениях был. Зюка тоже из Иркутска, как Малышевы, ну, наверное, Никитка и думал, что та расстарается. Но нет.

На следующий день после открытия выставки Жанна прибежала к Лере жутко расстроенная и даже расплакалась у той в кабинете. Зюка позвонила Малышевым и сообщила, что впечатление от работ у нее отвратительное, и предложила им оказать редакции гуманитарную помощь. Так и заявила — нагло и откровенно:

— У нас сейчас тяжелые времена, дали бы коекакую мелочишку, тысчонку-другую на канцпринадлежности.

Никита, не ожидавший такой наглости от землячки, женщины, которая часто бывала у них в доме и даже считалась другом, растерялся и от неожиданности послал Зюку куда подальше. Потом спохватился, перезвонил и спросил — куда привозить деньги?

Зюка обиделась насмерть, доллары не приняла и в одном из ближайших номеров дала разгромную рецензию. Более того: «Век искусства» потом целый год походя шлепал Жанну мокрой тряпкой по лицу. Частенько в материалах, посвященных другим авторам, проскальзывали фразы типа: «Редко кто из современников пишет такие плохие пейзажи, как Жанна Малышева», или «разве можно сравнить его чудесные полотна с беспомощной мазней Жанны Малышевой...».

Жанна очень переживала, но потом вдруг тон публикаций сменился, пару раз ее похвалили, а в конце марта появилось довольно большое интервью, в котором ее уже называли «молодой, талантливой художницей, чьи пейзажи будят у зрителя лучшие эмоции».

— Наверное, они заплатили внушительную сумму, — произнесла я.

— Нет, — покачала головой Лера, — дело в другом. Когда мы с Андреем пришли к Борису Львовичу на день рождения и увидели, как Зинка вваливается в гостиную, то просто испугались. Ну, думаю, сейчас драка начнется. Знаете, очень не люблю скандалы.

Но Жанна и редакторша мило поздоровались и защебетали об общих знакомых. Валерия только дивилась: женщины, бывшие злейшими врагами, болтали, словно лучшие подруги. Улучив момент, Лера поинтересовалась у Малышевой:

— Ты помирилась с жабой?

Жанночка хихикнула и шепнула в ответ:

— Потом расскажу, я такое про нее узнала, что она теперь у меня в кулаке со всеми потрохами. Объяснить не могу, но поверь, Зюка жутко напугана, вот ей и приходится быть любезной. Кстати, если хочешь довести Зинку до обморока, скажи ей потихоньку: гостиница «Морская» — и увидишь, что будет.

— И что? — спросила я.

Валерия пожала плечами:

— Ничего, потом Жанна скончалась, а мне с Зюкой дела иметь неохота, она пару раз такие гадости про Дюшу печатала.

— Про кого?

Лера засмеялась.

— Это я так мужа ласково зову: Дюша-индюша. Зюка его грязью облила, думала, мы побежим платить, только обломалось!

— Почему?

— Я папе пожаловалась, а он быстренько сразу в пяти изданиях хвалебные рецензии пропихнул. Пришлось Зинке заткнуться и кисло улыбаться.

— Не проще ли ей одной заплатить, чем пятерым?

Валерия сердито ответила:

— Этой дряни принципиально ни копейки не дам!

— Надо же, я думала, вы друзья, так мило за столом сидели!

— Мы воспитанные люди, — высокомерно заявила Лера. — Неужели обязательно следует драться? Интеллигентный человек должен уметь держать в узде чувства.

— С Жанной вы их тоже держали?

— Почему?

— Ну, насколько я поняла, вы ее ненавидели.

— Жанну? Кто вам сказал такую глупость?

Я внимательно посмотрела в породистое, но слегка апатичное лицо Валерии. Если вспомнить об откровениях доктора Мелкумян, то ей не должна доставить дискомфорта информация, которую я сейчас сообщу.

— Жанна была любовницей вашего мужа.

Лера дернулась и жутко покраснела. Первый раз вижу, чтобы человек превращался за секунду в подобие свежесваренного рака.

— Какие глупости!!!

— Нет, сведения точные.

— Жанна никогда не ложилась в кровать к Дюше! — почти закричала Лера.

Надо же! Может, Софья Андреевна Мелкумян ошиблась и Корчагина вовсе не относилась к похождениям муженька с удовольствием? Сначала я чуть было не выпалила: «Еще как ложилась, она даже звала его в минуту нежности, как и ты, Дюшей-индюшей».

Но громадным усилием воли я сдержалась и, нагло ухмыльнувшись, возразила:

— Мой информатор абсолютно надежен.

— Неправда, — прошипела Лера, — Жанна была моей единственной настоящей подругой, нас связывали теснейшие узы...

— Хотите сказать, что у вашего мужа вообще не было любовниц?

— Да какое вам дело? — разъярилась Лера. — Убирайтесь вон!

— Уйти-то я уйду — только жаль вас.

— Это почему же?

— Жанна была интимной подругой Андрея, если вам так не нравится определение «любовница». Вы узнали об этом и преспокойненько отравили ее из ревности.

— Я не ревнива, — тихо пролепетала Валерия.

— Отелло — младенец рядом с вами!

— Ерунда собачья. Да, у моего мужа бывают связи на стороне, но меня они не задевают, — сообщила Лера, — наш брак строится не на сексуальной гармонии, а на личных дружеских отношениях. Может, вам это покажется странным, но Андрюша всегда сам рассказывает мне о своих похождениях, я ему больше сестра, чем жена!

— Почему же тогда вас так задело сообщение о Жанне? — перла я напролом.

— Да потому, что все неправда. Жанна никогда бы не сделала мне больно!

— Вот странность, — хмыкнула я, — только что вы говорили о патологическом отсутствии у вас ревности, и вдруг — больно!

Лера секунду смотрела на меня, потом хлопнула ладонью по столу, ручки, стоявшие в стаканчике, подскочили, а чашка жалобно тренькнула, вздрогнув на блюдечке.

— Жанна — моя единственная подруга.

— Что же у вас так мало близких людей...

Честно говоря, я намеревалась этой наглой фразой вывести Валерию из себя. Обозленный человек часто в гневе выбалтывает лишнее, намного трудней иметь дело с тем, кто сдерживает эмоции. Но Лера неожиданно скисла. Тихим голосом она пробормотала:

— Наверное, я не слишком общительна. Нет, внешне я раскованна и веду вполне светский образ жизни, но это только снаружи, внутрь никого не пускаю. Была очень близкая мне женщина — Лена Роговцева, мы учились в одном классе, но она умерла несколько лет тому назад в родах — страшная, трагическая случайность. Ей перелили кровь не той группы. А потом появилась Жанна...

— Вы, наверное, в институте познакомились?

— Нет, Малышевы заканчивали художественный техникум, а я училась на филфаке. Просто вышел случай...

— Какой?

— Это неинтересно.

— Жанну убили, — тихо напомнила я, — вы под подозрением, до следователей дошли слухи о связи Андрея и Малышевой, понимаете, как это плохо для вас?

Валерия вновь схватилась за сигареты. Глядя на ее дрожащие тонкие красивые пальцы с безупречно сделанным маникюром, я подумала, как хорошо, что она абсолютно юридически безграмотна. Любой другой человек, хоть раз в своей жизни взявший в руки детектив или посмотревший по телику «Человек и закон», моментально бы задал мне вопрос:

— Минуточку. А что, у нас отменили презумпцию невиновности? Это не я должен доказывать, что не замешан в преступлении, а органы милиции обязаны проводить работу по разоблачению убийцы. И вообще, никто не может быть объявлен виновным без суда!

Но Лера плохо знала закон и сейчас казалась напуганной.

Я медленно раздавила окурок в красивой хрустальной пепельнице и с чувством произнесла:

— У моего начальства, дорогая, сложилось твердое убеждение, что вы замешаны в этом преступлении. Конечно, ваш богатый папенька наймет Генри Резника, и он вытащит вас под подписку о невыезде, а там, может быть, и добьется условного срока. Судьи тоже люди и хотят кушать. Так что ответственности вы сумеете избежать, но на светской жизни можете поставить жирный крест. Многие вас просто перестанут принимать, а в тех гостиных, куда пустят, будут усиленно делать вид, что рады вам. Право, не знаю, что хуже.

— Я никогда бы не тронула Жанну даже пальцем! — закричала Лера. — Да поймите же наконец!

— Почему?

Корчагина тяжело вздохнула.

— Ладно, слушайте, только очень прошу не использовать эту информацию на каждом углу.

Четыре года тому назад Лере сделали несколько тяжелых операций, и она провалялась в больнице все лето. Клиника находилась за городом, невысокое, двухэтажное здание окружал лес. Июль стоял невыносимо жаркий, и больные, те, кто мог ходить, разбредались по парку, слушая, как вопят одуревшие от зноя птички. Примерно в полукилометре от больницы протекала Москва-река, через нее шел железный мост. Берега крутые, и до воды было примерно метров пять-шесть. Несмотря на жару, больные сюда не ходили — далеко, да к тому же дорога шла через густой лес, если вдруг станет плохо, помощи ждать неоткуда, купаться тут невозможно, слишком высокий берег, а нырять с моста охотников среди готовящихся к операции не было.

Поздно вечером, почти ночью, двенадцатого июля Лера в полном одиночестве стояла на мосту. Пришла она сюда с одной, вполне определенной целью — покончить с собой. Жизнь казалась ненужной. Детей у нее никогда не будет, муж, хоть и бегает каждый день с едой и цветами, все равно скоро бросит, близких друзей нет, и никому в целом свете она не нужна... Лера мучительно вглядывалась вниз, в мирно поблескивающую воду. Плавать она не умела, река в этом месте была глубокая и быстрая, мост высоко, нужно только перелезть через перила...

Валерия аккуратно сняла халатик, в кармане которого лежала предсмертная записка, и попыталась преодолеть последнее, отделяющее ее от смерти препятствие.

Вдруг чьи-то сильные руки ловко схватили ее за ногу, и звонкий голос вскрикнул:

— Это что же ты надумала?

От неожиданности Лера потеряла равновесие и шлепнулась назад на мост, прямо на свою спасительницу.

— Дура! — кричала девушка. — Идиотка! Умираешь только один раз. Совесть есть? А ну, подними голову!

Валерия машинально подчинилась голосу и уставилась... на Жанну. Минуту женщины глазели друг на друга. Они были знакомы, сталкивались изредка на светских тусовках, так как обе вели богемный образ жизни.

Жанна пришла в себя первой.

— Ничего себе, вот так абзац, ты-то как сюда попала?

Очевидно, стресс от попытки самоубийства был Лере не по силам. Всегда сдержанная, спокойная, Корчагина внезапно разрыдалась и вывалила на спасительницу все. Жанна не осталась в долгу и сообщила:

— Я аборт пришла делать, только не от Никитки. Ему сказала, что лечу воспаление придатков.

Они просидели на мосту до утра, не ощущая сырости и рассветного холода. Потом побрели в больницу. Так Лера неожиданно приобрела настоящего друга. Жанночка, казавшаяся глуповатой и болтливой, на самом деле была совсем не такой. Ни одной душе на свете она не растрепала о происшествии на мосту. Впрочем, у Жанны было много подружек, веселых молодых женщин, у Леры — только Малышева. Только ей Валерия могла рассказать правду, только Жанна знала, как тяжело той прикидываться безразличной и обсуждать с Андреем его любовные похождения.

— Она знала, — тихо поясняла Лера, — как я люблю мужа, но, к сожалению, не могу выполнять супружеские обязанности. Жанночка всегда твердила:

— Не расстраивайся, он же к тебе возвращается, и потом, мужику потрахаться — как стакан воды выпить, он к этому по-иному, чем женщина, относится. Мы психологию разводим, чувства всякие лелеем, а мужики! Простые, как веники, они вообще из одних инстинктов состоят — поесть, поспать, потрахаться. Ну вспомни, чего тебе после секса раньше хотелось? Нежных слов и признаний?

Лера кивнула.

— Спорю на сто долларов, что Андрюшка моментально бежал к холодильнику и начинал жрать!

Валерия рассмеялась:

— В точку.

— Чего там, — махнула рукой Жанна, — у меня такой же дома сидит. И еще учти — наши не самые худшие.

Валерия замолчала и вновь принялась раскуривать сигарету. Я терпеливо ждала. Наконец она продолжила:

— Жанночка очень любила Никиту и никогда ему не изменяла, понимаете теперь, что ваши обвинения абсурдны? Во-первых, Жанна никогда бы не легла с Андреем в постель, а во-вторых, я лишилась единственной родной души. Вам даже представить трудно, как мне сейчас тяжело, я осталась совсем одна, ни поговорить, ни посоветоваться не с кем...

И она внезапно тихо расплакалась.

— Ну-ну, — попробовала я ее утешить, — у вас есть муж, отец, а подруги еще найдутся.

Лера аккуратно высморкалась в бумажный платок и покачала красиво причесанной головой:

— Нет. Папа занят только своим дурацким бизнесом, он мебелью торгует. Ему не пожалуешься. Только начнешь, а он сразу доллары вытаскивает и сует в руки — на, купи себе что-нибудь и успокойся.

Андрей все время работает, да и бабы вокруг вьются. А у меня что? Путевки? Господи, лишь Жанночка могла меня понять.

— А бабочки? Говорят, вы коллекционер.

— Нет, это громко сказано, — ответила Лера, промокая глаза, — всего лишь начинающий любитель. Вот Леня Дубовский — это да.

— Знаете, — пробормотала я, — вам, наверное, смешно покажется, но я тоже увлекаюсь бабочками, собрала кое-что, ерунду всякую, на даче ловила — ну, капустницы, шоколадницы... Посоветоваться бы с кем...

— Приходите в клуб, — порекомендовала Валерия, — у нас необыкновенно мило. Конечно, это Леня все организовал. Адрес: Леонтьевский проезд, семь.

— Прямо так можно заявиться и впустят? — удивилась я.

— Конечно, — ответила Лера, — почему бы и нет? Папионистов мало, все друг друга знают, новичков только приветствуют.

— Простите, кого мало?

— Папионистов, мы так называемся, от французского слова «папион», что означает бабочка.

— А в какие дни работает клуб?

Лера пожала плечами:

— Там всегда кто-нибудь есть, ну, Ольга во всяком случае, она заведующая.

В эту минуту дверь приоткрылась, и в щель просунулась женская голова с растрепанными, плохо покрашенными рыжими волосами.

— Валерочка, можно?

— Подождите, — сухо велела Лера.

Потом вытащила из косметички тональный крем, помаду, тушь для ресниц и, установив на письменном столе небольшое зеркальце, пробормотала:

— Работать надо. Очень вас прошу, если еще

захотите со мной побеседовать — предварительно позвоните.

И она протянула визитную карточку. Я взяла ее и пошла к двери.

— Послушайте! — окликнула меня Лера. — Ищите убийцу в другом месте и выбросьте из головы дурацкие мысли о любовных похождениях между Андреем и Жанной. Он-то, может, был бы и не прочь, да только она ни за что не согласится.

Я тихо затворила дверь.

— Валерочка свободна? — поинтересовалась рыжеволосая толстуха.

Не ответив, я пошла к выходу. Отчего-то последние слова Леры убедили меня в ее невиновности. «Она ни за что не согласится». Валерия до сих пор говорит о Жанне как о живой, никак не может привыкнуть, что подруги уже нет рядом. Вот только была ли Малышева на самом деле ее подругой? Ведь ни крошки правды не рассказала она о себе. Лера не знала ничего — ни о том, что Никита на самом деле брат Жанны, ни о том, как та зарабатывала на жизнь, и, уж конечно, наперсница не поведала ей о десяти тысячах, содранных с Андрея.

Вовремя вспомнив, что в доме нет продуктов, я вбежала в супермаркет и уставилась на полки. Люблю ходить по продуктовым магазинам, в особенности заглядывать в те, которые находятся вдали от дома. В тех ассортимент заранее известен, а вот возле Лериной фирмы оказался замечательный гастроном. Я изучала полки. Так, вот этот йогурт мы еще не пробовали, да и селедка в баночках выглядит привлекательно. Маленький на первый взгляд магазин на самом деле оказался огромным. Узкие торговые залы, изгибавшиеся под немыслимыми углами, были тесно заставлены стеллажами, от ярких баночек и упаковок рябило в глазах... Я бесцельно шаталась между холодильниками, разглядывая горы жратвы. Интересно, как здесь ухитряются пролезать покупатели, носящие сорок восьмой размер одежды? Я с моим сорок четвертым и то еле-еле протиснулась к банкам с кукурузой...

Вдруг прямо над ухом раздалась трель. Я невольно вздрогнула, но тут же успокоилась. С другой стороны высоких, почти в потолок, витрин ходил кто-то с мобильным телефоном.

— Алло, — раздалось высокое сопрано, и я узнала голос Валерии. — Слушаю.

Очевидно, собеседник поинтересовался, где она, потому что Лера ответила:

— Спустилась в магазин, пирожные купить к чаю. Вот что, Кит, ты завтра когда освободишься?

Я осторожно заглянула в щель между двумя витринами и увидела Валерию, спокойно держащую в правой руке мобильник, а в левой коробочку с куском торта. Внезапно она швырнула пластиковый лоток в холодильник и злобно прошипела:

— Хватит! И так уже два раза деньги получал ни за что. Надоело, нашел дуру! Вчера договорились, за Жанкин дневник получишь десять тысяч. Между прочим, отличная цена, но больше не дам ни копейки. Хочешь — неси в газету, только там тебе дадут мизерный гонорарчик! Тоже мне, секрет Полишинеля, я дневничок хочу выкупить только из-за того, чтобы отца не дергать, а так — тьфу, а не тайна! Ничего позорного в ней нет, Андрюша полностью в курсе дела!

Воцарилось молчание, потом Лера спокойно сказала:

— Хорошо. Послезавтра в кафе «Ласточка» в пять вечера, только не опаздывай. Деньги принесу наличными.

Потом она сунула сотовый в карман, схватила пирожные и убежала. Я осталась стоять возле банок с консервами. Что ж, ели мы и кое-что получше фасоли, горошка и кукурузы, а вот более интересного разговора не слышали никогда. Значит, покойная Жанна вела дневник, и там написано про какую-то тайну Леры. А безутешный Никита решил поправить свое материальное положение и начал шантажировать Корчагину.

Не разбирая дороги, я понеслась к выходу. Дневник Жанны!

Он-то мне и нужен, скорей всего *там* разгадка тайны. Надо во что бы то ни стало добраться до него раньше Корчагиной. Нужно срочно позвонить Никите, но у меня нет сотового, придется искать телефон в метро. Но не успела я донестись до кассы, как увидела симпатичный черненький «Сименс», стоявший возле плаката — «Телефон к услугам наших покупателей бесплатно».

— Можно поговорить? — обрадовалась я.

Кассирша ответила:

— Аппарат исключительно для покупателей!

— А я кто?

— Вы просто прохожая, покупатель тот, кто приобретает продукты, — потом она улыбнулась и добавила: — Так директор велел.

— Можно я сначала позвоню, а потом что-нибудь куплю?

— Ладно.

Вне себя от возбуждения я принялась тыкать пальцем в кнопочки. Вообще-то я не способна запомнить и двух цифр, но телефон Малышева —

123-45-67, такое даже у меня зафиксировалось в мозгах.

— Алло, — баском ответил парень.

— Никита? Вы дома?

— Нет, на Марсе, — хмыкнул Малышев, — туда и звоните.

— Беспокоит Евлампия Романова, помните такую?

— Ну.

— Никуда не уходите, еду к вам.

— Это невозможно, — отрезал художник, — я уже в ботинках, клиент ждет.

— Тогда встретимся вечером.

— Исключено.

— Почему?

— Потому.

— Но мне очень надо!

— А мне нет!

— Ладно, вызову вас на завтра повесткой, пришлю автозак с конвойными.

— Хорошо, — испугался Никита, — правда, я вечером не могу, ей-богу, занят, давайте завтра утром.

— Хорошо, в девять у вас.

— Во сколько?!

— В девять, а что, рано?

— Раньше одиннадцати я не встаю, потом еще надо душ принять...

— Ага, и выпить шампанского! Ладно, в полдень.

— Отлично, — буркнул Никита и отсоединился.

Я аккуратно положила трубку и почувствовала неимоверную жажду. Во рту пересохло, а язык превратился в кусок наждака. Руки сами собой схватили первую попавшуюся баночку. Жидкость полилась в горло. Уже делая последний судорожный глоток, я сообразила, что пью нечто непонятное, резко-кислое, совершенно не похожее ни на колу, ни на спрайт, ни на фанту... Оторвавшись от мерзкого напитка, я уставилась на зеленую баночку — «Капустный рассол со свеклой». Ничего себе, его что, специально для алкоголиков выпускают? Отвратительная, однако, штука на вкус!

Глава 11

Рассол оказался не только противный, но и страшно коварный. Проехав четыре остановки на троллейбусе, я была вынуждена выскочить из него, не добравшись до метро. Мне срочно требовался туалет. Но не тут-то было. Узкая, длинная улица, забитая магазинами, простиралась передо мной. Чего тут только не было — одежда, видеотехника, книги — все, кроме сортира. Я забегала в торговые точки, но отовсюду была изгнана с позором. Впрочем, из аптеки, парикмахерской, химчистки и библиотеки тоже. Только не подумайте, что в этих заведениях не было туалета, просто никто не собирался пускать туда тетку с улицы. Положение становилось угрожающим. Может, опять забежать в аптеку и купить памперсы для взрослых? Не могу же я сесть прямо в подворотне, на глазах у прохожих!

В полном отчаянии я спросила у женщины, торгующей пирожками:

— Куда вы ходите пописать?

— А у метро, — пояснила та, — голубенькие будочки, двором иди, здесь близко.

Кое-как я добрела до цели. Будочки и впрямь стояли слева и справа от выхода из метро. Неопрятного вида баба взяла с меня четыре рубля, и я наконец получила доступ к основному благу цивилизации.

Спустя десять минут я вышла на площадь и обшарила все ларьки и палатки. Домой я не спешила. Каждый человек, в конце концов, имеет право на заслуженный отдых. Только войду в квартиру, все сразу набросятся с просьбами, нет уж, лучше поброжу тут бесцельно. Тем более что я вдруг увидела хозяйственный магазин со всякой мелочовкой. Обожаю копаться в ерунде и любоваться на чайники, кастрюли и хорошенькие банки для риса и сахара. Словом, у прилавков я протолкалась примерно с полчаса и вышла наружу страшно довольная собой. В руках я держала пакет с очаровательной, но совершенно бесполезной покупкой. Мне приглянулась розовая керамическая свинка с дырками в спине, куда можно втыкать всякие необходимые на кухне вещи — ножи, ножницы, лопаточки... Путь к метро опять пролегал мимо кабинок, но теперь около них никого не было, зато из одной из них доносились стук и вопли.

— Откройте немедленно!

Я пригляделась. Дверь была закрыта на шпингалет снаружи. Очевидно, шаловливые мальчишки, воспользовавшись тем, что дежурная отлучилась, замуровали в тубзике какого-то несчастного. Подойдя к будке, я увидела, что рядом валяются сто рублей.

— Открывай, сволочь, — ревел мужик, стуча кулаком в дверь.

— Сейчас, — пробормотала я и отодвинула засов.

В ту же секунду из сортира вылетел парень лет тридцати, здоровенный и неуклюжий, как белый медведь. В мгновение ока он ухватил меня за рукав и проорал:

— Попалась, гадина!

— Ничего себе! — возмутилась я. — Мог бы и спасибо сказать.

— Ах ты, дрянь! — озверел он и достаточно сильно и больно пнул меня в живот кулаком.

— С ума сошел! — взвизгнула я и ударила его носком ботинка по колену. — Крыша поехала, что ли?

— Сейчас у тебя голова съедет, — пообещал выпущенный из сортира хулиган и попытался приложить меня о железную кабинку.

Я заорала и начала отбиваться что есть сил, на шум сбежались зеваки и тут же, откуда ни возьмись, появились два милиционера, которым на двоих едва исполнилось сорок лет.

— В чем базар, граждане? — спросил один, розовощекий и пухлогубый блондин, старающийся выглядеть солидно.

— Да бабы у вас тут, в Москве сраной, все дряни, — с чувством произнес мужик, продолжая пинать меня тяжелыми ботинками, — бизнес придумала, сволочь.

— Изложите внятно суть происшедшего, — потребовал второй мент, — и попрошу документы.

Парень вытащил паспорт.

— Ага, — удовлетворенно отметил сержант, — гражданин Украины, а где регистрация?

— Ты чего, с глузду съехал? — поинтересовался мужик. — Какая такая регистрация? Я проездом тут, ночью уезжаю.

— А где билет?

— Не купил еще.

— Пройдемте в отделение, — хором велели менты.

— Интересное дело! — завопил мужик. — А эту дрянь отпустите? Знаете, чем она занимается?

И он рассказал невероятную историю. Звали его Николай Кружко, и ни в чем плохом он никогда не был замешан. Абсолютно добропорядочный гражданин, даже налоги в своем Киеве платит аккуратно.

— Сто лет мне ваша Москва чумная не нужна, — злился он, — да тетка в Тамбове заболела.

Поезда Киева—Тамбов не существует. Вот и пришлось Мыколе ехать до Москвы. Но в столицу экспресс прибыл в девять утра, а тамбовский скорый отправляется только в одиннадцать вечера. Кружко пошел шататься по Первопрестольной, дивясь на изобилие товаров и продуктов да пугаясь цен. В конце концов организм потребовал свое, и тут Николай увидел голубые будочки, а около них простого вида тетку в китайской куртке.

Заплатив четыре рубля, Кружко воспользовался туалетом, а когда захотел выйти, дверь оказалась запертой. Решив, что произошло недоразумение, парень постучал. Но дежурная не собиралась отпирать, более того, она заявила, что вход в туалет стоит четыре рубля, а выход — сотню.

Я хихикнула. Ну надо же. Володя Костин рассказал мне, что подобный бизнес существует в арабских странах, где дурят туристов из Европы. Предлагают глупым белым людям покататься на верблюде за копейки и самым честным образом их возят. Вот только когда приходит время слезать с горбатого, начинаются проблемы. Покинуть «корабль пустыни» можно лишь тогда, когда он лежит. Так вот за то, чтобы уложить верблюда, погонщики просят немалую сумму. И, как правило, получают ее. Привыкшее к зною животное может безо всякого вреда для здоровья простоять целый день под палящим солнцем, а туристы не настолько выносливы, через минут десять ломаются и готовы отдать что угодно, лишь бы убраться в тенек.

У нас верблюдов нет, зато есть общественные туалеты. Мыкола в полном негодовании принялся колотиться в кабинке, но железная дверь даже не дрогнула, а дежурная была непреклонна. В конце концов мужик сдался, просунул в щель сторублевую бумажку, но дверь не открылась. Взвыв от обиды, Кружко забил в створку кулаком, и тут наконец мошенница загремела шпингалетом.

— Я шла мимо, — отбивалась я, — услышала вопли и отодвинула щеколду, думала, мальчишки баловались.

— Врет, — заявил парень, — это она, я узнал. Куртка розовая, шапочка серая...

— Да в таких куртках пол-Москвы ходит!

— Ага, — заявил Николай. — А это что, глядите!

Милиционеры уставились во все глаза на сторублевую купюру, валявшуюся на снегу.

— Выбросила, гадина, — бушевал Кружко, — чтобы улик не было!

Ну не идиот ли! Да у меня в кошельке лежат три точно такие же бумажки, все одинаковые, розовые...

Но патрульным последний аргумент показался весомым, и они потащили нас в отделение.

В дежурной части я строго сказала:

— Вот что, господа, я имею право на телефонный звонок.

— Ты адвокат? — насторожился полный, похожий на небритого кабана капитан.

— Нет, но закон я знаю!

— Здесь я закон, — хмыкнул капитан, — а ты мошенница. Давно поймать хотели.

— Немедленно позвоните вот по этому номеру

майору Костину, майору Самоненко или майору Митрофанову...

— Зачем? — насторожился капитан. — Да кто вы такая?

Отметив, что «кабан» перешел со мной на «вы» я гордо ответила:

— Полковник Романова, к сожалению, не имею при себе документов, но эти люди подтвердят мою личность. Давайте, капитан, шевелитесь, мне недосуг с вами время терять...

То, что произошло дальше, лишний раз доказывает: если держаться в милиции нагло и с апломбом, бравые сотрудники правоохранительных органов теряются. К тому же они все боятся начальства. Капитан поверил «полковнику» безоговорочно, потому что до выяснения личности запер не в обезьяннике, а в кабинете, правда, с решетками на окнах, и даже дал почитать газету «Петровка, 38».

Я легла на продавленный диван, вытянула ноги и поежилась. Топить уже перестали, а холод стоит зверский, так и простудиться недолго, могли бы чаю предложить с булочками!

Где-то через час загремел замок, и в «тюрьму» вошли неизвестный мне майор и Слава Самоненко.

— Полковник Романова, — сказал Славка, — за вами приехали.

Решив не выпадать из роли начальства, я рявкнула:

— Почему так долго, просто безобразие!

— Уж извините, — сказал майор, — но у нас столько жалоб на женщину, что возле туалетов промышляет, никак не поймаем!

— Что же тут трудного? — удивилась я. — Она

же двери открывает после того, как деньги получит? Неужели никто еще ее за руку не схватил?

— Хитрая она очень, — пояснил майор, — работает на пару с мужиком-бомжом. Дожидается, когда настоящая дежурная на обед уйдет, и садится у будочек. Всех подряд не обирает, выискивает хорошо одетых мужчин и женщин да каким-то невероятным образом вычисляет провинциалов, справедливо полагая, что те будут менее конфликтны, чем москвичи. Затем запирает щеколду, требует сто рублей, но сама никогда не открывает туалет, отходит в сторону и смешивается с толпой. Потом к сортиру подходит бомж и освобождает узника. Его, естественно, не бьют. Мужик с самым честным видом бормочет:

— Иду мимо, а ты орешь, вот и решил помочь.

Поскольку в туалет впускала женщина и сто рублей требовала тоже она, то бомжу доставались благодарность и мелочь на пиво.

— Почему же сегодня она деньги не взяла? — удивилась я. — Сторублевка-то у будки валялась!

— Черт ее знает! — в сердцах воскликнул майор. — Может, патруля испугалась!

— Пойдемте, полковник, — велел Самоненко.

Мы вышли на улицу, Славка открыл побитые «Жигули» и сурово сказал:

— В следующий раз представляйся генералом или уж сразу маршалом!

— А что, бывает маршал милиции? — изумилась я.

Самоненко сердито сказал:

— Садись.

— Спасибо, на метро быстрей.

— Садись, говорю.

Я покорно влезла в салон, и «пятерка», дребезжа

всеми внутренностями, покатила по проспекту. Кто уверен, что сотрудники МВД все поголовно берут взятки, пусть взглянет на этот, с позволения сказать, автомобиль, сразу изменит свое мнение.

— Здорово тетка придумала, — вздохнула я, чтобы нарушить тягостное молчание.

Славка притормозил у светофора и, закуривая, ответил:

— Бизнес на говне прибылен для всех.

— Что ты имеешь в виду?

— Сама посуди. Передвижная кабинка стоит примерно тысячу долларов, сколько это по курсу?

— Ну, примерно двадцать девять тысяч!

— Давай считать тридцать. Теперь раскинь мозгами: один заход приносит четыре рубля, в день такую кабинку посещает около трехсот человек, значит...

— Тысяча двести, — протянула я, — за месяц окупится.

— И начнет приносить чистую прибыль, — закончил Славка. — Представляешь, какой богатенький Буратино хозяин клозетов? Обслуживать их копейки стоит, бабульки-дежурные ерунду получают, очищать бак тоже недорого. Между прочим, у будок есть срок эксплуатации, угадай, куда их девают, когда он прошел? Дачникам продают.

— Правда?

— У меня приятель такую за двести баксов купил и на огороде поставил, — пояснил Самоненко, сворачивая к дому, — доволен страшно, деревянный построить дороже обойдется, а тут железка, и дверь с замком, можно запереть, и никто из посторонних не влезет. Все, выходи, приехали.

Подхватив покупки, я пошла домой. И правда, выгодный бизнес. При всех режимах и пертурбациях, в любую погоду и в любое время года люди будут ходить в туалет. Только как-то не слишком удобно отвечать на вопросы знакомых.

— Кем работаете?

— Владею сортирами.

Хотя, может, человек представляется по-иному, как-нибудь так — «хозяин санитарно-гигиенического предприятия». Нет, это больше похоже на баню. Или так — «имею в собственности канализационное сооружение». Да, не звучит. Даже «торговец прокладками и тампаксами» звучит приятней. Хотя, что это во мне поднял голову сноб? Главное, честно трудиться, и потом — деньги не пахнут.

Глава 12

Ровно без пяти двенадцать я стояла у входа в квартиру Никиты. Но на настойчивый звонок никто не отозвался. Я нажимала на кнопку до тех пор, пока палец не устал. Нет ответа. Неужели парень убежал, не дождавшись меня? Навряд ли, скорее всего проспал, а теперь моется в ванной и за плеском воды ничего не слышит. Ладно, подождем.

Поднявшись на один пролет вверх, я уселась на подоконник и принялась самозабвенно раскуривать длинную коричневую дамскую сигарку. Если признаться честно, я курить по правилам не умею. Люди вдыхают дым, а я — глотаю. Если начинаю затягиваться, моментально открывается дикий кашель, а дым, попавший в желудок, приятно согревает и расслабляет. Володя и Катя издеваются надо мной почем зря, но я не обращаю внимания на глупые шутки. Кстати, я научилась разбирать сигареты по вкусу. «Мальборо» — кислые, «Вог» — горькие, а ментоловые напоминают жвачку. Я самозабвенно пробую все новинки. Даже безумно дорогие сигареты мне по карману, дело в том, что я «курю» только одну в день. Катюша говорит, что я пользуюсь табаком, как конфетой. Верное сравнение.

Внезапно дверь квартиры Никиты тихонько приоткрылась. Из нее выглянул человек и опасливо посмотрел на лестничную площадку. Мне его поведение решительно не понравилось, и, когда мужик спиной вперед начал выбираться наружу, я крикнула:

— Стой, ну-ка, что ты там делаешь?

Мужчина повернул бледное, как снятое молоко, лицо, и я узнала... Андрея Корчагина.

— Вы, — залепетал художник. — А как вы сюда попали, зачем?

Судя по бегающим глазкам и вспотевшему лбу, художник пребывал в жутком страхе. Я мгновенно сбежала по лестнице и железным тоном сообщила:

— Меня сюда привели дела службы, а вы что делаете в чужой квартире в отсутствие хозяев?

Корчагин забормотал:

— Вот пришел, мы договорились на одиннадцать, а дверь закрыта, стою жду.

— Вы же вышли из квартиры!

— Да? Впрочем, верно, я случайно толкнул дверь, она подалась, заглянул в прихожую — никого, стал выходить, а тут вы.

— Прекратите врать, — велела я, — пошли в квартиру.

— Нет, — пробормотал Андрей, — только не туда.

Но я довольно сильно пихнула его большое тело в холл. Отчего-то сильный, самоуверенный мужчина не оказал мне никакого сопротивления, он только тихо просил:

— Не надо, не хочу, отпустите...

Такое поведение мне показалось подозрительным, я ухватила его за потную ладонь и потащила в гостиную. Возглас изумления вырвался из моей груди. Красиво обставленная комната была полностью разгромлена. Вещи из шкафов вывалены на пол, диванные подушки изрезаны ножом, кресла вспороты, а небольшой пуфик просто разломан на куски.

— Да, — присвистнула я, — что же вы тут искали, гражданин Корчагин?

— Ничего, — прошептал Андрей, — так уже было, когда я вошел, это до меня кто-то сделал!

— А говорили, что дальше прихожей не ходили!

Художник тупо уставился в пол.

— Нет, это не я. Зашел случайно, думал, Никита дверь не закрыл, у него замок не защелкивается... А тут такое, наверное, воры!

— В спальне были?

— Нет!!!

Я с сомнением посмотрела на него.

— Честное благородное, — быстро добавил Андрей. Но я абсолютно не верила этому мужчине. Чего это он так напуган? Пришел к приятелю, увидел распахнутую дверь, вошел, обнаружил, что квартиру ограбили... Почему не вызвал милицию? Отчего хотел удрать тайком?

— А ну пошли в спальню!

Но в остальных комнатах царил порядок, словно вор нашел то, что хотел, в гостиной. Впрочем, Никиты нигде не было.

— Так, — пробормотала я, заглянув в кухню и туалет, — теперь проверим ванную.

— Не надо, — придушенно пискнул Андрей, потом отчего-то сказал: — Это не я, — и сполз на пол.

Похоже, с ним приключился обморок. Недоумевая, чего это с ним, я быстро распахнула дверь в ванную, намереваясь найти там аптечку или, по крайней мере воду, чтобы плеснуть в лицо Андрею.

В маленьком помещении было жарко. Сама ванна была задернута зеленой непрозрачной занавеской из ткани. На ней, ближе к стене, виднелось аккуратное отверстие с черными опаленными краями, словно кто-то прожег дырку горящей сигаретой. Тишина стояла могильная, и мне отчего-то стало невероятно страшно. Так плохо делается в ясный полдень на пустом кладбище, вроде нет никого, птички поют, а жуть берет. Я отдернула занавеску и увидела Никиту. Он полусидел в ванне, голова его лежала на бортике, остановившиеся глаза смотрели куда-то вдаль, словно покойник видел нечто недоступное живым. В полной прострации я машинально потрогала воду — теплая, даже горячая. Значит, работа эксперта будет затруднена, время смерти определить трудно, в кипятке тело остывает по-другому, медленно. Хотя, наверное, существуют специальные методики для подобных случаев... Вот явится милиция...

Милиция! Бог мой, конечно, не дай бог, ее уже кто-то вызвал, а я стою в ванной комнате возле трупа, а в коридоре валяется Андрей без чувств.

Я мгновенно схватила стаканчик, вытряхнула в раковину зубные щетки, набрала воды и стала тихонько плескать мужику в лицо и похлопывать его по щекам.

— Эй, Андрей, очнись, ну очнись же!

Наконец художник распахнул глаза, в ту же секунду он увидел меня, раскрытую дверь в ванную и в изнеможении прошептал:

— Это не я, он уже был убит...

Мне показалось, что живописец сейчас опять

грохнется в обморок, поэтому я быстро перебила его:

— Знаю, вы пришли, а Никита с простреленной головой.

— Вы мне верите? — с надеждой спросил Андрей.

Куда только подевались его наглая самоуверенность и барство.

— Верю, верю, только давайте по-быстрому двигать отсюда, а то не ровен час милиция приедет, загребет в отделение, там с нами отнюдь не ласково побеседуют.

— Вы же сама следователь, — возразил художник, вставая.

— Потом объясню, — отмахнулась я и поволокла его к выходу.

Но в прихожей притормозила.

— Что случилось? — прошептал Корчагин.

— Сейчас, секундочку, — так же шепотом ответила я.

Вернулась в ванную комнату, стараясь не смотреть на то, что недавно было Никитой, задернула занавеску, вымыла стакан, сунула в него щетки, потом намочила носовой платок, погасила свет и тщательно протерла выключатель и все дверные ручки.

Лифтом мы воспользоваться побоялись, пошли вниз пешком. Наискосок от подъезда стоял шикарный «Мерседес». Андрей щелкнул брелком сигнализации, машина моргнула фарами и коротко гуднула, приветствуя хозяина. Внутри пахло дорогим мужским одеколоном и чем-то непонятным, но очень ароматным. Андрей вставил ключ в зажигание, мотор заурчал, словно сытый кот. Плавно покачиваясь, «Мерседес» поплыл в потоке машин. Да, это не разваливающаяся «пятерка» Самоненко. В такой тачке ощущаешь себя как минимум английской королевой.

— Зачем вы пришли к Никите? — строго спросила я.

Андрей ответил:

— Дело у нас было, по поводу одной халтуры, он просил меня быть в одиннадцать.

— И вы опоздали?

— Ну, минут на пятнадцать всего, а что?

— То, что вы врете. В одиннадцать он собирался еще спать, а в полдень ждал меня. Хотите, чтобы вам верили, лгите меньше!

Корчагин свернул влево, на маленькую безлюдную улочку, припарковался возле серого дома сталинской постройки, заглушил мотор, вытащил пачку «Мальборо» и совершенно спокойно парировал:

— Ну, насчет вранья вы тоже мастер. Какого черта вы представлялись сотрудником милиции?

— Никогда я этого не говорила, вы сами решили, будто я следователь, хотя, к вашему сведению, работу по сбору сведений осуществляют оперативники!

— Ну и кто вы?

— Частный детектив. Теперь ваш черед отвечать. Что вы искали у Малышевых?

— Ничего, зашел, позвал Кита, потом прошел в гостиную, там все вверх дном, ну и обнаружил его в ванной...

— Врете!

— Да почему вы так уверены?

— Вошли в квартиру в одиннадцать пятнадцать, а уходили в полдень. Сорок пять минут любовались на покойника? И потом, занавеска в ванной была задернута. Вы что, сначала отодвинули ее, потом узрели труп хозяина, аккуратно задернули и ушли?

— Ну и что? Вы, между прочим, сами так и сделали.

— Я не потеряла сознание от страха, а господин Корчагин шлепнулся в обморок, лишь мы добрались до ванной.

— Не отодвигал я занавеску, — пояснил художник, — я ее только чуть-чуть приоткрыл. Думал, Кит моется, а входную дверь забыл закрыть.

— Что же вы не позвали его?

— Позвал, только никто не ответил.

Да, похоже, я имею дело с клиническим идиотом, только пусть он не думает, что у всех вокруг одинаковые с ним умственные способности.

— Я думаю, не так дело было!

— А как?

— Вы вошли в квартиру Малышева с преступной целью, имея при себе пистолет. Зная о привычке хозяина сразу после пробуждения в одиннадцать утра принимать ванну, вы специально явились в четверть двенадцатого. Аккуратно открыли дверь, прокрались в ванную комнату, вынули револьвер...

— Идиотизм! — завопил Андрей. — Дурь несусветная, ну зачем мне убивать Никиту? Зачем?

— А вот это выяснят надлежащие органы, заводите мотор, поехали!

Неожиданно он покорно повернул ключ и спросил:

— Куда?

— Петровка, 38.

«Мерседес» послушно тронулся, я слегка приуныла. Думала, парень перепугается и расскажет, где дневник, а он едет в уголовный розыск. Но тут художник затормозил с такой силой, что я пребольно ударилась о переднюю панель. Ага, до него дошло наконец, что сам себя в следственный изолятор везет.

— Какая Петровка? — зашипел Андрей. — Да вы что, не виноват я ни в чем, это просто совпадение...

— Докажите.

Если бы живописец был в менее взвинченном состоянии, он, наверное, вытолкал бы наглого «частного детектива» на улицу. Но у Корчагина явно сдали нервы.

— Хорошо, — пробормотал он, — смотрите!

Из внутреннего кармана Андрей достал небольшую коробочку и высыпал мне на колени ее содержимое. В шикарной машине эти вещи выглядели весьма уместно — перстень и кулон с вензелем «Е.В». Но я уже видела эту пару в руках Никиты. Он тогда сообщил, что ее подарил Жанне Борис Львович. Впрочем, сейчас в коробочке лежал еще и браслет — тонкий золотой обруч с сапфирами и бриллиантами, изящная, аристократическая вещь.

— Ну и при чем тут это? Вы обокрали Малышева!

— Нет, — покачал головой Андрей, — смотрите, вот на этой странице.

В руках у меня оказалась книга «Сокровища художественной галереи Благовидова». Андрей показал мне фотографии — диадема, украшенная дождем камней, серьги и брошь, все с вензелем «Е.В.» и выполнены в одной манере. Текст гласил: «Великолепные украшения княгини Елены Вяземской, подаренные ей в день свадьбы мужем, бароном Эстерхази. Гарнитур, выполненный из золота, бриллиантов, жемчуга, сапфиров и других драгоценных камней, включал в себя диадему, серьги, брошь, перстень, колье и браслет. К сожалению, три последних предмета считаются утерянными».

Я уставилась на цацки.

— Ничего себе! Это же целое состояние!

Андрей хмыкнул:

— Точно, только они не настоящие.

— Да ну, а выглядят как! Очень похоже на золото!

— Это и есть золото.

— А вы говорите — подделка.

Андрей запнулся и пробормотал:

— Делать-то мне все равно нечего. Ладно, слушайте, у нас с Никитой и Жанной был бизнес, в нем ничего противозаконного, а денежки текли рекой.

Я слушала, не прерывая. Афера действительно была гениальной. Никита и Жанна были талантливыми ювелирами, но до знакомства с Корчагиным делали небольшие вещички только приятелям и особо свою работу не ценили, считали ее хобби, деньги-то они зарабатывали иным образом. Но Андрей придумал хитроумный план.

В библиотеках они разыскивали книги и брошюры с фотографиями уникальных драгоценностей. Впрочем, мошенники не зарывались, и вещи из Оружейной палаты их не интересовали. Самым идеальным вариантом являлись украшения какой-нибудь дворянки или купчихи, сгинувшей в пучине Октябрьской революции. Жанна и Никита изучали фото, потом ехали в провинциальный музей, показывали членские билеты Союза художников и получали доступ к экспозиции. Чаще всего они сообщали, что пишут книгу о ювелирах прошлого, и приветливые музейные работники разрешали фотографировать экспонаты и брать их в руки.

Потом начиналась кропотливая работа. Жанночка и Никита никогда не копировали то, что выставлялось в экспозиции. Нет, они создавали утерянные вещи или придумывали драгоценность. Допустим, в музее ожерелье, а у них кольцо, в фонде хранятся браслет и серьги — Малышевы делают брошь. Но точно соблюдая стиль. Подделки выглядели безукоризненно. Ювелиры брали купленные у старух малоценные вещи — крышки от часов, разорванные цепочки, погнутые брошки, и из старого золота получались «старинные» произведения искусства, хуже обстояло дело с камнями, чаще всего приходилось пользоваться современными. В результате они создавали добротные и дорогие вещи. Малышевы не выдавали куски бутылочного стекла за изумруды и горный хрусталь за бриллианты. Нет, все было честно. «Игрушки» делались из качественного золота и украшались настоящими камнями. Дальше в дело вступал Андрей.

Корчагин снискал себе отличное имя в среде богатых «новых русских». Стремясь побольше заработать, он писал портреты, потакая вкусам клиентов. Дамы, как одна, в бальных платьях, мехах и золоте, мужчины в кабинетах у книжных полок, в шикарных костюмах. У него была своя клиентура, многие заказывали изображения всех членов семьи, включая любимую собачку или кошку. Но Андрей не отказывался. А чего воротить нос, коли за изображение болонки хозяин платит столько, что бедный художник потом полгода живет припеваючи. Один раз ему даже пришлось изображать морскую свинку. Ну и ничего, перетоптался.

Создание портрета — дело длительное, клиент — это не профессиональный натурщик, его не заставишь сидеть в одной позе в кресле по пять часов. Приходится делать перерыв, развлекать мужика или бабу, угощать кофе. Так вот, попивая ароматный напиток, заказчик натыкался на раскрытую книгу. Андрей говорил, указывая на фото:

— Шикарные вещицы.

Клиент соглашался, и заходил разговор о ценности украшений и о том, что лучшее вложение капитала — это золото, потому что оно при всех режимах золото. В следующий визит сеанс неожиданно прерывался женщиной. Андрей уходил на кухню, откуда до клиента, терпеливо сидящего в кресле, долетал спор. Наконец Корчагин возвращался, швырял на стол коробочку, извинялся и пояснял:

— Приходила внучка Вяземских, — или Оболенских, или Волконских, называлась любая громкая фамилия, — бедствует совсем, фамильные драгоценности продает, как раз те, из книги. Надо же, а написано: «Утеряны»! Нет, у людей ничего не пропадает.

Заинтригованный клиент рассматривал кольца, а Корчагин как ни в чем не бывало становился к мольберту. В девяноста случаях из ста заказчик просил продать вещи ему. Андрей начинал ломаться. Конечно, драгоценности очень похожи, но следует отвезти их на экспертизу. Ехали сначала в пробирную палату, где служащие спокойно подтверждали — да, золото подлинное и камни без обмана. Клиент окончательно попадал на крючок. Но Корчагин на этом не успокаивался и волок клиента к искусствоведу, специалисту по ювелирному делу. Женщина вертела в руках вещицы и колебалась: очень похожи, стиль один, но вещи считаются утерянными, хотя золото старое... Словом, ни да ни нет она не говорила, но у заказчика от вожделения температура подскакивала до сорока. Кульминация наступала при расчете. Получив звонкую монету, Андрюша просил:

— Подпишите расписку.

Текст бумаги выглядел так — «Я, имярек, купил у Андрея Корчагина кольцо (или браслет, серьги, ожерелье). Хозяин предупредил меня, что вещи могут оказаться подделкой, претензий к нему не имею».

Покупатель, ухмыляясь, подмахивал бумагу, он уже успевал навести по своим каналам справки, сколько может стоить подобная штучка на аукционе, и считал, что здорово наколол дурака-хозяина. В результате довольны оказывались все: нувориши и ювелиры.

Мошенники не зарывались, проворачивали аферу раз или два в год, им хватало. Да и создание «старинных» вещей — дело кропотливое. Лучше всего оно получалось у Жанны. Никита не обладал столь умелыми руками, но тоже на что-то годился.

Вчера вечером Никита должен был принести Андрюше гарнитур с вензелем «Е.В.» — последнюю работу, выполненную Жанной, — намечался денежный покупатель. Но Кит не явился на встречу. Андрей позвонил приятелю, тот извинился и попросил Корчагина подъехать к нему к одиннадцати утра, объяснил, что в полдень у него одна встреча, в два часа другая и времени на разъезды по городу нет.

Корчагин прибыл на место в одиннадцать пятнадцать, сначала звонил, потом дернул дверь, она у Никиты не захлопывается. Вошел в квартиру, увидел дикий бардак в гостиной, отправился искать хозяина и наткнулся на труп в ванной. В полном ужасе он кинулся к тайнику. Никита и Жанна держали готовые изделия внутри старинных часов с боем, они не особо прятали драгоценности, просто клали внутрь деревянного ящика. Андрей был уверен, что гарнитур украли, но коробочка преспокойненько лежала на месте. Художник сунул ее в карман и пошел к выходу, и тут явилась я.

Андрей замолчал, я захлопнула бархатную шкатулку и сказала:

— Что-то не вяжется. Зачем тогда вы вступили в любовную связь с Жанной, платили Никите десять тысяч...

— Мы никогда не были любовниками, — пробормотал Корчагин.

Я всплеснула руками.

— Ну не врите! Сами же рассказывали, кстати, и Никита то же самое сообщил!

— Кит — кретин! — в сердцах воскликнул Андрей. — Без Жанки он пустое место! Когда вы заявились к нему с допросом, он жутко перепугался. Никита — трус, решил, что вы откуда-то про ювелирку знаете, вот и придумал меня Жанниным хахалем выставить, чтобы вы дальше копать не стали. А так вроде ясно — решили меня обобрать. Знаете ведь, чем они зарабатывали, дураки, бог мой, какие дураки!

Он схватился за голову и, раскачиваясь из стороны в сторону, запричитал:

— Идиоты, уроды! Сколько раз говорил им: бросьте, ребята, постельный бизнес, не ровен час нарветесь. Нет, адреналина не хватало! Ну сделайте еще колечко, так им неохота, нравилась игра в проститутку! А результат — оба в могиле. И ведь каждый раз они клялись — все, вот только с этим, и завязываем. Чуяло мое сердце, когда Жанку под Борьку подкладывали, — это плохо кончится, ой плохо. И пожалуйста, Анна и отравила!

— Почему вы решили, что Аня убийца?

Андрей удивленно взглянул на меня.

— А кто? Знаю, вы думали на меня, только поймите, с Жанкиной смертью такой бизнес лопнул! Ну где теперь ювелиров искать?!

— Может, ваша Лера постаралась, — резко сказала я, — между прочим, она собирается завтра к Никите, хочет выкупить дневник Жанны, в нем написано про какую-то ее тайну.

Корчагин достал безукоризненно выглаженный платок, вытер лоб, аккуратно сложил его и твердо заявил:

— Лера не способна даже муху прихлопнуть, не то что человека. К тому же Жанка была ее единственной, лучшей подругой, они постоянно шептались, перезванивались, ходили вместе по магазинам. Валерия слабый человек, больной, ей, как дикому винограду, нужна подпорка, и Жанна выполняла эту роль, да они последние годы существовали как сиамские близнецы. У нас дома сейчас целыми днями плач стоит, Лера собирается устраивать шикарные похороны, скульптуру в Италии для могилы заказала — «Рыдающая нимфа». И вообще мы с ней хотели провернуть еще парочку дел, купить маленький домик на побережье Эгейского моря в Греции и жить там тихонько.

— С кем?

— С Лерой, конечно, — ответил Андрей.

— Жена была в курсе вашего ювелирного бизнеса?

— Конечно, более того, она — тот самый искусствовед, который оценивал изделия.

Да, здорово у них получилось, никого посторонних, все свои.

— Жанна вела дневник?

Андрей пожал плечами:

— Откуда мне знать.

— Ну а кто в курсе?

— Лера, наверное.

Я замолчала.

— Понимаете теперь, — тихо сказал Андрей, — что мы с женой ни при чем? Смерть Жанны такая подножка бизнесу, а кончина Никиты поставила крест на всем.

— Мне надо еще раз поговорить с Лерой.

— Пожалуйста, звоните нам, но мы, ей-богу, не виноваты.

— Успокойтесь, ни на минуту я не подозревала вас в смерти Жанны и Никиты.

Корчагин удивленно спросил:

— Да? Почему?

Я снисходительно глянула на него.

— Ну, сейчас понятно, что их кончина вам крайне невыгодна. А потом, Никиту застрелили, на полу в ванной револьвера нет, у вас его тоже нет, значит, убийца — другой человек.

Корчагин завел машину, довез меня до метро и попросил:

— Дайте свой телефон.

— Зачем?

— Если начнут меня подозревать, я найму вас в качестве детектива.

Я улыбнулась.

— У меня уже есть клиент.

Но номер дала, предупредив, что он домашний.

Глава 13

Дома было жутко холодно. Я давно заметила: ранней весной, когда отключают отопление, в квартире просто Арктика, даже осенью теплей. Закутавшись в большой платок и взяв к себе для тепла на колени Мулю, я начала записывать на лист бумаги свои соображения. Значит, список подозреваемых — Андрей, Валерия, Никита, Зюка, Борис Львович, Анна, Ирина, словом те, кто был в гостиной на дне рождения. Под подозрением все, кроме меня, я абсолютно точно ничего не подсыпала в ликер. Хотя... Ручка выпала на стол.

А с чего я решила, будто к ликеру имели доступ только эти семь человек? Может, кто-то еще раньше начинил «Айриш Крим» цианидом. В задумчивости я принялась гонять ручку по полированной столешнице. Нет, Аня прибежала буквально за секунду до появления первых гостей и сунула мне в руки пакет с надписью «Рамстор». Внутри лежала бутылка, блок сигарет и чек. Я еще удивилась, ликер стоил почти две тысячи. Нет, она явно приобрела его только что, касса, кроме суммы, пробила еще число и время, кажется, 18.40, а гости явились в семь.

Чек! Я так и подскочила на стуле. Куда я его дела? Скорее всего вложила в тетрадь с расходами. Дело в том, что Аня выдавала мне деньги на покупки. Пару раз я ходила в магазин, а поскольку в каждом супермаркете на одни и те же продукты своя цена, то чеки аккуратно складывала, чтобы вздорная хозяйка не придралась к тратам. Может, машинально прибрала и чек от «Айриш Крим»? Хорошо бы, потому что, на мой взгляд, эта покупка, сделанная второпях, снимает с Ани подозрения. Ну не готовятся так к убийству, впопыхах, между прочим приобретая предназначенный для отравы ликер. Уж, наверное, она бы позаботилась заранее, приготовила бы «раствор». Шаткое, но все же косвенное подтверждение невиновности Ремешковой. Но как проверить, сохранился ли чек?

— Ира! — заорала я. — Поди сюда!

За спиной послышались осторожные шаги.

— Ириша, — сказала я, не оборачиваясь, — у тебя ведь остались ключи от маминой квартиры, мне срочно нужно туда попасть.

— Зачем? — раздался мужской голос, и на мое плечо опустилась крепкая рука.

— Володя! Ты пришел?

— Пришел, — спокойно подтвердил Костин. — А что это ты тут чертишь?

Он моментально схватил листок и стал читать:

— Андрей, Валерия, Никита... так!

— Отдай, — я попробовала отнять бумагу.

— Еще скажи, почему у вас живет Ирина?

— Ну, девочка осталась без матери, а Борис Львович повел себя по отношению к ней не лучшим образом, я просто пожалела ребенка.

— Ничего себе ребеночек, — фыркнул приятель, — ростом повыше меня будет, весом побольше...

— Ну и что? — возмутилась я. — Она еще школьница и боится ночевать одна.

— Понятно, — протянул майор.

— Полнота еще не показатель взрослости, — кипятилась я.

— Это точно, — заулыбался Володя.

— Ну и что тут смешного?

— Да неделю назад один идиот, примерно сто килограммов весом, решил взять в одиночку сберкассу.

Грабитель действовал по всем правилам гангстерских налетов. Влетел в переполненный зал и заорал: «Всем на пол, это ограбление!»

Посетители попадали, словно спелые персики, но не все. Очевидно, для налетчика это был несчастливый день. В очереди к окошку, желая оплатить коммунальные услуги, мирно стоял сотрудник МВД в штатском. Моментально оценив обстановку и поняв, что бандит решился на дело в гордом одиночестве, опер вытащил пистолет и приказал: «Немедленно ложись, я из милиции».

Но налетчик не собирался сдаваться, он ухватил одну из посетительниц и потащил перепуганную, орущую бабу к выходу.

— Только выстрели! — визжал бандит. — Из тетки дуршлаг сделаю.

Милиционеру пришлось опустить оружие. Бандит находился на грани истерики и не контролировал свои действия.

Мужик поволок жертву к двери, и тут произошло трагикомическое событие. Неудачливый налетчик весил более центнера, обладал большим животом, толстыми ногами и мощной спиной. В заложницы он взял тетку тоже монументального телосложения, дама тянула килограммов на сто двадцать — еще та Дюймовочка. Вход и выход сберкассы были оборудованы «вертушкой», произошло неизбежное — они застряли. Тетка верещала, словно безумная, грабитель матерился, но делу это не помогло. Два тучных, потных тела, одетые, несмотря на апрель, в тяжелые зимние вещи, застряли в капкане намертво.

Милиционер первый понял, что произошло. Ухмыляясь, он подошел к мужику, отнял у него пистолет, оказавшийся на самом деле муляжом, и приковал горемыку наручниками к железной палке. Впрочем, он мог этого и не делать. Вытащить уголовника и тетку из объятий «вертушки» смогли только сотрудники МЧС, которым для этого пришлось распиливать преграду на куски.

Я радостно засмеялась, слава богу, Володя отвлекся, забыл про список имен...

Мы пошли пить чай, и вечер покатился своим чередом. Ушли и вернулись с прогулки собаки, потом они с восторгом поужинали геркулесовой кашей, Ира и Лиза вновь уединились в ванной, где попытались в очередной раз перекрасить волосы. Кирюша, безостановочно поглощая чипсы, сидел у компьютера. Ириша, которая изо всех сил старалась угодить, принесла ему в подарок новую «стрелялку». Кошки дрыхли на диване. Мы с Володей спокойно посмотрели кино с бодрым названием «Убей, иначе проиграешь», и майор, зевая, потащился к себе. Я проводила его до порога и молча ждала, пока он откроет дверь своей квартиры. Приятель погремел замком, толкнул дверь...

— Спокойной ночи, — пожелала я.

— И тебе того же, — откликнулся Володя, потягиваясь. — Только знаешь, чтобы спать спокойно, мне нужна одна маленькая вещица.

— Какая?

— Ты сейчас же дашь честное благородное слово, что перестанешь заниматься поиском убийцы Малышевой.

От неожиданности я моментально выпалила:

— Честное благородное.

— Вот и славно, — заявил приятель и исчез в квартире.

Я захлопнула дверь и страшно злая побежала в спальню. Нет, все-таки мент — всегда мент. Только подумайте, весь вечер молчал, изображал, что ничего не случилось, а под конец выпустил ядовитое жало. Ну а я, хороша дура, думала, он забыл про бумаги. Нет, Володя никогда ничего не упускает. Ну какого черта я дала ему честное да еще благородное слово? Хотя, если подумать, ничего страшного не случилось, в конце концов, я хозяйка своему слову — хочу даю, хочу забираю назад.

— Ира, поди сюда.

Она вошла в спальню. Я хотела задать ей вопрос о ключах от Аниной квартиры, но язык прилип к гортани. На Ириной голове творилось нечто невероятное. Одна сторона была лягушачье-изумрудная, другая кроваво-красная, а посередине шла широкая белая полоса.

— Что это?!!

— Нравится? — спросила подбежавшая Лиза.

Я глянула на нее и почувствовала, что лишаюсь чувств. Волосы Лизаветы представляли собой мелко-мелко вьющиеся кудряшки ядовито-розового цвета. Но это было еще не все. Из губы торчало колечко, а на нежной детской шее, чуть повыше трогательной ямочки у ключиц, красовалась татуировка — «восточный» орнамент из квадратиков и треугольников.

— Разве на этом месте можно делать тату? — в ужасе спросила я. — Иголками по шее! Кошмар.

Девочки радостно засмеялись, потом Лиза сообщила:

— Это переводная картинка.

— Не понимаю...

— Темная ты, Лампа, — припечатала меня Ирина, — о такой феньке — и не слышать. Сейчас покажем.

Она с грохотом побежала в ванную.

— А кольцо в губе! — продолжала возмущаться я. — Небось больно было втыкать!

Лизавета вновь засмеялась:

— Ох, Лампуша, это клипса.

Легким движением она отстегнула серебряное колечко и продемонстрировала абсолютно целые губы.

— Здорово, — восхитилась я, — раньше такие в уши крепили.

— Теперь и для носа, и для языка, и для пупка есть, — верещала Лиза.

— Для языка с пупком зачем? Никто же не увидит!

Лиза с жалостью глянула на меня.

— Ты и правда темная, Лампуша, кто надо — увидит, и это вовсе даже не больно, попробуй.

Я взяла протянутое колечко и защелкнула на нижней губе — действительно, никаких неприятных ощущений.

— Гляди! — закричала вернувшаяся Ира. — Вот бумажка, на ней картинка. К примеру, тебе какая больше нравится?

— Никакая.

— Ну, Лампа, пожалуйста!

— Ладно, эта, — я ткнула пальцем в устрашающего вида изображение.

Обнаженный мужчина, вернее, черт, потому что у него на голове красовались рога, а из филейной части торчал весьма длинный, тонкий хвост, с тощей кисточкой на конце. Черт был изображен со всеми анатомическими подробностями, присущими мужскому полу. На мой взгляд, выглядел он омерзительно, но остальные татуировки были еще гаже.

— Отлично! — возликовала Ириша. — Теперь смотри, вот как это делается!

Не успела я опомниться, как девочка плюнула на картинку и шлепнула ее на мою шею.

— Эй, эй-эй! — заорала я. — Поосторожней!

— Будь спок, — утешила меня Ириша и велела: — Теперь иди в ванную.

Я покорно отправилась в указанном направлении. Бесстрастное зеркало отразило странную женщину, явно страдающую умственным расстройством — в губе колечко, а на шее, как раз на самом видном месте, там, где у мужчин кадык, красуется черт с гипертрофированным детородным органом.

— Катастрофа, — пролепетала я.

— Не бойся, — веселилась Лизавета, — вымоешь шею с мылом, и все.

Я слегка успокоилась и потянулась к мочалке, но тут раздался звонок в дверь. Недоумевая, кто бы мог заявиться в такой час, я глянула в «глазок» и увидела седовласого импозантного мужчину в дорогом велюровом халате и домашних тапочках. Его лицо показалось мне знакомым, я не раз встречала этого типа в лифте, во дворе и у почтовых ящиков.

— Разрешите представиться, — пробасил нежданный гость, — я ваш сосед из квартиры снизу.

— Очень приятно, — произнесла я.

— Извините за беспокойство в столь поздний час...

— Ничего, ничего.

— Очень неудобно поднимать вас с постели.

— Я не сплю.

— Право, я никогда бы не решился зайти...

О господи, ну и зануда, когда же он наконец скажет, зачем явился! Но сосед продолжал расшаркиваться и раскланиваться.

— Просто невероятно, как я осмелился, почти ночью...

— Вам сахару, соли или хлеба?

— Зачем?

— Ну, я подумала, у вас кончились продукты, и вы заглянули попросить что-нибудь!

— О нет, конечно! Еще раз извините, но на голову капает.

Я тяжело вздохнула, только сумасшедших нам тут не хватает. Стараясь говорить ласково, как доктор беседует с психопатом, и помня, что с умалишенным ни в коем случае нельзя спорить, я пролепетала:

— Простите, но у вас волосы сухие, и потом, мы находимся в помещении — снег идет на улице.

Мужчина поднял руки:

— О, извините, я неверно выразился, капает у меня на кухне с потолка, может, вы случайно забыли закрутить кран?

Я развернулась и полетела в кухню. Картина впечатляла: из мойки хлещет, на полу почти десятисантиметровый слой воды. В импровизированном бассейне плавают забытые Кирюшкой тапки, собачьи миски и программа телевидения. Хорошо еще, что от коридора кухню отделяет довольно большой порог и вода пока не вырвалась в другие помещения.

— Ира, Кирюша, Лиза! — завопила я, как ненормальная, кидаясь в туалет за ведром и половой тряпкой. — Сюда, скорей!

— Я помогу, — суетился профессор, — я умею!

— Лучше сразу бы сказали, что случилось, а не мямлили на пороге!

— Прикол! — заорал Кирюшка. — Наводнение!

— Хватай черпак и набирай ведро, — велела я.

— Но у меня на ноге антрекот, — возразил ленивый мальчишка.

— Лангет! — рявкнула я. — Лангет, а не антрекот, надевай резиновые сапоги — и вперед.

— Где они?

— В шкафу.

Кирюша кинулся в прихожую, запнулся о нервно скулящую Рейчел и с ужасающим звуком рухнул на пол. Мы с профессором побросали черпаки и кинулись к нему.

— Я, кажется, сломал левую ногу, — верещал мальчик, — ау, ау...

Поднялся невыносимый гвалт. Кошки, отрезанные водой на кухне, сидели на обеденном столе и выли нечеловеческими, вернее, некошачьими голосами. Рамик метался от двери к Кирюшке и назад, Муля и Ада вертелись под ногами, словно трехлитровые банки, покрытые шерстью. Жаба Гертруда, всегда апатично проводящая дни в аквариуме, при виде огромного количества воды совсем сдурела и начала квакать. Я никогда не думала, что скромная лягушка, размером чуть больше детского кулака, способна на подобные звуки! В какой-то момент Гертруда подпрыгнула, снесла у своего «дома» крышку и, плюхнувшись в воду, принялась, быстро-быстро перебирая лапами, плавать между ножками стола. Иногда жаба оглушительно чихала, очевидно, ей не нравился вкус «Фери», открытая бутылочка которого опрокинулась на пол. Увидав заплыв Гертруды, кошки на секунду заткнулись, но через пару секунд стали издавать уже не звуки, а хрипы.

— Сумасшедший дом! — взвизгнула Ира. — Да закройте вы кран наконец. Ты, Лампа, тоже хороша! Ну какого черта хвататься за черпак, если краны не закрыты.

Конечно, она была права. Я пробралась в кухню, завернула оба крана, выудила из воды ошалевшую от счастья жабу и выкинула беснующихся кисок в коридор. На пороге возникла Ирина с горой грязного постельного белья. В связи со всеми происшедшими событиями мне было недосуг стирать, и бачок переполнился окончательно. Увидав ее толстенькую фигурку, почти скрытую пододеяльниками и простынями, я не выдержала:

— Меня ругаешь, а у самой крыша поехала! Ты что, замочить бельишко хочешь, чтобы вода зря не пропала?

Не говоря ни слова, Ира начала бросать на пол белье. Жидкость моментально впитывалась.

— Чего с черпаком бегать, — пояснила Ириша, — небось вниз уже на два этажа стекло. Сейчас простыни воду заберут, мы их на балкон вынесем, выжмем и развесим — все равно стирать. Лизка, иди сюда!

Девочки принялись таскать белье на лоджию, я только хлопала глазами, они оказались сообразительней меня.

— Мальчика надо срочно везти в больницу, — сообщил профессор.

— Сейчас оденемся, — ответила я, — и возьмем такси.

— Осмелюсь предложить свои услуги, — сказал сосед.

Мы втиснулись всей компанией в его «Ниву»

и покатили в Филатовскую. Охранник пришел в полный восторг:

— О, парень, опять ты! Купи уж сразу месячный абонемент!

Он даже разрешил нам подъехать на машине прямо к корпусу с табличкой «Травматология».

— Вы у нас свои, — пояснил секьюрити, поднимая шлагбаум, — это другим нельзя, а вам — с милым сердцем.

— Вы здесь работаете? — поинтересовался у меня профессор, паркуя машину.

— Нет, я сюда Кирюшку вожу с травмами.

— Часто?

— За последние десять дней третий раз.

Неизгладимое впечатление произвела наша компания и на тех, кто ждал приема. При виде двух девочек, выкрашенных во все цвета радуги, одна мамаша дернула свою дочь за руку:

— Сядь здесь.

— Почему? — заныла та.

— Сядь говорю.

— Не хочу!

— Не видишь, что ли, — прошипела тетка, — наркоманки пришли, небось СПИД у них!

— Что вы глупости говорите, — попробовала возмутиться я.

— Уж лучше сидите молча, — отозвалась другая баба с крохотным, лет двух от роду, ребенком на руках, — скажите спасибо, что вас пустили вместе с приличными людьми...

Тут только я сообразила, что на губе у меня красуется злополучная клипса, а на шее — изображение черта. Отняв у Кирюши шарф, я прикрыла горло и попыталась снять колечко. Как бы не так, оно сидело намертво. Все мои усилия оказались напрасны, оно даже не шелохнулось. Я терзала губу вплоть до того момента, когда нас пригласили в кабинет. У врача при виде живописной группы тоже вытянулось лицо, но он все же сохранил внешнее спокойствие и отправил Кирюшку на рентген. Чувствуя, как губа начинает пульсировать, я робко попросила:

— А вы не можете снять это колечко?

— Мы оказываем помощь только детям!

— Ну, пожалуйста.

Но врач был непреклонен. Кирюшке сделали все, что нужно. К счастью, ни перелома, ни вывиха у него не оказалось, только сильный ушиб. Мы покатили назад. Губа онемела, я перестала ее чувствовать.

— Ну, Лампуша! — восхищенно протянул Кирюшка. — Ты на слона похожа, такой хобот раздулся.

— Ой, и правда! — вскрикнула Лиза.

— Так надо колечко снять, — спокойно заявила Ира, — небось губа онемела.

— Никак не получается, заело.

— Не может быть, — удивилась Ирина и, вытянув руку, небрежным движением освободила меня от «оков».

— Что же ты так долго ждала? — обозлилась я. — Знаешь, как больно?

— Я думала, тебе нравится, — пожала плечами Ира.

Спать легли мы около четырех утра — убирали кухню, стирали белье...

Глава 14

Утром, естественно, мы проспали. То ли будильник не прозвенел, то ли я его не услышала, но проснулась около десяти утра от того, что запищала телефонная трубка.

— Алло, — пробормотала я, зевая.

— Валерия Корчагина беспокоит, — раздался мелодичный голос, — срочно нужно с вами встретиться.

— Что случилось?

— Ничего, просто поговорить хочу. Через полчаса в кафе «Рондо», успеете?

— Нет, во-первых, я не знаю, где это кафе, а во-вторых, еще лежу в кровати, раньше, чем через час, мне не выйти.

Мы договорились в двенадцать у метро «Сокол», и я полетела одеваться. Губа приобрела почти нормальный вид, но татуировка не отмывалась. Я терла картинку пемзой, скрабом, щеткой, пыталась удалить ее при помощи одеколона, смывки для ногтей и спирта. Нулевой результат! Татуировка даже не побледнела, будто ее и впрямь накололи. Шея покраснела и стала похожа на сардельку производства фабрики «Микомс».

С тяжелым вздохом я натянула водолазку: терпеть не могу, когда воротник давит на горло, но делать нечего, не ходить же с такой «красотой». Выбегая из спальни, я заметила на балконе знакомую тень: в гости вновь пожаловала кенгуру. Я на бегу посмотрела в окно. Животное мирно дергало носом.

— Извини, дорогая, — пробормотала я, хватая сумку, — знаю, что к глюкам нужно относиться серьезно, честное слово, вот только управлюсь с делами и сразу отправлюсь к психиатру, но сейчас не до тебя, не обижайся!

На место встречи я успела вовремя, но Валерия уже нервно прогуливалась возле троллейбусной остановки.

— Ну наконец-то, — заявила она. — Идемте.

Мы прошли метров двадцать вперед и вошли в кафе «Максима-пицца». Лера выбрала столик в самом углу. Совершенно ненужная предосторожность, посетителей в пиццерии почти не было, только у самого входа ворковала влюбленная парочка, таким не до того, чтобы глазеть по сторонам и слушать чужие разговоры.

Не успела я сесть, как Лера свистящим шепотом поинтересовалась:

— Сколько вы хотите за дневник?

— За что?

— За дневник Жанны, — нервно повторила Валерия. — Только не надо говорить, что он не у вас!

— Ну... — протянула я, стараясь сообразить, как поступить, — ну...

— Вы, наверное, его прочли? — утвердительно спросила женщина.

— Ну...

— Значит, все-таки прочли! Что ж, называйте цену.

— Отчего вы так уверены, что Жанна вела дневник?

Лера уставилась на принесенную пиццу.

— Да ладно вам, говорите сумму.

— У меня нет дневника.

— Куда вы его дели?! — чуть не кричала собеседница. — Господи, когда вы только успели!

— У меня ничего не было!

— Не верю! Зачем тогда вы сказали Андрею, что хотели со мной поговорить?

— Я сама ищу дневник, думала, вы знаете, куда Жанна его спрятала!

Валерия как-то обмякла и принялась ногтем размазывать по лепешке растопленный сыр. Потом глубоко вздохнула и сказала:

— Все же если дневник у вас, то лучше назначьте цену!

— Черт побери, — обозлилась я, — ну как еще вам объяснить — ничего я не брала и вообще не знала, что она вела какие-то записи. Ей-богу!

— Кто же вам сообщил про дневник? — напряглась Лера. — Никита? Пожалуйста, отдайте его мне. Я вполне способна заплатить, ничего интересного там для вас нет, а моя жизнь пойдет под откос!

Я колебалась. Сказать, что случайно подслушала ее телефонный звонок, или не надо? Валерия явно нервничала. Слегка дрожащей рукой она вытащила пачку «Давидофф» и стала раскуривать сигарету. Тонкое запястье напряглось, губы побледнели, щеки покинула краска. Скорей всего Лера не слишком крепкого здоровья, перенесла несколько операций...

Она наконец-то затянулась, но внезапно закашлялась. Я налила стакан минеральной воды и протянула Корчагиной.

— Выпейте.

Продолжая кашлять, Лера протянула руку и начала судорожно пить. Я с жалостью смотрела, как на ее тоненькой, почти прозрачной шее бьется синяя жилка, и сказала:

— Вам бы не надо курить, с вашим здоровьем никотин вреден.

Лера поперхнулась, вода потекла у нее по подбородку.

— Какая вы дрянь, — прошептала Корчагина, — играете со мной, как кошка с мышью. Цену набиваете?

— Что случилось?

— Вы читали дневник!

— Нет!

— Да!!!

— Нет!

— А откуда вы знаете про мое здоровье?

— Я просто так сказала — вы бледная, худенькая, под глазами синяки, вот и вылетело.

Внезапно Валерия заплакала. Я испугалась и забормотала:

— Ну-ну, успокойтесь, подумаешь, ерунда какая. Вот у нас в консерватории преподавательнице сделали такие же операции, что и вам, аж в 1949 году. Ну и что? Сейчас двухтысячный, а она здорова, весела и не собирается умирать, ей-богу, не стоит расстраиваться.

Лера уронила голову на руки, плечи ее мелко тряслись, я погладила ее по волосам. Она дернулась, словно я сунула ей в шевелюру раскаленный паяльник, и с чувством произнесла:

— Хорошо, если вам хочется, чтобы я сама это произнесла, ладно, у меня СПИД, только отдайте дневник.

Я невольно отшатнулась.

— Что?

— То, — злобно ответила Лера, — теперь довольны? Влезли во все своим длинным носом, украли чужую тайну, а теперь мучаете меня. Кончайте издеваться, я же сразу предложила вам денег. Так нет, мало вам нажиться, еще хотите, чтобы я плакала и унижалась. Довольны теперь? Так сколько?

Я молчала, не в силах сказать ни слова. Лера вытерла лицо салфеткой.

— У вас правда СПИД? — тихо спросила я.

Валерия кивнула.

— Откуда?

Она помолчала, потом ответила:

— Не знаю. Я никогда не изменяла мужу, но мне несколько раз переливали кровь, в больницу я ложилась без всяких признаков иммунодефицита, анализы перед операцией делала. А через месяц после того, как выписали из клиники, опять потребовалось лечь в больницу, я снова пошла сдавать анализы и чуть не умерла — диагноз СПИД. Правда, я всего лишь вирусоноситель, болезнь спит, не развивается, но в любой момент вирус может активизироваться.

— Вот почему вы придумали сказку об отсутствии сексуального влечения к мужу! А я-то недоумевала: ну, удалили матку с яичниками, и что? При чем тут радости семейной жизни?

— Отдайте мне дневник, — прошептала Лера, — теперь я точно знаю, что вы его читали.

— Значит, ваш муж не в курсе?

Валерия тихо покачала головой:

— Нет.

— Ну почему вы ему не рассказали?! Говорят, Андрей любит вас и безупречно вел себя, пока вы восстанавливались после операции.

Лера отодвинула совершенно остывшую пиццу и вздохнула.

— Скажите, зная про болезнь, вы поздороваетесь сейчас со мной за руку?

— Конечно, — удивилась я, — каждому ребенку известно, что СПИД передается через кровь и сперму. По поводу слюны медики спорят. Одни говорят да, другие нет. Кстати, та же проблема с грудным молоком. В постель с вами я не лягу, а здороваться — сколько угодно!

Лера посмотрела на мою протянутую ладонь и спросила:

— Теперь подумайте. Вдруг у вас на пальцах сорван заусенец, а у меня царапина или ссадина?

Я невольно отдернула руку. Собеседница печально засмеялась:

— Да меня моментально, если узнают, выгонят с работы, и Андрей уйдет.

— Не имеют права уволить!

— Ладно вам, будто не знаете, как подобное делается, придерутся к ерунде — и привет. На службу нужно приходить к десяти, скажут, опоздала три раза — и все, трудовую дисциплину никто не отменял. А Андрей...

Она махнула рукой.

— Отдайте дневник, Никита хотел за него десять тысяч, это, думаю, хорошая цена.

— Что же ваш приятель такой мерзавец оказался?

— Я никогда не дружила с Китом, впрочем, Андрей тоже, их только дела связывали. Никита жутко, патологически жадный, вам даже трудно представить, какой. У них в ванной всегда лежало мыло, из обмылков слепленное, представляете?

— Как это?

— Ну, когда мыло заканчивается и остается крохотный кусочек, такой, что и в руки не взять, что вы с ним делаете?

— Выбрасываю, естественно.

— А Никита брал новый кусок и «примыливал» к нему обмылок, чтобы ничего не пропало. Пустой тюбик зубной пасты он разрезал и выскребал остатки, ужинать старался в гостях и пилил Жанну за рваные колготы. Это он ее все время под мужиков подкладывал. Жанночке не хотелось, а Кит настаивал, пару раз даже колотил ее, сволочь он. Нашел после Жанкиной смерти дневник и решил подзаработать!

— Малышева давно вела записи?

— Я вообще не знала, — сердито заявила Лера, — она скрытная, все даже мне не рассказывала!

— Может, никакого дневника нет?

Валерия молча повертела нож, потом ответила:

— Есть, откуда бы Никита узнал про мою болячку, и потом, вы его тоже читали, не притворяйтесь.

Я залпом выпила стакан минеральной воды и решилась:

— Лера, только не нервничайте. О дневнике я услышала случайно, в супермаркете, когда вы разговаривали с Никитой по телефону. О вашей болезни мне рассказала доктор Мелкунян, только не упоминала о СПИДе. Об иммунодефиците вы мне сами сейчас проговорились. Дневник я не читала и в глаза не видела.

Валерия покраснела, потом из ее глаз хлынули потоком слезы. Прозрачные капли падали на стол, на неаппетитно выглядевшую пиццу, исчезали в чашке с кофе. Мне стало безумно жаль ее.

— Лера, не волнуйтесь, Кит мертв, а я не болтлива, сохраню вашу тайну, считайте, что я уже все забыла.

— Дневник, — прошептала Валерия, — кто-нибудь его прочтет...

— Ну и что?

— Там четко все про меня написано. Хотя со стороны Жанны было подло доверить бумаге чужой секрет.

— Секрет вообще никому не следует рассказывать.

— Знаете, как трудно носить в себе такое!

— Успокойтесь. Ну написано, и что? Там есть результаты анализов?

— Нет, конечно.

— Тогда смело отвечайте — глупости, выдумки, фантазии. А Андрею расскажите, он любит вас и воспримет неприятное известие не так, как вы думаете. И потом, носитель вируса — это еще не больной!

Валерия продолжала плакать. Сквозь слезы она пробормотала:

— Уйдите, пожалуйста, умоляю, уйдите.

Я послушно встала и пошла к выходу, но на пороге обернулась. Лера перестала рыдать и пыталась закурить. Ее маленькая, худенькая фигурка сгорбилась, издали она походила на тщедушную, взъерошенную птичку, отчаянного воробья, пытающегося бороться с морозом. Ощутив еще один острый укол жалости, я вышла на улицу. С неба валил снег, превращавшийся на тротуаре в жидкую грязь, было одновременно холодно и сыро, серые тучи висели над Ленинградским проспектом, словно грязное одеяло.

Я медленно пошла к метро, старательно обходя лужи. У каждого человека есть тайны, большие и маленькие, есть страхи, фобии, нехорошие привычки и пристрастия. И вообще, святых не бывает. Во всяком случае, я их никогда не встречала! Сегодня случайно узнала чужой секрет, влезла, так сказать, под одеяло к Корчагиным, нащупала их слабое место... И что? А ничего. К убийству Жанны они не имеют никакого отношения. Не выгодна была смерть Малышевой ни Андрею, ни Лере. Значит, будем считать их отработанным материалом и займемся двумя оставшимися персонами — Зюкой и господином Дубовским, любителем травить бабочек цианистым калием.

Глава 15

Идти к Лене Дубовскому, бывшему милиционеру, а теперь удачливому владельцу картинной галереи, следовало предварительно подготовившись. История про частного детектива или сотрудника правоохранительных органов тут никак не прошла бы. Да он в мгновение ока выведет меня на чистую воду!

Промучившись около часа над тем, кем лучше прикинуться, я решила представиться учительницей биологии, этакой энтузиасткой, любительницей бабочек. Правда, я ничегошеньки не знаю об этих милых насекомых, кроме того, что они получаются из гусениц и наносят непоправимый вред сельскому хозяйству. Но, с другой стороны, дураки встречаются повсюду, есть они и среди школьных учителей. Единственное, что меня тревожило, — это мой внешний вид. Конечно, на прислугу не очень-то обращают внимание, и Леня, будучи в гостях, не рассматривал меня в упор. Но тогда Борис Львович прилюдно обвинил Аню в убийстве и с гневом заявил, тыча в «домработницу» пальцем:

— Вот она подсматривала и подслушивала.

Дубовский посмотрел в мою сторону. Взгляд его был цепкий и настороженный. Бывший опер словно ощупал меня глазами, вроде как подержал и отпустил. Внимательный и по-профессиональному быстрый осмотр. Может, я преувеличиваю и Леня вовсе не запомнил меня, однако рисковать не хотелось, поэтому я решила кардинально изменить внешний вид.

В обыденной жизни я мало крашусь, но не потому, что считаю косметику порочной, просто некогда, да и лень, честно говоря, проводить по часу у зеркала, наводя красоту. Набор средств в моей косметичке минимален — тональный крем, губная помада и подводка для глаз. Но у Ириши в комнате явно найдется богатый арсенал.

Я побежала в спальню к девочке. Бог мой! Комната стала похожа на магазин. Из шкафа выпали вещи, на кресле, стуле и даже письменном столе навалены горы шмоток — кофточки, брюки, юбки, платья... На подоконнике стоял угрожающего размера саквояж. Я открыла его и ахнула. Просто передвижная лаборатория гримера, я не знала назначения и половины вещей. Вот, например, эта тоненькая трубочка, из которой выдвигается бледно-голубой столбик... Помада или тени? Зачем нужны непонятного вида куски поролона на липучках? Что делают маленькой железной щеточкой с изогнутыми щетинками? По мне, так она очень похожа на собачью пуходерку... И жидкость в крохотном флакончике, переливающаяся всеми цветами радуги, она-то к чему? Лак для ногтей? Но кисточки нет...

Порывшись с полчаса в чемоданчике, я приняла наконец решение. Лицо покрою пудрой цвета загара, наведу пожирней брови и глаза, губы намажу темно-вишневой помадой, а волосы спрячу под шапочку, которую надвину пониже — на улице холод, многие женщины не снимают головные уборы даже в помещении. Наверное, клуб находится в подвале, а там, как правило, холодно...

Интересно, что может надеть скромная, слегка придурковатая училка биологии? Я с сомнением начала перебирать Иринин гардероб. Ну уж точно не розовый топик, не синие бриджи и не ярко-голубое платье-стрейч. Впрочем, кожаные штаны, жилетка с заклепками и панама тоже не подойдут. А вот очень миленькая кофточка в английском стиле, на пуговичках, с длинными рукавами и круглым воротником. Одна беда — она абсолютно прозрачная и сшита из материала, больше всего напоминающего пленку для парников, в пару к ней штаны — брючины темно-серые, а зад словно сделан из стекла, впрочем, спереди тоже все напросвет. Представляю, как отреагируют сексуально озабоченные мальчишки-подростки, если к ним в класс войдет учительница в таком прикиде. Наконец я вытащила невесть как попавшую в Ирочкин шкаф клетчатую темно-зеленую юбку самого банального покроя и длины, а сверху решила надеть ангорский свитерок, щедро украшенный искусственным жемчугом и бисером.

Я немедленно принялась за дело. Свитерок болтался на мне, будто мешок на палке. У Иришки высокая, аппетитная грудь, у меня же она еле-еле тянет на первый размер. Я всегда завидовала дамам с пышными формами и научилась ходить, как балерина, с абсолютно прямой спиной, чтобы выглядеть чуть-чуть покрупней. Вот ведь странность, другие женщины изводят себя диетами, тайскими таблетками и шейпингом. Результат у несчастных, как правило, нулевой. Стоит один раз поесть по-человечески, и стрелку весов зашкаливает. Я же спокойно лопаю на ночь восхитительную шоколадку «Красный Октябрь» и просыпаюсь, похудев на полкило. Ей-богу, господь большой шутник, он никогда не дает человеку того, что тот хочет. Мне не нужна худоба и наплевать на фигуру, но мои параметры, как у манекенщицы — 88-56-88, только рост подвел. Другая же все отдаст за плоский живот и в результате весит около двух центнеров.

Продолжая философствовать, я запихнула в лифчик огромные куски ваты, стало чуть лучше. Теперь я походила на золотушного подростка с силиконовыми протезами. С юбкой тоже беда. Я влезла в нее, не расстегивая пуговиц, и она тут же свалилась на пол. В принципе можно было поискать что-нибудь другое, но я с упорством осла пыталась приладить юбку на себя. Наконец я сообразила. Нацепила плотные колготки и обмотала талию несколько раз полотенцем. Юбка села как влитая, свитерок спустился почти до бедер. Вид замечательный. Жутко накрашенная бабища неопределенного возраста, грудь, живот и талия у которой слились в один ком, и из-под слишком длинной юбки торчат две тонких ноги в больших тапочках. При росте около метра шестидесяти я ношу полный тридцать девятый размер обуви.

Оставшись довольна результатом, я схватила телефонную трубку и набрала номер галереи.

— Слушаю, — ответил мелодичный женский голос.

— Позовите господина Дубовского.

— Минуточку.

В мембране зазвучала бодрая музыка, мотив повторялся бесконечно и мог довести человека с моим музыкальным слухом до полного паралича. Наконец раздался сочный бас:

— Алло.

— Господин Дубовский?

— Он самый.

— Извините за беспокойство, — заблеяла я, — но мне сказали, что вы коллекционируете бабочек...

Леня молчал, в трубке слышалось его напряженное дыхание.

— Простите, — снова завела я, — я преподаю в школе биологию и тоже интересуюсь бабочками, имею некоторые очень недурные экземпляры, но жалованье у меня маленькое, сами понимаете, бюджетница, нам мало платят, а бабочки замечательные.

— Что вы хотите? — прервал меня Леня.

— Показать вам коллекцию, может, захотите купить...

— В субботу приходите в клуб папионистов, знаете адрес?

— Да.

— К полудню, найдете меня во второй комнате. Кстати, кто дал вам мой телефон?

— В нашей школе учится девочка Ирина, у нее отчим художник, вот она и рассказала о вас и телефон сообщила.

— Ясно, — бросил Леня и, не попрощавшись, отсоединился.

Не слишком любезный господин. Да, вышел облом, придется разгримировываться. Потратив полчаса на то, чтобы принять нормальный вид, я вновь взялась за телефон. Если визит к Лене откладывается на завтра, попробуем поболтать с Зюкой. И снова приветливое сопрано пропело:

— Слушаю.

— Будьте любезны госпожу Иванову.

— Вам Зинаиду Ивановну или Зою Петровну?

«Зюку», — хотела сказать я, но вовремя осеклась и ответила:

— Главного редактора «Века искусства».

— Зинаиду Ивановну, — уточнила дама и добавила: — Секундочку подождите.

Снова в ухо полилась мелодия, раздражающая и назойливая, казалось, музыкальной пьесе не будет конца. Потом что-то щелкнуло, и секретарша сказала:

— Извините, но Зинаида Ивановна только что уехала на открытие выставки, звоните в понедельник.

Я швырнула трубку на диван. Нет, сегодня определенно не мой день, все срывается. Внезапно раздался стук входной двери, и влетела Ирина.

— Так рано? — удивилась я.

— Русалка заболела, а у англичанки флюс разнесло, — радостно сообщила она, — здорово повезло! Сейчас поем — и на диванчик, буду телик глядеть, класс!

— А ключи от маминой квартиры у тебя есть?

— Конечно.

— Дашь их мне?

— Бери на здоровье, только зачем?

— Надо кой-чего посмотреть.

Ириша протянула брелок, на котором болтались ключики и две пластмассовые палочки, открываюшие домофон. Я обрадованно схватила связку и тут же пригорюнилась. Ну а как узнать о планах Бориса Львовича? Мне надо побывать в доме в отсутствие хозяина. Он ни за что не разрешит мне войти в квартиру.

— Чего ты расстроилась? — поинтересовалась Ирина.

— Да вот думаю, как узнать, когда Борис Львович надолго уйдет из дому.

— Борька-козел, — закипела Ира, — постоянно в квартире торчит, урод, ну ничего, мы от него избавимся!

— Как?

— Элементарно, Ватсон, — хихикнула она, — ты, главное, молчи!

Она взяла телефон, набрала номер и визгливым, совершенно не своим голосом затрещала:

— Господин Лямин, простите за беспокойство. Мне ваш телефон дал Марк Михайлович, знаете такого? Очень мило! Он сказал, будто у вас есть картина как раз для моего загородного дома: лес, луна и пруд, такой заросший, романтичный...

Мембрана заверещала, очевидно, Борис Львович моментально заглотил наживку и начал расхваливать достоинства пейзажа. Ириша сморщилась и время от времени повторяла:

— Да, да, да!

Потом она вздохнула и снова затараторила:

— К сожалению, дела бизнеса не позволяют мне свободно передвигаться по Москве, время — деньги, знаете ли. Поэтому сегодня, в два часа дня, я жду вас у метро «Каховская», там, слева от выхода, будет стоять черный «Мерседес», номерной знак восемьсот сорок семь, садитесь, и шофер привезет вас ко мне. Да, плачу наличными сразу. Как вы желаете — в рублях или долларах?

Трубка вновь зашлась в писке. Ирина сморщилась, пару раз пробормотала: «Хорошо, хорошо», — и отключилась.

— Ну вот, — радостно потирая руки, заявила она. — Если мы поторопимся, то увидим, как этот идиот бежит к клиентке.

— Да тебе надо в театральный поступать, — изумленно сказала я.

Ириша рассмеялась:

— Нет, просто я прожила рядом с уродом несколько лет и знаю все его больные места. Козел за рубль удавится, а Марк Михайлович, старый педик, иногда ему и впрямь заказчиков подсылает. Он работает в антикварном магазине, там такие чудики иногда встречаются. Прикиньте, он рассказывал, один раз явился мужчина и закупил сразу весь зал, целиком весь ассортимент взял. Так вот Марк Михайлович богатеньким Буратино телефончик Борьки и подсовывает!

Она натянула куртку.

— Ты куда?

— С вами пойду, хочу плед забрать.

Без пяти час мы с Иришей вошли в булочную, расположенную напротив ворот Аниного дома, и подошли к большому окну.

— Во, бежит кретин! Намылился! А уж разоделся!

Борис Львович действительно выглядел импозантно. Элегантное пальто из легкой темно-синей шерсти, начищенные ботинки и кожаная кепка. Мы подождали, пока художник исчезнет за поворотом, и смело пошли в дом.

В прихожей стоял крепкий запах дорогого одеколона. Ириша чихнула и с чувством сказала:

— Надушился, придурок, понравиться богатой бабе захотел, урод! Пусть поищет «Мерседес». Эх, жаль, не увижу, как Борька у метро скакать будет!

Радостно смеясь, она побежала по коридору. Я пошла в кухню. Книжечка, куда записывались расходы, толстая серая тетрадь в кожаном переплете, обычно стояла на окне, между кувшином с кипяченой водой и тостером. Но сейчас там было пусто. Впрочем, иногда Аня засовывала кондуит в бар. Я прошла в гостиную, открыла зеркальный шкафчик и уставилась в его нутро, забитое бутылками. Книжка нашлась сразу, она лежала на верхней стеклянной полке, возле блока «Мальборо». Я схватила ее, потрясла и принялась разбирать чеки. Так, все не то, сахар, масло, яйца, стиральный порошок, неужели выбросила? Но нет, все же сегодня мне везло — я нашла чек. Вот он. Ликер «Айриш Крим» — одна тысяча девятьсот двадцать семь рублей, время покупки — 18.40.

Я стала засовывать книжечку на место, но она никак туда не лезла. Ну и ладно, скорей всего Борис Львович не помнит, где лежала тетрадка. Я решила засунуть ее между бутылками, пусть он думает, что гроссбух упал.

Чтобы все выглядело естественно, я слегка раздвинула бутылки и наткнулась на стоящую в самом дальнем углу емкость из темно-коричневого стекла. Ликер «Айриш Крим»! Неужели милиция не забрала с собой бутылку с отравленным содержимым! Быть того не может!

Вытащив из бара находку, я изучила ее с большим усердием. Так, она запечатанная, новая, нетронутая! Ну зачем, скажите, покупать еще одну, если дома стоит полная! Может, Борис Львович приобрел ликер после смерти Жанны? Скорей всего нет, потому что он его терпеть не мог, несколько раз при мне назвал ликер «водкой с молоком» и сообщил, что его от одного запаха тошнит. К тому же у Бориса Львовича просто нет такого количества денег, чтобы с легкостью отдать почти восемьдесят долларов за напиток, который он сам даже не попробует! Работая у Ани в прислугах, я хорошо поняла — хозяин жаден. Доходило до смешного. Он мог купить для себя коробочку конфет, пронести ее в мастерскую и там, в одиночестве, пить кофе с шоколадом. Хотя, наверное, Аня не давала ему много денег, вот он и жмотничал. Кстати, Анна совсем другая. Крайне расчетливая в бизнесе и обыденной жизни, для гостей она не жалела ничего. Это было вполне в ее духе забежать в «Рамстор» за ликером для Жанны. Но зачем она купила бутылку, если дома уже была одна? Забыла про нее? Уверена, что нет.

В тот злополучный день, уходя на работу, хозяйка при мне открыла бар и пробормотала:

— Ну, водки хватит, вина полно...

Значит, она знала, что ликера нет, и специально понеслась в «Рамстор». Но тогда...

От неожиданной догадки я села на диван, судорожно сжимая в руках злополучный «Айриш Крим». Тогда вот что!

Кто-то из гостей, великолепно зная о привычке Жанны пить только ликер, принес с собой «фаршированную» бутылочку. Улучил момент и поменял бутылки. Купленную Аней сунул в бар, а свою выставил на столик у окна. Сделать это было легче легкого, если остаться в гостиной на пару минут одному. А гости несколько раз в полном составе выходили сначала в мастерскую к Борису Львовичу, потом Аня, хвастаясь новой шубой, поволокла всех ее показывать...

Почему же убийца поставил бутылку в бар? Да очень просто. Он знал, что цианид подействует моментально, начнется шум, приедет милиция, могут обыскать гостей, и бутылка дорогого ликера, запечатанная, лежащая в сумке или портфеле, вызовет ненужные подозрения. А в баре! Стоит себе и стоит среди десятка графинов, бутылок и штофов, ничего особенного. Бар у Ани забит до отказа, никого наличие ликера не удивит! Значит, я права, Аня ни при чем, всю историю проделал кто-то из гостей, великолепно знающий, что Жанна не пьет ничего, кроме «Айриш Крим». А Борис Львович? Интересно, почему я сбросила его со счетов? Так, теперь следует установить, та ли это бутылка, что купила Аня. Хорошо еще чек есть! Сегодня же, прямо сейчас, поеду в «Рамстор» на Шереметьевской, покажу бутылку директору и...

— Ты что здесь делаешь, дрянь! — донесся из прихожей голос Бориса Львовича.

От ужаса я юркнула за кресло и присела там, крепко обнимая «улику».

— Я у себя дома, — ответила Ира, — прихожу когда хочу!

— Отдай ключи и не смей сюда шляться!

— Отвали, сам верни ключи и катись на... это мамина квартира.

— Как бы не так! — взвизгнул Борис Львович. — Анна подарила ее мне!

— Офонарел, шизик блевотный!

Раздались шум, звон, грохот падения, короткий вскрик Ирины. Я сидела ни жива ни мертва, не зная, как поступить. Воцарилась тишина. Затем Борис Львович размеренно и четко, словно телевизионный диктор прежних лет, произнес:

— Слушай внимательно, девушка! Сюда более в мое отсутствие не приходи, иначе сообщу в милицию, что обворовала квартиру!

— Я здесь прописана, — тихо сказала Ира.

— Вовсе нет, — хмыкнул Борис Львович, — маменька твоя решила перехитрить государство, чтобы налоги не платить!

— Не понимаю, — пробормотала Ириша.

— Тогда слушай, — неожиданно мирно сказал отчим.

Есть такой закон, придуманный, очевидно, богатыми людьми для облегчения собственной жизни. Если покупаешь в текущем году недвижимость, только обязательно в России, то освобождаешься от уплаты налогов, причем проделывать такие операции можно бесконечно хоть каждый год. Главное, не продавать квартиры, а покупать их. То есть нельзя, приобретя жилье, избавиться от него через несколько месяцев и снова купить новое. Не хочешь платить налоги — становись собственником второй квартиры, затем третьей... Вот Аня и придумала хитрую комбинацию.

В декабре 1999 года она стала хозяйкой небольшой однокомнатной квартирки на Грачевской улице и прописала туда Иришу. Так что за прошедшие двенадцать месяцев, кстати, крайне удачные для ее бизнеса, она не должна была государственной казне ничего. Решив повторить хитрый ход, Анна предприняла дальнейшие шаги. Она не могла продать свою квартиру и приобрести новую, в этом случае она моментально бы потеряла право на льготы. А вот с Бориса Львовича взятки гладки, что потребовать с нищего художника? Он и в налоговую инспекцию-то никогда не ходил, потому что зарабатывал копейки. Вот Анечка и оформила дарственную на муженька. Борис Львович стал юридическим хозяином отличной квартиры. Аня собиралась продать ее и приобрести на свое имя новую, такую же, только в другом районе. Геморрой с переездом полностью окупился бы отсутствием налогов в 2000 году. Впрочем, в 2001-м Анна надеялась заработать на дачу и вновь оставить государство с носом! Уже был найден подходящий вариант апартаментов на Кутузовском проспекте, возле гостиницы «Украина». В конце апреля Аня собиралась сбыть с рук квартиру, хозяином которой стал Борис Львович, но не успела. И теперь художник преспокойно заявил Ирине:

— Ясно? Забирай, что хотела, и мотай отсюда, это моя жилплощадь!

— Но, — забормотала в растерянности Ирина, — почему мама мне ничего не сказала про однокомнатную квартиру? И как она прописала меня без моего согласия? Нет, ты врешь, Борька!

— Во-первых, я для тебя Борис Львович, — с достоинством парировал отчим, — а насчет того, что не сказала... Хотела тебе, дуре, подарок на окончание школы преподнести.

— Врешь, — отрезала Ира, — без моего согласия не пропишут.

— Ой, не могу, — засмеялся художник, — ты что, в Англии живешь, где закон — святое? Да дала она «барашка в бумажке», и все чин-чинарем, в зубы паспорт твой взяли, в зубах назад приволокли. Ты хоть в свои документы заглядываешь?

— Нет, — растерянно ответила Ирина, — а зачем?

— Ну так поинтересуйся, какой штамп стоит в паспорте, — хмыкнул отчим, — придешь туда, где сейчас обитаешь, и глянь!

— Паспорт тут в шкафу...

— Тем лучше, — обрадовался Борис Львович и вошел в гостиную.

Я вжалась в кресло, мечтая превратиться в невидимку.

— Какого черта ты в баре рылась? — заорал художник.

— Ничего я не... — начала Ириша, но потом, сообразив, моментально осеклась и закричала в ответ: — Хотела и полезла, здесь все на мамины деньги куплено!

— Здесь все теперь мое! — заявил Борис Львович. — Давай собирайся, и пошли. Хорошо еще, что я кошелек дома забыл и вернулся, давай, давай шевелись!

— Но мне надо кой-чего забрать.

— Позвони на неделе, и договоримся, сейчас мне недосуг, клиент ждет.

Он стал выталкивать Иришу из квартиры. Снова послышался шум и треск.

— Погоди! — со слезами в голосе вскрикнула девочка. — Я отцу пожалуюсь, он тебе нос отрежет!

Отчим оглушительно захохотал:

— Ну только не смеши, откуда у тебя папенька возьмется! Да Анька-проститутка даже не помнит, под каким кустом тебя сделала!

— Подонок, козел, сволочь! — завизжала Ирина.

— А ну пошла! — заорал Борис Львович, и входная дверь со стуком захлопнулась.

Я сделала глубокий вдох и попробовала пошевелить занемевшими ногами. Вот это новость! Бедная Аня, с какой стати она доверилась мужу? Кое-как успокоившись, я встала, и тут раздался звонок в дверь. В ужасе я вновь присела за кресло, но трель заливалась безостановочно. На цыпочках я подобралась к двери и глянула в «глазок» — на лестнице стояла Ирина.

— Сволочь, гадина, мразь, падаль рогатая! — заорала она, влетая в квартиру. — Ключи у меня отнял, говно, скунс вонючий!

— Пошли скорей, вдруг он опять вернется!

— Нет, — злобно прошипела Ира, — в такси сел, к заказчице спешит! Ну сейчас ему мало не покажется...

И она вихрем понеслась по комнатам.

— Ира, не надо, — попробовала я остановить ее.

— Отвяжись! — отмахнулась та. — Свое беру. Лучше иди на проспект да поймай машину — «Газель» или грузовик!

Пришлось выполнять приказ. Примерно через час Ирина, тяжело дыша, запихнула последний тюк в такси. Лифтерша, наблюдавшая за нами, ласково поинтересовалась:

— Куда едешь, Ирочка?

— Отвянь, — буркнула та и понеслась вновь наверх.

Я пошла за ней. В еще недавно аккуратной квартире царил полный разгром. Я с удивлением осмотрелась. Да уж! Зрелище из рук вон.

Пол был усеян осколками, занавески содраны, подушки распороты, в ванной разбиты зеркало, раковина и биде, в туалете — унитаз. Роскошные диваны, сделанные Аней на заказ, изрезаны ножом, а в кухне линолеум устлан ровным слоем из рассыпанного кофе, чая, сахара и круп.

— Ира! Зачем все разгромила!!!

— Ничего! — в ажиотаже заорала она. — Что увезти не смогла, то разбила или сломала! Ой, погоди!

И она унеслась в мастерскую. Я нервно дергалась на пороге: не ровен час Борис Львович, не нашедший у метро «Мерседес», решит вернуться домой. Тогда нам мало не покажется.

Уже в машине я робко сказала:

— Не надо было тебе безобразничать!

Ирина повернула лицо с лихорадочными красными пятнами на щеках и тихо, но зло произнесла:

— Он — бл...ь!

— Ира! Девочки так не выражаются!

— А ты можешь назвать его по-другому?

Я молчала. Самое ужасное, что она права, для Бориса Львовича просто невозможно подобрать печатный эпитет.

— Там все, абсолютно все куплено моей мамой, — шипела Ирина.

— Ну а в мастерской что ты сделала? Надеюсь, полотна не трогала?

— Нет, — неожиданно миролюбиво ответила она, — это его личные картины, я к ним даже и пальцем не прикоснулась.

— Зачем тогда ты ходила в студию?

Иришка хитро прищурилась.

— Кисти ему постригла ножницами, такой сэссон на них навела! Борька подохнет, как их увидит, чисто ежики тифозные. Он с ума сойдет, хорошая кисть жутких бабок стоит!

Повисло молчание. Потом Ирина рассмеялась.

— Боже, что еще?

— Представила, как у ублюдка морда вытянется, когда он в квартиру войдет!

Ее смех, какой-то нервный и дерганый, перешел в резкий хохот, затем по щекам покатились слезы, и она громко зарыдала, икая и всхлипывая. Икота перемежалась взрывами хохота. Я обняла ее и прижала к себе. Ириша вздрагивала, ее била дрожь.

— Тише, тише, — бормотала я, пытаясь удержать ее крупное тело, — баю, бай, все хорошо, маму скоро отпустят, баю, бай!

Ирочка уткнулась сопливым носом мне в шею. Еще пару раз судорожно всхлипнула и затихла. Ее тело обмякло и отяжелело, из груди вырывалось мерное, хрипловатое дыхание. Машина стояла в ужасающей пробке на Садовом кольце. Уставшая от истерики Ира спала у меня на груди. Я прижимала ее к себе и изо всех сил желала Борису Львовичу заболеть проказой.

В «Рамстор» я попала только к вечеру. Сначала мы перетаскивали узлы в нашу квартиру. Ириша, недолго думая, упаковала вещи в постельное белье. Что помельче запихнула в наволочки, а более габаритные предметы завязала в простыни.

— Какой красивый, — протянула Лиза, разглядывая роскошный шелковый пододеяльник.

Желтую ткань украшала явно ручная вышивка — синие ирисы и фиолетовые анютины глазки.

— Нравится? — поинтересовалась Ирина, сдувая со лба прядь волос.

— Да.

— Сейчас отстираем и тебе постелим, — моментально пообещала Ириша, — давай, Лизка, шевелись, скатерть на стол, хрусталь в стенку, а ты, Кирка, пока пледы разбирай и на кровати ложи, ваши покрышки на тряпки пустить надо!

Я тихо улизнула на кухню, даже не поправила глагол «ложить», употребленный Ирой. Не буду сейчас с ней спорить, ребенок только что вышел из одной истерики, не хватало, чтобы тут же впал в другую. Если ей хочется развесить и разложить свои вещи, пожалуйста. Вот Аня освободится, и они все заберут.

Я поставила на стол чашки и пригорюнилась возле кулебяки, испеченной Лизой. Интересно, удастся ли доказать, что Аня ни при чем? Все-таки какая страшная вещь современное правосудие — словно стена, в которую бьешься головой с разбега... Бац, бац, а она стоит, даже не шелохнувшись.

«Ладно, Лампа, хватит, — приказала я сама себе, — нечего нюни распускать, двигай в «Рамстор».

У входа в супермаркет гордо реял плакат — огромный, зеленый кенгуру, фирменный знак магазина. Последнее время я отношусь к сумчатым настороженно, поэтому мимо изображения животного пробежала как можно скорей.

Миновав бастионы прилавков, я нашла администрацию и вежливо поинтересовалась у довольно полной дамы, сидевшей за красивым офисным столом:

— Можно узнать, не у вас ли куплена эта бутылка?

Женщина механически улыбнулась и заученным тоном ответила:

— Если качество напитка не соответствует стандарту, при наличии чека вам обменяют товар на кассе.

— Нет, я даже не открывала ликер. Просто хочу знать, не у вас ли его брали?

Администраторша вскинула чересчур черные брови:

— Зачем?

— Мне очень надо, прошу вас.

Женщина взяла бутылку, повертела ее и ответила:

— Да, ликер приобретен здесь.

— А как вы это определили?

— Очень просто, видите, сбоку наклейка со штрих-кодом? Мы обязательно маркируем таким образом нашу продукцию, на кассах установлены компьютеры, кассир только подносит «утюжок» и моментально видит на экране стоимость товара. Очень удобно.

— А про чек что можете сказать?

Женщина взяла бумажку.

— Он пробит нашей кассой номер два в восемнадцать часов сорок минут. Ну разве что покупатель член клуба «Рамстор».

— Это еще что такое?

— Вы из милиции? — поинтересовалась администратор.

— Вас трудно обмануть, — ушла я от прямого ответа.

Она выдвинула ящик и вытащила оттуда темно-синию карточку. В левом углу улыбался зеленый кенгуру с оранжевым бантом на шее, посередине шла надпись «Рамстор-клуб».

— Покупатели, делающие покупку на определенную сумму, — начала объяснять служащая, — получают вот эту карту, видите, внизу идет номер?

Я кивнула.

— Карта дает право на скидку, когда кассир пробивает чек, он обязательно указывает номер, вот на вашем чеке, внизу, строчка.

Я уставилась на набор цифр 10950. Да, далеко шагнул прогресс!

Дома я едва удержалась, чтобы не заорать с порога: «Ириша, была ли мама членом клуба «Рамстор»?» И хорошо, что не успела, потому что на кухне сидел Володя, мирно жующий пирожок.

— У вас будто цыганский табор поселился, — отметил майор, оглядывая горы посуды. — Откуда столько барахла?

— Ира привезла, — пояснила Лиза и поинтересовалась: — Как кулебяка?

— Так себе, — спокойно ответил Володя, — теста много, а начинки чуть, да и невкусная, капуста как тряпка.

— Вот и неправда, — обозлилась Лиза, — я ее по всей науке готовила!

— Это ты пекла? — испугался приятель и попытался исправить положение: — То-то гляжу, тесто волшебное, во рту тает, объеденье.

— Не ври, — совсем рассердилась Лизавета и треснула майора полотенцем.

Они начали шумно возиться и о чем-то спорить. Я уставилась в окно. Надо же, опять валит снег, и темнота стоит, как в декабре. Настроение на нуле, ничего у меня не получается. Надо бы сесть тихонько у стола и раскинуть мозгами. И зачем только я пошла у Иры на поводу и подрядилась искать убийцу! Чем больше узнаю, тем сильнее запутываюсь. Ну почему я не учительница, не продавец и не врач! Милые, мирные профессии. Так нет, понес меня черт на службу в «Алиби». Ведь если бы я не пошла на работу в агентство, то никогда бы не попала в дом к Ане и не мучилась бы сейчас с распухающей от разнообразной информации головой... Хотя в «Алиби», пока не отравили Сеню Гребнева, мне очень хорошо работалось, отличный коллектив, достойная зарплата... Минуточку! Сеню-то тоже отравили цианистым калием... От неожиданной мысли я вспотела и принялась нервно почесывать голову. Ну как я могла забыть про Гребнева! Милиция моментально решила, что несчастного мужика тоже Аня убила.

Простоватый и слишком молодой для оперативной работы Максим Иванович в свое время на мой вопрос: «Что может грозить Ремешковой» — спокойно ответил:

— Уж не поездка в Турцию! За два убийства-то!

— Почему за два?

— А Гребнев?

— Вы думаете...

— И думать нечего, — хмыкнул Максим Иванович, изображая из себя опытного «убойщика», — ясно как день. Сначала гражданка Ремешкова отравила гражданку Малышеву, а потом произвела те же действия в отношении гражданина Гребнева.

— Да зачем ей убивать Сеню!

— Очень просто. Она все время твердит, что Гребнев не успел ей назвать имя любовницы мужа. Дескать, хотел показать фото, но она к нему не заехала, задержалась в своем магазине на рынке ЦСКА, увольняла продавцов, заподозренных в воровстве, а потом понеслась домой, правда, факт покупки ликера не отрицала. Только на самом деле все по-другому было. Секретарша Гребнева Надежда Варфоломеева видела, как Ремешкова влетела в кабинет к ее хозяину, потом выскочила и завопила: «Где он?»

Семен, отлучившийся в туалет, тут же вошел в приемную, и Анна накинулась на него с кулаками.

— Ну и что? — растерянно спросила я. — Как же она ухитрилась его отравить?

Максим Иванович с жалостью глянул на меня и строго сообщил:

— Тайна следствия не подлежит разглашению.

По моему мнению, он уже и так разгласил все, что только можно, и ему не следовало останавливаться.

— Просто вы сами не знаете как, — подначила я мальчишку.

Максим Иванович, едва-едва вышедший из подросткового возраста, моментально возмутился:

— Кто? Я? Между прочим, это моя идея! Ремешкова вбежала в кабинет, плеснула в рюмку отравы и выскочила. И ведь верно рассчитала, никто, кроме Гребнева, из этой синенькой склянки никогда не пил.

От нахлынувших воспоминаний я еще сильнее зачесалась. Но если Жанну убила не Аня, то за каким чертом ей травить Сеню? Значит, это был другой человек! Интересно, какая связь существовала между Семеном и Жанной? А может, их отравили два разных человека? Ага, одним способом. Ну и что? Всякое бывает, казусов полно.

— Казусов и впрямь полно, — мирно согласился Володя.

Я упала с небес на землю и обнаружила, что сижу на табуретке в кухне напротив улыбающегося майора. Неужели я так задумалась, что принялась размышлять вслух?

— Не понимаю...

— Ну ты говоришь: «Всякое бывает, казусов полно», — спокойно ответил приятель, — а я соглашаюсь — казусов и впрямь много.

— Что такое казус? — поинтересовалась Лизавета, оторвавшись от чашки с чаем.

— Если говорить официальным языком, то это случайное действие, которое, в отличие от умышленного или неосторожного, имеет внешние признаки проступка или преступления, но лишено элемента вины и, следовательно, не влечет юридической ответственности. Таким образом, понятию случая в праве противополагается вина лица. От казуса следует отличать также понятие непреодолимой силы...

— Класс, — прервал разглагольствования майора Кирюша, — и долго ты так говорить можешь?

— Пока не исчерпаю багаж знаний, — хмыкнул Володя и стал намазывать на внушительный кусок хлеба толстый слой «Виолы». И как он может столько есть!

— Здорово, — одобрила Ирина, — только все равно непонятно.

— Ладно, — усмехнулся майор, — тогда слушайте пример. Нам этот случай преподаватель по уголовному праву приводил в пример как классический казус.

Один мужчина, назовем его Иван Иванов, решил покончить с собой и прыгнул с десятого этажа, но он не учел, что на уровне девятого натянута сетка, были такие раньше в высотных домах, кстати, крайне полезная вещь — сосульки задерживали... Иван Иванов, упав на сетку, по идее, не должен был разбиться насмерть, но приехавшие милиционеры обнаружили труп. Эксперт определил, что в голову мужика попала пуля. Было возбуждено дело об убийстве. Что же выяснилось? Да, забыл сказать, стояло жаркое лето, и у людей были окна нараспашку. Значит, наш Ванюша падает с десятого этажа, пролетает мимо распахнутого окна девятого, а там вовсю ссорятся муж с женой. Супруг грозит своей бабе незаряженным, подчеркиваю, незаряженным, револьвером, нажимает на курок и... оттуда вылетает пуля и попадает прямехонько в голову падающего Иванова.

— Ни фига себе! — воскликнул Кирюшка.

— Погоди, это еще не все, — остановил его Володя. — Следователь возбуждает дело об убийстве. Стали разбираться и выяснили удивительную деталь. Супруги с девятого этажа ссорились каждый день, и муж постоянно наставлял на жену пистолет, нравилось им это, наверное, адреналина не хватало. Так вот, родной брат мужа и зарядил «макаров», зная, что родственник обязательно нажмет на курок. Он хотел получить в свое единоличное пользование дачу. Но не успел, потому что имя его — Иван Иванов, и по странной случайности пуля попала в того, кто все задумал! Тогда возбудили дело о самоубийстве. Случай действительный, произошел в 50-х годах в Ленинграде и с тех пор гуляет по страницам учебников. Поняли теперь, что такое казус?

— А что такое непреодолимая сила? — спросил с набитым ртом Кирюшка.

Володя вновь пустился в разъяснения, а я тихо ускользнула в спальню, юркнула в кровать и погасила свет — пусть домашние думают, что сплю. Минут через десять дверь тихонько приоткрылась, и майор шепнул:

— Лампуша, спишь?

Я постаралась погромче засопеть. Дверь, скрипнув, захлопнулась. Я села, вытащила сигареты и принялась бездумно таращиться на балконную дверь. Занавески были раздвинуты, и в комнату смотрела ночь. Когда за окнами темно, мне делается не по себе от незанавешенных окон. Наверное, просыпаются гены первобытных предков, боявшихся враждебных сумерек. Пришлось встать и подойти к балкону; дернув портьеры, я невольно глянула на балкон и застыла. Прямо перед моим носом метались две тени — большие, с круглыми головами и длинными, ниже колен, руками. Мартышки в полной тишине мутузили друг друга, потом одна издала резкий гортанный крик, и приматы, подпрыгнув, растворились в воздухе.

Я прижалась лбом к ледяному стеклу. Господи, что же это делается? Неужели я потихоньку схожу с ума, может, и впрямь нужно пойти к психиатру? Говорят, в нашем доме живет великолепный специалист!

Утром я стала решать трудную задачу. Как ухитриться переодеться и накраситься, чтобы домашние ничего не заметили? В противном случае они зададут столько вопросов, что ни в какой клуб папионистов я не попаду. Так и не придумав решения проблемы, я выползла на кухню. Дети в полном составе сидели за столом.

— Вы чего вскочили? Суббота же!

— В зоопарк идем, — радостно объявила Ира. — На обезьян смотреть и мишек! Погуляем там, погода — шик!

Я молча налила кофе и взяла сыр. Какие они еще маленькие! Красят головы в непотребный цвет, натягивают невероятные вещи, тоннами изводят губную помаду, вроде уже девушки, и, пожалуйста, зоопарк!

— Там на пони катают, в повозочке, — радовался Кирюша, — и продают сладкую вату на палочке! Повеселимся!

Проглотив наспех завтрак, они кинулись к двери. На пороге Лиза притормозила и поинтересовалась:

— Может, ты с нами?

— Нет, нет, — быстро пробормотала я, — развлекайтесь.

Заурчал лифт, и мои «малыши» исчезли. Погода действительно радовала. Откуда ни возьмись появилось яркое солнце, тучи разбежались, и сразу стало тепло. Я вышла на балкон посмотреть, как Лизавета, Ирина и Кирюша переходят улицу.

Внезапно Ира подняла руку. Тут же около детей притормозила роскошная иномарка с тонированными стеклами. Ириша села вперед, Лиза и Кирюша исчезли сзади. Я почувствовала легкий укол беспокойства. Правда, их все же трое, но нужно сказать Ирине, что не следует пользоваться леваками, мало ли какой отморозок сидит за рулем!

Прогнав тревожные мысли, я загримировалась, но прежде чем предстать пред очи Лени Дубовского, следовало решить мелкую проблему — где взять коллекцию бабочек? Я же обещала привезти какие-то особо ценные экземпляры на продажу! Не слишком мучаясь, я позвонила в ближайший зоомагазин и спросила:

— Бабочки есть?

— Отечественные, средней полосы, — любезно ответил молодой мужской голос, — приходите, работаем без обеда.

Обрадовавшись столь простому решению проблемы, я натянула куртку и пошла за «коллекцией». Бабочки продавались в двух видах. Подороже и, на мой взгляд, очень красивые, лежали в небольших коробочках с прозрачным верхом. Подешевле и какие-то серые — в пакетиках на картонной подставке. Продавался еще убогонький альбом «Насекомые — вредители сельского хозяйства».

— Школьники покупают, — пояснил продавец, сам, очевидно, недавно закончивший школу. — Зададут учителя на лето коллекцию собрать, а они к нам.

— Вот лентяи, — рассмеялась я.

— Не скажите, — возразил продавец, — представляете, как трудно ребенку, который любит животных, создать подобную экспозицию!

— Почему?

— Бабочку-то надо убить! Насадить живую на булавку. Я, например, на такое не способен. И вообще, коллекционирование трупов, пусть даже красивых, отвратительно!

Честно говоря, я была с ним совершенно согласна. То, что погибло, должно быть похоронено. У Кати есть весьма странная знакомая Алена Решетилова. Так вот, когда у нее скончалась кошка, Алена отнесла тело к таксидермисту и заказала чучело. Потом похожую до отвращения на настоящую киску она водрузила на телевизор. По-моему, безумная затея. Катюша как-то призналась, что теперь не слишком охотно заходит к Алене в гости, а все из-за Маркизы, загадочно поблескивающей стеклянными глазами. Причем учтите, что Катюша — хирург и в своей жизни видела не один труп, мало того, она вообще ничего не боится.

Но делать было нечего, я приобрела три коробочки, четыре пакетика и альбом.

На улице царила жара, солнце палило, как в Африке. Весна ухитрилась захватить город всего лишь два часа назад и теперь мстила зиме за долгий холод. Под ногами текли грязные реки, с крыши весело звенела капель. В куртке, свитере, тяжелой юбке и сапогах мне стало жарко. Еще учтите, что я обмоталась парой полотенец, а ноги упаковала в теплые шерстяные колготы. До цели я добралась, изнывая от жажды. Надеюсь, папионисты размещаются в прохладном помещении ниже уровня земли.

Клуб действительно находился в подвале, но там стояла влажная жара. Женщина, сидевшая у входа, была одета в легкое платье.

— Вы к кому?

— Я договаривалась с господином Дубовским.

— Вот тут курточку повесьте, — предложила дежурная.

Я покорно пристроила пуховик среди элегантных пальто и отправилась к владельцу картинной галереи.

Может, Дубовский и был в прошлой жизни неудачливым опером, но в этой он выглядел безупречно. Изумительный темно-коричневый костюм, безукоризненно подобранный галстук, дорогая сорочка, из-под манжеты которой виднелись простого вида плоские часы на кожаном ремешке. Но я примерно представляла себе их стоимость. У моего бывшего мужа, благополучно отбывающего сейчас срок на зоне, были похожие. «Ролекс», дорогая марка, такие носят по-настоящему богатые светские люди, те, которым нет нужды кичиться благосостоянием. Да и руки у Лени были ухоженные, наверное, делает маникюр, а на пальцах нет вульгарных перстней. Впрочем, обручальное кольцо тоже отсутствует, может, он не женат?

Впечатление портила голова: красную короткую шею венчал круглый бритый череп с маленькими настороженными глазками. Широкий плоский нос растекался между гладкими щеками, а рот с большой выпяченной нижней губой без слов свидетельствовал, что хозяин не привык себе отказывать в земных радостях.

— Вы ко мне? — улыбнулся Леня.

Его губы приветливо растянулись, но глаза остались холодными и неподвижными. В присутствии подобных людей мне всегда делается не по себе, и я излишне громко сказала:

— Я звонила вам на днях по поводу коллекции... Учительница биологии.

— Ну, и что у вас? — поинтересовался Дубовский.

Я вытащила альбом. Очевидно, собеседник все же получил хорошее воспитание, потому что, не моргнув глазом, перелистал наманикюренными пальцами странички и вежливо ответил:

— Очень интересная коллекция, но меня из нее ничего не интересует.

— Вот еще кое-что, — бодро сообщила я и вывалила пакетики.

Леня посмотрел на пеструю кучку и вздохнул:

— Нет, спасибо. Вам лучше приехать еще раз в воскресенье, около двух.

— Почему?

— В этот день приходят начинающие коллекционеры...

— У меня есть и раритетные экземпляры, — не сдавалась я.

— Давайте!

Я вывалила на стол коробочки с прозрачным верхом. Очевидно, терпение Лени кончилось, потому что он довольно резко ответил:

— Должен вас огорчить — ничего необычного в них нет.

— Как! — фальшиво изумилась я. — Мне говорили, что это уникальные бабочки, да и стоили они дорого!

— Сколько, — усмехаясь краем рта, поинтересовался Дубовский. — Сколько?

— Триста рублей штука, — преувеличила я ровно в три раза ценность насекомых.

Леня откровенно засмеялся:

— Вас обманули. Вот эта бабочка-белянка, а вот эта озимая совка... Ничего особенного, стоимость этих экземпляров примерно восемьдесятсто рублей. В любом магазине продаются. Уж извините!

— Надо же, — расстроилась я, — как обидно! А я думала, раз так дорого заплатила, значит, приобрела нечто уникальное.

Леня расхохотался:

— Дорогая, как давно вы занимаетесь бабочками?

— Ну, в общем, как бы сказать... недавно.

— А откуда про меня узнали?

— Я преподаю в школе биологию, в одиннадцатом классе у меня учится девочка, Ира Ремешкова, она и рассказала про вашу коллекцию...

— Ага, — буркнул Леня и уставился на меня в упор.

В комнате стояла невыносимая жара, голова у меня под шапкой вспотела и немилосердно чесалась. Впрочем, тело, обмотанное полотенцами, чувствовало себя еще хуже, наверное, лицо у меня приобрело радующий глаз здоровый оттенок зрелой свеклы.

Внезапно Дубовский поинтересовался:

— Вам не душно?

Я покачала головой, кажется, сейчас упаду в обморок. Леня внезапно встал, быстро запер дверь, ключ сунул к себе в карман, потом подскочил ко мне и осведомился:

— Дорогуша, а Ирина Ремешкова не предупреждала вас об опасности?

— О какой? — пискнула я, чувствуя, как по спине, между лопатками, стекают струйки пота.

Коллекционер положил мне на плечи тяжелые руки и сообщил:

— Я страшный развратник, обожаю пухленьких, потных, глупых учительниц биологии, ничего не понимающих в бабочках. Ну-ка, кисонька, разденемся для начала!

Ловким движением он сорвал с моей головы шапочку и уставился на спутанные русые пряди. Потом вновь ухватил за плечи и приблизил свое лицо к моему. Я попыталась отшатнуться, но тщетно — бывший милиционер, как бульдог, обладал мертвой хваткой. Он наклонился совсем близко к моему лицу, два его глаза слились в один, в нос мне ударил аромат хорошего мужского одеколона, качественного коньяка и чего-то сладкого, похожего на ваниль. Я вдохнула смесь запахов, и свет померк.

Глава 16

— Вам лучше? — поинтересовался женский голос.

Я открыла глаза. Так, лежу на кожаном диване, а рядом стоит приятного вида женщина с дурно пахнущим пузырьком в руках.

— Уберите нашатырь, у меня на него аллергия.

— Простите, я не знала, — вежливо ответила дама.

— Иди, Ольга, — прозвучал бас, и я увидела Дубовского.

Оля моментально испарилась, я попыталась сесть и тут поняла, что произошла катастрофа. Юбка расстегнута, кофта тоже... Машинально я прикрылась руками. Леня хмыкнул:

— Не бойтесь, никакой я не насильник, да и вы не в моем вкусе, терпеть не могу тощих селедок.

— А мне не по душе мужчины, похожие на генерала Лебедя, — не осталась я в долгу.

Дубовский засмеялся:

— Дура! В другой раз, когда решишь прикинуться любительницей бабочек, хоть чуть-чуть предмет изучи, цирк да и только. А уж разоделась!

— Значит, вы меня сразу узнали?

— Нет, — веселился галерейщик, — только после того, как Ольга тебя умыла и шмотки сняла. А до этого я, грешным делом, решил, что за понты такие корявые — учительница биологии! Ну так зачем явилась, Борька подослал?

— Какой?

— Простой! Лямин.

— Нет.

— Тогда кто?

— Никто.

— Ой-ой-ой, только не начинай снова про любовь к бабочкам, — заржал Леня, — не поверю!

— А что ты мне сделаешь? — поинтересовалась я. — Прикуешь к батарее и начнешь лупить шлангом по почкам?

Леня в сердцах сплюнул.

— Да я никогда баб не трогал, даже таких дурных, как ты! Ну, кто тебя нанял за мной следить?

Я посмотрела в его злое лицо и неожиданно сказала правду:

— Я больше не работаю в «Алиби».

— Что так?

— Агентство перешло в другие руки, хозяин погиб и...

— Тебя, как лучшую сотрудницу, выгнали, — захихикал Дубовский, — ну, а я зачем понадобился?

В своей жизни я не раз совершала глупые поступки, частенько попадала впросак, а пару раз в совсем уж отвратительные ситуации, но иногда в моей душе просыпается невероятная, звериная интуиция. Так лиса, спасающаяся от охотников, инстинктивно находит единственно правильное направление для бега — несется в ту сторону, где егерь забыл поставить человека с ружьем... Так отчаявшийся волк неожиданно для всех совершает невероятный для зверя поступок — подныривает под веревку с красными флажками и растворяется в чаще леса. Внезапно я почувствовала, что Леня Дубовский ни при чем, ну не трогал он ни Жанну, ни Сеню... Я даже не успела обдумать пришедшую в голову мысль, как мой рот мгновенно открылся и я брякнула:

— Меня наняли найти настоящего убийцу.

— Кто?

— Ее муж.

— Который? Ясно, что не Лямин, так кто?

— Господин Гвоздь.

Леня присвистнул.

— Ну, влипла ты, кисонька, по самую маковку. Этот субъект страшно не любит, когда что-то нарушает его планы. Знаешь, за что он столь славную кличку приобрел?

— Нет.

— Дело давнее, — вздохнул Леня. — Паренек на зоне попал по недоразумению в отряд к крутым мальчикам. Обычно стараются осýжденных...

— Осуждéнных, — машинально поправила я.

— Что? — удивился Леня.

— Ну, ты сказал осýжденных, а правильно — осуждéнных, ударение не там ставишь, не на «у», а на «е» надо.

Дубовский круглыми глазами уставился на меня, потом, ни слова не говоря, включил чайник, вытащил банку дорогущего, совершенно недоступного мне колумбийского кофе «Амбассадор», выставил набор конфет «Синий бархат» и сообщил:

— Это из меня бывший ментяра вылез, а ты подметила. В легавке все говорят — осýжденный, сленг такой! Но я никак в толк не возьму — ты явилась за чистоту русской речи бороться или дело узнать?

— Дело узнать!

— Так слушай молча, тоже мне Бархударов и Крючков в одном флаконе[1]. Тебе с сахаром?

— Только без цианистого калия, пожалуйста!

Леня крякнул и поинтересовался:

— Хочешь глотну из твоей чашки?

— Буду очень благодарна, только слюни туда не пускай!

Дубовский отхлебнул кофе и протянул мне стакан.

— Спасибо, — вежливо сказала я и спокойно отпила глоток.

Да, не зря «Амбассадор» стоит таких денег, вкус превосходный.

— Значит, — продолжил Леня, — попал наш Родион Громов, а если меня память не подводит, так зовут сэра Гвоздя по паспорту, в отряд к деловым парнишкам. Обычно первоходку к таким же молокососам селят, а тут недоглядел кто-то. Ну, и решили авторитетные салагу поломать. Молодой слишком, гоношистый, правил не знает. Времена стояли советские, и все зэки в обязательном порядке посещали промзону. Другое дело, что воры в законе, коим правила запрещают работать, старались избежать производства, но сделать это тогда было трудно. Сидел отряд Громова на монтаже панцирных сеток для кроватей. И вот, улучив момент, когда охранник пошел покурить, к Родиону подступилась тройка отморозков. Громов на их глазах схватил несколько железных толстых штырей и забил себе в руку. Больше всего нападавших поразило то, что Родя, заколачивая в живое тело

[1] Бархударов и Крючков — авторы школьного учебника «Русский язык», по которому училось поколение детей 60-80-х гг.

железки, даже не поморщился, только усмехался, глядя, как на грязный пол мастерской ручьем льет кровь. Даже видавшие виды уголовники слегка прибалдели от такого расклада, а Родион, положив молоток, как ни в чем не бывало произнес:

— Поняли, козлы, что я совершенно не ощущаю боли, более того, мне приятно, когда меня бьют, слыхали про такое?

— Садист, что ли? — поинтересовался самый грамотный из отморозков.

— Мазохист, — поправил Родион, — а еще станете приставать, я с вами знаете чего проделаю?

— Чаво? — оторопели парни, привыкшие, что предназначенная к закланию жертва трясется и умоляет о пощаде.

— Чаво, — передразнил Громов, — а вот чаво!

Он схватил длинный, заостренный с одного конца штырь и метнул в висевший на стене календарь. Зэки разинули рты. Родион попал бессмертному творению Леонардо, «Джоконде», прямо в левый глаз. Потом просвистел второй штырь, и загадочно улыбающаяся дама лишилась правого ока.

— Ну, — нехорошо ухмыляясь, спросил Родя, — кто из вас первый?

Парни переглянулись, но тут прибежал охранник, увидел испорченный календарь и заорал:

— Кто посмел, суки?

— Я, — преспокойно ответил Родя.

Не обращая внимания на его окровавленную руку и ругая парня «мастырщиком»,[1] охранник надавал Громову оплеух. Родион держался стойко

---

[1] Мастырщик — человек, умышленно причиняющий вред своему здоровью, чтобы попасть в больницу *(воровской жаргон)*.

и отморозков не выдал. Его все же отволокли в медпункт, подталкивая кулаками в спину.

Вечером в бараке один из нападавших подошел к Роде и буркнул:

— Чифирек глотнешь?

Громов пошел к столу, получил кружку, сахар и две твердокаменные карамельки без бумажки. Отряд признал парня за своего и дал ему кличку Гвоздь.

Услышав историю, я перепугалась окончательно. Леня только усмехался, глядя, как гостья судорожными глотками опустошает чашку.

— Понимаешь теперь, *что* с тобой наш Гвоздик сделает?

Я кивнула.

— Молодец, — одобрил Леня, — хорошо, когда человек осознает опасность! Ну, рассказывай, чего разузнала.

Полностью деморализованная, я выплеснула всю «оперативную информацию». Про то, что Никита и Жанна на самом деле брат и сестра, про «антикварные» драгоценности, про квартирные аферы Ани и про ликер. Единственное, что я опустила — это сведения о болезни Леры. В конце концов, никакого отношения к смерти Малышевой они не имели.

— Ну и ну, — покачал головой Леня, — налицо явный талант и удивительная работоспособность, ты, котеночек, просто клад. А я-то как попал под подозрение?

— Я проверяла всех, кто в тот вечер пришел в гости, остались только Зюка и ты... Да еще люди сообщили, будто ты травишь бабочек цианистым калием!

— Что?! — изумился Леня. — И кто же придумал такое?

Я призадумалась. А и правда, кто?

— То ли Валерия, то ли Андрей...

— Интересно, — протянул Леня и пояснил: — Действительно, есть такой метод, когда бабочку уничтожают цианидами, только им давно никто не пользуется, опасно очень, можно самому отравиться. Впрочем, я предпочитаю покупать уже обработанные экземпляры, хотя есть любители иголочкой в тельце потыкать...

Он походил по комнате, потом потянулся и голосом, исключавшим любые возражения, заявил:

— Так. Работаем вместе. Сейчас составим план.

— Какой хитрый! — рассердилась я. — Вся основная работа проделана, осталось только Зюку проверить да Бориса Львовича! Не нужны мне компаньоны, и делиться с тобой я не стану.

Дубовский тяжело вздохнул.

— Слушай, я богатый человек, в средствах не нуждаюсь.

— Денег никогда не бывает много!

— Согласен, только у меня на данный момент дефицит сотрудников... Я помогу тебе, а ты мне.

— Не понимаю...

Леня опять зашагал по кабинету, сложив руки за спиной.

— Знаешь, что я директорствую в галерее?

— Поговаривают, «Москва-арт» — твоя личная собственность?

— Ах, злые языки страшнее пистолета, — заржал Дубовский, — не суть, хозяин не хозяин, я там главный, и нужен мне верный человечек, секретный агент, так сказать.

— Зачем?

— Разные делишки случаются. О художниках

подноготную узнать, картину «проследить», мало ли чего. Давно искал, да все не те попадались, а тут просто подарок судьбы! Зарплату положу отличную, парень я не конфликтный, идет?

— Надо подумать!

Леня хихикнул.

— Извини, но мне показалось, что когда ты над чем-то думаешь, то результат получается отвратительный, а вот ежели действуешь спонтанно... Ладушки, чтобы доказать честность своих намерений, подскажу, как тебе следует действовать дальше.

— Как?

— Сначала найди секретаршу покойного Гребнева и спроси, правда ли, будто Аня оставалась одна в кабинете убитого.

— Но мне сказали...

— Никогда не верь тому, что говорят, проверь, убедись сама. Следом прошерсти Зюку и Борьку. Я со своей стороны тоже попытаюсь кой-чего разузнать, остались связи. Созвонимся в воскресенье, на, это номер мобильника, давай свой.

— Чего?

— Ну, какой твой номер?

— У меня нет сотового...

— Пейджер?

— Еще не купила.

Леня вздохнул.

— Хорошо, дома хоть телефончик имеешь?

Я продиктовала цифры и встала. В ту же секунду юбка соскользнула с талии и шлепнулась на пол. Покраснев, я наклонилась за ней, проклиная все на свете. Дубовский радостно заржал.

— Булавочкой приколи, небось не захочешь снова тряпками обматываться...

Чувствуя, как огнем горят уши, я двинулась к двери, судорожно сжимая пояс от злополучной юбки, и, уже выходя из комнаты, поинтересовалась:

— Слушай, а чем это я тебя так привлекла?

Дубовский плюхнулся в кожаное кресло и сообщил:

— А хрен меня знает, понравилась. И ноги у тебя ничего, когда без юбчонки, только тощеватые. Я не любитель лыжных палок.

Вне себя я вылетела в холл, слыша, как Леня радостно оглашает стены громовым хохотом. Приветливая Олечка нашла пару булавок. Я кое-как затянула пояс, вышло плохо. Юбка прочно сидела на талии, но спереди собралась в большие складки и мешала при ходьбе.

На улице бушевала уже не весна, а лето. Прохожие сняли пальто, я стащила куртку и пошлепала к метро. Кое-кто из встречных провожал меня взглядом, а в вагоне молоденькая девчонка, чуть старше Лизы, долго на меня пялилась, а потом, откровенно хихикая, принялась шептаться со спутником.

Домой я влетела злая и уставилась в прихожей в зеркало. Следовало признать, вид у меня был просто «ангельский». Спутанные короткие пряди торчали в разные стороны, напоминая колючки ежа, черная краска с бровей переместилась на лоб, а тушь стекла с ресниц на нижние веки. Оранжевая помада размазалась по всей морде, да и одето это небесное создание было надлежащим образом. На плечах безразмерный мешок из ангорской шерсти, щедро изукрашенный «жемчугами» и «каменьями», на бедрах юбка, больше всего напоминающая пыльную драпировку, сильно насборенную у «карниза». Относительно прилично выглядели только сапоги — почти новая кожаная «Саламандра», старательно вычищенная перед выходом. Да, если у Дубовского и впрямь возник ко мне интерес, то он основывался отнюдь не на сексуальной почве, скорей всего мужика привлекла не моя «небесная» красота, а удивительный ум, находчивость и сообразительность.

Глава 17

Вымывшись в ванне и попив чаю, я взглянула на часы — пять. Дети еще не пришли. Ну да это и понятно. Хозяйственный Лужков недавно с шумом и грохотом, при участии военного оркестра и детского хора, торжественно открыл обновленный зоопарк. Говорят, зверинец удивительно похорошел и кругом теперь полно соблазнов — мороженое, пицца, сахарная вата... Небось Лизок, Кирюшка и Ирина оттягиваются на полную катушку, а я могу спокойно заниматься делами.

У Наденьки, бывшей секретарши Сени, было наглухо занято. Почти полчаса я безуспешно пыталась пробиться, потом смирилась. Лучше съезжу к ней, живет она в самом центре, недалеко от метро «Белорусская». Пару раз приветливая Надежда зазывала меня к себе в гости, и я хорошо помнила дорогу. От кольцевой станции налево, мимо кафе «Жар-пицца» до парикмахерской, дальше во двор...

На этот раз я была умней и оделась легко. Под бежевые джинсы натянула носочки, а сверху надела маечку и тоненькую курточку. Выйдя из метро и радуясь солнышку и приятному, совсем летнему ветерку, я двинулась по узкой и пыльной улице, сплошь забитой машинами. Как у многих музыкантов, у меня не только хороший слух, но и отличная зрительная память, поэтому я без труда нашла серый трехэтажный дом, нырнула в загаженный подъезд и позвонила в первую квартиру.

— Иду, иду, — раздалось издалека, и без всяких вопросов и предосторожностей дверь распахнулась.

Передо мной возник дедок, похожий на перезревший стручковый перец, весь морщинистый и скрюченный.

— Ищешь кого, детка? — проскрипел он, странно поворачивая голову.

— Надю позовите, пожалуйста.

— Она на работе.

— В воскресенье?

Дедуля с сомнением пробормотал:

— Вот чего не знаю, сказала, на службу пошла...

— А где она теперь трудится?

Дедушка потопал в глубь квартиры, я покорно ждала в прихожей. Наконец он вернулся и протянул бумажку.

— На, тут телефон...

Я взглянула и удивилась. На обрывке газеты был записан номер «Алиби». Наверное, дедушка ошибся...

— Простите, а можно позвонить?

— Пожалуйста, — вежливо согласился хозяин, — только аппарат на кухне, придется снять обувь.

Покорно стянув туфли, я добралась до старомодного телефона, покрутила диск и услышала бодрый, звонкий Надюшин голосок:

— Агентство к вашим услугам.

В метро я села в пустой вагон, и поезд понес меня по направлению к «Алиби». Интересное дело, противный господин Федорчук, возникший, словно по мановению волшебной палочки, на месте Сени Гребнева, уволил в один день меня и секретаршу. Очень хорошо помню, как Надюша демонстрировала конверт с жалкой подачкой, точно такой же, как в моем кармане... И, пожалуйста, она вновь в «Алиби»! Интересно, как ей это удалось! В стране безработица, секретарш на бирже труда как тараканов на коммунальной кухне, а хам Федорчук ясно дал понять, что хочет избавиться от всех служащих, нанятых Гребневым. Спору нет, Наденька мила, аккуратна, хорошо выполняет работу, но... Она не обладает никакими эксклюзивными знаниями. Просто квалифицированный работник, которых сотни, так почему ее оставили?

Надя не слишком обрадовалась, увидев меня.

— Лампа?

— Вот, шла мимо, ноги сами и завели сюда, а ты здесь осталась?

Девушка бросила взгляд на закрытую дверь кабинета хозяина и нервно хихикнула:

— Можно сказать и так!

Я фальшиво вздохнула:

— Никак не устроюсь. Как ты думаешь, может, и меня в «Алиби» приголубят?

— Никогда, — категорично отрезала Надюша, — новый шеф никого из старых не принимает.

— А тебя ведь взял...

Она в растерянности начала перебирать лежащие на столе ручки, скрепки и ластики. Видя ее смущение, я поднажала на ту же педаль:

— Просто не хочешь мне помочь, наверное, я тебя чем-то обидела!

— Что ты, Лампочка, — жарко зашептала секретарша, — знаешь, я перед уходом картотеку, да и вообще всю информацию перебросила на дискеты, а компьютер «вычистила», оставила только стандартные программы. Ну, новый директор позвонил и потребовал объяснений, а я на шантаж пошла. Хотите иметь сведения — берите назад. Вот теперь сижу и трясусь, потому как теперешний начальник — зверь.

Не успела она закончить фразу, как дверь бывшего кабинета Сени с треском распахнулась, и в приемную вышел парень лет тридцати пяти с бледным лицом. Смерив нас взглядом бешеной селедки, он сердито спросил:

— Надежда Алексеевна, почему вы держите посетительницу в приемной, когда я свободен?

— Это моя знакомая, — заблеяла секретарша.

— Посторонним не следует находиться в приемной, — отрезал он, — попрошу вас уйти. На личные темы поболтаете после работы.

Наденька покраснела и вроде уменьшилась в росте. Мне стало жаль дурочку, и я решила дать отпор хаму.

— Никогда не следует никого выгонять, на самом деле я хотела стать вашей клиенткой!

— Прошу прощения, — противно улыбнулся парень, — но, сами понимаете, наше агентство место специфическое, связанное с секретностью, и посторонних тут быть не должно. Проходите.

Пришлось войти в хорошо знакомый кабинет. Сейчас он выглядел великолепно, поменяли все — мебель, компьютер, цвет стен и ковровое покрытие, словом, помещение радовало глаз и даже нос, потому что в воздухе витал аромат чего-то приятного, похожего на запах свежеиспеченных булочек с корицей. Вот только угощать меня отличным коньяком из специальных бокалов здесь уже никто не собирался.

Парень сел в высокое кожаное кресло и произнес:

— Слушаю. «Алиби» к вашим услугам.

Я подавила тяжелый вздох. Ну вот, опять вляпалась в дурацкую историю, придется выпутываться.

— Я хотела бы проследить кое за кем. Но прежде хочу узнать, во что выльются расходы?

Парень начал методично перечислять цифры. Интересно, они слегка повысили расценки! Выслушав его до конца, я покачала головой:

— Дорого! Так сразу трудно решиться, надо подумать.

— Конечно, — ухмыльнулся директор, — раскиньте мозгами и возвращайтесь... Наши специалисты окажут вам посильную помощь.

Я посчитала разговор оконченным, откланялась и пошла в приемную, собираясь поговорить с Надюшей, но парень встал и проводил меня до самого выхода, лишив тем самым возможности пообщаться с секретаршей. Делать было нечего, пришлось, сохранив улыбку на лице, выйти на улицу. Дойдя до угла, я обернулась и увидела, как в окне бывшего кабинета Семена колыхнулась занавеска.

В глубокой задумчивости я забрела в кафе, села на высокий кожаный стул и уставилась в зеркало. Часы показывали семь. Можно, конечно, посидеть тут, в спокойной обстановке, выпить кофейку, дождаться, когда Надюша, закончив работу, пойдет к метро, и перехватить ее по дороге... Но, к сожалению, служба в «Алиби» вещь непредсказуемая, по прежним временам нас могли задержать до полуночи, а один раз даже пришлось заночевать в конторе... К сожалению, нечего думать и о том, чтобы посекретничать по телефону. Сеня Гребнев свято соблюдал правило — любой звонок в приемную моментально транслировался в его кабинете по селекторной связи. Интерком отключали лишь в крайнем случае. Наверное, новый начальник придерживается тех же принципов, а я не хочу, чтобы у Надюши были неприятности. Значит, сейчас я поеду домой и вечерком договорюсь с ней по домашнему телефону.

— Что хотите? — раздался сзади равнодушный голос.

Я повернулась. За спиной стояла полная, неряшливо выглядевшая тетка в красном халате, покрытом пятнами. В руке она отчего-то держала расческу. Странные, однако, официантки в этом кафе!

— Какой у вас кофе есть?

— Кофе? — вытаращила глаза бабища. — Кофе?

Ну чего так удивляться. Можно подумать, я попросила стаканчик цианистого калия.

— У нас нет кофе, — рявкнула женщина.

Я вздохнула:

— Тогда чай, но желательно цейлонский, без сахара!

— Ты с ума сошла? — поинтересовалась официантка.

Вздрогнув, я возмутилась:

— Как вас только на работе держат! Не прежние времена, не смейте грубить клиенту. Что же это за забегаловка такая: ни кофе, ни чаю...

— Вы куда пришли? — устало осведомилась подавальщица.

— Как это куда? В кафе!

— А здесь парикмахерская.

Тут только я заметила, что сижу перед огромным зеркалом, а на небольшом столике валяются щетки, ножницы, полотенца и обтрепанные журналы...

— Извините, я задумалась и перепутала двери, хотела войти в соседнюю, а попала к вам...

Парикмахерша с жалостью глянула на меня:

— Рядом с нами сапожная мастерская и аптека.

— Простите, — бормотала я, отступая к выходу.

— Ничего, ничего, — успокоила меня оказавшаяся совсем не злой тетка, — со всяким случается.

Но не успела я достичь порога, как она сказала:

— Погодите.

Я остановилась и выжидающе посмотрела на нее.

— У меня много клиентов, — пояснила парикмахерша, — я хорошо стригу.

— Видите, какие у меня короткие волосы, осталось только побриться наголо...

— Нет, — покачала головой цирюльница, — я совсем о другом. Ходит сюда одна дама, доктор наук, психиатр, великолепный специалист. Хотите, телефончик дам? Скажете, что от меня, обласкает, как родную. Попьете таблеточки, и все, опять здорова.

— Спасибо, не надо, — буркнула я и вылетела на улицу.

Может, действительно сходить к соседу? Говорят, он отличный врач, а то творится со мной явно что-то не то. Кенгуру, обезьяна, а теперь еще и дурацкое посещение «кафе». Внезапно мне стало холодно. Солнце давно зашло, по тротуару мела неизвестно откуда взявшаяся поземка. Зябко ежась в тоненькой куртеночке и чувствуя, как ледяной ветер ощупывает голые под брюками ноги, я кинулась к автобусной остановке. Но автобуса все не было. Безрезультатно пропрыгав в стеклянной будке, я побежала к метро проходными дворами и попала на станцию, совершенно обледенев.

Дома первым делом я ринулась к плите и поставила чайник. Странно, но дети еще не вернулись. Я выгуляла собак, покормила всех животных и, ощущая, как по спине от затылка спускается озноб, плюхнулась на диван, завернувшись в огромное двуспальное одеяло из овечьей шерсти — подарок Кати на мой день рождения. Сейчас почитаю газеты, а когда бессовестные гуляки заявятся домой, устрою им выволочку.

Увидав, что хозяйка устраивается в спальне, псы тут же впрыгнули на диван. Муля по своей привычке моментально нырнула под одеяло и прижалась горячим боком к моим ледяным ступням. Ада устроилась сбоку. От собак исходило ровное, приятное тепло, я наконец-то начала оттаивать. Шумно вздыхая, Рейчел плюхнулась на ковер и мирно засопела. Рамик побегал по комнате и упал возле балкона, теперь они похрапывали на два тона. Рейчел вела партию басов, Рамик подпевал дискантом. Последними явились кошки. Пингва улеглась на телевизор и свесила вниз пушистый хвост. Отучить ее от этой привычки было невозможно, и я смирилась с тем, что смотрю передачу на полузанавешенном экране. Семирамида тут же вскочила на подушку, а Клаус залез ко мне на живот и принялся топтаться, словно делал хозяйке массаж передними лапами. Глаза кота сощурились, морда приобрела блаженный вид, изо рта текли слюнки.

— Мр-мр-мр, — словно ровно работающий мотор, выводил Клаус.

Я хотела согнать его и почитать газету, но руки стали каменно-тяжелыми, а глаза захлопнулись сами собой.

Глава 18

Я проснулась от того, что захотела пить. Серенькое, хмурое утро заглядывало в незанавешенное окно. Будильник показывал полвосьмого. Как раз вовремя, детям вставать через десять минут. Покайфовав под одеялом еще чуть-чуть, я вылезла, вышла в коридор и, распахнув дверь в Лизину спальню, объявила:

— Подъем, ну-ка в школу собирайся, петушок пропел давно!

Но в ту же секунду язык окаменел во рту. Комната была пуста, а кровать застелена.

На ватных ногах я побрела к Ирине, безуспешно пытаясь успокоить себя. Ничего, наверное, девочки решили лечь спать в одной комнате... Небось болтали до трех и отключились, сейчас увижу обеих — одну на софе, другую на кровати...

Но и Иришина спальня, забитая вещами, тосковала без хозяйки. Ледяная рука сжала желудок, я кинулась на лестничную клетку и принялась колотить в дверь к Володе. Но майор не отзывался. Вне себя от ужаса, прямо в халате, я вылетела на улицу и увидела, что во дворе нет вишневой «пятерки». Приятель либо не ночевал дома, либо уехал ни свет ни заря.

Почти теряя сознание, я поднялась наверх, удостоверилась, что Кирюша тоже отсутствует, и трясущимися пальцами набрала «02».

— Милиция, — донесся равнодушно-официальный голос.

— Дети не пришли домой ночевать, что делать?

— Сколько лет ребенку? — спокойно поинтересовалась женщина.

— Их трое, двоим двенадцать и четырнадцать, а одной — семнадцать.

— В бюро несчастных случаев звонили?

— Нет.

— Обратитесь по телефону... — Она назвала номер.

Я принялась вновь терзать телефон. В бюро никто не отзывался, у Володи на работе тоже. Ну куда они все подевались? Слава Самоненко, Митрофанов — никого, отдел словно вымер. Я не знала, что предпринять, наконец в бюро сняли трубку:

— Алло.

— Дети пропали, трое.

— Пол?

— Две девочки и мальчик.

— Возраст?

— Двенадцать, четырнадцать и семнадцать.

— Во что одеты?

Я старательно перечислила.

— Особые приметы, цвет глаз, волос?

Господи, может, я разговариваю с компьютером? Собеседник был холоден, как айсберг, и невозмутим, словно Терминатор.

— Ждите, — донеслось до моего уха.

Потянулись минуты, даже собаки, поняв, что хозяйка в ужасе, тихо сбились под обеденным столом. Наконец другой женский голос спокойно оповестил:

— Насчет девочек ничего, а мальчик есть, только раздет. Трусы на вашем какие?

— Белые, — прошептала я, — трикотажные плавочки.

— Они самые, — удовлетворенно ответила служащая, — подросток, предположительно двенадцати-тринадцати лет, худощавого телосложения, волосы русые, глаза серо-голубые, зубы в наличии, на животе шрам от аппендицита и трусы белые, ваш?

Я кивнула, не в силах сдержать дрожь. За что? Зачем они сели в эту шикарную машину, и почему я отпустила их одних?

— Так ваш или нет?

— Мой, — прошептала я, — Кирюша Романов.

— Приезжайте.

— Куда?

— Морг Склифосовского, — пояснила служащая и добавила: — Только до двенадцати, в полдень обед.

Не спрашивайте, как я добралась до проспекта Мира, не помню. От метро то ли шла, то ли бежала, а дальше полный провал. Вроде вели меня каким-то коридором, а может, я сразу попала в комнату. Фигура в белом халате откинула простыню.

На каталке, запрокинув голову, лежал мальчик. Волосы русые, но более темного оттенка и длинные, почти до худеньких, странно желтоватых на вид плеч, нос — картошкой и губы ниточкой. Острый подбородок глядел в потолок.

— Туловище осматривать будете? — поинтересовалось существо в белом халате. — А одежда вон там.

Я невольно проследила за толстым указательным пальцем и увидела черные джинсы, темно-бордовый свитерок и неясного цвета куртку, лежащие на чем-то вроде табурета или низкого стола. На полу сиротливо тосковали высокие ботинки на толстой «тракторной» подошве.

— Если с лица не узнаете, тело гляньте, — настаивал голос.

— Не надо, — услышала я со стороны свой дискант, — не надо, это не мой мальчик.

— Вот и хорошо! — неожиданно обрадовался санитар.

— Что же хорошего? — машинально поинтересовалась я, наблюдая, как из серого тумана начинает выступать лицо разговаривающего со мной человека.

— Хорошо, что не ваш, — вздохнул мужик, — да не отчаивайтесь, вернется. Небось выпил с приятелями, загулял. Как придет, вы его сразу первым, что под руку попадет, и отходите. Пусть знает, зараза, как мать извелась. Это хорошо, что не ваш.

Да, но он чей-то, этот тощенький мальчик возраста Кирюши, и какая-то мать сегодня пойдет тем же коридором, что и я. Старательно прогоняя от себя эти мысли, я доплелась до метро, в булочной у входа купила невесть зачем эклер и быстро-быстро, не жуя, проглотила его, не ощущая ни вкуса, ни запаха.

Жирный крем лег в желудке камнем. Ощущая внутри себя неприятный ком, я дошла до платформы и села на скамейку. В ту же секунду желудок, сжавшись, рванулся к горлу. Я попыталась найти глазами урну, но после террористических актов их, похоже, все из подземки убрали. Наверное, можно было достать из сумки пакет, но я не успела.

— Нет, что за безобразие, — заорала подбежавшая дежурная. — Напьются и в метро, а еще женщина! Ни совести, ни чести!

— Простите...

— Больная, что ли? — сбавила тон служащая.

Я кивнула.

— Ехай домой, — распорядилась тетка. — Или врача вызвать?

Я покачала головой и вошла в остановившийся поезд. Уже на выходе из метро ко мне вернулся рассудок. Так, сейчас сажусь на телефон и поднимаю на ноги всех! Слезами горю не поможешь, надо искать детей.

Первое, что я увидела, войдя в квартиру, была небрежно брошенная на пол куртка Кирюши и валяющиеся сапоги Иры на уродской платформе. Из кухни доносились радостно возбужденные голоса. В голове у меня помутилось.

Схватив один сапог, я ринулась на звук. Первой под руку попалась ничего не подозревающая, весело смеющаяся Ириша. Именно вид ее счастливого лица и превратил меня в беснующуюся фурию. С ужасающим воплем я кинулась вперед и принялась колотить тяжеленным сапогом ничего не понимающую Иришку.

— Ой, ой, Лампа, стой! — верещала она, загораживаясь руками.

Но я орудовала сапогом, как молотом. Досталось всем — подбежавшей Лизе, ухмыляющемуся Кирюшке и даже Рамику, некстати подвернувшемуся под горячую руку.

— Что случилось, Лампуша, объясни наконец? — заорал Кирюша.

Я опустила сапог и, тяжело дыша, уставилась на него.

— Ну-ка, отвечай немедленно, какие на тебе трусы?

— Белые, — изумился Кирюша.

— Это тебе за трусы, — взвизгнула я и принялась колотить его сапогом, — за белье, за трикотажные, за плавочки!..

Внезапно чьи-то сильные, просто железные руки ухватили мое тело сзади и приятный, незнакомый мужской голос произнес:

— Ирка, немедленно забери обувь, Кирилл, тащи воды, Лизавета, посади ее...

Меня посадили на стул, влили в рот коричневую пахучую жидкость. Внезапно вся злость пропала, и я разрыдалась.

— Лампочка, — спросила Ира, — что случилось?

— Как вы могли, — икая и размазывая по лицу сопли, завывала я, — как могли! Где вы ночевали? Куда подевались? Я ездила в Склифосовского опознавать труп мальчика в трусах, белых, трикотажных.

— Ужас, — прошептала Лизавета, — бедная Лампуша!

— Лампудель, — зачастил Кирюшка, — ты бы не нервничала, знаешь, сколько мальчиков в белых трусах ходит? Да у нас в классе почти у всех такие! Чего ты перепугалась?

Я схватила кухонное полотенце, высморкалась и ответила:

— Я видела, как вы сели в иномарку, блестящую такую, с тонированными стеклами. Вам и невдомек, какое количество сейчас на улицах негодяев, педофилов всяких!

— Что ты, — успокоила Лиза, — с нами ничего не могло случиться.

— Еще никто не попал в руки маньяка по своей воле, — парировала я.

— Бога ради, не ругайте детей, они не виноваты, — донесся из угла приятный, сочный баритон.

— Знакомься, Лампуша, — радостно сообщила Ира, — мой папа.

Я резко повернулась и чуть не упала со стула. Возле холодильника стоял рослый, красивый мужчина сорока лет. Вьющиеся темно-каштановые волосы аккуратно уложены, пронзительно-синие глаза смотрят мягко, красивый, почти идеальной формы рот улыбается. Одет он был в простой, но, очевидно, дорогой пуловер и джинсы. И никаких цепей, перстней и золотых зубов.

— Это я посадил их в свою машину, — пояснил гость, — мы поехали в зоопарк, а потом в Вихрево, пообедать, да подзадержались немного.

— У дяди Роди бассейн, — бесхитростно пояснил Кирюша, — и еще торт был из мороженого, прикинь, его повар сначала поджег!

— Ну почему вы меня не предупредили?

— Мы звонили днем — никто не подошел, — затараторила Лиза, — потом занято — и опять никого, ну мы и решили, что ты спишь спокойно...

— Вам же сегодня в школу...

— Мне нет, — быстро встрял Кирюша, — я больной, весь поломатый, это Лизка с Иркой прогульщицы, а я на законном основании.

— Я хотел сказать вам спасибо за дочь, — улыбнулся Родион. — Ириша говорит, у вас так здорово, что и уезжать не хочется!

Я смотрела на него во все глаза. Это человек, загнавший себе в руку железные штыри? Невосприимчивый к боли Гвоздь? Авторитетный мужик, подмявший под себя несколько преступных группировок? Бандит и уголовник со стажем? Быть того не может.

Больше всего он был похож на пианиста или скрипача. Где вульгарная одежда и обязательные татуировки? Где золотые фиксы? И изъясняется господин Гвоздь, как священник — на безупречно правильном русском языке...

Я кинула взгляд на растрепанную Иру.

— Да уж, сапогом бью их в первый раз!

— Не знаю, как бы я поступил на вашем месте, — моментально отреагировал Гвоздь, — небось схватился бы за ремень! Представляю, что вы пережили одна, в морге...

— Это ужасно, — вздрогнула я.

— Согласен.

— Вы бывали в Институте Склифосовского?

— Приходилось, — вежливо ответил Гвоздь и велел: — Вот что, детки, дайте нам с Лампой Андреевной побеседовать с глазу на глаз.

Довольные, что легко отделались, Ира, Лиза и Кирюшка послушно вымелись в коридор. Гвоздь сел к столу.

— Хотите кофе?

— Лучше чай, цейлонский, без сахара, — заявил мужик.

Я улыбнулась. Иришин папа нравился мне все больше.

Взяв чайник, я наклонила его над чашкой и случайно капнула гостю кипятком на колено.

— Ой, — дернулся Родион.

Я с удивлением глянула на него.

— Вам неприятно?

— А вы встречали человека, спокойно наблюдающего, как кипящая вода льется ему на ногу? — ухмыльнулся Гвоздь.

— Я слышала, вы не чувствуете боли.

Родион с интересом покосился на меня, потом задрал до локтя левый рукав и, продемонстрировав несколько круглых шрамов, спросил:

— Вы имеете в виду эту историю?

Я кивнула.

Гвоздь взял чашку и причмокнул от удовольствия.

— Чаек в самый раз, терпеть не могу слабозаваренный. Вообще, ничего слабого не люблю, и мужиков уважаю крепких, и женщин. А насчет боли! Не верьте, я такой же, как все.

— Но штыри в руке!

— Так фишка легла, — спокойно пояснил Родион, — либо я их, либо они меня. Впрочем, их было больше и находились они на своей территории, вот и пришлось удивлять.

— Это же жутко больно!

— «Что тела боль, когда душа рыдает и смерти ждет», — ответил Родион, прихлебывая чай.

Я чуть не свалилась со стула. Бывший уголовник запросто цитировал Шекспира.

Не замечая или делая вид, что не замечает произведенного впечатления, Гвоздь преспокойненько говорил дальше:

— Аня — моя первая любовь, пожалуй, единственная за всю жизнь. Только не подумайте, будто я веду монашеский образ жизни, но Нюша значит для меня очень много.

— Что же вы не женились на ней, ведь, кажется, и девочку любите?

Родион ласково улыбнулся:

— Ариша — копия матери в семнадцать лет, но у нее видны и кое-какие мои черты. Все эти прически, кольца, губные помады и шмотки — ерунда. Женщине надо самоутвердиться, и уж лучше пусть это произойдет в ранней юности. Иначе после сорока спохватится, и тогда — беда, в разнос пойдет. А так перебесится вовремя и забудет. Так что не обращайте внимания, главное — внутренний стержень, а он у Иришки есть.

— Я их не ругаю и не бью сапогом каждый вечер.

— Знаю, — кивнул гость, — да вы сами дама модная, татуировочка у вас отличная.

Я машинально прикрыла горло и смущенно пояснила:

— Это переводная картинка. Иришка наклеила, никак не сходит, чем только не мыла...

Гвоздь хмыкнул:

— По мне так даже красиво и неожиданно. Вам идет.

— Ага, только представлю, что люди думают...

— Ничего, кроме зависти, они не испытывают, — спокойно пояснил Родион, — злятся оттого, что не решаются сами на подобный экстравагантный поступок. «Старики любят давать умные советы потому, что не способны на дурные поступки». То есть стали импотентами — физическими и умственными.

Так, теперь он цитирует гениального француза Ларошфуко.

— А насчет женитьбы, — размеренно продолжал Гвоздь, — сами понимаете, бизнес мой до недавнего времени был стремным, людям, занимающимся подобным делом, лучше не иметь семьи. Конечно, обидно погибать, но еще хуже, когда знаешь, что в могилу потянешь жену и ребенка. Иришка родилась в восемьдесят третьем, я сидел в местах не столь отдаленных, ну какая их ждала судьба? Супруга и дочь осужденного? Их бы подвергли остракизму и уж совершенно точно не разрешили бы Анюте работать в торговле. Девочке требовался отец. Отсюда и все попытки Анечки выйти удачно замуж. Но, очевидно, господь предназначил нас друг для друга. Не так давно мы с ней обсуждали эту тему и решили, что в ближайшее время она разведется с Ляминым, и мы наконец соединимся. И тут, пожалуйста, эта неприятность. Надеюсь, вы мне расскажете, что удалось сделать...

— С вашими капиталами и возможностями, — хмыкнула я, — проще было заплатить и вытащить Аню. Судьи тоже любят кушать.

— Согласен, — ответил Гвоздь, — только я не хочу, чтобы Анечку освободили за недоказанностью преступления, нет, она должна быть оправдана целиком и полностью. Кстати, я приложил все усилия, чтобы она сидела в человеческих условиях и получала хорошие передачи. Я пристроил ее в лучший следственный изолятор.

Я усмехнулась, отметив, что он говорит о тюрьме, как о гостинице, и принялась отчитываться.

Родион слушал, не перебивая, потом поинтересовался:

— Вы все рассказали, Лампа Андреевна?

— Да.

— Совсем все?

— Конечно, — удивилась я его проницательности.

На самом деле я утаила лишь сведения о болезни Леры, но ее тайна не имела никакого отношения к данной истории.

— На всякий случай не слишком доверяйте Леониду Дубовскому, — нахмурился Родион.

— Потому что он бывший мент? — съязвила я.

— Нет, — очень вежливо ответил собеседник, — среди сотрудников милиции есть много людей, достойных уважения. Дубовский — человек без принципов, он отплыл от одного берега, а к другому не пристал, болтается посередине, словно гнилушка, делает вид, что и с теми, и с другими в дружбе. Крайне неприятный человек, который за звонкую монету готов на любой поступок. Гнилой мент! Улики подтасовать, лист из дела уничтожить — все ему было как чихнуть. Очень и очень нехороший экземпляр.

Я рассмеялась:

— Да ну? Честно говоря, я думала, вы любите подобных представителей органов внутренних дел...

Гвоздь спокойно вынул пачку сигарет и спросил:

— Разрешите?

Ну и манеры, он что, институт благородных уголовников заканчивал?

— Курите на здоровье.

— Вам не кажется, — усмехнулся Родион, — что подобная фраза звучит слегка двусмысленно?

Я не выдержала:

— Вы в каком институте учились?

Гвоздь охотно объяснил:

— К сожалению, у меня за плечами лишь десять классов. Но в моей семье была великолепная библиотека, годам к тринадцати я прочел все, собраниями.

— Это как?

Родион помешал ложечкой остывший чай.

— Помните, раньше литературу приобретали по блату? Золя, Бальзак, Гюго, Майн Рид, Дюма,

Джек Лондон, ну и отечественные авторы: Чехов, Горький, Толстой, Достоевский... Вот у нас дома все они стояли в шкафах полным набором. Я прочел сначала то, что помещалось внизу, потому что легче было снимать, потом полез выше. Последним попался «Декамерон», отец запихнул его под потолок...

Я рассмеялась — ну надо же! Я сама точно также лазила по полкам, и у нас дома бессмертное произведение Боккаччо о любвеобильных монахах и похотливых дамах покоилось на уровне люстры...

— Кто же был ваш отец?

— Академик Громов, Петр Родионович, историк.

Я так и подпрыгнула.

— Как? Тот самый Громов?! Он еще передачу вел по телевизору во времена моей юности. «Секреты египетских пирамид», но почему...

— Хотите спросить, почему в столь благополучной семье родился мальчик криминальной направленности? — спокойно поинтересовался Родион. — Наверно, гены прадедушки вылезли, бабушка вспоминала, что он был разбойник, с кистенем народ грабил на дорогах. Кстати, ни отец, ни мать меня не бросили. Переживали ужасно, но передачи слали регулярно, на свидание приезжали, и Аня тоже ни разу не упустила возможности меня увидеть, за что благодарен ей безмерно. А если вернуться к Дубовскому, то вы правы. Жадные, лишенные моральных устоев сотрудники правоохранительных органов — нужные люди. С ними просто — все имеет таксу, следует лишь платить. Но здороваться с таким экземпляром за руку я не стану и обедать с ним за один стол не сяду. Что же касается господина Дубовского, то прошу учесть, сей гражданин никогда ничего не делает просто так, бесплатно. Странно выглядит его предложение о помощи. Мне кажется, вам следует его опасаться!

Я растерянно вертела в руках консервный нож. Ох, кажется, в данной ситуации мне следует опасаться всех, замешанных в эту историю, — гениальных художников, талантливых ювелиров, владельцев галерей, служащих «Искусствфонда» и великолепно воспитанных уголовников...

Глава 19

К Зюке я явилась без всякого грима. Помнится, она постоянно прищуривалась, значит, близорука, а очки не носит из кокетства или по другой причине.

Кабинет госпожи Ивановой был увешан картинами, фоторепродукциями и панно. Сама хозяйка, одетая слегка не по погоде в изумительный белый костюм с плиссированной юбкой, смотрелась ослепительно.

— Присаживайтесь, — пропела Зюка.

Потом она прищурилась и пробормотала:

— Мы где-то встречались, ваше лицо вроде мне знакомо...

Я покачала головой:

— Нет, просто я очень похожа на свою двоюродную сестру Жанну Малышеву.

— Боже, — подскочила Зюка, — вы родственница бедняжки! На похороны приехали?

Я кивнула.

— Какая катастрофа, какая жуткая, невероятная смерть! — продолжала вскрикивать Зюка. — Жаль ужасно, молодая, здоровая, красивая, талантливая...

— А Жанночка говорила, вам ее работы не слишком нравились!

Редакторша поперхнулась, но быстро нашлась:

— Сначала Жанна и впрямь не слишком радовала критиков, но в последнее время ее талант окреп, возмужал... Ужасно, что нелепая кончина оборвала молодую жизнь...

— Говорят, вы присутствовали при убийстве!

— Да, ужас! Это был день рождения моего доброго приятеля Бориса Львовича Лямина. Так хорошо посидели, слегка выпили, расслабились, и вот... Ах, ужасно.

— Не припомните ли чего-нибудь странного?

— Что вы имеете в виду?

— Может, кто-нибудь вел себя как-то непривычно...

— Да нет, — пожала плечами Зюка. — Валерия, как всегда, привлекала к себе внимание. Она, видите ли, вегетарианка, мясо не ест, колбасу не употребляет... Другие, если диету соблюдают, тихонечко сидят себе, а этой надо быть в центре внимания. Вся из себя, что вы. А уж снобка, руки не подаст, если, как она выражается, человек не ее круга. Уж кто бы выкобенивался, только не она. Знаете, кто ее папенька?

— Нет.

Зюка радостно улыбнулась.

— Теперь уважаемый человек, бизнесмен, только раньше наш интеллигентный, милый, всеми уважаемый папаша работал носильщиком на Казанском вокзале, чемоданы на тележке возил. А потом, когда настал век быдла, перестройка, перестрелка, каким-то образом враз разбогател и занялся торговлей, вот только не припомню, чем сей джентльмен промышляет — куриными окорочками, водкой или макаронами...

От злости она раскашлялась, а я на всякий случай отодвинулась чуть подальше — еще попадет ядовитая слюна на джинсы и прожжет дырку.

— Андрей, как всегда, хвастался удачно проданной работой. Борис сидел мрачный, да он постоянно сердитый, Дубовский ел рыбу при помощи ножа, а Никита буравил его взглядом...

— Почему?

Зюка закатила глаза:

— О покойниках плохо не говорят, но Малышев так ревнив! Отелло — младенец рядом с ним, а Леонид отпустил Жанне пару комплиментов, весьма неуклюжих, надо сказать, на мой взгляд, он просто дразнил Кита, доводил того до истерики. Наш Ленечка обожает скандалы, просто лучится от счастья, когда присутствует при выяснении отношений, тот еще мальчик!

От количества выливаемых гадостей меня стало слегка подташнивать, но Зюка неслась дальше:

— Жуткие Ремешковы, торгашки, совершенно базарные бабы стали хвастаться новой одеждой. Бог мой, просто неприлично распахивать перед гостями гардероб! Но они это всегда проделывали! Что доченька, что матушка — два персика с одной ветки! Отвратные особы без всякого вкуса...

— Но как же Борис Львович, тонкая натура, ухитрился жениться на Анне?

Зюка всплеснула руками:

— Милочка, вы первый день творения! Госпожа Ремешкова имеет весьма успешный бизнес, отлично зарабатывает и является столпом семейного благополучия. Бориска — человек изнеженный, слабый, денег не имеет никаких, две предыдущих жены выгнали Бобика взашей за леность и нежелание что-либо делать. Анна его буквально из нищеты вытащила, отмыла, одела, а он в благодарность вечно по бабам таскался. Ладно бы сексуальные возможности какие особые были! Так нет, говорят, он средненький любовник, жадный и не слишком любезный...

— Почему же тогда вокруг него столько женщин?

Зюка захихикала:

— Дурочек полно, а Борька умеет пыль в глаза пустить. Нацепит костюм, платочек на шею повяжет, парфюмом обольется и ну выпендриваться — ах, ах, ах, он творческая натура, весь во власти вдохновения, низменные мысли не для него... На людей, далеких от творческих кругов, эта болтовня здорово действует. Бориска — хитрец, девушек себе на стороне подыскивал, впрочем, из наших на него никто внимания не обращал. Знали — если Анна Лямина турнет, он окажется на улице, причем в прямом смысле этого слова.

— Почему?

— А у Борьки своей квартиры нет, он по женам кочевал. Одна выгонит — другая подберет. Говорят, в молодые годы хорош собой был, а сейчас на старый носовой платок похож. Оно и понятно!

Зюка остановилась и перевела дух.

— Интересно, почему Жанночка польстилась на такого малосимпатичного мужчину...

— А, — отмахнулась Зюка, — да я могу штук десять его любовниц до нее назвать. Лена Рокотова из галереи «Марс», Танька Седых — журналистка с телевидения...

— Погодите, погодите, вы только что говорили, будто с Борисом Львовичем в вашем кругу никто не хотел иметь дела...

— Кто, я? Чушь! Да Борька переспал со всем, что шевелится!

У меня закружилась голова. С ума сойти! Сначала она выливает ведрами сплетни, потом тут же отрицает сказанное...

— Значит, Борис Львович не любил Аню?

— Душенька, — пропела Зюка, — ну какая может быть страсть между козлом и жабой?

Я не успела спросить, кто из супругов земноводное, а кто млекопитающее, потому что зазвонил телефон.

— Милочка, — защебетала Зюка, — жду, жду...

Потом она положила трубку и пропела:

— Ну и зачем я вам нужна?

— Просто хотелось узнать кое-что о Жанне, о последних минутах сестры...

— Я очень любила Жанночку, — с чувством выпалила собеседница. — С ее смертью я лишилась одной из лучших подруг!

Я подавила улыбку.

— Мне говорили, что Жанна очень обиделась на вас за разгромные рецензии в журнале...

— Вы, душечка, кто по профессии? — прищурилась Зюка.

Ей-богу, если она не наденет очки, весь эффект от косметических операций пойдет прахом!

— Музыку преподаю, в школе!

— Ах так, — протянула Зюка и снисходительно пояснила: — Творческому человеку нельзя льстить, художника нужно стегать бичом, только тогда он создаст настоящие произведения. Тот, кто без конца хвалит, оказывает живописцу медвежью услугу, тормозит творческий рост. Такова моя позиция, и Жанночка ее в конце концов приняла. Последние годы мы были очень близки, очень!

— Тогда, может, вы знаете, где ее дневник?

— Что?

— Жанна вела записи, каждый прожитый день описывала...

Зюка заметно напряглась.

— Первый раз слышу... Вы ничего не путаете?

— Нет, она скрупулезно записывала события. А вы говорите, что были очень близки...

— Ну, — принялась выкручиваться Зюка, — все-таки у человека должно оставаться что-то свое, глубоко личное...

— Значит, про дневник вам ничего не известно?

Зюка начала быстро рыться в ящике стола.

— Душенька, с огромным удовольствием поболтала бы с вами еще, но, к сожалению, опаздываю на встречу. Сделаем так, я позвоню вам, когда выдастся минутка, обязательно на этой неделе, давайте телефон.

— Я не москвичка, из Иркутска.

— Где вы остановились?

Не задумываясь, я ляпнула:

— Гостиница «Морская».

Зюка даже не переменилась в лице.

— Где же такая?

«Сама не знаю», — чуть не ответила я, но нашлась:

— Провинциалу трудно в Москве ориентироваться, не могу запомнить названия улиц, хоть режьте. Сажусь в такси и прошу: «Отвезите в «Морскую».

— Правильно, — одобрила собеседница, — я так в Париже поступаю. А в номере должен быть телефон.

— Наверное.

— Звоните, милочка, — прощебетала редакторша и, с ласковой улыбкой подав визитную карточку, буквально вытолкала меня в приемную. — Извините, я тороплюсь!

Никогда я еще так бездарно не проводила беседу. Ничего, кроме старых сплетен, не узнала.

В предбаннике перед Зюкиным кабинетом никого не было. Девственно-чистый письменный стол, даже без телефонного аппарата, всем своим видом сообщал — у секретарши выходной или она на бюллетене. По левой стене, у входа в кабинет, располагались шкафы. Недолго думая, я открыла дверцы и нырнула внутрь. Говорливая Зюка торопится на встречу, значит, сейчас уедет, а я прошмыгну в кабинет и пороюсь в письменном столе, вдруг чего интересное найду.

В шкафу висело два пальто, похоже, мужские. От одного сильно пахло туалетной водой «Шевиньон». Стараясь не закашляться, я пыталась вслушаться в звуки, доносившиеся из кабинета.

Зюка, цокая каблуками, нервно ходила по комнате туда-сюда. Потом раздался ее голос:

— Наконец-то! Почему трубку не снимаешь!

Очевидно, собеседник начал оправдываться, потому что редакторша сердито оборвала его:

— Ладно, потом врать будешь. Лучше слушай! Дело дрянь. Ко мне сейчас приходила баба, та самая, которую Анька наняла в агентстве следить за Борькой. Наглая, жуть! Решила, что я ее не узнаю, и прикинулась Жанкиной двоюродной сестрой. Начала расспрашивать, то да се... Ну я ей ничего не сказала, кроме того, что все и без того знают. Уболтала дуру вусмерть, велела ей звонить и вытолкала.

Воцарилось молчание, потом Зюка сердито сказала:

— Ты не дослушал. Во-первых, она ищет дневник, который вела Жанна, во-вторых, сказала, что не москвичка и живет в гостинице «Морская».

Вновь повисла тишина, затем редакторша гневно воскликнула:

— Ты идиот! Ну зачем ей говорить про «Морскую»! Да я чуть чувств не лишилась, еле-еле лицо удержала. Господи, неужели и впрямь все известно? Нет, я не переживу, умру, повешусь...

И опять наступила тишина. Наконец Зюка вздохнула:

— Хорошо, сейчас приеду.

Последние слова она произносила, уже стоя в приемной. Я вжалась в заднюю стенку шкафа, стараясь не шелохнуться. Зацокали каблуки, потом раздалось шуршание пакета и тоненький скрип. Выждав для надежности еще минут пять, я вывалилась из убежища.

Предбанник был пуст, только в воздухе витал запах дорогих французских духов. Я подергала дверь кабинета — закрыто. Что ж, придется убираться восвояси. Но не тут-то было! Бдительная Зюка, покидая помещение, заперла и приемную. Несколько минут я осторожно вертела ручку и ничего не добилась. Ну и что делать? Ночевать в редакции? А если вдруг кто-то войдет, как я объясню свое присутствие?

В ту же секунду чья-то рука повернула ключ в замке. Плохо соображая, что делаю, я вновь нырнула в шкаф и затаилась между мужскими пальто. В нос опять ударил резкий запах парфюмерии. Не успела я испугаться, что чихну, как в глаза ударил свет. В открывшемся проеме возник мужчина лет сорока, лысый и крайне благообразный. Увидав меня, он невольно ахнул и задал вопрос:

— Вы кто?

Более идиотского вопроса нельзя было и придумать. Я ласково улыбнулась и сообщила:

— Моль.

— Кто? — начал заикаться дуралей.

Очевидно, с ним никто не шутит даже первого апреля.

— Моль, такое животное, которое ест шерстяные вещи...

— Моль — насекомое, — зачем-то уточнил мужик.

— Да? Простите, я плохо разбираюсь в биологии, — сообщила я, вылезая из шкафа.

Вошедший продолжал стоять с раскрытым ртом.

— Вот, — чирикала я, отряхиваясь, — пролетала мимо и не удержалась, вижу, в шкафу пальто. От одного, правда, жутко одеколоном несет, не по вкусу мне оно! Зато другое! Просто наслажденье!

Быстрым шагом я добралась до двери и обернулась. Ну вы не поверите. Этот идиот смотрел мне вслед, по-прежнему не закрывая рот.

— Миленький, — с любовью и жалостью в голосе произнесла я, — лучше поскорей забудь эту встречу, сделай милость.

— Почему? — проблеял он.

— Ну подумай сам, моль умеет разговаривать?

— Нет.

— Вот видишь, значит, я...

— Что?

— Твой глюк, — радостно закончила я, — представляешь, куда тебя коллеги отправят, если растрезвонишь, что с молью болтал. Прими дружеский совет: выпей валерьянки и помалкивай, я больше к тебе не прилечу, честное слово! Ну разве только с похмелья!

На улице я вскочила в отъезжавший автобус. Дурное настроение улетучились, словно шляпа в ветреный день. Ну Зюка, погоди! Редко когда я испытывала такие злобные чувства, как сейчас. Значит, любительница косметических операций решила, что обманула меня. Не тут-то было! Теперь я просто обязана узнать, что произошло в гостинице «Морская», жаль только не знаю, в каком году!

Дома я первым делом кинулась к справочнику «Вся Москва». Отель с таким названием располагался в переулках недалеко от Северного порта. Я радостно потирала руки. Так, теперь придумаем, под видом кого явиться к директору. Сотрудница уголовного розыска? Нет, не пойдет, с чего бы вдруг милиции интересоваться отелем. Санитарный врач? Небось они его отлично знают. Пожарная инспекция? Тоже скорей всего один и тот же ходит. Поставщик вина в ресторан? Глупее и не придумать! Постоялица? Это уже лучше, только придется жить у них какое-то время, а мне не с руки оставлять детей одних! Журналистка! Вот это прямо в десятку!

— Ирина, поди сюда!

— Чего? — влетев, спросила она.

— Сейчас позвонишь по этому номеру, скажешь, что являешься главным редактором журнала «Отдых».

— Что-то я не видела такого издания, — задумчиво протянула Ирина. — Интересное небось!

— Да нет такого вообще!

— А ты сказала, что есть!

— Я?

— Ну ведь не я!

— Слушай, Ирина, — обозлилась я, — внимательно. Журнала нет, но ты наберешь номер и соврешь, будто работаешь главным редактором, попросишь директора и скажешь: «Здравствуйте, мы хотим прислать к вам корреспондента».

— А-а-а, — протянула Ира, — давай!

С первой частью задания она справилась легко. Ее тут же соединили с начальством. Голос у мужика оказался громовой, и я, усевшись рядом с Ирочкой, слышала, как директор забасил:

— Отлично, отлично, прессу мы уважаем, прекрасно, когда он приедет?

Ириша глянула на меня.

— Завтра, — шепнула я.

— Завтра, — как попугай повторила Иришка.

— Чудесно, — обрадовался начальник. — Звать-то как?

— Ирина!

Я толкнула ее ногой.

— Ты чего пинаешься? — возмутилась девушка прямо в трубку.

— Не понял, — отреагировал директор, — вы мне?

Я выхватила у глупой девицы телефон, показала ей кулак и защебетала:

— Я подъеду, если разрешите, часикам к одиннадцати, кстати, не представилась, корреспондент отдела быта и городского хозяйства Евлампия Романова.

Вечер я тихо провела у телевизора. Не веря в собственное счастье, посмотрела сериал про ментов, потом новости, и никто, ни одна живая душа не ворвалась в комнату с диким воплем: «Лампа!!!»

В конце концов, около одиннадцати я выскочила на кухню и, обнаружив Иру, Лизу и Кирюшу, мирно играющих в «Монополию», поинтересовалась:

— Вы заболели?

— Почему? — в один голос удивились дети.

— Ну, сидите тихо, не пристаете ко мне...

Кирюша передвинул фишки и пробормотал:

— Знаешь, Лампуша, чтобы с тобой вместе жить, нужно обладать адским терпением.

— Все тебе плохо, — поддакнула Ириша, — решили дать телик посмотреть — ворчишь, входим в гостиную — опять недовольна!

— Интересное дело! — возмутилась я. — Где вы еще найдете такую неконфликтную мать! Все вам разрешаю, ни за что не ругаю...

Кирюшка хмыкнул, а Лизавета, отложив картонные деньги, ответила:

— Взгляни на ситуацию с другой стороны.

— А именно?

— Ну где ты видела еще таких замечательных детей! Припомни, когда ты в школу к нам приходила?

— Зачем?

— Затем, что очень многих родителей к директору вызывают, — выпалил Кирка, — а мы — ангелы! Знаешь, как рука болит, а я терплю, не ною...

— И потом, мы же не делаем тебе замечаний, — вздохнула Лиза.

— Вы мне? Да за что!

— Неделю подряд мы едим макароны и котлеты «Богатырские», — вздохнул Кирюшка, — разве это диета для несчастного больного ребенка?

— Здоровым тоже не нравится, — уточнила Ирина, — мать должна готовить, а не травить дочек полуфабрикатами.

Я собралась было выпалить, что она-то не является ни с какого бока моей родственницей, но вовремя прикусила язык. А ведь Ириша права. Пока Аня в тюрьме, я ответственна за ее ребенка, Ириша с виду такая огромная, а на самом деле всего на три года старше Лизаветы... И дети упрекают меня правильно. Прибегаю вечером, шмякаю котлеты на сковороду, и все — кушайте, дорогие и любимые. Просто безобразие!

— Извините, — пробормотала я, — прямо не знаю, как так вышло...

— Ничего, — отмахнулась Лиза, — мы же хорошие, это другие бы вопить начали...

— А нам все равно, котлеты так котлеты, — дополнил Кирюшка.

— Еще у дома ларек «Крошка-картошка» поставили, — сообщила Ириша. — Ты пока телик глядела, мы с Лизкой сгоняли и принесли себе и Кирке картошку с тремя наполнителями.

— Грибы, салат и брынза, вкусно, — причмокнул Кирюшка, — вмиг смолотили.

— А котлеты?

— Собакам отдали, — вздохнула Ириша, — просто поперек горла «Богатырские» встали.

— Редкая гадость, — ухмыльнулась Лиза.

— Их даже Ада жрать не стала, — пояснил Кирюшка.

Я глянула в красные мисочки и обнаружила в них нечто темно-коричневое, по виду сильно смахивающее на кусок глинозема.

Да уж, если Ада не стала есть котлетки, следовательно, они на редкость противные. Наши мопсихи очень прожорливы. Еду они могут поглощать безостановочно и в любых количествах. Каша, творог, овощи, рыба, мясо, суп и вермишель — все исчезает в их маленьких, похожих на чемоданы пастях. Правда, Мулечка не употребляет трех вещей — лука, чеснока и лимонов. Ада менее разборчива, ей не нравится лишь один лимон. Головку чеснока она срубает с радостным урчанием и потом носится по дому, распространяя миазмы. Вообще, в кинологической литературе указывают, что собаки не выносят аромата цитрусовых. Все спреи под названием «Анти-дог», призванные отпугнуть домашних животных от вашего любимого дивана, созданы на базе запаха мандарина или апельсина. Наши же псы, если зазеваться, слопают эти фрукты с кожурой, не брезгуют и грейпфрутом, а вот лимон заставляет их чихать.

— Адуся, — засюсюкала я, — Адочка, лапочка, съешь котлетку...

Но мопсиха брезгливо понюхала угощение и, пару раз вильнув жирным, свернутым в бублик хвостом, отвернулась. Весь ее вид говорил: «Уж извини, хозяйка, но даже ради тебя не могу».

— Вот видишь, — радостно сказала Ириша, — а бедные дети целую неделю ели, только сегодня сломались.

— Мы у тебя менее капризные, чем собаки, — вздохнула Лиза.

— Вы золотые, потрясающие дети, лучшие на свете!

— Да, — без ложной скромности согласились хором все трое, — ты права, это именно так.

Глава 20

Гостиница «Морская» выглядела непрезентабельно. Внешне она сильно смахивала на муниципальный детский сад. Я сначала подумала, что в двухэтажном здании из светлых блоков помещается дошкольное учреждение, и пробежала по переулку вперед. Пришлось возвращаться, и только тогда глаза наткнулись на небольшую вывеску, вернее, табличку у входа.

Внутреннее убранство гостиницы заставляло думать, что, распахнув дверь и войдя в холл, вы случайно провалились в дыру во времени и оказались в провинциальном Доме колхозника середины семидесятых годов.

Не слишком просторный холл был заставлен креслами с гобеленовой обивкой, на низких журнальных столиках лежали потрепанные журналы, а на окнах красовались темно-красные бархатные портьеры с каймой из круглых бомбошек. Точь-в-точь такие висели у меня в школе и, когда нас загоняли в актовый зал, чтобы дети послушали выступление чтеца или лектора, я всегда старалась устроиться у подоконника и начинала потрошить бомбошки, умирая от скуки. Вот уж не думала, что подобные портьеры где-то еще живы.

Словно из прежних времен выпала и дежурная. Большая, даже монументальная тетка с волосами цвета сливочного масла. Губы дамы пламенели, а на веках синел толстый слой теней. Я давно не встречала таких экземпляров. Да и произнесла тетка совершенно невероятную для третьего тысячелетия фразу:

— Вам кого, гражданочка? У нас ведомственная гостиница.

— Где я могу найти директора?

— По какому вопросу? — не сдавала позиции дежурная.

— Скажите, корреспондент пришла, из журнала «Отдых».

— Идите, душенька, прямо, комната двадцать два, — сразу стала ласковой только что суровая и неприступная тетка.

Я потопала по длинному коридору, застеленному красной ковровой дорожкой.

Не успела я приоткрыть дверь, как хозяин гостиницы, очевидно, предупрежденный звонком дежурной, радостно поднялся мне навстречу.

— Очень, просто очень приятно. Честно говоря, нас нечасто балуют корреспонденты. Ну, давайте знакомиться, Петр. А вас как величать?

— Евлампия, — пробормотала я.

Дождавшись, пока вихрь восторгов по поводу «удивительного, старинного имени» утихнет, я принялась за дело:

— Наш журнал решил познакомить читателей с московскими отелями. Но мы задумали пойти по непроторенной дорожке. Что толку писать об «Интуристе», «Метрополе» и «России»... Все про них все знают, да и дороги они для простого человека... Но ведь в столице еще много разных мест, милых, небольших гостиниц, вот ваша, например! Правда, портье сказала, вроде она ведомственная.

Петр засмеялся.

— Аду Марковну иногда заносит, она здесь всю жизнь работает и частенько забывает, что сейчас уже двухтысячный. Да, до некоторого времени мы и впрямь принадлежали Министерству рыбного хозяйства.

— Кому? — удивилась я. — Я думала какому-нибудь управлению гостиниц.

— В свое время, — пояснил директор, — почти все министерства в обязательном порядке имели гостиницы. Со всех концов СССР в столицу приезжали командированные. Жить в каком-нибудь «Пекине» или «Ленинградской» они не могли. Дорого, расход на такой отель ни одна бухгалтерия не оплатит, да еще и мест в этих гостиницах никогда не было...

А в ведомственных с дорогой душой встречали, но только своих. Правда, мог позвонить директор из какого-нибудь «Угольщика» и попросить:

— Петюха, пригрей моих ненадолго, под завязку заполнился.

И Петр выручал коллегу, знал — долг платежом красен. Нужно будет — угольщики помогут рыбакам. Честно говоря, условия в «Морской» были не ах. Туалет и душ в конце коридора, и комнаты в основном на трех-четырех человек, с самой простой мебелью. Впрочем, никто не придирался ни к обстановке, ни к постельному белью. Чисто, и ладно. Не требовали постояльцы и холодильника, не настаивали на том, чтобы в номерах работали телевизоры. Народ при коммунистах был особо не избалован сервисом и почитал за счастье, приехав в Москву из глубинки, найти где переночевать, пусть даже в комнате с тремя отчаянно храпящими соседями. Правда, телевизоры все же в «Морской» стояли, целых два.

Один в холле первого этажа, другой — в холле второго. Желающие могли посмотреть программу «Время», потом художественный фильм. В одиннадцать вечера телевещание заканчивалось и командированные разбредались по комнатам.

Потом, в связи с происшедшими в стране переменами, Министерство рыбного хозяйства СССР приказало долго жить. Но «Морская» осталась, выжила в передрягах, превратилась в акционерное общество... Правда, комфорта новый статус ей не прибавил — не появились телевизоры и холодильники, не переоборудовались номера. Но «Морская» уверенно выдерживала конкуренцию из-за низких цен, тут даже стали иногда селиться иностранцы — мало избалованные поляки, болгары и немцы из бывшей Восточной Германии.

— Не можете ли припомнить какой-нибудь интересный случай? — пошла я напролом.

— Что вы имеете в виду? — спросил Петр.

— Ну, вдруг обокрали кого, или постоялец с собой покончил...

— Упаси бог, — замахал руками директор, — кстати, ни один управляющий отелем не станет распространять такую информацию, клиенты суеверны, можно прибыль потерять. Но у нас и правда ничего криминального не случалось...

— Совсем-совсем? — загрустила я.

Петр развел руками:

— По крайней мере, за те годы, что я тут работаю; впрочем, один раз был пожар.

— Когда?

Собеседник снял трубку.

— Ада Марковна, загляните ко мне.

Призванная на помощь дежурная задумчиво переспросила:

— Пожар?! Ах, вы имеете в виду тот жуткий случай на втором этаже в двадцать седьмой комнате. Погодите, погодите... Я еще тут не работала... Год, наверное, шестьдесят восьмой — шестьдесят девятый. Лучше у Грибоедова спросить.

— У кого?

— У нашего завхоза, — пояснила Ада Марковна, — фамилия его Грибоедов, а зовут Олег Яковлевич.

— Старейший сотрудник, — подхватил Петр. — «Морскую» открыли в шестидесятом году, и он тут со дня основания при подушках и простынях. Наша живая история.

— Небось память у дедушки никуда, — со вздохом протянула я.

— Что вы, — оживилась Ада Марковна, — ему еще и семидесяти нет, а с виду так и шестьдесят не дать. Потрясающий человек, а память! У нас иногда старые клиенты приезжают, лет по пятнадцать не были, а Олег Яковлевич увидит и сразу вспомнит, как зовут, откуда явился да в каком номере в последний приезд жил. Не человек — компьютер!

— Ах, как интересно! — взвизгнула я, изображая экзальтированную журналистку. — Давайте расскажем о судьбе Грибоедова, тесно переплетенной с историей отеля!

Петр и Ада Марковна переглянулись.

— Как хотите, — пробасил директор, — думаю, ему будет приятно.

— Отличный работник, — поддакнула Ада Марковна, — всегда трезвый, в трудовой книжке одни благодарности. Я, как секретарь партийной организации, рекомендую его кандидатуру для печати!

— Адочка, — с укоризной вздохнул Петр, — у нас давно нет парткома.

— Ну и что? — взвилась женщина. — А я все равно рекомендую, а вот Марину Зудину никогда бы не посоветовала!

— Вспомнила корова, как теленком была, — захихикал Петр. — Зудина уже сто лет тут не работает.

— Кто это? — поинтересовалась я.

— Горничная, — пояснил Петр, — ловкая бабенка. Пришла году в 98-м вновь на работу наниматься, мне и невдомек, что за кадр. Смотрю, в трудовой книжке стоит: с 1969 года по 1980-й работала в «Морской», ну, я ее, как ветерана, чуть было назад не принял. Спасибо, Ада Марковна остановила.

— Отвратительная особа, — фыркнула дежурная. — Были большие подозрения, что она по номерам шарит. У людей пропадало кой-чего.

— Деньги?

— Нет, по мелочи. Кусок мыла импортного, шампунь польский, конфеты... Ерунда, конечно, а на коллективе пятно. Но Марина была девушка ушлая, поймать так и не смогли.

— Так представьте себе, — хлопнул ладонью по столу Петр, — примерно года полтора тому назад иду по Тверской, тормозит иномарка, и вылезает из нее Зудина. Шуба, шляпа, макияж... Я ее и не признал, она меня окликнула. То-то я удивился! Недавно на работу в «Морскую» просилась, пришла в костюмчике с вьетнамского рынка. И вдруг! Я не утерпел и поинтересовался: «Работу нашли хорошую?» «Замуж вышла», — улыбнулась она.

Директор совсем растерялся. Он не так давно держал в руках паспорт Зудиной и помнил ее год рождения — 1942-й. Женщина каким-то таинственным образом прочитала мысли несостоявшегося начальника и хмыкнула:

— Любви все возрасты покорны. Думаете, если на пороге шестидесятилетия стою, так уже все? Пора в тираж?

— Что вы, что вы! — стал оправдываться Петр. — Ни о чем таком я не думал, поздравляю со счастливым браком.

Но тут из глубины машины высунулась молоденькая, очень хорошенькая девушка и недовольно прочирикала:

— Котеночек, так мы едем в «Розовую цаплю»?

— Иду-иду, — отозвалась Марина и нырнула в автомобиль.

— Представляете теперь, как я изумился? — спросил директор.

— Что же страшного? Ну вышла без двух минут шестидесятилетняя тетка замуж, подумаешь! Может, мужу все восемьдесят, и она ему молоденькой кажется. И потом, это еще не тот возраст, когда...

Петр глянул на меня с жалостью.

— «Розовая цапля» совершенно особое кафе, даже клуб при отеле «Катерина». Содержит оба заведения Анастасия Глинская. Главная особенность этих мест состоит в том, что туда пускают лишь тех, кто предпочитает однополую любовь.

— Геев?

— Нет, мужчин Глинская на дух не переносит, только лесбиянок. Ну как, скажите, Марина могла выйти замуж и направляться в «Розовую цаплю»?

Да, интересно, конечно, только чужие постельные игры меня не привлекают. Я искренне считаю, что человек вправе распоряжаться своим собственным телом абсолютно свободно. Нравится кому-то жить с женщиной, а кому-то с мужчиной — да на здоровье, если это происходит по обоюдному желанию, так почему бы и нет? Две взрослые особи, если им уже исполнилось по восемнадцать лет, вправе делать что угодно. Кстати, к нам в консерваторию, славящуюся тем, что среди преподавателей и студентов было много приверженцев однополой любви, иногда приходили люди в одинаковых серых костюмах. Сначала они исчезали за дверью с табличкой «Партком», а потом туда же по одному приглашались студенты, но не все, лишь избранные. Один раз и мне довелось отвечать там на вопросы.

Мужчина, назвавшийся Иваном Ивановичем, сначала интересовался чистой ерундой. Как я учусь, хорошо ли кормят в буфете, сложно ли играть на арфе... Потом невзначай проронил:

— Замуж не собираетесь?

— Пока нет, да и не за кого, — улыбнулась я.

— Да? — удивился Иван Иванович. — А Костя Мысков? Чем не кавалер?

По тому, какими напряженными стали глаза мужика, я поняла, что он задал главный вопрос, тот, ради которого явился в консерваторию. Костя Мысков, чуравшийся девушек и почти открыто живший с преподавателем Львом Соломоновым, был приятным парнем, настоящей подружкой. Он всегда был готов дать консультацию о губной помаде и краске для волос. А купив в туалете возле магазина «Ванда» супердефицитный перламутровый лак для ногтей, никогда не жадничал и давал нам покрасить ногти. Кроме того, он великолепно играл на скрипке и всегда разрешал попользоваться своими конспектами по теории музыки. В Уголовном же кодексе СССР существовала статья о гомосексуалистах...

Быстренько сложив в уме всю информацию, я потупила глаза и прошептала:

— Уже насплетничали...

— Что? — оживился Иван Иванович. — Что должны были насплетничать?

— Право неудобно, — кривлялась я, — уж и не знаю, как сказать, да еще мужчине...

— Ну-ну, не тушуйтесь, — ободрил меня Иван Иванович, — мне можно, как отцу, выкладывайте.

— Я живу с Костей в гражданском браке, — не моргнув глазом, соврала я, — расписаться мы не можем, он из провинции, а мои родители хотят зятя-москвича...

Иван Иванович дернулся.

— Вы уверены?

— В чем? — хлопала я глазами. — В Костиной любви? Думаю, да, он без меня жить не может, даже на лекциях за руку держит...

Иван Иванович крякнул и велел:

— Идите, Романова, свободны.

Дней через десять Костя отловил меня в буфете и сунул белую картонную коробочку.

— Что это? — изумилась я.

— Духи «Быть может», — улыбнулся он, — жуткий дефицит, у тебя у одной будут, я за ними полдня в ГУМе простоял.

— Спасибо, — пробормотала я, ощущая крайнюю неловкость.

— Это я должен тебя благодарить, — хихикнул Костя, — только, знаешь, как смешно вышло. Ленка Полозкова и Наташка Шейнина тоже сказали этому, из «Детского мира», что со мной спят, и теперь, боюсь, мне за аморалку вломят.

Мы расхохотались и остались на всю жизнь добрыми друзьями, а Лев Соломонов, стоило мне только возникнуть на пороге аудитории, где он принимал экзамены, моментально хватал мою зачетку и вписывал туда жирное «отлично». Так что неизвестная Зудина совершенно меня не волновала, намного интересней будет поболтать с этим ветераном, господином Грибоедовым.

Олег Яковлевич горел на работе. Когда я под бдительным оком Ады Марковны вошла в комнатку с табличкой «Кладовая», он горестно рассматривал у окна пододеяльник.

— Ну что за люди! — в сердцах воскликнул мужик и продемонстрировал довольно большую, круглую дырку. — Белье совсем новое! И, пожалуйста, прожгли! Паразиты!

Ада Марковна представила меня, и Олег Яковлевич помягчел.

— Иди, Адочка, — велел он даме, — ступай на пост, а то, не ровен час, понадобишься кому.

Ада Марковна поджала густо намазанные губы и, сохраняя царское достоинство, вышла из кладовой. Грибоедов ухмыльнулся:

— Любопытная, жуть! Все ей надо знать, все услышать, просто тайный агент, а не баба. Ну и о чем балакать будем?

Я спросила его об истории гостиницы, и Олег Яковлевич довольно долго зудел о количестве номеров, туалетов и постояльцев.

— Может, что-нибудь интересное припомните? — поинтересовалась я спустя минут пятнадцать.

Олег Яковлевич развел руками:

— Ну ничего особенного и не было. Напьются командированные, подерутся... окна пару раз били... Еще иногда баба в мужской номер забредет, вроде случайно... Вообще, мы по прежним временам обязаны были о таких происшествиях начальству докладывать, да Адка к людям никогда не вязалась и судьбы никому не портила. Подумаешь, потрахались втихаря, эка беда. Ну а сейчас так и вообще всем все равно...

— При чем тут Ада Марковна?

— Так она директорствовала сколько лет, а потом на пенсию ушла и сидит дежурной, семьи нет, времени полно, живет неподалеку...

— Неужели за все годы ничегошеньки не произошло?

— Нет, — пожал плечами Грибоедов, — тихо тут, как в могиле!

— А говорят, пожар приключился...

Олег Яковлевич вздохнул.

— Было дело в семидесятом году. Ада Марковна перепугалась тогда до полусмерти. Оно и понятно, совсем чуть проработала начальницей, и такой форс-мажор!

— Из-за чего же он приключился?

Грибоедов засмеялся:

— Обычное дело, из-за постояльцев, одни неприятности от них. На первом этаже объявление огромное висит... «Товарищи, не пользуйтесь в номерах электроприборами и не курите». Ладно сейчас — электрочайнички у людей, мы глаза закрываем. А раньше — кипятильник простой. Сколько раз, бывало, горничная прибегала, Маринка Зудина. Иди, Олег, глянь, съехал гость из номера, а стол прожег!

Значит, поставил в стакане воду кипятить и забыл, мыться пошел либо спать лег, и готово — нет полированной столешницы. А Маринка дрянь!

— Почему?

— А то она раньше не видела, что мебель попорчена! Небось постоялец дал пятерку, она и «ослепла», а потом, как домой уехал, наша Зудина и причитает. Правда, тогда, в семидесятом, номер капитально выгорел, двадцать шестой, на втором этаже. Занавески, ковер, кровать, постельное белье... Хорошо еще, что Ада не растерялась и пожарных сразу вызвала, быстро потушили, никуда не перекинулось. Только была одна странность...

— Какая? — насторожилась я.

— Пустой он в тот день был, а ночью вспыхнул, он вообще у нас особый номер.

— Почему?

— Ну, по прежним годам-то в гостинице никогда мест не было, а двадцать шестой считался бронью. Для особых случаев держали, вдруг из начальства кто прикатит. Правда...

Олег Яковлевич замолчал и потер лысину.

— Ну? — поторопила я его.

Грибоедов вздохнул:

— Сейчас ведь и брони нет, и начальства из провинции, да и Адка не директор!

— Не понимаю...

— Оклад у меня в семидесятом году ровно восемьдесят рублей капал, — усмехнулся Грибоедов, — а зимние ботинки сто двадцать стоили, помните?

— Я родилась в шестьдесят втором...

— Действительно, — улыбнулся Олег Яковлевич, — уж простите старика. Ада больше всех получала, целых сто пятьдесят целковых, только все равно на них особо не разбежишься, а всего хочется! Дело молодое — ну, платье новое, чулки, опять же туфли... Да и Маринка Зудина! Ей вообще в семидесятом только двадцать восемь стукнуло, самый возраст, чтобы мужа искать, а на девку в обносках кто же поглядит...

Я терпеливо ждала, пока он доберется до сути. Впрочем, ничего особенного Грибоедов не рассказал. На официальном языке то, что проделывал персонал гостиницы, называется «злоупотребление служебным положением».

Двадцать шестой номер, поджидавший командированное начальство и по большей части стоявший пустым, сотрудники попросту сдавали людям, не имевшим никакого отношения к рыбному хозяйству. Естественно, за хорошую плату, и, конечно, не пускали никого с улицы. Только по рекомендации от знакомых. У них даже сложилась определенная клиентура.

Был еще один источник дохода. Ну куда могли пойти в советские времена любовники? В гостиницу без штампа в паспорте их бы не пустили... Заниматься сексом на квартире у него или у нее? А если там дети, свекровь или теща? И вообще, может не вовремя прийти супруг... Ехать на природу? Хорошо, если погода позволяет... Но в декабре на снегу под елкой холодно, а машину советский человек, в отличие от американца, никогда не связывал с постельными утехами...

Вот Ада Марковна и пускала в двадцать шестой номер бесприютных прелюбодеев. Довольны были все, обслуживающему персоналу — Зудиной и Грибоедову — капали денежки, но основную пенку снимала сама Ада, правда, она и рисковала больше всех.

Но в памятный день 18 мая 1970 года двадцать шестой номер стоял пустой, и теперь Олег Яковлевич запоздало удивлялся:

— И с чего бы ему гореть? Пожарные, правда, бумагу прислали, будто проводку замкнуло...

— Можно взглянуть на номер?

Олег Яковлевич опять потер лысину.

— Можете, там сейчас нет никого, только зачем?

— Просто интересно, какие условия...

Завхоз взял ключи, провел меня в самый конец коридора и открыл дверь.

Небольшая комната, метров пятнадцать, может, чуть больше. Две кровати под темно-красными стегаными покрывалами, между ними тумбочка, в изголовье висят бра. Встроенный шкаф, пара кресел и небольшой столик, на котором возвышаются графин и пустая ваза.

— А там что? — поинтересовалась я, указывая на небольшую дверцу.

Олег Яковлевич толкнул ее — туалет и душ.

— Надо же, — удивилась я, — а Петр, ваш директор, говорил, вроде комнаты тут на троих-четверых и удобства в конце коридора.

— Правильно, — ответил завхоз, — только двадцать шестой — дело особое, люкс, для начальства делали. Впрочем, он и сейчас дороже стоит.

— Даже балкон есть!

— Нет, — улыбнулся Олег Яковлевич, — это пожарный выход.

Я подошла к двери и выглянула на улицу. Прямо от двери начиналась железная лестница, ведущая на землю.

— Страшно как по ней выходить!

— Так раньше строили, кстати, очень разумно, иногда люди погибали от пожара потому, что огонь сжирает лестничный пролет.

— У вас тогда никто не погиб?

— Слава богу, нет, говорю же — номер пустой стоял.

— Вот небось перепугались!

— Меня не было, после полуночи полыхнуло. Маринка ночной дежурной подрабатывала, вот она, конечно, чуть с испугу не померла, правда, догадалась Аду вызвать, а та уж пожарным позвонила!

Уходя из гостиницы, я притормозила у стойки. Ада Марковна делано улыбнулась.

— Когда материал выйдет, уж пришлите журнальчик!

— Всенепременно, только вот я не могу в одной неувязочке разобраться.

— Да?

— Помнится, вы в кабинете у Петра сказали, будто пожар полыхал в двадцать седьмом номере, и вы в тот год еще здесь не работали?

— Правильно, именно так.

— Олег Яковлевич утверждает, будто инцидент произошел в двадцать шестом, а вы уже были директором...

Ада Марковна вздернула вверх слишком черные брови:

— Он путает!

— Вы же сами рассказывали о его феноменальной памяти!

— Значит, она его подвела. Полыхнуло тут в шестьдесят восьмом или девятом, а меня поставили начальствовать в семидесятом, номер точно помню — двадцать седьмой, еще пришлось туда занавески покупать. Да и ничего не было особенного, зря вы так за эту историю уцепились! В двадцать седьмом жили тогда трое мужчин из Владивостока, выпили крепко, закурили, обычное дело, ничего странного, потом ремонт сделали быстренько. А Олег Яковлевич путает по простой причине. Когда двадцать седьмой в порядок приводили, решили и двадцать шестой подновить, люкс, вот он и перепутал. Там тоже потолки белили, обои переклеивали, а заодно и мебель поменяли. В двадцать шестом никого тогда не было...

Я вышла на улицу и побрела через парк к метро. Интересно, почему это Ада Марковна столь упорно отрицает факт своего присутствия на пожаре? И что за чепуха с номерами? Ну какая разница, что горело? Двадцать шестой или двадцать седьмой. Еще можно было бы ее понять, показывай календарь семьдесят второй год. Но сейчас? Ох, сдается, неспроста нервничает бывшая директриса... Надо поподробней разузнать о пожаре, только где?

Глава 21

Ответ на вопрос пришел тогда, когда я около шести вечера, догладив последнюю Кирюшкину рубашку, сладко потянулась и отставила утюг в сторону. Марина Зудина, горничная, столь удачно выскочившая замуж, — вот кто небось в курсе всего. Но где узнать ее координаты? В «Мосгорсправке»? Но отчества-то я не знаю, а имя и фамилия у бабы самые обычные... Впрочем! Подпрыгнув от радости, я полетела в кабинет, вытащила справочник «Вся Москва» и принялась искать кафе «Розовая цапля». Но ничего похожего на злачное место с таким названием не было. «Розовый фламинго» был и «Веселая цапля» тоже, но это явно не то. Что ж, попробуем по-другому.

Я раскрыла раздел «Гостиницы» и попыталась найти «Катерину» — и вновь вытащила пустую фишку. Оказывается, в последнее время в столице пооткрывалась куча отелей, наверное, маленьких и уютных. Многие из них носили собственные имена — «Лиза», «Макс» и даже «Вирджиния», но ничего похожего на Катерину не было — ни Кэт, ни Екатерины... Дело грозило стать неразрешимым. Однако существовала одна маленькая зацепка.

У Катюши есть знакомая — Алена Решетилова, не скрывающая своей любви к женщинам. Поколебавшись несколько минут, я набрала ее номер.

— Алло, — радостно ответило сочное меццо.

— Здравствуй, Ленусик, Лампа беспокоит.

— Привет, моя крошка! — обрадовалась Решетилова и тут же посерьезнела. — Надеюсь, причина звонка не жуткая зубная боль!

Алена работает стоматологом, специалист она очень хороший. Но сегодня мне надо потолковать с ней не о клыках и деснах.

— Слышь, Ленусь, — напрямую начала я, — знаешь, где такое место находится — «Розовая цапля»?

— А что, — осторожно поинтересовалась Решетилова, — тебе зачем?

— Мне-то ни к чему, — вздохнула я, — только к нам знакомая приехала из Петербурга, вот ей охота там побывать.

— Туда так просто не попасть, — пояснила Ленка, — клуб закрытый, лишь для своих.

— Совсем-совсем невозможно?

Решетилова помолчала и уточнила:

— Только по рекомендации.

— А кто ее может дать?

Ленка аккуратно уточнила:

— Тебе это очень надо?

— Не мне, а...

— Ну я-то не знаю твоих гостей... Тебе это надо?

— Безумно! — вполне искренне выпалила я.

— Ладно, сейчас, — ответила Ленка и бросила трубку.

Минут через пятнадцать она перезвонила.

— Пиши. Артемовский проезд, дом четыре. Там на двери ничего нет — ни вывески, ни таблички, выглядит как самый обычный жилой дом, только с запертым подъездом. Позвонишь в звонок и скажешь, что я рекомендовала. Лучше приехать часам к восьми, днем там никого нет, а вечером шикарная программа, концерт... И еще...

— Что?

Ленка помолчала и продолжила:

— Если твоя знакомая хочет найти подругу, то пусть едет в «Розовую цаплю» одна, а ежели желает просто развлечься, то ступайте вместе, чтобы не пристал кто! Такие бабы иногда встречаются — мрак! Кстати, я пропуск на твою фамилию заказала, ежели твоя знакомая одна потопает, пусть охране скажет, будто она Романова.

Повесив трубку, я глянула на часы — семь. Если я потороплюсь, то успею, и момент очень удачный. Лиза, Ирина и хромой Кирюшка отправились сегодня в Лужники на какое-то шоу. Вчера вечером они долго и подробно обсуждали детали предстоящего удовольствия и, слегка поругавшись, договорились в пять уйти из дома.

— Вернемся поздно, — предупредила меня Лиза, — там программа рассчитана на три часа, а начало в семь.

— Может, приехать за вами к метро «Спортивная»? — робко предложила я.

— Ни в коем случае! — подскочила Ириша. — С нами еще ребята из моего класса пойдут, засмеют потом. Лучше запиши номер моего мобильника, позвонишь, если опять дергаться начнешь.

— И моего, — сказала довольная Лиза.

— Тогда уж и мой, — гордо добавил Кирюшка.

Я удивилась:

— У вас телефоны?

— Иришка сегодня купила, — затарахтела Лиза, — страшно удобно, с карточкой «Би-плюс», никакой помесячной платы, в окошке сразу выскакивает сумма за разговор, а девять секунд вообще бесплатно!

— Ну и что можно сообщить за девять секунд?

— Много, — обрадовался Кирюшка. — Например: «Еду домой» или «Сейчас перезвоню». Очень экономно, смотри, какие у нас аппаратики хорошенькие, в чехольчиках, вот тут специальный зажим есть, чтобы на поясе крепить.

Я повертела в руках крохотный, какой-то игрушечный с виду «Сименс» и строго сказала:

— Ириша, ну зачем столько денег на игрушки потратила?

— Это не игрушка, — ответила Ира, — а необходимая вещь.

Ну что ж, тогда сейчас воспользуемся благами цивилизации. Стараясь не ошибиться, я принялась набирать цифры 8, 901, 764... С третьего раза получилось. Послышался треск, потом гудок, и тут же раздался радостный голос Кирюши, слышно его было превосходно.

— Алло.

— Развлекаетесь?

— Класс! — заорал мальчик. — Здорово.

— У вас ключи есть?

— Да.

— Ну тогда гуляйте, а я пойду в театр, так что не волнуйтесь, если меня дома не будет.

— Иди, иди, Лампуша, оттянись, — разрешил мальчик и отсоединился.

Я открыла гардероб и вздохнула. Что носят лесбиянки? В каждой тусовке существует свой стиль одежды. Балетные, например, после спектаклей все поголовно упакованы в джинсы, а скрипачки, как одна, влезают в черные брючки...

Помучившись минут пять, я натянула брючный

костюм цвета горчицы, принадлежавший Кате. В конце концов, я иду в «Розовую цаплю» впервые, может, я из начинающих и незнакома пока с их правилами и привычками...

Алена была права. На двери нужного мне дома не было никаких опознавательных знаков, только видеокамера у подъезда и домофон.

— Вам кого? — спросил откуда-то из угла бесполый голос.

— Мне нужно в «Розовую цаплю».

Раздался щелчок, и я ступила в просторный холл. В двух шагах от двери, за письменным столом, на котором был установлен небольшой монитор, сидела девушка в черной форме охранницы. На ее высокой груди красовалась табличка «Служба безопасности».

— Здесь частный клуб, — вежливо улыбаясь, сообщила она.

— Знаю, у меня рекомендация.

— От кого?

— От Решетиловой Алены.

— Ваша фамилия? — вновь с улыбкой поинтересовалась секьюрити и защелкала мышкой.

Потом она опять улыбнулась и мило пояснила:

— Извините, я не хотела вас обидеть, проверяя правдивость ваших слов, но мы делаем все, чтобы наши гости спокойно отдыхали в комфортной обстановке. Вот станете постоянной посетительницей, я вас с порога узнавать буду.

Повинуясь указаниям охранницы, я прошла по довольно длинному коридору налево, вошла в большую двустворчатую дверь и оказалась в большом помещении, заставленном столиками.

Вертеп разврата выглядел весьма пристойно. Верхнее освещение отсутствовало, мягкий, приглушенный свет лился неизвестно откуда, и играла тихая музыка. Напротив входа находилась круглая эстрада с шестом, но никто не выступал, очевидно, развлечения были впереди. Справа от сцены, на небольшом пустом пятачке, медленно танцевали несколько пар. Все это сильно смахивало на танцы в клубе прядильной фабрики. Кругом одни женщины, самого разного вида и возраста. Впрочем, и одеты они были без особых изысков. Во всяком случае, никаких супермодных прикидов, типа пиджаков из латекса, я не заметила, да и причесаны они обычно...

Я села за маленький столик в углу и стала разглядывать посетительниц, в зале находилось человек тридцать, а женщин возраста Зудиной и вовсе мало, честно говоря, только две тетки тянули на шестьдесят, остальные выглядели лет на тридцать пять — сорок. Впрочем, откровенно молодых, тех, кому бы едва исполнилось двадцать, здесь и не наблюдалось.

— Желаете поужинать? — раздался мелодичный голос.

Я повернула голову. Хорошенькая девчонка, по виду не старше шестнадцати лет, одетая в черное шелковое платье, протягивала мне папку в красном кожаном переплете. Я открыла меню и удивилась:

— А почему тут везде указаны две цены? Вот, например, форель под белым соусом — пятьдесят два рубля и сто четыре? Наверное, полпорции и целая?

Официантка покачала головой:

— Нет. Просто для членов клуба существует

скидка на все услуги, а гости платят полную стоимость.

Я внимательно прочла список блюд. Что ж, быть принятым в «Розовую цаплю» оказалась весьма выгодно.

Не успела девушка, получив заказ, отойти, как надо мной прозвучало приятное меццо:

— Вы одна?

Я подняла глаза. Перед столиком высилась элегантная женщина в безукоризненно сшитом костюме. Лацканы пиджака украшала золотая брошь в виде ветви. Темно-каштановые волосы подстрижены каре, а на приятном лице минимум косметики.

— Вы одна? — повторила дама.

Я кивнула.

— Скучаете? — спросила она и, не дожидаясь приглашения, села на резной, обитый красным бархатом стул. — В первый раз здесь?

Я вновь кивнула, надеясь, что женщина не станет долго около меня задерживаться, но та крикнула:

— Света!

Официантка обернулась и мгновенно подлетела к столику.

— Да, Нина Андреевна...

— Принеси кофе, парочку пирожных и пятьдесят грамм коньяку.

— Слушаюсь, — чуть ли не отдала честь девица и на крейсерской скорости полетела на кухню.

— Надо же, — не утерпела я, — по-моему, она вас боится, во всяком случае, мой заказ девушка не понеслась выполнять сломя голову.

Незваная соседка рассмеялась:

— Я — администратор клуба, Нина Андреевна Маркова. И слежу за тем, чтобы гостям было комфортно, увидела, что вы в одиночестве, и подошла. Кто рассказал вам про «Розовую цаплю»?

— Решетилова...

— Ах, Алена! Вам не скучно? Хотите с кем-нибудь познакомиться? Вон там, прямо у эстрады, сидит Наташенька, тоже одна...

— Спасибо, — пробормотала я, — мне нравятся дамы постарше, лет шестидесяти.

Нина Андреевна не усмотрела в этом ничего особенного.

— К сожалению, к нам ходит мало женщин этого возраста, — грустно вздохнула она, — впрочем, и молодежь не спешит.

— Ну, — улыбнулась я, — вон там вполне юные особы сидят.

Нина Андреевна нахмурилась.

— Эти девчонки явились с Соней Артамоновой. У нее мерзкая привычка знакомиться на улицах, чуть ли не на вокзале, и тащить в «Розовую цаплю» всякий сброд. Мы ее неоднократно предупреждали о недопустимости подобного поведения, но с нее как с гуся вода. Дождется, что правление примет радикальные меры, лишит ее членства. Вот и сегодня опять бог знает кого приволокла... Девчонки явно не из наших, просто пришли поесть и выпить на халяву, а дура Соня надеется на любовь!

Выпалив последнюю фразу, она спохватилась и прикусила язык, вновь превратившись в вежливую администраторшу.

— К сожалению, из дам элегантного возраста сегодня здесь только Клавочка и Роксана, но они много лет вместе, устоявшаяся пара. Может, все-таки с Наташенькой познакомитесь? Милейшая женщина, давно состоит в клубе...

— Нет, нет, — настаивала я, — уж извините, но

я предпочитаю проводить время только с партнершей старше себя.

— Жаль, — вздохнула Нина, — впрочем, отлично вас понимаю. Привычка такая вещь, как ни старайся, не избавишься. Боюсь только, трудно мне будет вам пару подыскать.

— Собственно говоря, — завела я, тыча вилкой в поданную форель, — я пришла сюда ради одной дамы.

— Да? — удивилась Нина.

— Увидела ее случайно в гостях — и все, пропала, — вдохновенно врала я, заливая рыбу изумительно вкусным белым соусом, — просто любовь с первого взгляда.

— Бывает такое, — протянула Нина.

— Вот теперь не сплю и не ем, — продолжала я, старательно подбирая куском печеной картошки последние капли невероятной подливки. — Ходила по разным местам, думала, встречу ее, но нет, везде облом. Вот Алена Решетилова и посоветовала в «Розовую цаплю» наведаться...

— А как ее зовут?

— Марина Зудина.

Нина побарабанила пальцами по столу и поинтересовалась:

— Где же, если не секрет, вы столкнулись с этой особой?

Не успев как следует подумать, я ответила:

— В гостинице «Морская». Там есть такая Ада Марковна, вот зашла к ней и...

— Адуся, — расплылась Нина.

Из глаз администраторши моментально пропала настороженность, лицо разгладилось, а на губах заиграла не деланая, а самая настоящая улыбка.

— Вы знакомы с Адой!

— Да, — осторожно ответила я.

— Ах, Адуся, — мечтательно проговорила Нина, — когда-то мы с ней провели незабываемую неделю в Сочи. Я-то ее моложе, но вам признаюсь, что ненамного.

— Я думала, вам нет сорока...

— Спасибо, душенька, — усмехнулась Нина, — к сожалению, больше, но не скажу сколько. Так вот, в 1979 году я отправилась в совершенном одиночестве в Сочи. Это сейчас, слава богу, нет никакой нужды скрывать свою половую ориентацию, а тогда! Могли и с работы вытурить! Поэтому найти пару было так сложно.

Но судьба благоволила к Ниночке, в Сочи ее поселили в одной комнате с Адой Марковной.

— Боже! — закатывала глаза Нина. — Какая была неделя — никогда в жизни я больше не испытывала ничего подобного. Адонька — интеллигентная, умная, тонкая, обеспеченная... Сказочные дни...

— Что же мешало вам продолжать встречи в Москве?

— Ах, душенька, — совсем размякла Нина, — тут трагедия почище Шекспира, просто роман, написанный кровью. У Адочки в Москве была любовница, жуткая, отвратительная особа. Ада необычайно ранимая, просто вся обнаженный нерв, она любила эту дрянь! Сколько слез пролила она ночью в подушки, поджидая негодную девку...

Очевидно, Нине до сих пор было не слишком приятно вспоминать ту ситуацию, потому что администраторша даже покраснела.

Я тихо ждала продолжения рассказа.

— Эта дрянь, — кипела Нина, — ее использовала, эксплуатировала хорошее к себе отношение!

Представляете, заявлялась к Адоньке с какой-нибудь шалавой и требовала, чтобы та предоставила им номер. Бедная, бедная Ада...

— Что же она не выгнала нахалку?

— Ах, дорогая, это страсть! Адочка просто голову теряла при виде негодяйки, все той прощала. А Зинка ее шантажировала, говорила: «Не будешь исполнять мои капризы — уйду, брошу». Вот Ада и летела со всех ног... Правда, один раз она все же попыталась избавиться от гадины. Уехала одна в Сочи, у нас тогда случился роман, но стоило вернуться в Москву — все! Ада очень честный человек, она видела, что я влюблена в нее, и мучилась, не хотела меня обижать, но жить с двумя тоже не могла, вот и сказала откровенно: «Извини, Нинуша, думала, сумею разорвать нить между собой и Зиной, но она оказалась прочнее каната...»

— А вы что?

— Поплакала немного, — вздохнула Нина, — потом ради любопытства сходила поглядеть на эту девку, она тогда в газете «Театральная жизнь» работала. Ну не поверите: ни рожи, ни кожи, ни образования... Что в ней так Адочку привлекло? Ну и все. Иногда мы с Адой встречались, но очень редко, а последние лет десять и вовсе не виделись. Она по-прежнему директор «Морской»?

— Нет, — тихо ответила я, — она вышла на пенсию и работает дежурной.

— Я вам, знаете, почему эту историю рассказала? — внезапно спросила Нина. — Сдается мне, вы женщина робкая, тихая, но влюбчивая и страстная... Или я ошибаюсь?

— Нет...

— Так вот, не делайте неверного шага. Забудьте про Марину Зудину, та еще штучка, очень она мне напоминает Адину наглую любовницу. Абсолютно беспардонная особа, кстати, она не член клуба. Ее Рената Рогачева привела, видите, блондинка возле эстрады сидит? Ренаточка Марину в наш клуб ввела, со всеми перезнакомила... Знаете, как та ее отблагодарила? Ушла к Вере Воробьевой, за богатством погналась. Верка Марину одела, обула, упаковала по полной программе. Рената, конечно, обеспеченная, но Вера более богатая, ресторан имела, «Золотой фонарь». Только недолго счастье длилось.

— Почему?

— Лопнул кабак, и Верка осталась ни с чем, Марина моментально от нее ушла. Теперь Рогачева и Воробьева не разговаривают, а у меня сразу головная боль начинается, если вижу их обеих одновременно в зале. Боюсь, не утерпят, и начнется драка.

— А Марина?

Нина скривила рот.

— Больше пока не показывается, наверное, другую богатую нашла.

— И все-таки помогите мне, дайте ее телефон или адрес...

Нина всплеснула руками:

— Вспомните ужасную судьбу Адочки! Столько лет потратить зря на сволочь!

— Знаете, я не могу с собой справиться... Понимаете?

— Конечно, — горестно вздохнула Нина, — понимаю.

— Может, познакомлюсь поближе — и чары лопнут!

— Ладно, когда станете уходить, спросите ее координаты у Шурочки, нашей охранницы, в компьютере есть, скажите, я разрешила дать. Только мне кажется, что лучше вам сейчас с Наташенькой познакомиться и забыть про Зудину навсегда. Уж очень она мне эту гадину, Зинку Иванову, напоминает...

— Кого? — оторопело переспросила я. — Кого?

— Ну, Адочкину несчастливую любовь так звали, весьма просто и непритязательно — Зинаида Иванова.

От неожиданности я уронила нож, и красивая белая фарфоровая тарелка, украшенная синими цветами с позолотой, развалилась на несколько кусков.

Глава 22

Чтобы не вызвать ненужных подозрений, мне пришлось просидеть в клубе еще около двух часов, изображая полный восторг. Впрочем, кормили в «Розовой цапле» превосходно, кофе и выпечка тоже были вне всяких похвал. Концертная программа состояла в основном из стриптиза, но исполнительницы смотрелись великолепно и после номера не спускались в зал и не садились к посетительницам на колени, а исчезали за кулисами. Во всем соблюдалось чувство меры, если это можно применить к подобному заведению.

Уже дома, лежа в кровати, я мысленно прокрутила в голове рассказ Нины. Отвратительную любовницу Ады Марковны звали Зина Иванова. А Зюка, кстати, носящая те же имя и фамилию, боится чего-то, что произошло в «Морской». Может, ей не хочется, чтобы люди знали о ее лесбийских наклонностях? Маловероятно, сейчас творческая интеллигенция откровенно бравирует своей принадлежностью к сексуальным меньшинствам. Может, это две разные женщины? Имя-то самое простое и распространенное!

Часов до трех я ворочалась в кровати. Ох, сдается мне, Зюка — главное действующее лицо всей трагедии. Скорей всего дело выглядело так. Жанна каким-то образом узнает про Зюкину тайну. В «Морской» что-то произошло, и это как-то связано с пожаром! Раскопав случайно чужие секреты, Жанночка решает шантажировать Зюку. Едет к ней, рассказывает про «Морскую» и срывает банк. Главный редактор журнала пугается и моментально начинает нахваливать на страницах своего издания пейзажи Малышевой.

Но бедная Жанна и не предполагает, какой джинн вылетел из бутылки. Зюка решает убить художницу и без всяких колебаний претворяет в жизнь задуманное. Привычка Малышевой стопками глушить ликер под названием «Айриш Крим» была хорошо известна всем общим знакомым. И ведь, насколько я помню, Зюка в тот день явилась к Борису Львовичу первой. Я металась между кухней и столовой, подавая угощение, и, естественно, не следила за гостьей. Подменить бутылку той не составляло никакого труда. Я зажмурилась и попыталась восстановить в деталях картину рокового вечера.

Часы показывают без пяти семь. В квартиру, вся красная и потная, влетает Аня, сует мне пакет из «Рамстора» с ликером, блоком сигарет и чеком.

— Никого еще нет? — интересуется хозяйка и облегченно переводит дух. — Пойду по-быстрому приму душ!

Ириша в этот момент красилась в своей спальне, на голове у нее щетинились огромные розовые бигуди. Борис Львович только что получил от меня выглаженные брюки и, весьма фальшиво напевая песню группы «Любэ», возился в мастерской.

Через пять минут большие настенные часы пробили семь. И одновременно раздался звонок в дверь. Я побежала в прихожую. Зюка, снимая элегантное пальто из светло-бежевой фланели, поинтересовалась:

— А где все?

— Одеваются.

— Нет хуже гостя, чем тот, который приходит вовремя, — засмеялась она. — По себе знаю, всегда из-за того, что тороплюсь в последний момент, губы криво мажу.

Она вышла в холл и крикнула:

— Господа хозяева, не дергайтесь, я посижу пока смирно на диванчике.

Я засмеялась и убежала на кухню, где угрожающе шипела на сковородке жарящаяся картошка. Зюка двинулась в комнату. И она на самом деле провела там минут десять одна. Я не могла отойти от плиты, а хозяева спешно заканчивали прихорашиваться. Значит, вот когда произошла подмена бутылки. Времени у редакторши было предостаточно! Так, теперь дело за малым — надо лишь узнать, что стряслось в «Морской».

Утром я поглядела на бумажку с адресом, полученную от любезной Шурочки. Сиреневый бульвар! Далеко от моего дома, другой конец Москвы, а телефона Зудиной у меня нет — в компьютере его не оказалось. Проклиная злую судьбу, я оделась и двинулась к метро. Пришлось ехать до «Преображенской», потом пересаживаться на двести тридцатый автобус и довольно долго петлять по улицам. Нужный дом стоял в глубине двора. Узкий проход был сплошь забит машинами, и я с трудом протиснулась между автомобилями.

За дверью квартиры шестьдесят пять не раздавалось ни звука. Там не играло радио, не кричали дети, не лаяли собаки и никто не спешил в прихожую. Звонок заливался трелью, но совершенно безрезультатно. Устав, я отдернула палец. Вообще-то ничего странного. На часах — десять утра, большинство людей в это время тоскуют на работе. Правда, Марина Зудина скоре всего пенсионерка, но разве можно сейчас прожить на деньги, которые платит государство? Небось устроилась подрабатывать куда-нибудь... Домработницей или горничной... лет ей не так уж и много. Помнится, Грибоедов Олег Яковлевич упоминал 1942 год рождения. Значит, ей всего пятьдесят восемь. В этом возрасте большинство женщин еще ягодки в соку...

Но не успела я додумать интересную мысль до конца, как дверь тихо, без всякого звука и скрипа, начала приоткрываться, из темной прихожей потянуло жутким запахом. То ли хозяева год не мыли туалет, то ли тут проживает стадо кошек, гадящих прямо на пол. Стараясь не дышать, я уставилась в образовавшуюся щель. На пороге стояла высохшая, как мумия, старушка. Ростом она была примерно с меня, но весила, наверное, чуть больше канарейки. Я со своими сорока восемью килограммами смотрелась рядом с ней, как откормленная на Рождество индюшка. Бестелесная бабулька куталась в какую-то рванину, бывшую в прежние времена китайским пуховиком. Сейчас куртка приобрела непонятный серо-черный цвет, а из многочисленных прорех торчали куриные перья. Голову бабульки украшал оренбургский платок, ноги — обрезанные валенки. Очевидно, из-за дефицита массы тела старушка постоянно мерзла.

Откинув со лба прядь давно не мытых волос, «баба-яга» просипела:

— Кого надо?

Наверное, раньше пенсионерка была кокеткой, потому что пегие от седины «химические» кудри на самом конце имели темно-каштановый оттенок. Похоже, что еще год назад хозяйка красила волосы и пыталась следить за собой. Интересно, что произошло с ней за последние двенадцать месяцев? Может, просто покорилась безжалостной старости? Надеюсь, она в трезвом рассудке, а то с дамами в таком возрасте случаются всякие казусы...

— Я хотела поговорить с Мариной Зудиной...

Бабулька уперлась в меня глубоко сидящими, даже проваленными глазами. Я поежилась. Полное впечатление, будто на тебя глядит череп, обтянутый кожей. Честно говоря, такую худобу я вижу впервые в жизни. Может, у нее рак?

Бабка молча повернулась и пошла в глубь вонючих апартаментов. Я сочла ее поведение за приглашение и двинулась за ней. Квартира оказалась многокомнатной, старуха, подволакивая ногу, тащилась мимо грязных, бывших когда-то белыми, дверей... Наконец мы вползли в кухню, и она рухнула на продранный стул.

— Что надо? — прошептала она.

Я перевела взгляд на ее трясущиеся крупной дрожью руки и вздохнула. Так и знала, у старухи болезнь Паркинсона и маразм. От нее ничего не добьешься, надо уходить.

— Мне нужна Марина Зудина, — на всякий случай еще раз уточнила я.

— Слушаю, — свистела бабка.

— Где Марина?

— Я это, — закашлялась хозяйка и попыталась поплотнее закутаться в рванину. — Я! Чего надо?

От неожиданности я села на соседний стул.

— Вы? Марина Зудина?

— Не веришь? — хмыкнула старуха и ткнула пальцем в сторону подоконника. — Там посмотри.

Я подошла к окну и увидела на куче старых газет бордовую книжечку. С фотографии строго смотрела вполне интеллигентная шатенка с большими глазами и крупным, капризным ртом. Зудина Марина Евгеньевна, 1942 года рождения, город Москва. Не веря своим глазам, я пробормотала:

— Это вы?

— Я, — ответило чудовище, распахивая пуховик.

Под курткой на ней была тьма одежды: свитер, кофта от спортивного костюма, байковая мужская рубашка в сине-черную клетку. Зудина стащила свитер и куртку. Ей отчего-то стало жарко, над верхней губой выступили капельки пота. По кухне поплыл запах давно не мытого тела.

— Тебя кто прислал? — неожиданно поинтересовалась она.

Растерявшись окончательно, я, совершенно не желая этого, ответила:

— Ада Марковна, из гостиницы «Морская».

— Слава богу, — пробормотала Марина и вытянула руку. — Давай скорей!

— Что?

— Ой, ну дай быстро, — заныла Зудина, — дай, что она прислала! Ну скорей, видишь мне плохо...

Я недоуменно смотрела на нее. Бывшая горничная внезапно заплакала:

— Издеваешься? Да?

Продолжая хныкать, она вылезла и из рубашки, оставшись в одной майке с надписью «Адидас», болтающейся на высохшем теле, словно тряпка на швабре. Тощая рука, похожая на анатомическое пособие, выглянула из короткого рукава футболки. От локтя к запястью бежали жуткие синяки и кровоподтеки. Все сразу стало на свои места — наркоманка. Вот почему она такая худая, и вот отчего ей все время то жарко, то холодно. До сих пор мне не приходилось сталкиваться нос к носу с людьми, употребляющими героин или другую какую отраву. Но в свое время у Катюши был пациент, плотно сидящий на игле. И я помню, как она рассказывала о нарушенной терморегуляции, постоянной жажде, бесконечной смене настроений и готовности отдать абсолютно все за дозу...

— Дай, — шептала Марина, умоляюще протягивая руку, — видишь, ломает всю... Адочка молодец, я вчера позвонила ей, так она трубку шваркнула, послала меня подальше, но все же пожалела и тебя прислала. Дай, дай, дай...

С глухим стоном она уронила голову на кухонный стол и принялась колотиться лбом о пластиковое покрытие. Я совсем перепугалась и рванулась к холодильнику, может, там найдется валерьянка или валокордин? Но внутри старенького «ЗИЛа» были только пустые железные полки. Ничего похожего на еду и лекарства я не обнаружила и в кухонных шкафчиках, Марина давным-давно не ходила в магазин, наркотик заменил ей все...

— Почему Ада должна прислать тебе дозу? — поинтересовалась я.

Внезапно Марина перестала колотиться об стол, подняла голову и хрипло засмеялась.

— Адуська мне сколько хочешь пришлет, я о ней все знаю! Так ей вчера и сказала: «Не дашь — всем расскажу!»

— Что?

Зудина сморщилась.

— Какая хитрая, давай, чего приволокла!

— У меня ничего нет, — твердо сказала я.

Марина стала еще меньше ростом.

— Адуська...

— Ада Марковна только адрес твой дала...

— Ой, плохо, умру сейчас, — заплакала наркоманка, — все кости скрутило, блевать тянет.

Выговорив эту фразу, она подошла к раковине и склонилась над ней. Послышались жуткие булькающие звуки, но в желудке у несчастной давно не было никакой еды, и ее рвало одной желчью.

В полной растерянности я смотрела на скрюченную спину. Похоже, Марина знает много интересного, но рассказать не сможет. И что делать? Внезапно в голову пришло решение. Я схватила телефон и набрала бесконечные цифры 8-901-764...

— Алло, — раздался тихий голосок.

— Иришка...

— Не, это я, Лиза, — прошептала девочка, — ты номер перепутала, а у меня сейчас как раз урок алгебры.

Я вздохнула и вновь начала терзать телефонный диск.

— Да, — ответила Ира.

— Иришка, у папы есть мобильный?

— Конечно.

Постаравшись получше запомнить произнесенные ею цифры, я опять набрала номер. Интересно, почему Марине не отключили телефон, с трудом верится, что она вовремя вносит абонентскую плату.

— Слушаю, — прозвучал безукоризненно вежливый баритон.

— Родион? Лампа беспокоит. Не знаете, где можно срочно взять героин?

— И давно вы на игле? — хмыкнул Гвоздь.

Видали шутника! Путанно и бестолково я объяснила ситуацию, но Ирин отец тут же ухватил суть.

— Где вы находитесь? Сиреневый бульвар? Ждите, сейчас привезут.

Я поглядела на Марину. Той опять стало холодно, и она напялила на себя многочисленные лохмотья.

— Вот что, Марина, — ледяным голосом отчеканила я. — Ада Марковна ничего не прислала, но мне тебя жаль, поэтому сейчас сюда приедут и сделают тебе укол.

— У меня нет денег, — прохрипела Зудина, кашляя, — ни копейки! Пойди в комнату, погляди, может, чего нароешь. Хрусталь еще остался, а в спальне Библия лежит, старинная, бабкина, возьми, она ценная.

— Мне не надо твоих денег и вещей!

— Добрая какая, — хмыкнула Зудина и затряслась, словно под током, — только не обманешь! Говори, чего хочешь?

— Что случилось в гостинице «Морская» в 1970 году, то ли в двадцать шестом, то ли в двадцать седьмом номере? Из-за чего вспыхнул пожар? И почему Ада Марковна до сих пор смертельно боится вспоминать об этом эпизоде?

— Сначала укол, потом разговор, — выплюнула Зудина, — наперед не верю, узнаешь и уйдешь!

— Нет, честное слово...

Услыхав последнее слово, Марина залилась в хохоте.

— Честное слово! Ой, не могу, честное слово! Ну, скажите, какие мы благородные, какие искренние... А вот тебе мое честное слово! Сначала доза — потом правда.

И она опять начала выпутываться из свитера и куртки. Потекли томительные минуты.

— Курить есть? — прошептала Марина.

Я протянула ей пачку ментолового «Вога».

— Гадость, — сплюнула женщина, но сигареты взяла и судорожно закурила.

Все мои попытки разузнать хоть что-нибудь разбивались о твердое заявление: сначала героин — потом все остальное.

Внезапно в прихожей затренькал звонок. На пороге стоял черноволосый парень с длинными черными волосами, стянутыми резинкой в хвостик.

— Мне Лампу! — резко сказал он.

— Я слушаю.

— Меня Гвоздь прислал, — отчеканил юноша, — держи.

Я взяла небольшой пакетик.

— Что это?

— Как что? Доза.

— Но она просила укол...

Юноша глянул на меня, тяжело вздохнул и поинтересовался:

— Где клиент?

— На кухне.

Тяжело ступая, дилер добрался до пищеблока, глянул на Марину и зачем-то зажег плиту. В ту же секунду затрещал телефон. Зудина зачарованно наблюдала за действиями парня и совершенно не реагировала на внешние раздражители, а я машинально схватила трубку.

— Да.

— Лампа, ты? — услышала я голос Гвоздя.

— Ага, — удивленно ответила я.

Интересно, как он узнал номер?

— Пришел мой мальчишечка?

— Здесь он.

— Дай сюда.

— Это вас, — пробормотала я.

Юноша схватил аппарат и забубнил:

— Угу, угу, угу.

Потом шмякнув трубку на рычаг, сказал:

— Вы этой шалаве сейчас укол не ставьте. Она моментом улетит, ничего не расскажет...

— Дай, — прошептала Марина, лихорадочно блестя глазами.

— Нет, моя кошечка, — засмеялся дилер. — Сначала раздевайся и спой нам песенку!

Как сомнамбула, Зудина принялась стаскивать куртку.

— Заинька, — умилился парень, — раздевайся морально, расскажи Лампе все, что та хочет узнать, будь добра, иначе ничего не получишь!

Мне стало безумно жаль трясущуюся, потерявшую всякий человеческий облик бабу.

— Дай ей шприц, пусть уколется, а потом говорит.

Юноша засмеялся.

— Небось никогда с торчками дела не имели?

Я покачала головой.

— Оно и видно. Да они за дозу мать родную продадут, на все готовы, но стоит кольнуться — пиши пропало. Сначала кайф словит, а потом спать завалится, и ничего вы от нее не добьетесь. Вот Гвоздь зачем звонил — просил, чтобы я вас предупредил. Пусть пташечка нам сначала споет, а вы спрячьте это пока в сумочку.

И он протянул шприц. Я сунула его в сумку. Марина горестно вздохнула и просипела:

— Хорошо, говори, с чего начинать?

— Вот и ладненько, — улыбнулся парень, — побег я. Кстати, держите.

Я посмотрела на картонку. Надо же, визитная карточка — «Николай» и телефон.

— Если еще понадоблюсь, звоните, о цене сторгуемся.

— Сколько я сейчас должна?

Николай поднял руки.

— Что вы! Это Гвоздь заказал, он мне и заплатит.

Быстрым движением парень скатал кусок бумаги, на котором еще недавно лежал порошок, в тугой комок, выбросил его в форточку и был таков.

— Ну, — прошелестела Зудина, — спрашивай.

— Давай с самого начала, — велела я.

Глава 23

Марина Зудина пришла на работу в «Морскую» совсем молодой, только-только справила двадцатипятилетие. Сначала убирала первый этаж, мыла коридоры, туалеты и комнаты. Внизу номера были большие, плотно заставленные кроватями, постояльцев в них набивали по пять-шесть человек. Марина жутко уставала. Гости, в основном мужики, мусорили ужасно. Иногда ей казалось, что многие из них просто впервые в жизни увидели унитаз, а уж попасть в него при отправлении малой нужды удавалось далеко не всякому. Зарплата, в отличие от нагрузки, была маленькой, всего шестьдесят рублей, и чаевых ей никто не давал, но Зудиной просто некуда было деваться. Образование — восемь классов, и никакой профессии в руках. Следовало, наверное, пойти в ПТУ и выучиться на парикмахера или портниху... Но девушка не испытывала ни малейшего желания сидеть за партой и предпочла «карьеру» уборщицы.

Вскоре в гостинице сменился директор, в кресло начальника села Ада Марковна. Женщина по достоинству оценила старательность Зудиной и перевела ту на второй этаж. Мариночка была очень довольна. Наверху жили совсем другие люди. Номера там были поменьше, селили в них максимум троих, в основном мелких провинциальных начальников. Вели они себя пристойно, в туалете не пачкали и дарили хорошенькой горничной шоколадки и рубли. А еще Ада Марковна выбила для Марины ставку горничной, и Зудина стала получать целых сто целковых — большие деньги для девушки, не имевшей никакого образования.

Скоро Мариночка начала замечать, что в номере люкс на втором этаже творятся дивные дела. Частенько туда прошмыгивали мужчины и женщины без всякой регистрации. Но что там происходит, Зудина точно не знала. Ада Марковна сама убирала люкс, не пуская туда никого. Впрочем, обслуживающего персонала в «Морской» было раз-два и обчелся. Директриса, завхоз, он же портье, уборщица на первом этаже, слегка ненормальная Елена Павловна, и Марина, наводившая порядок наверху. Буфета, ресторана и библиотеки в «Морской» не было, а бухгалтерша сидела в министерстве. Однако, расписываясь в ведомости за зарплату, Марина натыкалась взглядом на незнакомые фамилии. Оказывается, в «Морской» еще трудились две дежурные и три горничные... Зудина догадалась, что Грибоедов и Ада Марковна просто оформили на эти должности каких-то своих знакомых, а деньги делили между собой.

Однажды на «Морскую» свалилась проверка, и откуда ни возьмись появились ранее не виданные сотрудники. Проверяющие остались довольны. На следующий день Ада Марковна позвала Марину и вручила той беленький конвертик.

— Молодец, — коротко похвалила начальница, — ценю.

Внутри конверта лежала красивая пятидесятирублевая бумажка. Мариночка поняла, что ее признали своей. Дальше — больше. В конце недели, а именно в субботу, Ада Марковна дала Марине ключ и велела:

— Иди в люкс и проверь, все ли там в порядке.

Зудина открыла комнату, смахнула кое-где пыль, встряхнула накидки на креслах и доложила:

— Все путем.

Утром в воскресенье Ада Марковна опять приказала:

— Убери там!

Зудина пошла в номер для начальства и присвистнула. Да, оттягивались в нем, похоже, по полной программе. Везде стояли пустые бутылки, валялись остатки еды, постельное белье скомкано, а в ванне колыхалась вода, в которой плавала пустая пластмассовая упаковка от единственной продававшейся тогда пены под названием «Бадузан».

Мариночка засучила рукава и мигом привела номер в пристойный вид. Потом в порыве вдохновения сбегала на первый этаж, взяла в холле букет из пластмассовых тюльпанов и, помыв его, водрузила на письменный стол. Пришедшая принимать работу Ада Марковна усмехнулась:

— Старательная ты, Марина.

Директрису и горничную разделяло не так уж много лет, но у Ады за плечами был техникум коммунального хозяйства, поэтому она и сделала столь успешную карьеру в «гостиничном мире». Но Зудина никогда не завидовала более удачливой начальнице, разве что иногда вздыхала, получая зарплату, однако после того, как Марине поручили убирать «генеральский» номер, отпал последний повод для зависти.

В коммунистические времена получку выдавали точно в срок, два раза в месяц. Сначала люди становились обладателями меньшей части, так называемого аванса, а потом им вручалась зарплата. В Марининном случае выходило тридцать восемь и пятьдесят рублей, двенадцать целковых съедали налоги. Прожить на заработанные гроши можно было кое-как, и Зудиной всякий раз приходилось решать сложную задачу — как купить новые колготки, стоившие семь рублей семьдесят копеек...

Третьего марта, расписавшись в кабинете у Ады Марковны в ведомости, Марина сложила заработанное в кошелек и собралась уходить. Но директор остановила ее и протянула еще четыре десятки.

— Это мне? — удивилась Зудина.

— На втором этаже положено иметь двух горничных, — спокойно пояснила Ада Марковна, — но ты великолепно справляешься одна. Зачем же нанимать еще одного человека? Лучше заплачу тебе две ставки. Только никому ни гугу, иначе всем нагорит!

Мариночка радостно кивнула.

Через месяц она стала правой рукой Ады Марковны, и ее посвятили во все секреты. Узнала она и о кое-каких постоянных посетителях люкса — мужчинах и женщинах, приходивших в основном днем, часа на два, на три... Впрочем, иногда парочки оставались на ночь, и были они в основном женского пола. Зудина быстро разобралась в половой ориентации Ады Марковны, но никаких отрицательных эмоций не испытала. Директриса никогда к ней не приставала, у нее была постоянная любовница, худенькая и длинноносая Зина, частенько забегавшая в «Морскую». Правда, Ада Марковна называла девушку двоюродной сестрой, но Мариночка только усмехалась про себя. Зинка ей категорически не нравилась — наглая и беспардонная. Марине было жаль интеллигентную Аду Марковну. Та безропотно открывала перед Зинкой кошелек и, что уж совсем странно, пускала ту в люкс с другими женщинами. Иногда Зина заявлялась вечером, когда Марина оставалась на дежурстве, и требовала:

— Давай ключ!

В первый раз Зудина отказала. Зинка коротко ругнулась и убежала. На следующее утро Ада Марковна, отводя глаза в сторону, попросила:

— Если Зина придет в мое отсутствие, ты ей номер открой.

Марина не выдержала:

— Между прочим, она с какой-то грязной шалавой приперлась! Той сперва в баню хорошо бы зайти, а потом уж в приличное место являться, еще украдет чего...

— Я знаю, — тихо ответила Ада.

Но Зудину понесло:

— Ну зачем вы разрешаете ей над собой смеяться, бросьте нахалку! Что, кругом других девушек нет? Только свистните, к вам десяток прибежит.

Ада Марковна тяжело вздохнула:

— Ох, Маришка, все мне про Зинаиду известно. Про все ее художества. Но — люблю ее и ничего поделать с собой не могу. Ничего!

Зудина лишь пожала плечами. Со своими любовниками она расставалась без всякой жалости и тени сомнений. Впрочем, чужая душа потемки, и если Аду Марковну устраивает подобное положение вещей, то кто бы спорил, но не Марина. После того памятного разговора ключ наглой Зинке она давала беспрекословно.

В тот майский день Мариночка тосковала за стойкой. Шел двенадцатый час ночи, постояльцы уже утихомирились, телевизоры не работали, и никто не требовал горячей воды. Зудина отключила титан и разобрала диван. Ночным дежурным разрешалось вздремнуть тут же, не отходя далеко от ящичка с ключами. Девушка уже собралась запереть входную дверь, как в холл вошла Зинка, за ней, нетвердо вышагивая на двенадцатисантиметровых шпильках, ввалилась девица в коротенькой юбочке из разноцветных замшевых кусочков и кофточке «лапша». То, что они обе находятся подшофе, Марина поняла сразу.

— Эй, — взвизгнула Зинаида, — ключ давай, живо!

Зудина заколебалась. Дело в том, что всего час тому назад люкс покинула очередная парочка. Мужчина и женщина, давшие дежурной коробочку дефицитных шоколадных конфет и пять рублей, оставили после себя жуткое, просто свинское безобразие. Марина, очень уставшая за день, решила отложить уборку до утра, надеясь, что сегодня больше никто не заявится, и вот, пожалуйста!

— Там не прибрано, — ответила Зудина.

— А-а, — протянула Зина и схватилась за телефон. — Адочка, — затрещала она, — тут твоя дежурная ключ не дает. Говорит, в номере убрать не успела...

Потом она сунула трубку Марине.

— Вот что, — раздался безнадежно усталый голос Ады Марковны, — пусти их в двадцать седьмой, он пустой!

Задыхаясь от негодования, Зудина протянула Зинаиде ключик.

— Отличненько, — пропела та.

Любовницы отправились наверх. А у Марины пропал сон, зато появилась дикая злоба на бессовестную, бесцеремонную Зинку. Да еще дежурная побаивалась, что находящиеся под газом девицы начнут шуметь и беспокоить других постояльцев, так и до беды недалеко.

Но наверху все было тихо, и в конце концов Зудина задремала. Часа в три она проснулась от резкого толчка. Возле дивана стояла насмерть перепуганная Зинка. Хмель разом слетел с нее, и девушка тряслась.

— Чего случилось? — безнадежно спросила Марина.

Кажется, сбылись ее самые ужасные предположения, девчонки перебудили весь этаж...

Зина, не просто белая, а синяя, поманила дежурную рукой, на цыпочках они поднялись в номер, и Марина чуть не завизжала. Увиденное напоминало сон маньяка. Все, куда падал взор, было в крови, а посреди ковра лежала абсолютно голая девчонка с перерезанным горлом.

— Она сама, — шептала Зина, — ей-богу, сама! Взяла бритву и полоснула, а из шеи фонтан как забьет! Вот смотри, и на меня попало!

Она вытянула вперед дрожащие руки. Зудина отшатнулась. Горничная никогда не читала бессмертного творения Вильяма Шекспира «Леди Макбет», но в голове у нее промелькнула почти цитата из этой пьесы: «Никаким мылом не отмыть эту кровь»[1]. Чувствуя, что сейчас потеряет сознание, Марина бросилась звонить Аде Марковне. Та прибыла немедленно, благо жила в двух шагах от «Морской».

---

[1] «Никакие ароматы Аравии не отмоют эти руки», — говорит Макбет.

Наверное, у Ады были не нервы, а корабельные канаты, потому что она не потеряла голову. Полностью деморализованную Зину директриса отправила мыться в душ. Потом они с Мариной притащили большой темно-зеленый брезентовый мешок, куда складывалось грязное белье для прачечной, и запихнули в него еще не окоченевшее тело.

Затем встал вопрос, как вынести жуткий груз на улицу. Нечего было и думать о том, чтобы вытащить мешок через парадный ход. Во-первых, пришлось бы идти через два коридора и довольно крутую лестницу, и двум не слишком крепким женщинам было не управиться. Во-вторых, кто-нибудь из постояльцев мог захотеть в туалет...

Но, очевидно, в минуту опасности человеческий мозг мобилизует все ресурсы: Ада Марковна мигом нашла решение проблемы.

Они с Мариной, чуть не надорвавшись, втащили каменно-тяжелый мешок в номер люкс. Ада вспомнила про пожарную лестницу, ведущую в маленький грязный переулок. Чуточку отдохнув, она ухватила мешок снизу и велела Зудиной:

— Бери.

Но Марина чуть-чуть зазевалась, а Ада, не ожидая заминки, рванула поклажу со всей силы вверх. Плохо завязанная горловина мешка разошлась, и труп вывалился на ковер. Бедные женщины едва не скончались. Им пришлось снова запихивать тело несчастной в брезент. Время приближалось к четырем, и вдалеке над горизонтом уже показалась пока едва видимая серая полоса — предвестница скорого рассвета.

Марина не помнила, как они с Адой сволокли вниз мешок. Прямо у подножия лестницы чернела чугунная крыша люка с надписью «Мосводопровод». Ада приволокла лом, и они с гигантским трудом открыли люк... Внизу с диким ревом неслась вода. «Морская» стояла почти на самом берегу Москвы-реки, а в водную артерию сливали нечистоты. А может, там протекала одна из многочисленных подземных речушек... Марина точно не знала. Брезентовый мешок упал вниз, а женщины кинулись уничтожать следы.

Железную пожарную лестницу на всякий случай протерли тряпкой. Но когда вошли в люкс, поняли, что дело плохо. На огромном красивом ковре расплывались темно-бордовые пятна, оттереть которые не представлялось возможным. Еще хуже выглядел соседний номер, тот самый, где и происходили основные события... Марину колотило, словно она голая стояла на морозе. Плохо слушающимися губами она пробормотала:

— Наверное, надо сообщить в милицию, нам этого ни за что не убрать.

— Офигела! — взвизгнула всегда корректная Ада Марковна. — Да нам первым голову оторвут! Пустили в гостиницу посторонних! Нет уж, сейчас все уладим.

Ковер скатали и отнесли в соседний номер. А затем Ада недрогнувшей рукой подожгла комнату. Предварительно она запихнула одежонку девицы в пакет. Дав пламени как следует разгореться, Ада вызвала пожарных, причем еще до их приезда открыла люкс, и они с Мариной начали набирать там в душе воду в ведра и лить ее на бушевавший огонь. В результате люкс тоже оказался здорово испачкан.

Пожарные не заметили ничего особенного, посетовали на старую проводку и уехали. Завхозу

Олегу Яковлевичу, удивившемуся было, куда подевался ковер из люкса, Ада моментально объяснила:

— Да мы с Маринкой совсем головы лишились, стали воду плескать, пожарные все не едут, вот и решили ковер на огонь бросить, думали, он без воздуха задохнется, а тот как полыхнет!

— Еще хорошо, что никого в номерах не было, — качал головой завхоз, — господь упас!

Потом сделали ремонт, а заодно обновили и испачканный люкс.

Как звали несчастную, сгинувшую в водостоке, Марина так никогда и не узнала. Никакого следствия или разбирательства не затевалось. Ада Марковна была на отличном счету, а в гостинице и впрямь оказалась плохая проводка. Зина более никогда не появлялась. Марина по-прежнему убирала люкс и получала от Адуськи конверты. О страшной ночи они не вспоминали и забыли о том, что перешли тогда на «ты».

Шли годы, в 1980-м Ада Марковна предложила Марине работу в отеле «Советская». Там платили почти двести пятьдесят рублей чистыми, а от богатых постояльцев перепадали щедрые чаевые. Зудина поняла, что директриса все же хочет избавиться от ненужной свидетельницы, и согласилась.

В «Советской» она благополучно проработала до 1995 года. По молодости не только убирала номера, но и не гнушалась обслуживать кое-кого в постели, получая за услуги деньгами. Причем для нее не было разницы, с кем спать — с мужчиной или с женщиной. Употребляя модное слово, Зудина оказалась бисексуальной. Капитала она не нажила, но после смерти мужа у нее осталась неплохая квартира на Сиреневом бульваре.

В конце 1995 года Мариночку из «Советской» выгнали. Гостиница превратилась в акционерное общество, сменились хозяева. Новый директор набрал молоденьких девчонок, а всех старперш выставил вон. Почти год Марина перебивалась случайными заработками, потом ей пришло в голову вновь пристроиться в «Морскую», но, наверное, Ада Марковна напела что-то в уши Петру, потому что тот вежливо, но категорично отказал...

Для Марины наступили не лучшие времена. Сначала она отправилась на биржу труда, потом ей, благо стаж позволял, досрочно оформили пенсию. Но прожить на подачку от государства было невозможно, и Марина лихорадочно искала выход из положения.

Неожиданное озарение пришло, когда она однажды подобрала в магазине брошенную кем-то газету «Из рук в руки». Вечером от скуки Зудина читала объявления, похихикивая над чужой глупостью. Но вскоре ее внимание привлекла колонка «Знакомства». Наутро Марина дала объявление:

«Интересная дама элегантного возраста, опытная и раскованная, без материальных и жилищных проблем с удовольствием откроет страну любви для девушки из хорошей, обеспеченной семьи».

Конечно, в объявлении не все было правдой. Кроме квартиры, у Марины ничего не имелось, но внешне она выглядела вполне пристойно. Зудина даже не ожидала, какой обвал звонков обрушится на ее голову. Женщины и мужчины, молодые и старые, трезвые и пьяные...

С некоторыми Зудина договорилась о встрече, не сразу все получилось, как она хотела, но в конце концов ей попалась богатая, избалованная и капризная Рената.

Дочь более чем обеспеченных родителей, она томилась от безделья, не зная, куда деть прорву свободного времени. Именно Рената привела Зудину в «Розовую цаплю» и сделала членом элитарного клуба лесбиянок. Поначалу Мариночку передавали из рук в руки, и она просто расцвела. Появились деньги, новые, красивые вещи, украшения... Марина беззастенчиво бросала любовниц, лишь только на пути появлялась более обеспеченная пассия, готовая оплачивать ее счета... До 1998 года Зудина жила вполне обеспеченно, но потом одна из бабенок дала ей попробовать героин, скрыв, что на самом деле находится в шприце.

— Не боись, — ухмылялась тетка, — вполне невинный стимулятор, для пущего кайфа!

Очевидно, организм у Зудиной был предрасположен к наркотикам, потому что зависимость она приобрела сразу, с одного укола.

Вначале ей, конечно, понравилось. Голова приятно кружилась, перед глазами прыгали цветные шарики и обострялась острота ощущений. Но потом дозу пришлось увеличивать, и деньги начали улетать, словно взбесившиеся птицы.

Марине приходилось выкладывать все большие и большие суммы, любовницы не выдерживали растущего аппетита Зудиной и убегали. Да и, честно говоря, ей самой стало не до любви, а в «Розовую цаплю» она приходила теперь только с одной целью — перехватить на дозу.

Однажды она нос к носу столкнулась с Зинкой. Та постарела, приобрела благообразный вид и, вероятно, ни в чем не нуждалась. Во всяком случае, одежда, духи и драгоценности у бывшей Адочкиной любви были первоклассные.

Зинка — впрочем, в «Розовой цапле» ее звали Зюка — перепугалась до белых глаз. Мигом расстегнула вызывающе роскошную сумочку и дала Зудиной сто долларов. Марина поняла, что открыла новый источник денежных средств. Достать адрес и телефон Зюки ничего не стоило, и она начала шантажировать редакторшу. Та ей исправно платила. Более того, обнаглев от безнаказанности, Мариночка съездила в «Морскую» и стала взимать дань и с Ады Марковны.

— Знаю, знаю, зачем они мне денежки отстегивают, — еле ворочая языком, сообщила мне Зудина, — думают, помру от передоза. Но не дождутся!

— Ты знала Жанну Малышеву? — поинтересовалась я.

— Нет, — прохрипела Марина, — первый раз про такую слышу. Она чего, тоже из «Розовой цапли»?

— Насколько я знаю, Жанночка в основном по мужикам...

— Не, — сипела Зудина, — не слыхала.

Она замолчала. В тишине слышалось только ее прерывистое дыхание да мерный стук капель из плохо закрученного крана.

— Ну, — не выдержала Марина, — все, больше говорить нечего, дай, дай скорей!

Я протянула ей шприц. Зудина лихорадочно засмеялась, вытащила из ящика резиновый жгут и быстро закрутила его вокруг левой руки. Я встала.

— Марина, если завтра я приведу к вам нотариуса, повторите при нем свой рассказ?

— Деньги заплатишь — и без проблем, — блаженно улыбнулась наркоманка.

Ее лицо разгладилось. Морщины непостижимым образом пропали, голос из хриплого превратился в мягкий, грудной...

— Завтра, к десяти утра приеду, — повторила я.

Но Зудина уже не существовала в этом мире, ее уносили волны кайфа, и она не слышала ни моих слов, ни того, как я аккуратно захлопнула дверь.

Глава 24

Дома я села на диван у себя в спальне и бездумно уставилась на балконную дверь. Так, задача выполнена, убийца найден. Дело за малым, найти нотариуса, но я даже не стану мучиться, а снова позвоню Родиону. Сдается, этот мужик способен решить любые проблемы.

Я оказалась права. Гвоздь выслушал мою просьбу и моментально отреагировал:

— В девять ноль-ноль спускайтесь к подъезду. Мои люди будут сидеть в машине.

— Ой! — вскрикнула я.

— Что такое, — удивился Родион, — время не подходит?

— Нет, просто на балконе вновь появился кенгуру, возник, словно из воздуха...

— Кто? — недоверчиво поинтересовался Родион.

— Кенгуру, — радостно объяснила я, — у меня на лоджии иногда невесть откуда возникает это сумчатое!

— И что оно делает? — поинтересовался Родион.

— Стоит, стучит лапкой в окно, а иногда дерется с обезьяной.

— А откуда там берется обезьяна? — не успокаивался он.

Нет, все-таки мужики ужасны, даже лучшие

представители не слишком сообразительны! Неужели не понятно, откуда берется примат?

— Приходит, — объяснила я, — они так смешно мутузят друг друга!

— Дай сюда Иришу! — приказал Гвоздь.

Подбежавшая Ирина односложно отвечала на его вопросы.

— Да. Ага. Ну...

Потом неожиданно разразилась фразой:

— Да нет там никакого кенгуру, пустой балкон, у нее давно этот глюк.

— Как пустой! — закричала я и обернулась.

Никого!

— Папа велел тебе выпить пятьдесят грамм коньяка с чаем и идти спать, — приказала Ирина.

— Но сейчас еще нет семи!

— Ну и что! Говорит, ты переутомилась, вот всякая дрянь и мерещится!

— Я видела его, как тебя!

— Конечно, конечно, — поспешно согласилась Ирина, — не волнуйся, я тебе верю...

Она в мгновение ока выскользнула в коридор, а я, чуть не потеряв от злости сознание, устроилась на диване и включила телевизор. Возникший Осокин с каменным лицом рассказывал об очередных боях в Чечне. Я тупо пялилась на экран. Внезапно на меня навалилась чудовищная усталость. Я вытянулась на подушках и подумала: «Как хорошо, что все закончилось. Все-таки работа частного детектива утомительна. Завтра нотариус заверит подпись Марины Зудиной под показаниями, и можно везти бумагу следователю»...

— Эй, Лампуша, — потрясла меня за плечо Лиза, — дрыхнешь?

Ну не глупо ли будить человека, чтобы выяснить, спит он или нет?

— Уже перестала.

— Тогда пошли чай пить.

Отчаянно зевая, я выползла на кухню и удивилась. За столом сидел наш сосед с нижнего этажа, тот самый, которого мы затопили. Насколько помню, он милый, интеллигентный человек... Даже когда вода с потолка полилась ему за шиворот, он не ругался и не вызывал милицию. Более того, став свидетелем падения Кирюши, сосед отвез нас в Филатовскую... А я, свинья такая, даже не спросила, как его зовут.

— Очень, очень рад! — воскликнул сосед и приподнялся. — Вот заглянул на огонек, вернее, на чаек! У вас уже все высохло?

— Вроде да, — сказала я, вынимая чашку.

— Главное, чтобы под линолеумом сырость не завелась, — деловито заметил Кирюшка.

— Очень верно, — одобрил затопленный и повернулся ко мне: — Вы тоже так считаете?

— Не беда, — легкомысленно ответила я, — сдерем гнилой и постелем новый.

— Это денег стоит, — заметила Лиза.

Но я в преддверии завтрашнего дня пребывала в эйфории.

— Подумаешь, заработаем.

— Вы оптимистка? — спросил сосед.

— Во всяком случае, из-за испорченного пола рыдать не стану!

Воцарилось молчание. Потом сосед неожиданно спросил:

— Ну, а как вы себя чувствуете? На здоровье не жалуетесь?

Услыхав такой вопрос от практически незнакомого человека, я удивленно ответила:

— Да нет, все прекрасно.

Вновь повисла тишина, прерываемая лишь звяканьем чайных ложечек. Мне стало не по себе. Что случилось? Лиза, Кирюша и Ирина сидят чинно, словно на поминках, более того, они молчат, не ругаются и не спорят. Похоже, что о состоянии здоровья следует спрашивать не меня, а их. Но наш сосед не находил ничего странного в тихих детях, наверное, он холост и у него нет детей. А его по-прежнему мучило любопытство.

— Как спите?

— Нормально.

— Головная боль не беспокоит?

— Только изредка.

— Аппетит не пропадал?

— Вроде нет.

— И с желудком нет проблем?

Последний вопрос окончательно вывел меня из себя, и я рявкнула:

— Вам представить полный анализ?

— Немотивированная агрессия, — вздохнул сосед.

— Что? — не поняла я.

— Голоса не слышите?

— Отчего же, великолепно слышу.

— Чьи, например?

— Сейчас ваш.

Сосед замолчал. В кухне стало тихо-тихо.

— А, простите, — вновь ожил мужик, — не могли бы вы описать того кенгуру, который якобы появляется на балконе?

— Почему якобы? Он на самом деле там частенько бывает.

— Да-да, конечно, — закивал сосед, — многие мои пациенты...

— Так вы психиатр, — догадалась я, — тот самый, что живет в нашем доме. Но кто вас позвал?

Кирюшка моментально оживился:

— Почему вы не едите булочки?

— Да, — подхватила Лиза, — их можно маслом намазать.

— Ну погодите, — пригрозила я им, — в нашем роду психов не было, имейте в виду.

— Ну и что, — удивился сосед, — заболеть можно в любой момент!

Разозлившись, я молча встала и ушла в спальню.

Конечно же, кенгуру мирно стучал лапкой в дверь. Я отвернулась и села на диван.

— Мы хотели как лучше, — донеслось с порога.

Лиза, Кирюшка и Ириша тихо вошли в комнату.

— Ничего себе, сумасшедшую из меня сделали!

— Что ты, — замахала руками Лиза, — просто ты устала, надо капельки попить, и кенгуру уйдет.

— Да вот он, на балконе!

Кирюша подошел ко мне и погладил по голове.

— Бедная Лампуша, зря ты доктора не послушала, может, чего умного посоветовал бы.

Я глянула на улицу. В сумраке виднелись только кирпичи лоджии. Ей-богу, скоро я сама начну сомневаться в своем психическом здоровье.

Ровно в девять утра я выскочила из подъезда. Большая черная иномарка с тупым задом мигнула фарами. Внутри сидели трое. На переднем сиденье — шофер, угрюмого вида мужик лет тридцати пяти, то ли абсолютно лысый, то ли с идеально выбритой головой, и парень по виду чуть старше Кирюшки. Сзади сидела полная женщина с большим портфелем. Я устроилась рядом с ней, и машина понеслась по улицам, вздымая фонтаны грязи.

Марина Зудина не собиралась открывать дверь. Я жала и жала на звонок. Наконец парнишка, похожий на Кирюшу, вздохнул:

— Ладно, похоже, там никого нет.

— Она не могла уйти, — растерянно сказала я.

Нотариус молча поставила портфель на пол и прислонилась к стене.

— Ну-ка, — велел юноша, — отойдите!

Я покорно посторонилась. Он вытащил из кармана связку каких-то непонятных загогулин и мигом открыл дверь.

— Ловко! — не утерпела я.

— Ерунда, — хмыкнул «мастер», — разве это замок, тьфу!

Мы пошли по бесконечному коридору, заглядывая во все комнаты, но там никого, кроме тараканов, не было. Наконец уперлись в кухню.

— Дела! — присвистнул парень. — Вы, Елена Павловна, в машину ступайте.

Нотариус, не произнесшая за все время ни слова, быстро побежала в сторону выхода. Я окинула взглядом то, что осталось от Марины.

Маленькое, высохшее тело, облаченное в китайскую куртку, скрючилось у подоконника. Рядом валялся жгут, а на столе лежал шприц и стояли какие-то пузыречки.

— Передоз, — вздохнул мальчишка.

— Что?

— Ну, передозировка, вколола больше, чем надо, — пояснил тот.

— И как нам поступить?

— Уходить по-быстрому.

— Может, в милицию сообщить?

— Не надо, — буркнул парень, запирая входную дверь.

Но я не послушалась и, выйдя из машины возле нашей станции метро, набрала «02». Настроение у меня было ужасное. Боясь разрыдаться, я зашла в магазин «Маяк», купила в кафетерии бутерброд с осетриной, стаканчик сока и пристроилась у высокого одноногого столика. Рядом лакомились пирожками две девчонки, явно прогуливающие школу. Внезапно одна захихикала и ткнула пальцем в сторону стены.

— Глянь, Тань, прикол!

Я проследила за ее рукой и увидела небольшой плакат. На нем была изображена цапля, стоящая в болоте. В клюве она держала ярко-зеленую лягушку. Голова несчастной исчезла внутри цапли, задние лапки повисли, но передние крепко-крепко сжимали шею противной птицы. Лягушка даже в такой, казалось, абсолютно безысходной ситуации не собиралась превращаться во вкусный обед, она душила своего врага, сражалась за жизнь до последней минуты и, кажется, преуспела. На «лице» цапли застыло изумленное выражение, глаза выкатились из орбит. Было понятно, что через секунду она разожмет клюв... Над живописной сценкой виднелась надпись по-английски: «Never give up».

— Девочки, не знаете, как это перевести?

— Знаем, — с набитым ртом пробормотали прогульщицы. — Никогда не сдавайся!

Я почувствовала, как от затылка побежала горячая волна. А ведь верно, никогда не следует, сложив лапки, покоряться обстоятельствам! Я разом проглотила остаток бутерброда и сказала:

— Спасибо, девочки, только школу прогуливать все равно не надо.

— А мы не прогуливаем, — спокойно пояснила та, что выглядела постарше.

— Что же в кафетерии сидите?

— У нас в школе бомба! — радостно сообщила другая. — Приехала милиция с собакой, и всех по домам отправили.

Судя по счастливым лицам, недавняя угроза их здоровью и жизни не испортила им настроение.

Дома я первым делом позвонила в «Морскую».

— Да, — радостно ответил директор.

Ишь, какой веселый, небось тоже химичит с деньгами и обманывает хозяев.

— Петр? Это Евлампия Романова, журналистка из «Отдыха».

— Помню вас прекрасно.

— Скажите, Ада Марковна до которого часа на работе?

— Она уехала.

— Куда? — завопила я, не ожидавшая подобного поворота событий.

— Ада Марковна всегда берет в апреле отпуск, — пояснил Петр, — у нее давление высокое, жара ей противопоказана, вот и ездит к морю в несезон.

— Место знаете? — спросила я, полная решимости проследовать за бывшей директрисой куда угодно. Хоть в Крым, хоть на Кавказ.

— Тунис, — преспокойненько ответил мужик, — там сейчас сказочно: воздух двадцать пять градусов, море такое же и клубники завались.

Я ошалело посмотрела на трубку. Нет, в Африку мне пока не надо.

Примерно два часа я металась по квартире, пытаясь переделать все накопившиеся домашние дела. Гора неглаженого белья подпирала потолок, куча грязных простыней вываливалась из бачка, по углам клубилась пыль, а в холодильнике лежали лишь котлеты «Богатырские»... Правда, помойное ведро было доверху забито упаковками из-под готовой еды — лоточки от «Крошки-картошки», пакеты от «Русских блинов» и фольга от курицыгриль. Очевидно, отчаявшись увидеть меня у плиты, дети решили проблему питания по-своему. Хорошо еще, что собаки и кошки получают готовый корм!

Убрав квартиру и запихнув в стиральную машину все, что можно, я поставила на огонь кастрюлю с супом. Руки машинально чистили картошку, мысли метались, как ошпаренные кошки. Что делать? Ждать две недели, пока Ада вернется назад? Вдруг в голову пришло решение. Радостно зашвырнув картошку в кастрюлю, я засмеялась. Боже, как просто, ну почему раньше не сообразила!

На этот раз в журнале трубку сняла сама Зюка.

— Слушаю, — жеманно протянула она, — вся внимание.

— Зинка, — прохрипела я, — слышь, Зинка, платить пора, бабки кончились, плохо мне, ломает!

— Приходи вечером, как всегда, — коротко бросила Зюка.

— Куда? — сипела я.

— Господи, — вздохнула редакторша, — последние мозги потеряла! Домой ко мне, в восемь, только не опаздывай, ждать не стану, в полдевятого уйду, поняла, наркота вонючая!

— Ага, — бормотала я, — в двадцать часов, как штык.

— Чтоб ты сдохла, — мило пожелала Зюка и отсоединилась.

Я с удвоенной энергией забегала по комнатам. Работа так и кипела в руках. Пришедшие из школы дети были удивлены. Сев за стол, Кирюшка спросил:

— Чего это ты суп сварила?

— Время нашлось, — коротко ответила я и велела: — Наливайте сами, пока белье повешу.

Лиза с готовностью схватила поварешку. Я побежала в ванную, но была остановлена криком:

— Что это?

Пришлось вернуться назад.

— Нет, ты глянь, — девочка возмущенно сунула мне под нос тарелку.

Я уставилась на горку сваренных картофельных очистков. Кирюшка тем временем быстро открыл помойное ведро и, тыча пальцем в лежащие там очищенные клубни, изрек:

— Лампудель, ты ошиблась. Картошечку следовало положить в борщ, а шкурки сюда.

Я в изумлении помешала суп. Надо же, я задумалась и перепутала, может, и впрямь купить каких-нибудь капель?

Узнать домашний адрес Зюки оказалось проще некуда. Позвонив в редакцию по другому номеру, я мило прочирикала:

— Это секретариат журнала «Век искусства»?

— Да, — ласково ответил женский голос.

— Вас беспокоит личный секретарь Зураба Церетели.

— Слушаю, — стала совсем сладкой невидимая собеседница.

— Господин Церетели собирает журналистов на презентацию новой скульптуры, он хочет послать приглашение госпоже Ивановой, но только на домашний адрес. К сожалению, в редакциях даже именные билеты часто попадают в другие руки.

— Пожалуйста, пишите, — моментально купилась секретарша. — Рубашечный проезд, два.

Без десяти восемь я стояла перед железной дверью, обитой темно-бордовой кожей. Оделась я соответствующим образом. На мне были старые, потерявшие всякий вид спортивные штаны. Катюша натягивает их на даче, когда самозабвенно возится в огороде. Поверх — грязная-прегрязная Кирюшкина куртка, вся в потеках и разводах. Мальчик уделал ее до такого состояния, что ни один порошок — ни «Тайд», ни разрекламированный «Ариель» не справились. Вещь следовало выкинуть, но я из жадности запихнула ее в самый дальний угол шкафа, и вот теперь она пригодилась. Большой капюшон полностью закрывал лицо, а вместо кожаных сапог я натянула резиновые.

Глава 25

Зюка открыла сразу. При виде «Марины» она брезгливо сморщилась и пропела:

— Входи, красота ненаглядная!

Я бочком протиснулась в холл, обставленный по-пижонски — светлая кожаная мебель, белый палас и темно-синий торшер...

Зюка повернулась и пошла в комнату, я двинулась за ней.

— Стой где стоишь. — возмутилась редакторша. — Не смей ковер пачкать!

Я покорно замерла, поджидая хозяйку. Наконец Зюка появилась, неся двумя пальцами стодолларовую купюру.

— Спасибо, — прохрипела я.

— Между прочим, — отрезала она, — второй раз за месяц являешься, я могла бы и не давать...

— Ада отдыхать уехала, — кашляла я, усиленно изображая ломку, — в Тунис.

— Без тебя знаю, падаль, бери и уходи! — рявкнула Зина.

Я вытянула руку и ухватила Зюку за запястье.

— Эй, эй! — взвизгнула та. — Обалдела, дура? Ты чего, отпусти! Как себя ведешь!

— Как положено, — своим голосом сообщила я и сняла капюшон.

До сих пор мне никогда не приходилось видеть, как у человека с лица разом пропадают все краски.

Зрелище было фантастическое. Сначала широкая белая полоса покрыла лоб Зины, потом быстро опустилась по носу и щекам, стекла к подбородку, захватила шею... Наверное, Зюка побледнела с ног до головы, потому что рука ее вмиг стала ледяной и приобрела какой-то синюшный оттенок.

— Кто вы? — еле слышно спросила Зюка.

— Уже успели забыть? — хмыкнула я. — Евлампия Романова, та самая, которую вы решили обмануть, вывалив на нее ворох широко известных сплетен.

— А где Марина? — глупо поинтересовалась редакторша.

Я обрадовалась, похоже, госпожа Иванова потеряла самообладание.

— Зудина в милиции, — соврала я, — сами понимаете, долго она там молчать не станет. Если хотите выйти сухой из воды — есть лишь один шанс.

— Какой, — одними губами спросила Зюка. — Какой?

— Вы быстренько рассказываете мне про то, как и за что убили Жанну, а я делаю так, что вас судят лишь за одно преступление. Кстати, вы в курсе, что на убийство срок давности не распространяется, а за два трупа вам светит пожизненное заключение в райском месте, на острове Огненном, в приятной компании... Будете гулять во дворе вместе с маньяками, опытом обмениваться...

Зина стояла с раскрытым ртом, потом из ее горла вырвался странный клекот, редакторша принялась судорожно хватать воздух.

— Там, — прошептала она, — на кухне, ингалятор...

Я побежала по роскошному ковру, оставляя повсюду куски грязи. Схватив беленький баллончик, Зюка пару раз нажала на распылитель. В воздухе повис резкий запах какого-то лекарства.

— У меня астма, — неожиданно спокойно пояснила редакторша и села на белый диван. — Откуда вы знаете про «Морскую»?

— Марина рассказала, — охотно пояснила я, — вы зря надеялись на ее корректность. Неужели не знали, что наркоманка за дозу готова на все?

Зина впилась в меня лихорадочно блестевшими глазами.

— Сколько вы хотите за молчание?

Да, права народная мудрость: «Когда бог хочет наказать человека, он отнимает у него разум».

— Какой смысл вам покупать меня? Марина все равно расскажет в милиции правду; когда ее начнет ломать, то и язык развяжется... А я могу сделать так, что о происшествии в «Морской» никто и не узнает, но...

— Что, — безнадежно спросила Зюка, — что?

С нее слетела вся импозантность и элегантность. На лице, еще вчера радовавшем глаз безукоризненной кожей, появились морщины, от носа к подбородку обозначились складки. Сейчас Зинаиде можно было дать пятьдесят лет с гаком. Впрочем, скорей всего это и есть ее настоящий возраст.

— Что, — тупо повторила редакторша, — что?

— Раскажите мне, как и почему убили Жанну, а я сумею спрятать вас, просто дам возможность убежать, на Кипр, например. Мне не надо, чтобы вас наказывали, просто я хочу вынуть из СИЗО абсолютно невиновную Ремешкову...

Зинаида рассмеялась:

— О боже мой! Я и пальцем не трогала Жанну, поймите!

Я швырнула в кресло небольшой полиэтиленовый пакет, который до этого держала в руках вместо сумочки, и погрозила Зюке пальцем:

— Лучше не врите, себе же хуже сделаете.

Редакторша устало покачала головой:

— Жанну я и пальцем не трогала.

— Согласна, — кивнула я, — но напихали в бутылку столько цианистого калия, что на Таманскую дивизию с лихвой бы хватило.

— Нет, — бубнила Зина.

— Да, — отрезала я. — Все очень логично. Вы берете деньги с людей за положительные рецензии, а Жанночка вам не заплатила. Обозлившись, вы «приложили» ее на страницах журнала. Бедная художница страшно переживала, но потом откуда-то узнала про «Морскую» и припугнула вас. Теперь настал ваш черед сходить с ума. И чтобы чувствовать себя спокойно, вы купили «Айриш Крим»... И ведь не побоялись, что кто-нибудь еще захочет полакомиться ликером! Действительно, какая ерунда — трупом больше, трупом меньше, к тому же у вас в «анамнезе» уже есть одно убийство, той несчастной, в замшевой юбочке, как, кстати, ее звали?

— Люба, — прошептала хозяйка, — Люба Воротникова, только она сама это сделала, ей-богу, а с Жанной тоже по-другому было, — нетвердой рукой она взяла сигарету и начала каяться.

Зина Иванова приехала в Москву из Иркутска, поступила в Литературный институт на отделение критики, и начались голодные годы студенчества. Из родителей у Зиночки осталась только мама, работавшая в газете корреспондентом в отделе литературы и искусства. Тряхнув связями, маменька смогла пристроить дщерь в столичный вуз, но посылать той достаточно средств для проживания в Москве не получалось. Впрочем, поступала Зина уже взрослой, после школы она работала в газете курьером. Как все иногородние, она сначала увидела столицу не с лучшей стороны. Плохое общежитие, скудное питание, и рядом никого, кому можно было поплакаться в жилетку.

Но в молодости и зрелости на одни и те же проблемы смотришь по-разному. Зинуля подкрашивала чернилами «залысины» на туфлях, покупала в «Детском мире» подростковые белые футболочки и варила их в воде с аналиновой краской... Получалось отлично, просто фирменные майки... Постоянное недоедание сделало ее еще недавно по-детски пухлую фигурку стройной, а глаза загадочно-огромными... У нее появились кавалеры. Но долго около хорошенькой девочки не задерживался никто. Зина испытывала отвращение к сексу, ее просто тошнило при виде раздетых мужиков, и она заставляла любовников по часу простаивать в душе, чтобы полностью «смыть» запах мужского тела. Потом, на одной вечеринке, она случайно оказалась в постели с женщиной, и поняла правду о своей половой принадлежности.

В богемном кругу, куда были вхожи студенты Литературного института, на геев и лесбиянок смотрели без всякого порицания, и Зиночка легко находила партнерш. Ну а затем ее свели с Адой Марковной. Директор гостиницы! Это был явный моветон! Но Адочка щедро одаривала Зину, полностью взяв ее на свое обеспечение. Завязался роман. Вскоре Зиночка поняла, что влюбленная Ада готова на все. Девушка окончательно распоясалась, стала хамить Аде, заводить шашни на стороне... Но, очевидно, Ада Марковна была из породы тех людей, кому по душе, когда их унижают... Зинины художества она принимала с выражением христианского терпения на лице, позволяя девчонке делать все, что вздумается.

Голодные студенческие годы давным-давно прошли. Ада Марковна, нажав на все имеющиеся связи, ухитрилась прописать любовницу у себя в квартире под видом двоюродной сестры. Кто помнит шестидесятые годы, тот поймет, как это было непросто. Но Ада сумела обойти все препоны, более того, она же пристроила Зюку на работу в малоизвестное широкой публике издание, многотиражную газету, которую выпускал для своих членов Союз художников СССР. Так началась карьера Зинаиды на журналистском поприще.

В тот роковой майский день Зинка здорово поддала. Маститый и обласканный властями Эдуард Хромов открыл свою выставку и упоил всех присутствующих вусмерть. Как всегда, на таких банкетах водка и коньяк лились рекой, а с закуской было плохо — немного сыра, докторской колбасы и штук сто пирожных.

Зинуля не любила сладкое, а сыр и колбасу расхватали моментально. Пришлось ей пить, не закусывая, да к тому же она не успела пообедать. Наверное, поэтому коньяк, вместо того чтобы попасть в желудок, ударил в голову. Зина почти перестала соображать и смутно помнила дальнейшие события.

Сначала она, выйдя из выставочного зала, шлялась по улицам, потом отчего-то забрела в кино, затем, уже слегка протрезвев, оказалась на Киевском вокзале. Здесь к ней и подсела веселая девчонка в замшевой юбочке. Слово за слово, и они выяснили, что великолепно подходят друг другу... Незнакомка назвалась Любой Воротниковой, приехала она в Москву за счастьем из Харькова и не имела в большом городе никого — ни друзей, ни родственников, естественно, квартиры тоже. Так они и пришли в «Морскую», слегка покачиваясь, потому что подобранная на вокзале Воротникова даже не успела снять комнату.

Войдя в номер, они сначала разделись, потом Зина пошла в душ. Когда журналистка вернулась, ее партнерша заливалась слезами.

— Что случилось? — удивилась Зюка.

В ответ Люба вытянула вперед правую руку с опасной бритвой. Зина перепугалась до полной потери самоконтроля. Воротникова перестала рыдать и принялась хохотать.

— Положи лезвие, — велела Зинаида.

— Боишься? — ухмыльнулась Люба. — Не надо, тебя я не трону.

Не успела Иванова раскрыть рот, как девица быстрым, резким движением полоснула себя по нежной шее. Кровь взлетела фонтаном, экзальтированная Зиночка почти потеряла сознание, а когда пришла в себя, на ковре лежал бездыханный труп.

В ужасе, растеряв остатки самообладания, Зинуля подскочила к тому, что еще десять минут назад было человеком, и зачем-то вырвала из безвольной руки бритву. Потом вымыла ее в ванной. Номер выглядел кошмарно. Повсюду были капли, пятна и озера крови. Зиночка никогда не думала, что в человеке ее столько. Понимая, что ей одной никогда не справиться, Зина сняла перемазанные туфли и босиком спустилась к Марине.

— Очень похоже на сказку, — хмыкнула я, — прямо тысяча и одна ночь.

— Вот поэтому я гадине Маринке и платила, — вздохнула Зюка, — потому что никто бы мне не поверил. Только я не вру. Я не способна никого убить!

— А Жанна?

— Не трогала я ее! — выкрикнула Зюка. — Поймите, мне легче денег дать, и потом подумайте, ну не глупо ли самой действовать, когда наемные киллеры чуть ли не в газете объявления помещают?

— Некоторые дела следует обтяпывать лично, не впутывая посторонних, — парировала я.

— Мне Жанкина смерть была невыгодна, — хмыкнула Зюка, — сейчас только страшнее стало, просто сон потеряла. Чуть на лестнице лифт зашумит, я цепенею: ну, думаю, за мной из милиции явились.

— Отчего же вы впали в такое состояние?

— Жанна та еще птичка, — злобно прошипела Зюка, — не понравились ей мои правдивые статьи, обиделась на справедливую критику. Кто же виноват, что она жуткие пейзажи малевала. Глаза бы не смотрели: на переднем плане цветочки размером с елку, посередине прудик, а на берегу березки, просто лубок, мазня деревенского маляра. А уж как она обозлилась, когда я ей пару дельных советов дала, кстати, только из добрых чувств... Никита ко мне заявился с выговором, наглец!

Прошло время, Зина решила, что Жанна больше не держит на нее зла, и поэтому обрадовалась, когда та позвонила и пригласила ее в Дом художника на обед. Худой мир всегда лучше доброй ссоры. Но трапеза прошла совсем не так, как рассчитывала критикесса. Жанна даже не прикоснулась к заказанной еде, а когда Зюка поднесла ко рту ложку солянки, сказала:

— Теперь будешь писать обо мне только хорошо, хвалить изо всех сил.

Зина в недоумении уставилась на Малышеву:

— Ты заболела?

— Нет, — усмехнулась художница, — но тебе придется меня слушаться...

— Интересно, почему? — хмыкнула Зюка.

— Потому что в противном случае я расскажу всем о том, что случилось в гостинице «Морская», — припечатала ее Жанна.

От неожиданности Зюка расплескала суп, меньше всего она ожидала от Малышевой подобного поведения.

— Но... откуда? — залепетала Зина.

— Неважно, знаю, и все, — нагло заявила Жанна, — так что прямо со следующего номера и начинай, не мне тебя учить, что следует писать. Хвали, как расхваливаешь тех, кто тебе платит.

Резко оттолкнув стул, Жанна встала и прошипела:

— Имей в виду, ты теперь должна заботиться о моем благополучии...

Зина, плохо соображая, уставилась на шантажистку.

— Не дай бог, попаду под машину, — кривлялась Жанна, видя, что Зюка почти потеряла сознание, — тогда тебе крышка, милочка. Я — девушка предусмотрительная, люблю на досуге создавать не только картины, но и веду дневник, где описываю все, что случилось за день. Там и про тебя, жадная крошка, правда есть. Ну так вот. Ежели произойдет какой несчастный случай или, не ровен час, я умру, имей в виду, одной из моих подруг даны на этот счет самые четкие указания. Она вытащит бумаги на свет и отправится в милицию. И ехать тебе, душечка, назад, на историческую родину, в Сибирь, да не в СВ, а в «столыпине», так что сдувай с меня пылинки.

— У меня в мыслях не было ничего подобного, — пролепетала Зина.

— Ну и отлично, — фыркнула Жанна, — жду статейку.

Естественно, что в «Веке искусства» появился гигантский очерк, расхваливающий пейзажи Малышевой... С тех пор похвальба не стихала. Зина очень боялась разоблачения. И теперь, когда Малышева погибла, она трясется с утра до ночи, ожидая появления таинственной незнакомки с дневником.

Я посмотрела на нее.

— Нет, я не убивала, — твердила Зюка, — ейбогу, пальцем ее не тронула. Не скрою, мне хотелось, чтобы Жанка попала под трамвай или погибла в автомобильной катастрофе, но самой лишить ее жизни!.. Ну не из таких я, поверь. Вот деньги заплатить — пожалуйста, хочешь, тебе за молчание отсыплю. Человек я небедный, вознаграждение будет достойным. И потом, есть одна неувязка в твоих размышлениях.

— Какая?

— А кто убил Никиту? Уж, наверное, эти преступления связаны между собой. Ну Кита-то мне зачем изводить?

— А он тоже владел твоей тайной!

Зюка подняла голову и устало сказала:

— Не надо делать из меня серийного убийцу. Воротникова покончила с собой. Она была душевнобольной.

— Неужели? Откуда такая информация?

Зинаида опять вытащила сигареты:

— Я прихватила с собой ее сумочку, а там лежал паспорт, вот я и выяснила, что Люба все соврала. На самом деле она москвичка. Ну, я поехала по адресу, штамп-то прописки в паспорте стоял. Поболтала во дворе с бабами. Знаешь, что выяснилось?

— Ну?

— Она уже несколько раз пыталась покончить с собой, вены резала, таблетки глотала, в петлю лезла, только родители ухо востро держали и каждый раз спасали психопатку. А потом им надоело, и они сдали ее в сумасшедший дом. Как уж она ухитрилась удрать, одному богу известно...

Я молчала, какое-то внутреннее чувство подсказывало: Зюка не врет.

— Почему же вы сразу не обратились в милицию?

Зина тяжело вздохнула.

— Тогда мне просто стало плохо, а когда я вновь начала соображать, Марина и Ада уже устроили пожар. Адка безумно боялась за свое место, пустила нас в гостиницу без всякого оформления... На дворе был семидесятый год... Выгнали бы ее без выходного пособия и права занимать руководящие должности... Ну, я и пожалела ее. Кто ж знал, что так выйдет! А все Зудина, вот уж дрянь, так дрянь. Она и Аду шантажировала, и та ей тоже платила. Господи, ну когда же она наконец до смерти доколется.

— Уже, — тихо сказала я.

— Что? — подняла голову Зина.

— Уже, — повторила я, — Марина скончалась от передозировки.

Секунду редакторша молча смотрела в пол, потом абсолютно беззвучно заплакала. Слезы горошинками катились по ее бледному лицу, но Зюка даже не пыталась их вытирать.

— Ладно, — пробормотала я. — Вот что, если женщина с дневником объявится, попросите ее о встрече, ну, пообещайте денег, или чего она там еще захочет. А как только договоритесь, тут же звоните мне, идет?

Зюка кивнула. Она не пошла провожать меня к двери, даже не шелохнулась, когда я вышла на лестничную клетку.

Путь до метро я проделала пешком. Да, похоже, что и Зюка тут ни при чем. Что же у нас получается? Никто не виноват? Борису Львовичу нет никакой нужды травить хорошенькую, молоденькую любовницу. Никита не убивал сестру. Ему ее смерть страшно невыгодна, лопнул «постельный» бизнес. Ничего хорошего не принесла кончина Малышевой и Корчагиным. Андрей лишился отличного ювелира, а Валерия потеряла лучшую подругу. Зюка же безумно боится, что после смерти Жанны правда об истории, происшедшей в «Морской», выплывет наружу. Ну и кто у нас остается? Дубовский!!! Милый отставной мент! Как ловко он избавился от меня. Моментально предложил свою помощь, велел поговорить с секретаршей Наденькой, тут же начал руководить, и я, абсолютно одураченная, ушла. Ловко! Впрочем, в одном он прав: у Наденьки все же следует узнать, провела ли Аня в кабинете Гребнева хоть пару минут в одиночестве? Господи, если я чего и не понимаю, так это зачем было убивать несчастного Сеню Гребнева. Следователь-то думает, что Анна налила мужику в рюмку яд, чтобы отомстить... Но я же знаю, что она не виновна!

Голова окончательно пошла кругом. Я добежала до метро и поняла, что забыла у Зюки пакет. Старательно изображая из себя наркоманку Зудину, я сегодня взяла с собой не сумочку, а пластиковый пакет, куда сунула кошелек, детектив, чтобы не скучать в дороге, и маленький плоский, похожий на портсигар диктофон. Он был включен, я намеревалась незаметно запечатлеть все Зюкины признания. Правда, говорят, что такая запись не может служить в суде доказательством, но на следователя она произвела бы нужное впечатление...

Глава 26

Пришлось нестись за пакетом, а потом, запыхавшись, домой.

Толпу в нашем дворе я заметила издалека — человек двадцать возбужденно размахивали руками, — а также «Скорую помощь» и машину милиции. Сердце сжало нехорошее предчувствие. Господи, ну что у нас еще случилось?

Тут от толпы отделились женщины.

— Совсем с ума сошел, — буркнула одна.

— Что произошло? — не утерпела я.

— Да Зотов из девяносто пятой квартиры до белой горячки допился, — словоохотливо пояснила другая.

— Каждый божий день по бутылке выжирал, — добавила первая, — все, теперь зеленых чертей ловит!

Я облегченно вздохнула, значит, у нас все в порядке. В ту же минуту дверь второго подъезда распахнулась, и двое дюжих санитаров выволокли на улицу плюгавенького мужичонку в смирительной рубашке. Рядом с огромными, одетыми в короткие синие халаты медбратьями алкоголик Зотов казался щуплым подростком, однако из груди его неслись совсем недетские вопли.

— Гады, сволочи, пустите! — выкрикивал Зотов, пытаясь освободить связанные за спиной руки. — Никуда не поеду!

Соседи притихли. Санитары молча принялись запихивать буяна в «Скорую помощь». Но это у них получалось плохо.

— Ой, горюшко, — запричитала стоявшая рядом со мной женщина, — ну за что мне это несчастье? У всех мужики ведрами ханку жрут и ничего, а мой сразу с катушек съехал.

— Не расстраивайтесь, — попыталась я ее утешить, — вылечат.

— Видел я эту кенгуру, — вопил Зотов, — живая она, не сойти мне с этого места! Живая!

Санитары, не обращая внимания на его вопли, пытались затолкнуть алкоголика в перевозку.

— Была, была кенгуру! — визжал Зотов, — А еще обезьяна к ней иногда приходила, и они дрались! Не верите? Была!

Медбратья удвоили усилия и втиснули несчастного в допотопный «рафик». Машина фыркнула пару раз и поехала. В стекле задней дверцы мелькнуло лицо Зотова с раскрытым в беззвучном крике ртом.

Толпа, переговариваясь, начала расходиться.

— Что это он про кенгуру болтал? — тихо спросила я у плачущей жены Зотова.

Та, трубно высморкавшись, словоохотливо объяснила:

— Пил как черт. Ну каждый божий день то бутылку, а то и две ужрет, урод. Другие засосут водяру — и спать на диванчик, тихо да спокойно, а мой нет, куда там! Неймется ему! По квартире бегает, к детям пристает, дерется, пакостит по-страшному. И ничего его не берет. У Вальки Федотовой из сто двадцатой квартиры — вот где счастье! — допился мужик до того, что почку отрезали! Все, теперь боится даже взглянуть на бутылку. Хорошо жить стали, мебель купили...

Я терпеливо поджидала, пока взвинченная баба доберется до сути проблемы. Наконец она начала объяснять про кенгуру. Вот уже несколько дней ее муженек видел на балконе это славное животное. Сначала жена и дети думали, что папенька придуривается, потом Зотов начал рассказывать и про обезьяну. Тут только до супруги дошло, что счастье пришло и к ним — глава семьи наконец-то допился до белой горячки и его, слава богу, заберут от них в психушку. Однако удивляло, что он видит кенгуру, какой-то странный бред. Обычно ведь ловят зеленых чертиков или мышей... Но приехавшие медики развеяли все сомнения — белая горячка, она и есть белая горячка, и чудится больным все, что угодно, кенгуру так кенгуру.

— А где ваш балкон? — робко поинтересовалась я.

— Вон видите, красненькие саночки висят, — ткнула Зотова пальцем вверх.

Я проследила за ее рукой. Интересно, однако. Зотовы живут в соседнем с нами подъезде, но их балкон находится через один от нашего. Рядом, в том же отсеке, проживает древняя старушка Анна Ивановна, и вот ее балкон прилегает впритык к нашему, вернее, к одному из наших, потому что после того, как Катюша объединила две квартиры в одну, у нас целых три балкона. Анну Ивановну я великолепно знаю, ее кот, роскошный перс по кличке Леша, регулярно преодолевает крошечное расстояние между балконами и рвется в гости к Клаусу и Семирамиде. Мы впускаем Лешу, угощаем его печенкой, а потом кричим Анне Ивановне и передаем ей кота через перила. Ехать на первый этаж, идти в другой подъезд и подниматься в квартиру старушки нам просто не хочется.

Намного проще сунуть кота через пропасть, тем более, что он не боится высоты.

Я медленно пошла домой. Интересно, бывают у людей одинаковые глюки? Потому что если нет, то придется признать, что кенгуру существует на самом деле.

Вечер пролетел, как обычно, в домашних хлопотах. Сначала я погладила Кирюшкины рубашки и Лизины юбочки, затем покормила всех ужином, потом помыла посуду, выслушала школьные новости и зашила брюки, которые Володя разорвал о гвоздь, торчащий у него на работе из стула. Посетовав на милицейскую бедность, не позволяющую обзавестись хорошими креслами, майор пошел домой. Я же легла в спальне на диван и тихонечко включила диктофон. Послушаю еще раз разговор с Зюкой, может, что дельное придет в голову...

Но никаких новых мыслей у меня не появилось.

И когда прозвучали последние слова и я уже хотела выключить диктофон, вдруг из динамика раздался тяжелый вздох и тихое пощелкивание, потом усталый, какой-то стертый голос Зюки:

— Алло, ты меня слышишь?

Я замерла. Редакторша понятия не имела о том, что в забытом пакете работает диктофон, и не успела я выйти за дверь, как Зина кинулась звонить.

— Алло, слышишь? — нервно повторила Иванова. — Она приходила сюда, она все знает про гостиницу, Зудина рассказала.

Повисло молчание. Потом Зюка взвизгнула:

— Ты понимаешь, какие у нее мысли? Она думает, что я отравила Жанку. Бред! Говорит, будто я решила расправиться с шантажисткой. Леня, помоги!

Снова воцарилась тишина, прерываемая только тяжелым дыханием взволнованной женщины. Наконец Зина каким-то тусклым, совершенно безжизненным голосом ответила:

— Слушай, я знаю, что тебе известна правда. Ну вспомни, кто из тебя, мента неотесанного, директора галереи сделал. Ведь Шишкина от Ван Гога не отличал! Кто тебя в люди вывел... Я и только я! Долг платежом красен, Ленечка...

В повисшей тишине раздались странные булькающие звуки — Зюка надрывно плакала.

— Знаю, — всхлипывала она, — я все знаю про твою патологическую жадность. Надеешься с убийцы барыши поиметь, шантажировать собрался! Но мне известно, что ты на всех досье собрал, ментяра! И ты точно, абсолютно точно в курсе, кто убил Жанку! Спаси меня Леня, а я...

Раздался щелчок, в диктофоне кончилась пленка. Я осталась сидеть на диване. Леня — это Дубовский, и Зюка предполагает, что ему известно имя убийцы. Как поступить?

От волнения я забегала по комнате, налетая на мебель. Минут через десять дрожь улеглась, и мозг смог спокойно оценить ситуацию. Так, любое несоответствие в показаниях свидетелей лишний шанс для Ани. Завтра же выясню у Надюши, оставалась ли она хоть две минуты одна в кабинете Гребнева, а потом отправлюсь к Дубовскому, суну ему под нос запись и посмотрю, как перекосится его безукоризненно выбритая морда.

Надюше я позвонила, лишь только протрещал будильник — без пятнадцати восемь, но трубку никто не снимал. Либо она уже ушла, либо отключила телефон на ночь, чтобы спать спокойно.

К «Алиби» я прибежала минут за двадцать до

начала работы и спряталась в подъезде дома напротив. Улица, которая ведет к метро, абсолютно прямая, и я увижу спешащую к месту службы Надюшу издали. Минуты текли томительно, постепенно в переулке стали появляться люди, они быстрым шагом подходили к двери с табличкой «Агентство «Алиби» и исчезали внутри, но Надюши все не было. От нетерпения я переминалась с ноги на ногу, удивляясь, куда могла подеваться девушка.

Вдруг у двери, с которой я не спускала глаз, притормозила красивая иномарка. Из ее недр вышел мужчина. Я сразу узнала его — противный господин Федорчук, истинный владелец агентства, тот самый, кто выгнал всех сотрудников, нанятых покойным Гребневым, дав им минимальное количество денег.

Одетый в роскошное пальто Федорчук открыл заднюю дверь «Мерседеса» и помог выбраться даме. Я разинула от удивления рот. Женщина, облаченная в восхитительную леопардовую шубку, нежно взявшая владельца агентства под руку, была... Валерия Корчагина. Глядя, как парочка исчезает в подъезде, я прищелкнула языком. Ну и дела! Интересно, что связывает несчастную Леру и этого паука? В свете того, что я знаю о ее заболевании, вряд ли это любовные отношения. Да и мерзкий Федорчук скорей всего давно справил шестидесятипятилетие... Хотя знавала я парочки, где разница в возрасте была еще больше, подумаешь, каких-нибудь тридцать лет...

Не успела я прийти в себя, как на пороге агентства мелькнула тоненькая фигурка в ярко-красной беретке. Уже через секунду после того, как девушка исчезла внутри, я поняла, что это

Наденька. От злости я топнула ногой так, что заломило коленку. Ну и что теперь делать? Придется ждать, пока Валерия вместе со своим кавалером покинут здание.

Вы не поверите, они провели там целых два часа. Я просто обалдела от стояния возле входной двери подъезда, к тому же местные мамаши потянулись на прогулку со своими малышами, и все как одна окидывали меня брезгливыми взглядами. Одна даже заявила:

— Нечего здесь туалет устраивать, идите к метро, там за копейки пописаете!

Я не стала ругаться с наглой особой, а поднялась на второй этаж и села на подоконник. Пусть думают, что поджидаю кого-нибудь из жильцов.

Наконец в полдвенадцатого парочка вновь села в «Мерседес» и была такова. Сгорая от нетерпения, я влетела в «Алиби», добежала до приемной и с порога задала вопрос:

— Надежда, только не ври! Немедленно рассказывай, кто заходил к Сене Гребневу в тот жуткий день? Кто оставался в его кабинете один и почему ты пустила его туда?

Надюша растерянно моргала глазами, подыскивая ответ на столь резко поставленный вопрос. Наконец она решилась и проблеяла:

— Я никогда не пускаю в кабинет посторонних одних. А свои не лезли в кабинет в отсутствие хозяина, твердо соблюдая бюрократическое правило — если комната пуста, не следует в нее заходить.

— Врешь, — шипела я, — вспоминай немедленно! И потом, какого черта ты наговорила в милиции, будто Анна Ремешкова оставалась в Сенином кабинете одна! Неужели ты бы ее оставила, а?

Надюша пошла неровными пятнами и начала выкручиваться:

— Ну, она сама влетела, словно фурия, оттолкнула меня — и в кабинет. Плюхнулась в кресло и заявила: «Меня отсюда не выгонишь». Сеня как раз в туалет вышел. Ну не драться же! Она здоровенная баба, мне с такой ни за что не справиться!

Я внимательно наблюдала за ее дергающимся лицом. Ох, что-то здесь явно не так. Конечно, идти врукопашную с более чем стокилограммовой Анной абсолютно бессмысленно, с тем же успехом можно пытаться бороться с разъяренным носорогом. Но почему Надюша оставила конфликтную клиентку в кабинете одну? Почему сама не осталась в комнате до возвращения Сени?

Но я не успела задать этот вопрос. Дверь кабинета с треском распахнулась, и в проеме вновь возник спортивного вида парень. При виде меня он изобразил искреннюю радость и расплылся в деланой улыбке.

— Вернулись? Надумали воспользоваться нашими услугами?

Ответить в такой ситуации «нет!» было в высшей степени глупо, и мне пришлось кивнуть головой.

— Прошу, — продолжал скалиться он, вталкивая меня в кабинет, — в чем проблема?

Я вздохнула и на ходу придумала историю. Мой муж, блудливый козел, завел себе любовницу, и я хочу застать голубков на месте преступления.

— Нет проблем, — заверил парень.

— Но у меня мало денег, — быстро сказала я, — их хватит только на один день наблюдения.

Парень отложил ручку.

— Ну, боюсь, за столь короткий срок ничего не получится.

— Хорошо, — старательно скрывая радость, сказала я, — нет так нет.

Но начальник не собирался терять даже такого крайне невыгодного клиента.

— Впрочем, можно попробовать, иногда хватает и двух часов. Итак, фамилия, имя, отчество.

— Кого?

— Вашего мужа, конечно!

— Федин Иван Петрович, — быстро нашлась я.

— Где работает?

— Дома, он художник.

— А дама?

Я заколебалась.

— Кто она, знаете?

— Валерия Корчагина, — сама не понимая почему, ляпнула я, — служит в «Искусствфонде».

Взяв деньги за работу, он не стал провожать клиентку в прихожую, я вышла одна. За столом секретарши сидела миловидная женщина лет сорока.

— А где Надюша? — поинтересовалась я.

— Зуб заболел, — спокойно пояснила она, — в поликлинику побежала.

— В какую?

— Не знаю, наверное, в свою.

Что ж, похоже, челюсти у дорогой Наденьки заломило как нельзя вовремя. Потому что, сдается мне, чего-то она недоговаривает. Ладно, попробуем подобраться к проблеме с другой стороны.

У метро я долго искала телефон-автомат, но все время натыкалась на голубенькие будочки туалетов. Конечно, хорошо, что в нашем городе наконец-то цивилизованно пытаются решить проблему «справления» естественных нужд. И ведь на самом деле удобно — заплатил всего четыре рубля и сиди с комфортом. Но я не хочу писать. Мне срочно нужно позвонить. Наконец телефон отыскался, но у меня не было карточки. Проклиная на все корки технический прогресс и с умилением вспоминая те далекие райские времена, когда телефоны-автоматы работали не только от двухкопеечной монеты, но и от простой пуговицы, а особо нервным хватало простого удара кулаком, я уже собралась бежать через проспект к метро, чтобы купить в кассе карточку. Но тут раздался голос:

— Тетенька, вам звонить?

Крохотная, на мой взгляд, пятилетняя девочка глядела снизу вверх наивными голубыми глазами.

— Да, детка.

— Давайте десять рублей, — прошептала малютка и вытащила из кармана карточку, — только недолго.

Я сунула в маленькую цепкую ручонку бумажку и позвонила.

— «Москва-арт», — раздался безукоризненно вежливый женский голос.

— Позовите господина Дубовского.

— Кто его спрашивает?

— Евлампия Романова.

В ухо полилась мелодия, раздражающая и навязчивая.

— Тетенька, — дернула меня за подол девчонка, — давайте еще десять рублей, слишком долго болтаете!

Я полезла за купюрой и тут услышала произнесенное сочным басом:

— Алло!

— Леня, это Лампа, помните меня?

— Тебя невозможно забыть, — хохотнул мужик.

Договорившись с ним о встрече через полчаса, я вытащила карточку и спросила малолетнюю «коммерсантку»:

— И сколько ты в день зарабатываешь?

— По-разному, — ответила она, — иногда и сто рублей получаю. Правда, попадаются порой такие, могут карточку отнять.

— А деньги куда деваешь?

— Как куда? Еду покупаю, у меня еще есть младшие братья.

— Родители не работают?

Девчонка сморщилась.

— Мама в палатке сидит, полтинник в день имеет в лучшем случае.

— А отец?

Девочка вздохнула и не по-детски рассудительно ответила:

— Слава богу, до смерти допился, а то еще ему, козлу, каждый день бутылку покупать приходилось.

Я пошла к метро, но, пройдя несколько шагов, обернулась. Тоненькая маленькая фигурка, одетая в слишком просторную куртку, прыгала возле телефона, поджидая следующего клиента. Подавив в себе острое чувство жалости, я пошла через проспект.

«Москва-арт» расположилась в фешенебельном месте, в нескольких шагах от станции метро «Маяковская». Насколько помню, когда-то в этом доме помещался магазин «Диета». Но теперь огромные стеклянные витрины были заставлены всевозможными атрибутами, необходимыми художникам — мольбертами, красками, палитрами, бумагой, в красочных вазах щетинились кисти всех калибров. Первый этаж был отдан под магазин. Беглого взгляда на прилавки хватило, чтобы понять: создание картин в наше время — дорогое удовольствие. Самая крохотная кисточка стоила около двухсот рублей, а от цен на бумагу и краски делалось просто страшно. Наверное, поэтому, оказавшись в галерее на втором этаже, я совсем не удивилась ценникам с бесконечными нулями.

Не успела я оглядеться, как ко мне подошла очень интеллигентная дама. Традиционный английский костюм с юбкой, которая закрывала колени, бежевая блузка, такие же туфли, темно-каштановые волосы собраны на затылке в старомодный пучок.

— Желаете подобрать картину? Разрешите вам помочь?

— Меня ждет господин Дубовский.

— Налево через коридор, — она моментально потеряла ко мне всякий интерес.

Я пошла в указанном направлении, уперлась в роскошную деревянную дверь с витой бронзовой ручкой и толкнула ее. Но дверь и не шевельнулась. Поднажав на нее всем телом, я влетела в кабинет и чуть не упала, споткнувшись о Леню.

— Душа моя, — захихикал Дубовский, — а почему ты сегодня без грима? Я-то, грешным делом, голову ломал, в образе кого ты сейчас появишься? Царица-ночь? Или спартанский мальчик, сражающийся с лисицей?

Не обращая внимания на его ерничанье, я достала диктофон и нажала кнопку. Нервный голос Зюки наполнил комнату.

Леня сел в большое, явно сработанное не в нашем веке кресло и прикрыл глаза. Дослушав до конца, он крякнул:

— Ладно, признаю, зря не принимал тебя в расчет. Превосходная работа. Что хочешь от меня?

— Кто убийца Малышевой?

Леня почесал затылок.

— Не знаю!

— Врешь!

— Фу, как грубо! Точно не знаю, имею только отдельные соображения, но, как понимаешь, их к делу не пришьешь.

— О каких досье говорила Зюка?

Дубовский ухмыльнулся:

— Это хобби, маленькое развлечение, я собрал кое-какую информацию об общих знакомых. Так, по ерунде. Этот гомик, тот вор, третий уходит от налогов, но к делу об убийстве это никакого отношения не имеет. Хочешь знать мое профессиональное мнение?

— Ну?

— Жанну отравил кто-то из гостей, ну, из тех, кто был тогда у Борьки.

Я фыркнула. Тоже мне, гениальная догадка, да это известно с самого начала.

— Ты морду не криви, — обозлился Дубовский. — Наша Жанна еще тот кадр была, малосимпатичная личность, если до конца разобраться. Во-первых, Никитка не был ее мужем, он ее брат.

— Знаю.

— Во-вторых, они с ним занимались тем, что...

— Обирали любовников Малышевой, — закончила я.

Леня хмыкнул:

— Хорошо, теперь о Зюке. Насколько я понимаю, ты в курсе того, что произошло в «Морской». Так вот, Зинаида не виновата. Девица на самом деле покончила с собой.

— А ты откуда знаешь?

Ленечка мерзко захихикал:

— Милая детка, в нашем бренном мире все так переплетено, плюнь — попадешь в знакомого. Я жил в соседней квартире с Воротниковыми. Натерпелись они от Любки по первое число. И ведь была вполне нормальная девчонка, а как школу закончила, съехала с катушек.

Летом и зимой еще было ничего, а весной и осенью Люба начинала выделывать чудные вещи. Могла убежать на несколько дней из дому и таскаться по подвалам и чердакам. При этом у нее резко обострялась сексуальная активность, и, когда загулы заканчивались, приходилось вести девушку на аборт. После операции у Любки начиналась фаза раскаяния, она рыдала день-деньской, а потом пыталась покончить с собой. Пила таблетки, вскрывала вены, лезла в петлю... Жизнь Воротниковых превратилась в перманентный кошмар. В семье, кроме Любы, подрастало еще двое детей, и жизни не стало никому. Брат с сестрой в четыре глаза стерегли сумасшедшую, стараясь не оставлять ее одну. Из аптечки убрали все лекарства, кроме нескольких таблеток аспирина, чашки у них в доме подавали пластмассовые, а отец перешел на электробритву. Но в один далеко не прекрасный день, когда Любаша попыталась повеситься в ванной на банном полотенце, терпение родственников лопнуло, и они поместили старшую дочь в психиатрическую клинику. Как Люба ухитрилась удрать из поднадзорной палаты, не понимал никто. Поднялся шум. Сначала родители отреагировали на исчезновение Любы более или менее спокойно. Думали, она, как всегда, таскается с бомжами, но через две недели забеспокоились. Вот Воротников и пришел к Лене, он знал, что сосед работает в милиции.

Дубовский в момент раскрутил дело. Это оказалось проще, чем отнять у младенца погремушку. Бездомные, ошивавшиеся на Киевском вокзале, припомнили красивую рослую девушку и сообщили, что она ушла с приятной молодой женщиной к стоянке такси. Был найдет и таксист, доставивший парочку в гостиницу «Морская». Узнав о пожаре, Леня присвистнул, но Воротниковым ничего говорить не стал.

Сейчас, лучезарно улыбаясь, он пояснил мне:

— Любку все равно было не вернуть. Да и, честно говоря, всем от ее кончины только лучше стало. Родители вздохнули свободно, да и сама она отмучилась. Пожалел я Зинаиду, не стал ничего предпринимать, а отцу с матерью сообщил, что Любка села на вокзале с компанией бичей в товарняк и отбыла в неизвестном направлении. Через пару лет ее официально признали умершей. Вот с тех далеких времен мы и дружим с Зинкой.

Я подавила смешок. Хороша дружба! Интересно, сколько денег отстегнула тебе бедная Иванова, чтобы заткнуть ему глотку?

— Зина абсолютно не способна на убийство, — спокойно пояснил Леня. — Не скрою, когда Жанка начала ее шантажировать, Зюка в полной прострации прибежала ко мне с вопросом — что делать?

Леня, недолго думая, предложил:

— Есть парочка надежных парней.

— Ни в коем случае, — испугалась Зюка.

— Ты не так поняла, — пояснил Дубовский, — никто не собирается убивать Малышеву. Ну, поговорят с девчонкой в уголке, объяснят ошибки!

— Нет, нет, нет, — махала руками Зюка, — черт с ней, буду хвалить жуткие картины, в конце концов, мне все равно, она ведь только славы хочет, медных труб, ну и пусть получит. Пойми, я не смогу жить, если узнаю, что из-за меня покалечили человека.

Леня пожал плечами:

— Была бы честь предложена.

Зинка принялась регулярно петь осанну Малышевой, а Леня, чтобы помочь подруге, даже выставил отвратительные пейзажи у себя в галерее. Очевидно, и у подлецов случаются альтруистские порывы.

— Уж поверь мне, — втолковывал Дубовский, — Зюка тут ни при чем.

— Тогда кто, может, ты? — в упор спросила я.

Леня радостно заржал:

— Пупсик мой, птичка шизокрылая, ну зачем бы мне, человеку с деньгами и положением, травить Жанку?

— Малышева вела дневник, где были записаны чужие тайны, вдруг там и про тебя что нашлось?

Дубовский заулыбался еще шире:

— Кисонька, да я весь на виду, честный администратор. Спроси у любого художника, взял ли хоть копейку себе в карман. Бутылки коньяка, естественно, не в счет, их все несут, вон, полный шкаф стоит...

— Это сейчас ты «рафинированный интеллигент», — не утерпела я, — только в бытность сотрудником легавки не слишком-то соблюдал закон!

— Ну, милая, — спокойно увещевал меня Леня, — пойми, я же был профессионалом на том поле. Ну прикинь на минуту, что я и впрямь решил бы избавиться от Малышевой, неужели стал бы действовать таким топорным способом? Травить девчонку, как таракана, да еще в своем присутствии, да еще ядом, который моментально вычисляется даже без лаборатории. Достаточно понюхать лицо — и все понятно! Нет, дорогуша, я же все-таки не клинический идиот!

— Ну а как бы ты действовал, интересно знать?

Леня с жалостью глянул на меня:

— Деточка, в нашем мире существуют потрясающие профессионалы. Никто даже ничего и не заподозрит! Ну, схватилась глупая женщина мокрыми руками за фен, или мыла окна, дурочка, босиком, да мало ли несчастных случаев приключается... А в Жанниной смерти виноват дилетант, тут действовал любитель, начитавшийся детективов, уж поверь моему опыту!

Я молчала, переваривая информацию.

— И потом, крошка, сдается мне, что несчастного Гребнева отправил в мир иной тот же человек, только я никак не пойму за что, связи между двумя убийствами не вижу.

— Связь не видишь, а думаешь, что преступник один и тот же, — фыркнула я.

— Нюх у меня, Лампа, на такие вещи, — задумчиво сказал Леня, — знаешь, иногда все улики против, а сердце подсказывает — виноват! Начнешь мотать — и точно! Ну, чутье у меня на преступника, как у спаниеля на утку, хотя ты в это, конечно, не поверишь!

Я молча разглядывала всевозможные штучки, украшавшие стол Дубовского: пара фигурок из нефрита, цепочка из блестящего металла, несколько игральных костей и причудливой формы пузырек, похожий на усеченную пирамиду. Отчего же, я поверю в интуицию бывшего милиционера. Володя Костин частенько рассказывал, что и с ним это бывает.

— Знаешь, Лампуша, — откровенничал майор, — сам не пойму, откуда что берется. Ну иногда входит человек в кабинет. Вызвали его как свидетеля, чист, словно слеза младенца, следствию помогает, искренний такой, надо бы от души поблагодарить, гражданин времени не пожалел, пришел, а у меня в мозгах словно свет зажигается: стоп, вот он, голубчик! Ну почему такое происходит, может, я экстрасенс?

И вот теперь те же слова произносит Дубовский...

— Ну и что подсказывает тебе чутье? — поинтересовалась я.

— Знаешь, — протянул Леня, — честно говоря, мне кажется — ее вообще не должны были убить, ну никому она не мешала...

— Однако убили, — вздохнула я, — вот бы дневничок Малышевой отыскать... Интересно, у кого из подружек она его спрятала? И спросить-то не у кого, Никита покойник... Может, Валерия знает?

Дубовский пожал плечами:

— Вполне вероятно, что тетрадочка просто лежит дома, на письменном столе...

— Но она сказала Зюке, что...

— Да слышал я, — отмахнулся Леня, — для красного словца ляпнула. В квартире документик!

— Ну с чего ты взял?

Бывший милиционер ухмыльнулся:

— Сколько времени со дня смерти Жанки прошло? Больше двух недель? Что же подружка верная не объявилась и бумажки не приволокла?

Я тяжело вздохнула.

— То-то и оно, — резюмировал Дубовский, — тоскует дневничок в квартире Малышевых.

— Как же мне туда попасть? — пробормотала я.

Леня с откровенной издевкой засмеялся.

— Голубушка, что за несвойственные тебе колебания? Бери гитару — и вперед.

— Зачем мне музыка? — удивилась я. — И потом, гитара, конечно, тоже, как и арфа, струнный инструмент, но я совершенно не умею на ней играть...

— Гитара — это отмычка, — пояснил Дубовский.

— Но это же незаконно!

— Ну, е-мое, — буркнул Леня, — ты всегда законы соблюдаешь, улицу только на зеленый переходишь? Впрочем, попроси о помощи господина Гвоздя, думается, он тебе не откажет!

Глава 27

Остаток дня я безуспешно пыталась соединиться с Родионом. «Абонент отключен или временно недоступен, попробуйте позвонить позднее», — талдычил вежливый женский голос. Призванная на помощь Ирина заявила:

— Небось забыл аппарат зарядить, такое с ним бывает. В баню поехал или еще куда с друзьями. Утром спохватится, не волнуйся, Лампа.

Делать нечего, пришлось пить чай, краем уха слушая перебранку между Лизой и Кирюшкой, кому достанется горбушка от «Бородинского». Когда ссора достигла накала и в ход пошли непарламентские выражения, я не выдержала:

— У буханки два края, отрежьте оба и успокойтесь.

Такое простое решение проблемы, очевидно, не пришло детям в голову. Но не успели они изуродовать хлеб, как вмешалась Ирина:

— Я тоже люблю горбушки.

Скандал грозил разразиться с новой силой.

— Только не убивайте друг друга, — попросила я, — бросьте жребий.

— Как? — хором поинтересовалась троица.

— Ну, возьмите колоду карт и вытащите по одной. У кого окажется старшая — тот и выиграл.

— Класс! — завопил Кирюшка и понесся в кабинет.

Лиза и Ирина с топотом кинулись за ним.

— Погоди! — кричали девицы. — Без нас не бери, а то намухлюешь!

В ту же минуту раздался звонок в дверь. На пороге, мило улыбаясь, стояла старушка, хозяйка кота, любящего лазить на наш балкон.

— Анна Ивановна, — удивилась я, — что, Леша опять перебрался к нам? Ну и зачем вы бежали, отчего не позвонили по телефону?

— Видишь ли, деточка, — тихонько сказала бабушка, — дело у меня к тебе, Лампочка, очень деликатное. А Леша дома, спит, негодник, у меня на подушке.

Недоумевая, что могло приключиться, я провела бабусю на кухню и предложила ей чаю.

— Спасибо, детка, — отказалась соседка и поинтересовалась: — Скажи, только честно, ничего особенного во мне не замечаешь?

Я оглядела ее аккуратную фигурку. Бабуля была одета в красивый тренировочный костюм. Внук Анны Ивановны, хулиган и безобразник, несчастье родителей и школы, после девятого класса занялся торговлей и преуспел в бизнесе чрезвычайно. Бабушку, всегда защищавшую его от справедливого гнева отца, внучок просто обожает. Он одевает и обувает старушку, правда, ориентируется в основном на свой вкус, поэтому Анна Ивановна щеголяет в спортивных костюмах, джинсах, кроссовках и кожаных куртках. Надо сказать, молодежный прикид ей к лицу. Заботливый внучок забивает бабуле холодильник до упора и приучил ее на старости лет к пиву. Наши дворовые сплетницы только корчатся от зависти, когда парень нежно запихивает старушку в «БМВ» и с воплем: «Держись, бабулек, вмиг до поликлиники домчу!» — стартует с места на третьей скорости.

Повезло и Леше. Ничего, кроме парной телятины по девяносто рублей за килограмм, кот больше не жрет.

— Нет, не замечаю, — удивленно ответила я, — впрочем, кажется, волосы чуть-чуть не того!

— А, — махнула Анна Ивановна, — все Петька. Попросила его: «Детка, купи мне хну». Всю жизнь ею крашусь. Разорался: «Ты бы еще, бабуля, вместо шариковой ручки на камне письма выбивала!» Отвез меня в парикмахерскую к какой-то прошмандовке, та обстригла, покрасила, ну и на кого я теперь похожа? Наталья Михайловна из сто сороковой, та еще змеюка, увидела и сквозь зубы процедила: «Все молодеешь, Аннушка, скоро мини-юбки носить начнешь».

— По-моему, чудесная стрижка, — ответила я, — и цвет модный, темно-каштановый с розовыми прядками, сама такой хочу, только жаба душит тысячу рублей сразу отдать.

— Моего Петьку ничего не душит, — хихикнула Анна Ивановна, — я вчера попросила: «Деточка, купи бутылочку минеральной воды». Так он привез ящик, грохнул на кухне и говорит: «Упейся, бабулек!» И так во всем! Не поверишь, Лампочка, чем я теперь по вечерам занимаюсь!

— Ну?

Анна Ивановна опасливо обернулась и спросила:

— Никому не расскажешь?

— Ни боже мой.

— В компьютер играю. Правда, «стрелялки» не уважаю, а вот «бродилки» просто прелесть, душа отдыхает. Принца Перси знаешь? Чудная вещь, никак девятый уровень не пройду. Не то что сериалы дурацкие!

Она замолчала. Я старательно удерживала на лице серьезное выражение. Ай да Петька! Совсем бабулю на свой лад перекроил.

— Да только не о волосах речь, — вздохнула Анна Ивановна, — скажи, но только правду, я похожа на сумасшедшую?

— Ни секунды, — тут же отреагировала я, — с чего вам подобная мысль в голову пришла?

— Понимаешь, Лампочка, — перешла на шепот бабуся, сдувая со лба разноцветную мелированную прядку, — галлюцинации у меня. Сказать кому — боюсь. Еще, не дай бог, в психушку угожу. Попробовала было Петьке пожаловаться: «Деточка, — осторожненько так говорю, — деточка, к нам на балкон приходит кенгуру! Самый настоящий, с ушами, хвостом и носом так смешно дергает. Абсолютно живой, вижу, как тебя...»

— А он что? — поинтересовалась я, заранее зная ответ.

Анна Ивановна тяжело вздохнула:

— «Спокойно, — говорит, — бабулек. Если в стенах видишь руки, не волнуйся — это глюки!» Пообещал врача найти. Ну я и замолчала, но кенгуру эту частенько вижу. Намедни, не поверишь...

— Еще и обезьяна пришла, — закончила я.

— Откуда ты знаешь? — оторопела Анна Ивановна.

В эту минуту за балконной дверью мелькнула тень.

— Ой, гляди, — почти умирающим голосом прошелестела гостья, — вон она, макака!

Я уставилась на балкон. В сумерках кривлялась обезьяна, одетая самым немыслимым образом. На голове — кепочка с помпоном, на шее клетчатый шарф.

— Шапочку где-то сгоношила, — вздохнула Анна Ивановна и перекрестилась.

— И шарфик, — добавила я.

— Так ты ее тоже видишь! — обрадовалась бабуся. — Слава богу, не одна я психопатка. Как думаешь, откуда она является?

— Понятия не имею.

— Ну, ты меня успокоила, — радостно тараторила бабушка, — честно говоря, я решила: все, каюк пришел, маразм начался, подкрался неслышным шагом. Хотя, может, это нам вдвоем кажется?

В эту секунду в кухню влетели Ирина, Лиза и Кирюша.

— Дурацкий твой жребий! — завопили девчонки. — Кирюшка все горбушки выиграл, а нам — фига!

Выслушав их вопли, Анна Ивановна неожиданно сказала:

— И чего ругаетесь! Идите в ларек и купите еще буханок, будет каждому по две горбушки. А хлеб не пропадет. С маслом съедите, «Бородинский» — он вкусный!

От такого простого решения проблемы детишки на секунду замерли.

— А и верно! — завопила Ирина. — Столько времени зря потеряли, давно бы бутерброды ели.

Чуть не столкнувшись лбами, они ринулись на выход.

Анна Ивановна тоже засобиралась.

— Значит, я больше не волнуюсь, приходит кенгуру, и аллах бы с ним, вот только любопытство теперь разбирает: ну откуда он берется?

— Не знаю, — честно ответила я, — впрочем, и про обезьяну тоже...

Проводив бабулю, я помыла чашки и поглядела на балкон — никого. Ладно, будем собираться ко сну, почитаем детективчик в кроватке, а может, лучше налить ванну и залечь туда? Развести пену, прихватить пару бутербродиков, вытянуться в теплой воде... Замечательная идея!

Радостно улыбаясь, я вошла в ванную и принялась перебирать бутылочки с разноцветными этикетками. Да, с появлением Ириши количество косметики на полках значительно возросло. Одних шампуней у нас теперь больше десятка, а пены для ванны, всяческих ароматических масел, растворяющихся в воде «подушечек» просто немерено.

Перенюхав с десяток пластиковых и стеклянных емкостей, я вылила в ванну розовую жидкость, приятно пахнущую гиацинтом, швырнула туда мочалку и, напевая, собралась раздеваться. В это мгновение раздался телефонный звонок.

— Евлампия, — донесся из трубки слабый голос, — вы хотели получить дневник Жанны?

— Да! — заорала я, не помня себя от радости. — Да, конечно, он у вас?

— Здесь лежит, — прошелестела еле слышно женщина.

Либо она больна, либо очень старая, вон как разговаривает, словно находится на краю могилы.

— Какая удача! — радовалась я, пытаясь одной рукой застегнуть джинсы. — Откуда вы узнали мой телефон?

— Господин Дубовский дал, — задыхалась собеседница, — приезжайте.

— Куда?

— В Ломакино, на электричке с Киевского вокзала...

— Сейчас? Но ведь уже девять часов!

— Завтра в семь утра я навсегда покидаю Россию, — пояснила незнакомка, — уезжаю на постоянное жительство в Израиль, у вас последний шанс — сегодня.

Не колеблясь ни секунды, я заявила:

— Давайте адрес.

— Ломакино, улица Октябрьская, восемнадцать.

— Как вас зовут?

— Ольга Кац, — ответила женщина и бросила трубку.

Я забегала по квартире, пытаясь одновременно одеться, причесаться и накраситься... Как назло, дети все не возвращались. Отчаявшись их дождаться, я написала записку: «Срочно уехала по делам в Ломакино, буду завтра», прикрепила бумажку на холодильник, схватила сумку, кошелек и ринулась к двери, но не успела отпереть замок, как раздалась звонкая трель. Радуясь, что ребята успели вернуться до моего отхода, я распахнула дверь и увидела нашего соседа-психиатра с нижнего этажа.

— Простите великодушно за поздний визит, — завел он шарманку, — но я вынужден был...

— Ну? — весьма невежливо поинтересовалась я, влезая в куртку.

— Извините, бога ради, но у меня снова капает.

О черт! Я совсем забыла про наполняющуюся ванну. Небось губка заткнула отверстие слива, и вода хлынула на пол. Но мне было совершенно некогда разбираться с очередным потопом, потому что я могла опоздать на последнюю электричку.

— Никогда бы не решился побеспокоить, — монотонно зудел сосед.

— Вот что, — заявила я, выскакивая к лифту, — если хотите, чтобы ваша квартира не превратилась в аквапарк, бегите рысью в нашу ванную, закрутите кран и подотрите воду, можете пошвырять в лужу грязное белье, найдете в чулане, его там до потолка!

— Это вы мне? — изумился сосед.

— Ну конечно.

— Да, но...

— Извините, я опаздываю! — выкрикнула я, впихивая его в прихожую. — Не стесняйтесь, начинайте. Впрочем, сейчас дети вернутся и помогут вам.

С этими словами я нажала на кнопку с цифрой «один» и стремительно понеслась вниз. В следующий раз, когда мы опять устроим «водопад», надо будет узнать, как все же зовут этого милого, но слегка занудливого человека!

На электричку я благополучно успела, вскочила без билета в последнюю дверь и пошла вдоль состава, выискивая вагон, где сидит побольше женщин. Ехать поздним вечером в компании сильно подвыпивших мужиков не хотелось. Состав несся сквозь темный лес, изредка оглашая окрестности коротким, тревожным гудком. За окном мелькали дома и домишки с уютно светящимися окнами. Даже коробейники, торгующие всякой всячиной, не ходили в этот поздний час по вагонам в поисках покупателей. Не было и контролеров, и я преспокойненько прибыла «зайцем» в Ломакино.

Это был крохотный полустанок, узенькая платформа, по бокам которой стоял дремучий лес. Апрель в этом году холодный, зима все никак не сдает своих позиций, но в Москве снег давно сошел. Здесь же кое-где виднелись небольшие бело-серые кучи и стояла странная, какая-то нереальная тишина, особенно пронзительная после шума электрички.

Я сошла в Ломакине одна, ни единого человека не было на платформе, и, когда состав, лязгнув железными дверьми, умчался, мне стало жутко. Где же тут Октябрьская улица? В лесу проспектов нет. Куда идти? Честно говоря, отправляясь в путь, я предполагала, что на вокзальной площади в Ломакине найдется какой-нибудь ларек, круглосуточно торгующий пивом, жвачками и водкой. Надеялась, что продавец покажет дорогу... Но здесь, похоже, не ступала нога прогресса, не было даже билетной кассы...

Вдруг в самом конце платформы мелькнул красный огонек.

Обрадовавшись донельзя, я заорала:

— Подождите, пожалуйста!

Раздались шаги, и из темноты вынырнули две бабы и один на удивление вполне трезвый мужик.

— Чего голосишь, как потерпевшая? — спросил он.

— Где Ломакино? Подскажите, пожалуйста.

— Тебе поселок или деревню? — поинтересовалась одна из женщин, сплевывая шелуху от семечек.

Я растерялась:

— А что, их два?

— Известное дело, два, вечно все путают, — пояснила другая баба, шмыгая носом.

— Ну надо же! Октябрьская улица, дом восемнадцать, Ольга Кац. Не знаете такую?

— Это в деревне, — отрезал мужик, — в поселке такой улицы нет, у них Ленина, Красной армии и Первомайская, а Октябрьская и Коммунистическая в деревне.

— Ступай налево по тропке, — объяснила баба с семечками, — никуда не сворачивай. Дойдешь до кладбища — и по центральной аллее, мимо памятника павшим бойцам, а там и Октябрьская начинается. Только нету у них никаких Кацев.

— В доме восемнадцать кто живет?

Тетка пожала плечами:

— Это дача, а уж чья, не знаю, ее не так давно купили.

— Другой дороги нет?

— Нет, — хором ответили бабы и пошли вдоль платформы в противоположную от меня сторону.

Я спустилась по железной лестнице вниз, свернула влево и двинулась в путь. Фонарей тут не было. Узенькая вытоптанная дорожка вилась между деревьями. Сначала я довольно весело шагала, напевая для бодрости во весь голос бессмертную арию «Сердце красавицы склонно к измене», но, когда прямо передо мной возникла ржавая, кое-где покосившаяся ограда, за которой виднелись кресты и надгробия, моя решимость куда-то улетучилась. А вы любите ночью в одиночестве бродить по погосту? Наверное, странно, но я не в восторге от подобного времяпрепровождения.

Узенькая калитка покачивалась на ветру с рвущим душу скрипом, огромная луна висела над кладбищем, где-то вдалеке что-то ухало и вздыхало. Весь пейзаж напоминал второй акт балета «Жизель». Вот сейчас разверзнется могила, и на свет явится призрак несчастной девушки, погибшей от любви к ветреному парню. Только подобное хорошо наблюдать из седьмого ряда партера, настоящие балетоманы никогда не сядут ближе. Места в первом, втором, даже третьем ряду кресел для тех, кто ничего не понимает в танце. Вот моя мамочка, оперная певица, всегда говорила, что седьмой ряд самое оно. Впрочем, в Большом театре есть места «с ямой», туда по каким-то причудливым законам акустики не долетает звук. Завсегдатаи знают, а я, честно говоря, подзабыла — восьмой или девятый ряд? А еще подобный эффект наблюдается в Большом зале консерватории.

«Слушай, Лампа, — велела я сама себе, — заканчивай предаваться воспоминаниям, тебе просто неохота идти на кладбище. Но делать-то нечего! Обратной дороги нет!»

Подбадривая себя арией Гремина из «Евгения Онегина», я ступила на погост. Ничего похожего на центральную аллею не наблюдалось, просто одна из тропинок оказалась чуть шире других. Распевая во все горло, я двинулась по ней. Будем надеяться, что сельское кладбище невелико и скоро я выйду на Октябрьскую улицу. Внезапно надгробные камни и железные кресты расступились, и впереди замаячил пятачок, в центре которого виднелось нечто, похожее на пирамидку со звездой. Возглас облегчения вырвался из моей груди. Слава богу, двигаюсь в нужном направлении, вот и памятник павшим бойцам... Ноги заработали быстрей. Однако какое нетрадиционное решение мемориала! Обычно в небольших городках и деревнях устанавливают небольшие стелы со словами: «Их подвиг не забыт», а внизу выбивают список фамилий. Или водружают типовой памятник — солдат, сделанный из гипса, держит на руках крошечную девочку или автомат.

Но в Ломакине скульптор был оригинал. Возле простой невысокой пирамидки сидел каменный мужчина в темной куртке и кепке. Руки он положил на колени и тревожно всматривался в мою сторону. Нельзя было не признать — статуя выполнена отличным мастером, смотрится как настоящий человек, даже глаза поблескивают, наверное, в голову вставили какие-то особенные штучки. Даже удивительно, и откуда в бедной деревеньке нашлись деньги на такой монумент, да он намного лучше всего, что понатыкано по Москве...

Я поравнялась с обелиском, и в то же мгновение «солдат» повернул голову.

— А-а-а, — вырвалось из моей груди, — привидение, вурдалак, упырь, помогите, спасите! Отче наш... Аминь!

Но призрак не думал рассыпаться. Наоборот, он начал медленно подниматься.

— На помощь, — перешла я на шепот.

Господи, давным-давно собираюсь пойти в церковь и принять крещение, да все недосуг, и креста на мне нет! Ой, мамочка, помоги!

Тут чья-то сильная рука опустилась мне на плечо, и некто четко произнес:

— Перестань орать!

От неожиданности я завизжала на такой ноте, которую не взять и кастрату.

— О-о-о, денег никаких нет, только билет на электричку туда-сюда и пятьдесят рублей. Хочешь — делай со мной что угодно, сама разденусь, только не убивай, у меня дети!

— Билет туда-сюда, — передразнил странно знакомый голос. — Кто бы мог предположить, Лампа, что ты такая эротоманка, бежишь в кусты с первым попавшимся парнем, а еще арфистка, интеллигентная дама.

Я резко повернулась и вновь заорала:

— Родион!

— Да замолчишь ты наконец! — вышел из себя Гвоздь. — Бога ради, заткнись и слушай меня.

Я зажала рот руками.

— Раздевайся! — велел Родион.

— Зачем?

— Некогда объяснять, быстрее, куртку, шапочку, джинсы... Китаец, иди сюда.

Парень, которого я приняла за памятник, беззвучно приблизился и тоже начал разоблачаться.

— И что мы с ним сейчас тут будем делать? — поинтересовалась я, клацая зубами от холода. — А колготки снимать?

— Все-таки ты, Лампа, явно со сдвигом на сексуальной почве, — вздохнул Родион, — чулочки оставь, на...

Он протянул мне одежду парня:

— Зачем?

— Одевайся!

Через пару минут мы стояли друг против друга — я и юноша, которого Гвоздь назвал Китайцем. Он и впрямь походил на жителя страны Великой стены — малорослый, щуплый, только глаза не раскосые, а большие и выразительные.

— Давай, Китаец, двигай, — велел Родион и, выхватив из моих рук сумочку, сунул ее юноше.

Тот молча исчез в темноте, словно растворился. Тут только я опомнилась.

— Как ты сюда попал?

— Потом, все потом, — ответил Гвоздь и приказал: — Пошли!

Мы свернули на другую дорожку и как-то быстро оказались за оградой кладбища, прямо на шоссе. Там стояла большая блестящая иномарка с тонированными стеклами. Гвоздь впихнул меня на заднее сиденье, сам сел возле шофера и коротко бросил:

— Миша, дай ей кофе с коньяком.

Водитель открыл термос, наполнил пластиковую чашечку и ласково спросил:

— Бутербродик желаете? С осетринкой?

— Да что происходит, в конце концов? — заволновалась я.

— Потом, — тоном, исключающим любые споры, отчеканил Родион, — имей терпение!

Потекли минуты. Наконец раздался легкий стук. Родион приоткрыл дверь. Стоявший у автомобиля парень, не Китаец, другой, абсолютно мне неизвестный, тихо произнес:

— Все.

— Поехали, — бросил Родион.

Машина, сыто заурчав, покатилась по шоссе.

— Мы куда? — не выдержала я.

— В Вихрево, — спокойно пояснил Гвоздь.

— Но меня ждет на Октябрьской улице в доме восемнадцать Ольга Кац! У нее дневник...

— Знаю, — прервал Родион, — не волнуйся, дама едет с нами.

— Где?

— В другой машине.

Я обернулась. Сзади, светя фарами, двигался еще один автомобиль.

— Ты бы подремала, — предложил Гвоздь, — ложись на сиденье, укройся пледом и бай-бай. Утро вечера мудренее.

То ли я очень устала, то ли в кофе налили не только коньяк, но моя голова внезапно стала невероятно тяжелой, и я рухнула на кожаные подушки.

Глава 28

Как мы доехали до Вихрева, я не помню. Меня вытащили из машины и буквально внесли в комнатку. Какая-то женщина стащила с меня чужую, пахнущую табаком одежду и помогла лечь в кровать. Затем, проявив материнскую заботу, подоткнула одеяло.

— Спасибо, — прошептала я, чувствуя, как каменеют руки и ноги.

— Спи спокойно, детка, — ласково ответила тетка.

И через минуту заорала:

— Эй, Лампа, вставай!

От неожиданности я резко села. Одеяло свалилось на пол. В незавешенное окно бил яркий солнечный свет.

— Вставай, — повторил Родион, — давай умывайся и спускайся в гостиную, все ждут.

— Кто? — пробормотала я, тряся плохо соображающей головой.

— Там увидишь! — загадочно ухмыльнулся Громов и спросил: — Соблазнить решила?

Тут только я сообразила, что сижу перед ним в крохотных трусиках.

— Ой! — взвизгнула я и прикрылась подушкой.

— Проснулась? — спросил Родион. — Теперь, поторопись.

В роскошно оборудованной ванной я попыталась привести себя в порядок, но как прикажете это сделать, когда из подручных средств только расческа? Правда, мою одежду кто-то выстирал, и она аккуратно висела на кресле, распространяя запах ополаскивателя «Ленор».

Плюнув на внешний вид и сгорая от любопытства, я сбежала на первый этаж и пошла по коридору на звук возбужденных голосов.

В большой комнате сверкал накрытый стол. Возле каждой тарелки выстроились шеренги бокалов и рюмок. В центре красовались блюда с колбасами, сырами, зелень, помидоры, джем и тосты. Но гости еще не приступали к трапезе. Я огляделась. Так! Андрей и Валерия Корчагины, причем вид у них не слишком парадный. Он в потертых джинсах и простой клетчатой рубашке, она почему-то в костюме, больше всего смахивающем на пижаму. Чуть поодаль, в кресле у торшера, нервно теребя пояс от трикотажного платья, сидела Зюка, а у окна преспокойненько дымил сигаретой Леня Дубовский. В противоположном от него углу, возле столика с напитками, стоял взлохмаченный Борис Львович. Увидав, как я вхожу в гостиную, Родион мягко улыбнулся и произнес:

— Ну вот, теперь, когда все нужные лица в сборе, разрешите задать вам вопрос — никто не хочет полакомиться ликером «Айриш Крим»?

— Черт знает что! — заорал Андрей Корчагин. — Кто вам позволил? Как вы посмели притащить нас сюда под конвоем, словно преступников?

— Что вы, — спокойно возразил Родион, — я просто позвал всех в гости, дабы за дружеской беседой расставить все точки над i.

— Ничего себе гости! — взвизгнула Зюка. — Да ко мне какие-то бандиты вломились посреди ночи, даже макияж не дали наложить!

— Вам он не нужен, — галантно отозвался Родион, — вы и так выглядите изумительно!

Зюка дернула плечом, но по ее лицу стало понятно, что комплимент достиг цели.

— Зачем мы здесь? — тихо спросила Валерия.

— Чтобы ответить на один простой вопрос, — так же тихо отозвался Громов, — кто убил Жанну Малышеву?

— И так ясно, — хмыкнула Зюка, — госпожа Ремешкова!

— Нет, — покачал головой Родион, — моя жена не виновата!

— Интересное дело! — вспыхнул Борис Львович. — Анька моя супруга!

Громов окинул Лямина холодными глазами. Так брезгливо косится хозяйка на невесть откуда появившегося на идеально чистой кухне таракана.

— Нет, вы альфонс, жиголо, платный партнер, кто угодно, только не муж Анюты, — отчеканил Родион.

— Позвольте, — побагровел Борис.

— Не надо, — спокойно прервал его хозяин, — лучше давайте разберемся, что к чему. Ну, кто первый начнет?

Все молчали.

— Ладно, — миролюбиво согласился Гвоздь, — тогда я, но уж не обессудьте, коли вытряхну некоторые тщательно спрятанные секреты. Итак, с самого начала я предположил, что убийца кто-то из милых гостей...

— А почему не Анька? — злился Лямин. — Наняла эту дрянь следить за мной, узнала про меня и Жанночку и отравила ее, а заодно потом и Семена Гребнева, из мести... Очень логично!

— Нет, совсем нелогично, — вздохнул Гвоздь. — Давайте сразу договоримся — Анюта здесь ни при чем.

— Но почему?!!

— Да потому, что я очень хорошо знаю Нюшу, — улыбнулся Родион, — она бы никогда не стала хитрить и готовиться к убийству Жанны. Налетела бы моментально с порога и наставила бы «разлучнице» фингалов под глаза...

— Она бы ей зубья повыбивала и волосья повыдергивала, — раздался из угла знакомый голос.

Я повернулась на звук и увидела в тени большой, раскидистой пальмы сидящую на маленькой скамеечке Иришу.

Борис Львович хотел было сказать девушке пару ласковых слов, но покосился на Родиона и удержался.

— Погоди, дочка, — велел Гвоздь, — есть еще одна причина, по которой Анюта ни за что бы не стала убивать Жанну.

— Почему? — не утерпела я.

— Да потому, — терпеливо объяснил Родион, — что ей было совершенно по фигу, с кем спит Борька.

— Козел, — прошипела из угла Ириша.

— Как? — изумилась я. — Зачем она тогда нанимала частного агента?

— Нюша, как все женщины, чуть-чуть вкусившие успеха на тропе бизнеса, — вздохнул Родион, — считает себя самой умной, самой хитрой и самой прозорливой. А посоветоваться с кем-нибудь ей и в голову не придет. Сначала, чтобы не платить налоги, она пустилась в квартирные аферы. Одну квартиру купила, Ирку перепрописала, другую подарила Борису. У них существовал четкий договор: квартира Лямина продается в мае, и Нюша покупает себе взамен другую, на Кутузовском. Подчеркиваю, себе. Лямину положены были отступные — десять тысяч долларов, потому что Анюта собиралась с ним разводиться. Когда я узнал про сделку, то просто за голову схватился. Надо же быть такой дурой! Отдать своими руками жилплощадь, цена на которую сейчас колеблется вокруг двухсот тысяч долларов! Можно сказать, подарить ее. Но Анюта замахала на меня руками: «Что ты, Родя, он, конечно, лентяй, противный, зануда, но человек очень порядочный и интеллигентный». Анна даже не взяла с Бориса Львовича расписку. Надо отметить, что до рокового дня рождения Лямин охотно подтверждал: нет проблем, квартиру он продаст, деньги, за вычетом десяти тысяч, отдаст бывшей супруге.

Но вдруг Анечка стала замечать кое-какие странности. Внезапно невесть куда пропало столовое серебро, затем как испарились две антикварные иконы. Борис Львович только руками разводил, но Нюша, отколотившая до синяков двух заподозренных ею домработниц, внезапно смекнула — дорогие вещи тащит из дома и где-то прячет муженек. Пылая праведным гневом, она кинулась к Борису, но тот в негодовании затопал ногами: «Как ты могла такое про меня подумать?»

Разгорелся скандал, во время которого Нюша перебила почти все сервизы, некстати попавшие под руку. А потом у нее началась мигрень, и она свалилась в койку.

Наутро Ирина предложила: «Найми, мамуля, частного сыщика и поймай гада!» Аня колебалась пару дней и отправилась к Гребневу. Одного она не знала — Сеня и Борис Львович были великолепно знакомы, более того, все детство они провели вместе, на одном дачном участке. У того и у другого отцы занимали высокие посты в Министерстве тяжелой промышленности, и им по статусу были положены казенные дачи. Вот им и дали двухэтажный дом в Перхушкове. Лямины жили на первом, а Гребневы на втором этаже. Естественно, мальчики подружились и лет до двадцати пяти тесно общались, но потом контакты постепенно сошли на нет, остались лишь хорошие отношения, в гости друг к другу они не ходили, но изредка перезванивались.

Как только Сеня узнал, кто объект слежки, он моментально сообщил Борису, а тот понял, что Аню волнуют не любовные интрижки, а нажитое имущество.

— Но почему она так прямо и не сказала Сене! — удивилась я.

— А ты у нее спроси! — развел руками Родя.

— Мамуля говорила, — подала голос Ириша, — что так приличней будет, вроде про любовницу не так стыдно, как про вора...

Дубовский расхохотался:

— Чисто дамский аргумент.

— Лампа появляется в доме, — продолжал Родион, — и буквально в одночасье вычисляет Жанну.

— Так вот почему Анна хотела, чтобы наблюдение продолжалось и дальше! — воскликнула я.

— Конечно, — ответил Родион, — если бы не убийство, ты бы проработала благополучно до мая.

— И вот почему она была любезна с Жанной за столом!

— Да Нюша ничего не знала про Малышеву, — громко сказал Родион. — Ну-ка, Боря, что тебе настучал Гребнев, только не ври!

— Пошел ты на... — немедленно отреагировал всегда рафинированный Лямин.

Громов взял со стола нечто похожее на пейджер и сказал:

— Зайди.

Моментально распахнулась дверь, и в комнату ступил мужик, страхолюдней которого я никого не встречала. Ростом под два метра, косая сажень в плечах, руки как у меня ноги, и длинный резиновый фартук с подозрительными темно-коричневыми пятнами. За ним маячили две тени — рослые, накачанные мальчики, похожие на воронов, — все с ног до головы в черном.

— Вы ведь, Борис Львович, знаете, кто я такой, — тихо сказал Гвоздь, — могу применить меры, не слишком принятые в светском обществе.

— Забирать его? — поинтересовался палач.

— Не надо, — пискнул Лямин, — Сеня позвонил и сказал, что снимки у него в столе. А я попросил их пока попридержать, ну, не сразу Аньке демонстрировать. Оно, конечно, ей по фигу, с кем я и как, но скандал закатить могла, а я собирался день рождения отмечать, перед людьми стыдно.

— Но тогда выходит, — заорала я, — что Нюше не было никакого смысла убивать Сеню!

— Конечно, — ответил Родион, — никакого.

Повисло молчание.

— Ну, что? — нарушил паузу хозяин. — Начнем помаленьку? Сначала, как водится, выслушаем основной доклад. Давай, Лампа Андреевна, выкладывай все, что нарыла.

Я старательно вывалила информацию, сообщила все детали, кроме одной, ничего не значащей, — болезни Валерии, а под самый конец сказала:

— Скорее всего — разгадки в дневнике Жанны, а он в руках некой Ольги Кац. Кстати, Родион, ты обещал, что ее привезут сюда?

Громов опять ухватил коробочку и отрывисто приказал:

— Давайте клиента.

Дверь в гостиную распахнулась, и парни в черном почти внесли мужчину, одетого в неброский тренировочный костюм.

— Ну, голубчик, — мирно попросил Гвоздь, — теперь будь умницей, скажи, кто тебя нанял?

Мужчина поднял лицо, вокруг правого глаза у него расплывался чудовищный синяк. Мутным взором он обвел присутствующих, потом ткнул пальцем в Андрея и прохрипел:

— Он.

— Уведите, — велел Гвоздь.

Парня потащили на выход.

— А где же Ольга Кац? — поинтересовалась я.

Громов глянул на меня, хмыкнул и, повернувшись к Корчагину, поинтересовался:

— Почему вы наняли киллера, чтобы убить Лампу, что она этакого раскопала, а? Колись, голубчик.

Глава 29

— Я никого не... — заблеял художник.

— Ой, ладно, — отмахнулся Родион.

— Так где Ольга Кац? — не успокаивалась я.

— Нет ее и никогда не было, — пояснил Громов, — тебя вызвали в Ломакино, на заброшенную дачу, которая принадлежит приятелям Корчагиных, уехавшим в Америку. Уехать-то они уехали, а фазенду продать не успели, вот и оставили Андрюше и Валерочке доверенность, чтобы те занялись реализацией имущества. Лучше места для трупа и не придумать — подвал заброшенного дома, куда гарантированно в ближайшие пять лет никто не придет. Да тебя, Лампа, ни один экстрасенс не нашел бы. В доме, куда ты так спешила, распевая арии, тебя ждал киллер.

— Но... — начала я заикаться, — но откуда ты узнал?

— Записочку, слава богу, ты написала и на холодильнике прикрепила. Я приехал домой, гляжу, мобильный выключен. Позвонил Ирише, думал, она меня разыскивает, а доча, такая сердитая, кричит:

— Лампудель совсем умом тронулась, опять соседа снизу залила, а сама в какое-то Ломакино подалась, ночью!

А поскольку я кое-что знал, чего другим неизвестно, то разом и полетел птичку перехватывать.

— А-а-а, — протянула я, — значит, Китаец, переодетый мной, вышел на дачу, а там...

— Именно так, — подтвердил Гвоздь, — наш маленький, худенький Китаец отличный профессионал и в бою стоит целой роты. Но наемный убийца поджидал слабую женщину, неспособную оказать сопротивление, и расслабился.

— За что, — я никак не могла прийти в себя, — ну почему они хотели меня убить?

— О, — отозвался Леня Дубовский, — это мрачная история, небось Лампа раскопала правду про говно.

— Думаю, да, — спокойно подтвердил Родион.

— Сволочи! — завопила всегда корректная и подчеркнуто воспитанная Валерия. — Бл...и, негодяи.

— Фи, — поморщился Родион, — какие выражения для дамы, хотя если учесть, что она занимается дерьмом...

Валерия быстрее кошки подскочила к столу, схватила большую миску с салатом и метнула ее в меня. Я едва успела отпрыгнуть. Куски огурцов и зерна кукурузы, щедро сдобренные майонезом, брызгами разлетелись по сторонам.

Громов проводил взглядом неаппетитные ошметки. Валерия визгливо рыдала в кресле. Андрей пытался напоить ее водой.

— О каком дерьме вы все время говорите? — спросила я.

— Класс! — завопил Дубовский. — Она не знает!

Родион посмотрел на меня:

— Правда не знаешь?

— Да что такое?!

— Почти все общественные туалеты города принадлежат Валерии, она и качает из них деньги.

Я разинула рот. Вот это да!

— По мне, так деньги не пахнут, — вздохнул Родион, — неважно, откуда прибыль идет, но для светской дамы это оказалось решающим моментом. Тонкая, интеллигентная снобка, вся из себя... Да она даже руки не подает человеку, который занимается продажей водки. Фу, какой моветон. А сама черпала баксы из туалетных кабинок. Представляете, какой шум поднялся бы во всех светских салонах, куда она вхожа... Валерия Корчагина — золотарь, ассенизатор! Да после такого разоблачения ей бы оставалось только повеситься, и тайну свою она собиралась сберечь. В конце концов, из-за этого и погиб Никита.

— Никита! — закричали мы с Зюкой в один голос.

Валерия продолжала судорожно рыдать. Внезапно Роман подошел к ней, положил руку на плечо и проговорил:

— Слушай, умей проигрывать. Видишь, всем все известно, заканчивай лить сопли.

Внезапно Лера подняла опухшее лицо и сказала:

— Вот, Андрей, мне всю жизнь был нужен такой мужчина, а не слизняк, как ты!

Дубовский опять захохотал, глядя, как Корчагин ставит на столик стакан с водой.

— Вот она дамская благодарность, ты ее покрывал, а она...

— Ладно, кисонька, рассказывай, — вздохнул Громов, — ну не звать же мне к тебе заплечных дел мастера... все-таки дама, хоть и убийца.

Валерия принялась каяться:

— Через несколько дней после смерти Жанны мне позвонил Кит...

Сначала они с парнем обсудили кое-какие детали похорон Малышевой, а потом Никита неожиданно спросил:

— Сколько заплатишь мне за Жанкин дневник?

— Какой дневник? — удивилась Корчагина.

Она и не предполагала, что Жанна вела какие-то записи.

Информация ошеломила ее.

Жанночка в самом деле была лучшей и единственной подругой Валерии, но даже ей Лера не рассказывала о туалетных кабинках. Теперь же выяснилось, что о «дерьмовом» бизнесе знает и Кит. Корчагина чуть не умерла от ужаса.

Она несется на встречу к Никите, отдает тому десять тысяч, но дневника не получает. Парень, нагло улыбаясь, говорит:

— Завтра.

Но и назавтра, взяв деньги, он ничего не приносит, впрочем, и в пятницу тоже. И тут до Леры доходит. Кит просто дурит ее. Он не собирается отдавать дневник, а намерен выкачивать из Леры каждый раз все бо́льшие суммы. Есть только один выход — избавиться от шантажиста.

Привычка Никиты валяться по утрам часами в ванне была хорошо известна всем знакомым, а дверь он по большей части держал открытой. Ловко свершив задуманное, Лера кидается в комнату и крушит там все в поисках компрометирующих ее сведений. За этим занятием ее и застает Андрей, пришедший к Никите за «антиквариатом».

Надо сказать, что Малышев был не слишком умен и успел уже наделать кучу глупостей. Когда Лампа заявляется к нему с вопросами, он, испугавшись, что активная дама раскопает «ювелирку», моментально выдает Андрея за любовника Жанны. Дескать, «пощипали» мужика, и все. В страхе, как бы Лампа, не дай бог, чего не заподозрила, он показывает ей драгоценности с вензелями «Е.В.» и врет, что их подарил Жанне Лямин. На самом деле жадный Борис отделывался шоколадками, и Никита с Жанной, поняв, что здесь им ничего не отколется, хотели уже прекратить «роман».

— Но Кит сказал, что она с Ляминым полгода жила! — воскликнула я.

— Врал, — отмахнулся Родион, — от страха.

— Чего он так перепугался? Можно подумать, «постельный бизнес» лучше!

— Ну, тут два момента, — пояснил Дубовский, — во-первых, работать с золотом и драгоценными камнями дома, частным образом, можно, только имея специальное разрешение от государства, а значит, выплачивая немаленький налог, иначе недолго и срок огрести, а во-вторых, если учесть специфический контингент покупателей... У правды быстрые ноги, стоило узнать кому-нибудь, новость бы разлетелась мигом. Представляете теперь гнев тех, кого обдурили? Да Кита бы за уши на воротах прибили! Уж лучше признаться в «постельном» бизнесе... Кстати, из-за Никитиного вранья сразу начинаются сложности. Андрей, правда, молоток, мигом понял, что к чему, когда Лампа принялась его расспрашивать. А Лера не врубилась и давай гневно отрицать факт связи мужа и лучшей подруги. Она и впрямь любила Малышеву.

— У попа была собака, — ожила Ирина, — он ее любил, она съела кусок мяса, он ее убил.

— Нет, — покачал головой Громов. — Валерия не убивала Жанну, вот Кит на ее совести.

Столкнувшись с женой почти у тела Кита, Андрей едва не лишается рассудка. Он очень хорошо относится к Лере и решает скрыть все следы. Отправив ее домой, он берет тряпку и пытается протереть все предметы, которых она касалась. Глупо, конечно, но он старается, потом покидает квартиру и налетает на Лампу. Полный аут!

— А СПИД? — бормотала я. — Она же больна...

— Кто? — удивились Гвоздь и Дубовский в один голос. — У кого ВИЧ?

— У Валерии...

— Во, блин, дура, — неожиданно хрипло засмеялась Лера, — я-то тебе наврала, чтобы отцепилась от меня... Хотела проверить, читала ли ты дневник, ждала, что удивишься, если он у тебя! Там ведь про болезнь, естественно, ничего нет. СПИД! Здорово вышло!

— Но как бы то ни было, — спокойно пояснил Родион, — дневника-то нет! И Лера, и Андрей дергаются. Мало ли о чем там написано!

— Почему же они не попросили о помощи отца Валерии? — поинтересовалась Зюка. — Говорят, он очень богат и влиятелен!

Родион улыбнулся:

— Лерин папенька всю жизнь проработал носильщиком на вокзале и сейчас имеет пенсию в семьсот рублей!

— Но все кругом шептались, — изумилась Зюка, — что он — Крез, поэтому Корчагины так шикуют, несколько раз в год за границей отдыхают...

— Верно, они сами запустили эту утку, дабы оправдать свой образ жизни, а на самом деле их бюджет складывался из «дерьмовых» денег и «антиквариата».

Словом, издергавшись окончательно, Лера обращается в детективное агентство, к Федорчуку. Она с ним давно знакома. Сей господин любит проводить отпуск среди творческой элиты, и Валерия частенько устраивала ему путевки...

— И зачем только ей нужна работа в «Искусствфонде»? — фыркнула Зюка. — С такими-то деньгами!

— Ну, ей нравится изображать из себя рафинированную даму при искусстве, — ухмыльнулся Дубовский, — имидж такой.

— Ладно, с этим потом, — недовольно сказал Родион. — Федорчук дает задание своим ищейкам, чтобы те начали поиски, но в этот же день в «Алиби» заявляется Лампа и хочет нанять человека следить за... Валерией!

— Но я просто так ляпнула первую попавшуюся фамилию, то, что на ум пришло!!!

— Директор-то агентства не знал, что ты дура, дорогуша, — захихикал Дубовский, — и тут же сообщил Федорчуку, тот поставил в известность Валерию, и Корчагины решили: все, пора мочить козявку!

Я молча водила по ковру носком туфли.

— Что-то я не понимаю, кто же убил Жанну? — пробормотала Зюка. — А главное, зачем?

— Главное тут, что ее никто не собирался убивать, — вздохнул Гвоздь, — ошибочка вышла.

— Как?! — закричала Валерия. — Как?! Самоубийство? Нет, не верю, Жанна слишком любила жизнь!

— Ее отравили, — ответил Родион.

— Тьфу, обалдеть можно, да скажи, наконец, правду, — взвился Андрей.

— Ладно, только сначала я уточню кой-чего, — ответил Родион. — Кто пришел первым в гости?

— Я, — подала голос Зюка, — прошла в комнату и села на диван.

— Ничего не трогали на столе?

— Ну, — замялась Зюка.

— Это имеет принципиальное значение! — строго заметил хозяин.

— Честно говоря, — принялась каяться Зюка, — я очень устала в тот день, замоталась ужасно и не пообедала. Вот и взяла со стола пару кусочков колбаски и налила себе коньячку, ну и...

— И?

— Уронила фужер на пол, а у него ножка отлетела.

Сконфуженная Зюка быстренько подобрала осколки, вышвырнула их в форточку, затем подошла к горке с хрусталем, вытащила другой бокал и поставил на стол.

— Это все?

— Нет, — вздохнула Зюка, — точь-в-точь таких бокалов не было, я нашла похожий, но он все равно выделялся среди других в центре стола, а мне не хотелось вопросов. И тогда...

— Ну что? — поторопил Дубовский. — Что?

— Я взяла фужер с края стола и поставила его в центр, на место разбитого!

— О-о-о, — вдруг завыл Борис Львович, раскачиваясь, словно молящийся монах, — о-о-о, ах, сука, о-о-о, дрянь, дрянь.

Внезапно он захохотал, потом стал дергаться всем телом.

— Что с ним, папа? — в ужасе вскочила Ириша.

— Дьявол выходит, — на полном серьезе сообщил Громов, — ишь, как корчится, убийца!

— Это он убил Жанну! — закричали Корчагины в голос.

Я только хлопала глазами.

— Нет, — ответил Громов, — он хотел отравить Анну. Борис знал, что Нюша сядет на свое обычное место возле двери, и капнул ей в фужер цианид. Анечка обожает «Амаретто» и всегда выбирает его к месту и не к месту, вот Лямин и решил, что она не почувствует постороннего вкуса и запаха. Но Зюка случайно переставила бокалы, и отрава досталась Малышевой...

— Боже, — посерела редакторша, — я могла умереть!

— Запросто, — «успокоил» ее Дубовский, — схватила бы не тот фужерчик и — здравствуйте, райские кущи!

— О-о-о, — стонал Борис Львович, — о-о, я думал, яд выдохся, когда Анька, стерва, почти полный бокал выхлестала, и ничего!

— Ага, — удовлетворенно кивнул Родион, — зато когда Жанна рухнула, вы не растерялись и быстро обвинили Нюшу, решили не мытьем, так катаньем своего добиться. И, надо сказать, преуспели. Анюта оказалась в каталажке.

— Зачем он хотел мамочку убить? — прошептала Ириша.

— Господи, — ответил Родион, — все так просто, что даже противно. Квартира. По документам — он хозяин, но только до мая, пока Нюша не начала новую покупать. Ты, детка, выписана на другую жилплощадь, мать тебе подарок к окончанию школы готовила, сюрприз. Вот он и придумал план.

— Но почему при гостях? — шептала Зюка.

— Думал, подозрение на кого-то другого падет, — пояснил Дубовский.

— Глупо-то как, — вздохнула я, — интересно, где он взял яд?

— А он дурак, — спокойно продолжил Родион, — жадный идиот. А насчет цианистого калия... Господин Лямин раньше работал художником в НИИ, связанном с металлургией, думаю, оттуда и цианид. Спер на всякий случай и хранил.

— Но следователь, который вел дело, — заикалась я, — он сообщил, что отрава в бутылке «Айриш Крим»!

— Э, голубушка, — прервал Родион, — ты плохо слушала, милиционер сказал — в рюмке!

— Но кто и зачем поменял бутылки с ликером? — недоумевала я.

— Борис Львович, — толкнул художника Гвоздь, — ну, давай, объясняй...

— Анька денег не считала, — забормотал полностью деморализованный Лямин, — в баре почти полный «Айриш Крим» стоит, а она утром говорит: «Неприлично початый ставить, надо новый купить». Еще чего! Да из бутылки только Жанка пару рюмок опрокинет, другие эту дрянь и нюхать не станут! Что же, так и копить бутылки? Я взял и отнес новую в бар, а старую на стол поставил.

— Козел, — прошипела Ирина, — скунс вонючий.

Я не одобряю подобных выражений, но в данном случае была полностью солидарна с Ирочкой. Именно козел и скунс!

— Но почему Анна не позволила Ире пить ликер? — прошептала Валерия.

— Мне мама разрешает только две рюмки пить, — тихо ответила девочка, — а я тогда за горячим водки себе налила, вот она ликер и отняла!

Тут только до меня полностью дошли слова, сказанные Родионом.

— Цианид был в рюмке! Так он и Сеню убил!

— Вот именно, — подтвердил Гвоздь. — Все обвинения против Анны строились на том, что она знает, кто любовница Бориса. Но Сеня ничего не сказал ей о Жанне, кстати, по просьбе Лямина. Вот и пришлось ему отведать отравы. Гребнев много лет пьет из одной рюмки, и Борис это знает, не забывайте, они близкие знакомые.

— Но как он попал в кабинет? — поинтересовалась я.

— Просто пришел к Сене, — пожал плечами Гвоздь, — и, улучив момент, капнул раствор в рюмашку. Секретарша Гребнева, Надюшка, опознала Лямина по фото. Говорит, хозяин встретил гостя как родного, только Борис наш не промах. Он ядто подлил перед уходом! Ну а потом — просто подарок судьбы. Едва успевает он выйти, как влетает обозленная Анна и начинает крушить кабинет...

— Почему же Сеня не сказал в милиции правду о снимках? — не успокаивалась я.

— Не успел, — вздохнул Родион. — Борька быстрее оказался. Гребнева вызвали к следователю на среду, а во вторник он уже умер.

— Но Сеня и мне ничего не сказал!

— Зачем бы ему тебе все рассказывать? — удивился Гвоздь. — Гребнев несколько лет занимался специфическим бизнесом и знал: меньше говоришь — крепче спишь.

— Но он и Ане не сообщил!!!

Родион потер затылок:

— Нюша с порога принялась с воплем громить кабинет. Вот он небось и решил — пусть баба еще помучается. В отместку, так сказать, за скандал. А в среду все и выяснится. Он же не знал, что Борька налил яд в рюмку. Думал проучить Нюшу за хулиганство. Потом глотнул коньяк... и все!

— Интересно, почему Надя так испугалась моих расспросов? — спросила я.

— Она не испугалась, — усмехнулся Родион, — просто, когда Федорчук всех выпер, Надюшка сумела сделать так, что ее взяли назад. Взять взяли, но только и поджидали момента, чтобы уволить. Секретарше показалось, что Лампа тоже хочет устроиться назад и начнет просить ее о протекции, вот она и избегала встреч с бывшей коллегой!

Наступила такая тишина, что стало слышно, как бьется о стекло невесть откуда взявшаяся муха.

— Значит, голубчики, все вы тут убийцы, — припечатал Дубовский, — сволочи и гады, змеи ползучие, прямо настоящий террариум друзей.

— Я — нет, — быстренько сказала Зюка. — Люба сама себе горло перерезала, честное благородное, только вот откуда Жанка про все узнала?

Родион глянул быстро на Дубовского.

— А у Малышевой был роман, подчеркиваю — роман, а не «бизнес-встреча» с одним бывшим милиционером, который собрал на многих приятелей досье, так, на всякий случай. Мент этот по пьяной лавочке и болтнул Жанке кое о ком.

Дубовский нагло прищурился и заявил:

— Надо же! Очень интересно!

— Теперь, когда все закончено, — спокойно продолжил Родион, — пора расставаться.

На свет вновь явился пейджер.

— Мы готовы, — произнес Громов.

Дверь в комнату распахнулась, и на пороге появилась группа людей в штатском и несколько милиционеров.

— Понятые все слышали? — осведомился Гвоздь.

— Да, — отрывисто ответил мужчина в сером костюме.

Увидев его лицо, я чуть не упала под стол. В комнате стоял мой ближайший друг Володя Костин.

— Володечка, — робко сказала я.

— Дома побеседуем, Лампа, — сердито бросил майор и велел: — Давайте, господа душегубы, выходите по-одному.

Валерию и Бориса Львовича увели. Зюка ушла на второй этаж и, очевидно, рухнула с мигренью в кровать, Ириша, радостно напевая, убежала. Куда делись Андрей Корчагин и Дубовский, я не заметила. Мы с Родионом остались одни. Громов преспокойно налил себе рюмку коньяка.

— Ну и зачем вам понадобилось нанимать меня? — сердито поинтересовалась я.

— Эффект палки, — рассмеялся Родион.

— Что?

— Ну, когда засовывают в змеиную нору кол и поворачивают там его пару раз, гады быстро расползаются в разные стороны. Ты со своим бешеным энтузиазмом и умением делать фантастические глупости достойно выполнила роль такой палки, — без тени улыбки пояснил Гвоздь.

Я не нашлась, что возразить, и только спросила:

— Володю ты откуда знаешь?

Громов аккуратно надкусил яблоко безукоризненно белыми зубами.

— Встречались. Не все же в МВД такие суки, как Дубовский, попадаются и настоящие парни.

— А где же дневник Жанны?

— Думаю, его на самом деле не существует, — задумчиво ответил Гвоздь, садясь за стол. — Никита придумал про записи, чтобы посильней напугать Валерию и содрать с нее побольше «капусты».

— Значит, они искали то, чего нет?

— Выходит, так. Кстати, роман с Дубовским длился у Жанны достаточно долго, и, надо сказать, он ей доверял. Хотя странно. Наш гадкий Ленечка собрал компромат почти на всех окружающих, впрочем, мне он сказал, будто хотел даже жениться на Малышевой. Не знаю... Омерзительный тип, готовый за деньги на все!

— Ты сам не лучше, — пустилась в атаку я, — позвал в комнату палача, да еще в жутком кровавом фартуке!

Родион захохотал так, что зазвенели рюмки.

— Ой, Лампа, с ума сойти! Спасибо кинематографистам, воспитали в наших людях твердую уверенность — у крутых бизнесменов обязательно есть «вешатель и душитель». Вот Борька и перепугался до потери самоконтроля. Если хочешь знать, «палач» этот — мой садовник Женя. Милейший, добрейший мужик, обожает домашних животных и прикормил в саду, по-моему, всех бездомных российских кошек. Да он никого никогда в жизни и пальцем не тронул! Но господь наградил его специфической внешностью, вот и пользуюсь иногда! А фартучек! Правда, здорово? Он еще иногда перчаточки садовые натягивает до локтя и берет секатор. Да что там Лямин, знаешь, какие крутые ребятки ломались при виде Жени! Теперь все понятно?

— Все!

— А я, честно говоря, думаю, ну почему Гребнев не унюхал запах цианида? Отчего не насторожился?

— У него был жуткий насморк, — вспомнила я, — без конца хлюпал носом!

— Ага, — кивнул Родион, — теперь остается только одна проблема: что готовить на праздничный стол по поводу Нюшиного освобождения.

— Здорово ты, наверное, Аню любишь!

Родион отложил яблоко.

— Может, и люблю, сам не знаю, только это за ботиночки.

— Не понимаю...

— Нюша ко мне на зону исправно ездила, хотя могла и не стараться, штампа в паспорте нет. В лагере ее в очереди выкликали знаешь как? Сожительница осужденного Громова! Но она каждый месяц являлась на свиданку сначала с пузом, потом с Иришкой, ни разу не пропустила. Один раз приехала в декабре, передачку привезла под Новый год. Отец мой уже к тому времени был покойник, а матушка — инвалид, только от Нюши можно было продуктов ждать. А на зоне у кого чай и табак — тот и пахан. Навезла она всего, где только достала, и дали нам свиданку без стекла, в комнате. Гляжу, а у нее ботиночки до дыр выношенные, холодные, не по сезону, на сапоги денег нет! Сидит, носом дергает. На себя средств пожалела, а мне...

Он махнул рукой и добавил:

— Так вот — за ботиночки! Понимаешь?

Я кивнула. Да, это я понимаю.

Эпилог

Анну, естественно, отпустили. Ириша доучивалась в школе и сдавала экзамены. Нюша занималась квартирой, дарственная обратного хода не имеет, но сидящий под следствием Борис Львович безропотно подписал все необходимые для продажи бумаги.

На нас пролился дождь подарков. Мне, несмотря на сопротивление, преподнесли норковую шубку. Лизавету завалили горами барахла и тоннами косметики, Кирюшка получил видик, музыкальный центр, ноутбук и роликовые коньки, при виде которых у меня чуть не приключился инфаркт. Впрочем, в Филатовской больнице мы уже были как родные... Кроме того, Аня дала детям еще по сто долларов, как она выразилась — «на чипсы». Апофеоз всему — три пятидесятикилограммовых мешка самого дорогого собачьего корма и несколько ящиков кошачьих консервов. Наши звери теперь обеспечены едой на год вперед.

Ясным майским вечером я лежала на диване, мирно читая новый роман обожаемой мной Поляковой. Легкий скрип привлек мое внимание, я подняла голову. Через открытую балконную дверь в комнату вступил кенгуру. Как ни в чем не бывало он запрыгал по ковру.

— Лиза, Кирюшка, Ира! — взвизгнула я, забиваясь с головой под плед. — Помогите, глюк атакует!

Дети влетели в спальню.

— Абзац, — выдохнула Ириша, — а я думала, у Лампудель крыша съехала!

— Она живая! — зашлась от восторга Лизавета. — Ой, какая дусенька!

— Он, — поправил Кирка, — кенгуру — мужчина.

— Да какая разница, — удивилась Ириша, — он, она, оно... Откуда ты взялся?

Кенгуру сложил лапки и смешно хрюкнул.

— Ой! — взвизгнул Кирка. — И чего нам с ним делать?

В этот момент прозвенел звонок.

— У нас нигде вода не течет? — с тревогой спросила я.

— Вроде нет, — буркнула Ира.

— Здесь пришла хозяйка кенгуру! — заорала Лиза.

Мы вылетели в прихожую. Худенькая темноволосая девушка смущенно переминалась в прихожей. Недоразумение выяснилось вмиг. Ее зовут Таня Кротова, работает в театре зверей у Натальи Дуровой, а в нашем доме снимает с конца марта квартиру. Вместе с Танечкой живут кенгуру и две обезьяны... Макаки умеют открывать балкон и иногда, когда хозяйка ненадолго оставляет их одних, начинают безобразничать. Балконы в наших домах понатыканы тесно, для обезьян и кенгуру это не расстояние, вот они и скакали, доводя до умопомрачения меня, алкоголика Зотова и модную бабульку Анну Ивановну. Стоит ли упоминать о том, что в театр Натальи Дуровой мы ходим теперь со служебного входа?

Да, еще одно. Володя не разговаривал со мной несколько дней, но я, чувствуя свою вину, целую неделю подряд пекла для него кулебяки с капустой. Как известно, путь к сердцу мужчины лежит через его желудок, и майор в конце концов сменил гнев на милость.

Литературно-художественное издание

Донцова Дарья Аркадьевна
ОБЕД У ЛЮДОЕДА

Ответственный редактор *О. Рубис*
Редактор *Т. Семенова*
Художественный редактор *В. Щербаков*
Художник *А. Яцкевич*
Технический редактор *Н. Носова*
Компьютерная верстка *О. Батова*
Корректор *М. Мазалова*

Налоговая льгота — общероссийский классификатор продукции ОК-005-93, том 2; 953000 — книги, брошюры.

Подписано в печать с готовых диапозитивов 12.02.2001.
Формат 84x108 $^{1}/_{32}$. Гарнитура «Таймс».
Печать офсетная. Усл. печ. л. 21,84.
Тираж 65 000 экз. Заказ № 4102017.

Отпечатано с готовых диапозитивов
в ГИПП «Нижполиграф».
603006, Нижний Новгород, ул. Варварская, 32.

ЗАО «Издательство «ЭКСМО-Пресс»
Изд. лиц. № 065377 от 22.08.97.
125190, Москва, Ленинградский проспект, д. 80, корп. 16, подъезд 3.
Интернет/Home page — www.eksmo.ru
Электронная почта (E-mail) — info@ eksmo.ru

Книга — почтой:
Книжный клуб «ЭКСМО»
101000, Москва, а/я 333. E-mail: bookclub@ eksmo.ru

Оптовая торговля:
109472, Москва, ул. Академика Скрябина, д. 21, этаж 2
Тел./факс: (095) 378-84-74, 378-82-61, 745-89-16
E-mail: reception@eksmo-sale.ru
ООО «Медиа группа «ЛОГОС»
103051, Москва, Цветной бульвар, 30, стр. 2
Единая справочная служба: (095) 974-21-31
E-mail: mgl@logosgroup.ru
contact@logosgroup.ru

Мелкооптовая торговля:
117192, Москва, Мичуринский пр-т, д. 12/1
Тел./факс: (095) 932-74-71

ООО «Унитрон индастри». Книжная ярмарка в СК «Олимпийский».
г. Москва, Олимпийский пр-т, д. 16, метро «Проспект Мира».
Тел.: 785-10-30. E-mail: bookclub@cityline.ru

Дистрибьютор в США и Канаде — Дом книги «Санкт-Петербург»
Тел.: (718) 368-41-28. **Internet: www.st-p.com**

Всегда в ассортименте новинки издательства «ЭКСМО-Пресс»:
ТД «Библио-Глобус», ТД «Москва», ТД «Молодая гвардия»,
«Московский дом книги», «Дом книги на ВДНХ»

ТОО «Дом книги в Медведково». Тел.: 476-16-90
Москва, Заревый пр-д, д. 12 (рядом с м. «Медведково»)

ООО «Фирма «Книинком». Тел.: 177-19-86
Москва, Волгоградский пр-т, д. 78/1 (рядом с м. «Кузьминки»)

ГУП ОЦ МДК «Дом книги в Коптево». Тел.: 450-08-84
Москва, ул. Зои и Александра Космодемьянских, д. 31/1